예찬

Célébrations
by Michel Tournier

Copyright ⓒ Mercure de France, 1999
Korean Translation Copyright ⓒ Hyundaemunhak Publishing Co.,
2000 All rights reserved

This Korean edition is published by arrangement with Mercure de France(Paris)
through Guy Hong International Co., Seoul

# 예찬

미셀 투르니에 산문집 · 김화영 옮김

Michel Tournier  Célébrations

예찬

현대문학

# 예찬

　여기에 묶은 82편의 짧은 글들은 겉보기에는 산만한 인상을 주지만 한결같이 어떤 세계관을 드러낸다는 공통점이 있다. '나는 외부세계가 존재한다고 믿는 사람이다'라고 테오필 고티에는 말했는데 이때 그가 내세운 것이 바로 그 세계관이다. 이 『나전 칠보집(Emaux et Cams)』의 저자는 르 콩트 드 릴, 에레디아, 말라르메, 발레리, 생 존 페르스 등 결단코 외향적이고 단순하고 태양적이며 눈부시게 화려해지고자 하는 시인들 가족에 속한다는 점을 유의할 필요가 있다. 여기서는 시간보다 공간이 더 중요하다. 눈이 왕이다. 눈이 마음보다 더 중요하다. 미묘한 심리학이나 축축한 내면생활 같은 것은 알 바가 아니다. 존재와 사물의 아름다움과 이상함, 묘한 생김새나 맛은 행복하고도 만족을 모르는 사냥꾼에게 충분한 보람과 보상을 가져다준다. 인간의 근원적인 열정은 다름아닌 호기심이다. 아담과 이브에게 지혜의 열매를 따먹게 시킨 것도 바로 그 호기심이니까 말이다. 호기심은 곧 발견하고 보고 알려는 욕구, 그리고 예찬하고자 하는 욕구다.

예찬보다 더 좋은 것은 없다. 어떤 아름다운 음악가, 한 마리 우아한 말, 어떤 장엄한 풍경, 심지어 지옥처럼 웅장한 공포 앞에서 완전히 손들어버리는 것, 그것이 바로 삶에 의미를 부여하는 것이다. 예찬할 줄 모르는 사람은 비참한 사람이다. 그와는 결코 친구가 될 수 없다. 우정은 함께 예찬하는 가운데서만 생겨나는 것이기 때문이다. 우리들의 한계, 모자람, 왜소함은 눈앞으로 밀어닥치는 숭고함 속에서 치유될 수 있다. 잉그마르 베르히만이 말했듯이 요한 세바스찬 바흐는 신에 대한 우리의 불경을 위로해준다. 아니 이렇게 덧붙여도 좋으리라. 우리의 하찮음은 성서를 읽는 가운데 사라지고 우리의 외설스러움은 바티칸 궁전 시스티나 성당에 그려진 몸들을 보면 육체적 사랑으로 변모한다. 그리고 폴 발레리의 『노트』는 우리의 어리석음을 빛나는 지성으로 바꿔놓는다.

이 조그만 책은 그래서 이 세계의 무궁무진한 풍요로움을 예찬한다. 네발짐승의 걸음걸이 – 측대보(側對步)로, 아니면 대각보(對角步)로? – , 무릎의 근본적인 가치, 썰물로 드러나는 모래톱의 비밀들, 고슴도치들의 야간 산책, 서로 서로 미워하는 나무들, 동방박사, 산타클로스, 성자 크리스토프, 루이 성왕 같은 수호자들, 그리고 특히 미디어에 희생당하는 저 남녀들—사샤 기트리, 다이애너 황태자비, 마이클 잭슨—그리고 끝으로 지금 강 저편에 가 있는, 그래서 정답게 나를 부르고 있는 저 친구들, 다음의 글은 이런 내용을 담고 있다.

# 차례

# 자연에 대하여

우리의 어머니이신 대지는 깊은 기억을 간직하고 있다.
대지는 그 황폐한 얼굴에 태고 이래 겪어온 모든 사건들이
새겨놓은 흔적을 지니고 있다.

## 나무와 숲

나무, 숲, 잔 나무, 숲 기슭, 숲 속의 빈터… 종이를 펴놓자마자 이런 말들이 매혹과 혐오감을 동시에 불러일으키는 체계들로 배열되는 느낌이다. 분명 일관성 있게 결합된 자연의 복합체이고 보면 어지간히 역설적인 양면성이라 하겠다. 숲은 우리의 인간적 정서 유산 가운데 근본적으로 중요한 몫이다. 수천 년 동안 숲은 악이요 미개(이 말의 라틴어 단어 silvaticus는 숲의 속성을 뜻한다)요, 늑대나 곰, 그리고 사회로부터 버림받은 인간들처럼 무시무시한 동물들, 나아가서는 식인귀와 마녀, 난쟁이와 거인 등 신화에나 나올 법한 괴물들의 은신처였다. 그러나 그것은 또한 살아서 활력을 주는 대자연, 엽록소의 승리, 원천으로의 회귀였다. 우리들의 사전 속에서 오직 숲만이 저 마법적인 명사 '처녀(vierge)'를 맞아들일 자격이 있다. 그래서 처녀림이 된다.

기억을 더듬어보면 내게 숲은 무엇보다 먼저 독일과 관계된 것이다. 특히 만년설이 덮인 것으로 알고 있는 (우리에겐 동계 스포츠의 고장이었으니까) 헤르조겐호른과 펠드베르그 같은 정상이 우뚝 솟은 '검은 숲'이 물론 생각난다. 그러나 또한 투링게 숲도 있다. 불행하게도 '철의 장막' 가장자리, 그것도 안 좋은 공산주의 쪽 가장자리에 자리잡았던 벤데하우젠의 아주 조그마한 마을. 나는 50년도 더 지난 뒤에 그곳을 다시 찾아가보았다. 나는 타고 무너진 만리장성 터처럼 사방으로 흩어진 그 철의 장막의 황폐해진 자리를 랜드로버 자동차를 타고 돌아다녀보았다.

전쟁 전에 그곳에서 나를 맞아주곤 하던 집안의 아버지는 유명한 사냥꾼이었다. 나는 그를 따라다녔다. 그는 열 살 때 내게 처음으로 총을 쏘게 해주었던 사람이다. 나는 지금도 총의 개머리판이 내 어깨를 거칠게 치던 느낌을 생생하게 기억한다. 부끄러움 없이 고백하거니와, 나는 그때의 통과의례 이후 한 번도 총에 손을 대어본 적이 없으니 말이다.

그 사람, 그리고 그가 경영하는 모직물 공장 노동자 한 사람과 함께 우리는 숲 가장자리에 통나무로 잠복용 망루를 지어놓았다. 때때로 그는 한밤중인 세시나 네시에 나를 깨우곤 했다. 우리는 자동차를 타고 떠났다. 그리고는 상당히 오랫동안 걸었다. 말은 한 마디도 하면 안 되었다. 전지를 켠다는 것은 생각도 못할 일이었다. 그 다음에 우리는 망루로 올라갔다. 담요로 몸을 감쌌다. 꼼짝도 않은 채 가만히 앉아 있었다. 어둠이 뿌옇게 걷혀갔다. 새벽이 전나무들의 우듬지에 흐릿한 안개를 늘어뜨렸다. 하늘이 나뭇가지들 속에서 느리게 숨을 쉬고 있었다. 동쪽 지평선에 붉은 빗장이 질렸다. 잠복은 얼마 동안이나 계속될 것인가? 틀림없이 여러 시간이 걸릴 것이다. 지나치게 흥분하길 잘해서 주변의 어른들을 지치게 하는 나였지만 그때 지루했었다는 기억은 전혀 없다. 내게도 망원경으로 볼 수 있는 차례가 와서 나는 그걸로 잡목림과 휴한지들을 샅샅이 훑어보았다. 타인들에게 주제넘은 시선으로 부드럽고 말없는 폭력을 가할 수 있게 해주는 이 도구를 내가 유달리 좋아하게 된 것은 아마도 여기서 비롯한 것 같다.

지표에서 4미터 높이에 올라앉아 있는 우리들의 냄새를 동물들이 맡을 수는 없었다. 우리는 순간순간 숲이 잠에서 깨는 모습을 지켜볼 수 있었다. 희미한 소리를 내면서 날아오르는 올빼미, 고사리 숲으로 흐르듯이 지나가는 황갈색 여우, 새끼들을 데리고 신중하게 걸어가는 암노루, 새끼멧돼지처럼 요란하게 나뭇가지를 분지르면서 튀어나오는 오소리, 나는 그 모든 것을 다 보았고 다 들었다. 한 어린아이에게는 그야말로 멋들어진 학교였다. 나는 그 밤들과 그 새벽들의 어느 것 하나 잊어버린 것이 없다.

그렇지만 나의 나무에 대한 경험은 계속되었다. 나는 나무들과 함께 살았다. 40년 동안 한결같이 시골의 같은 집에서 살고 있는 관계로 나는 내가 지나칠 정도로 많이 심은 나무들이 크는 것을, 그리고 서로에게 방해가 되는 것을 지켜보았다. 예를 들어서, 나는 다 키운 나무가 매우 건강한 상태인데도 불구하고 매년 많은 양의 마른 가지들을 잃는다는 것을 알게 되었다. 나는 한창인 칠월 달에 멋지게 자란 자작나무가 알 수 없는 병에 걸려 시들어가는 것을 보았다. 나는 태어 날 때부터 땅에 발목이 잡혀 있는 모든 식물이 필경 시달리 고 있을 강박관념에 대하여 깊이 생각해보았다. 어떻게 하면 씨앗들이 널리 흩어지게 할 수 있을까? 폭발, 작은 날개, 인 간이 위장 속에 담아 실어 나르는 맛있는 과일, 양털과 목동 의 옷에 달라붙는 갈퀴 달린 씨앗 등 땅 속에 뿌리박혀 살도 록 운명지어진 식물의 저주를 피하기 위한 온갖 방법들이 다 조사되어 있다.

그리고 나는 여기저기를 여행했다. 나는 위험천만의 생명 들이 우글거리는 거대하고 어두운 적도지방의 숲을 체험해 보았다. 코끼리떼와 고릴라 무리와 아직 백인의 모습을 한 번도 본 적이 없는 소인족들을 괴롭혀가면서 640킬로미터 에 달하는 철도를 부설하기 위해 아프리카 가봉의 숲을 끝에 서 끝까지 뚫는 역사를 맡은 유로트락 회사의 초대를 받은 적이 있다. 나는 내 모든 감각과 내 피부의 모든 모공을 다해 처녀림을, 그 현기증 나는 깊이를, 그 숨막히는 습기를, 그 침묵을 깨는 돌연하고 무시무시한 소리들을 체험해보았다. 어떤 짐승의 목을 따는 소리, 식물의 거대한 궁륭에서 마른 나뭇가지 떨어지는 소리, 혹은 발굽토끼의 끔찍한 울음소 리. 발굽토끼는 흡반이 달린 발로 나무에 기어오르는 전혀 무해한 야행성 동물인데 위험에 처하면 잔등에서 밝은 빛 의 털이 활짝 펼쳐진다. 나는 거기서 지옥의 한 모습을 보 았다.

　그 숲은 여러 가지 면에서 지옥이었다. 물론 인간에게도 지옥이지만 나무들에게도 지옥이었다. 설명하면 이렇다. 지금부터 25년 전 나는 우리 집 뜰에 전나무 두 그루를 심었다. 이제 그 나무들은 한 15미터 정도의 크기로 자랐고 그 아래쪽의 가지들이 서로 닿을 만큼 되었다. 그런데 좀 떨어져서 유심히 살펴보면 그 나무들이 똑바로 자라는 것이 아님을 알 수 있다. 그들 사이의 거리에도 불구하고 마치 서로에게서 떨어지기 위해 약간 비스듬히 뻗어가고 있는 것 같다. 이건 꼭 각각의 나무가 다른 나무들에 대해 혐오감의 전파를 보내고 있는 것만 같은 형국이다. 나는 묘목업자에게 그런 이야기를 해보았다. 나무는 마음껏 자랄 수 있도록 거의 무한대의 공간을 주위에 확보해 딱 한 그루만 따로 심어놓았을 때만 멋지게 자란다고 그는 분명하게 대답해주었다. 그렇다, 나무들은 서로를 증오한다. 나무는 좋은 의미에서 개체주의적이고 고독하고 에고이스트다. 이렇게 하여 나는 밀림이 방사하는 고통을 이해할 수 있었다. 숲이야말로 집단 수용소의 강제적인 혼잡 그 자체다. 밀집해 자라는 나무들은 고통스러워하고 있고 서로를 미워한다. 숲 속의 공기는 그 식물적 증오로 가득 차 있다. 산책자들의 폐에 달라붙어 가슴을 답답하게 하는 것은 바로 그 증오다. 매우 오래된 속담에 나무들은 숲을 보지 못하게 한다는 말이 있다. 그러나 숲은 나무들을 보지 못하게 한다는 말도 있어야 하지 않을까?

그렇다면, 그 독일의 숲 투링게는, 잠복용 망루에서 본 새벽의 그 첫번째 빛은?

그렇지만 분명히 말해두지 않았던가 : 잠복용 망루는 숲의 가장자리에 세운 것이다. 그러니까 물론 마지막 나무들과 뒤섞이기도 하겠지만 툭 터진 공간을 향해 열려 있기도 한 것이다. 숲의 기슭, 숲 속의 빈터, 이것이 바로 숲의 귀신을 쫓아주기에 딱 맞는 마법적인 말들이 아닌가! 그것은 숲 속에서 자라는 잔 나무들의 어둡고 밀폐된 분위기 다음에 오는 빛과 자유로운 대기다. 사실 내가 이상적으로 생각하는 전형적인 나무, 혹은 나무의 신은 다름아닌 숲 속의 빈터에, 경의를 표하듯 거리를 두고 밀집해서 웅성대는 일군의 다른 나무들에 에워싸인 채 장엄하고 의젓하게 우뚝 서 있는 것으로 상상된다. 나무는 숲을 견디지 못한다. 바람과 햇빛이 필요하기 때문이다. 나무는 바람과 태양이라는 우주의 두 젖꼭지에서 직접 생명을 빨아들인다. 그것은 바람과 태양을 기다리며 뻗어 있는 엄청나게 많은 이파리들의 거대한 망에 지나지 않는다. 나무가 사방으로 빛의 화살들을 날리며 노호하는 잎새들의 갈기를 흔드는 것은 바람과 태양이라는 그 두 마리의 굵은 물고기가 지나가다가 그가 쳐놓은 엽록소의 어망에 걸려들었기 때문이다.

덧붙이는 말. 시작(詩作)상의 파격에도 한계가 있다. 폴 발레리는 다음과 같이 멋지게 표현한 바 있다 : '하루하루는 그대 생애의 나뭇잎 하나'(『노트』, 플레이아드판 제2권, 1,304쪽).

그러나 이 은유는 과연 적절한 것일까? 중요한 것은 나무 한 그루의 잎사귀 수가 평균적으로 몇 개나 되겠느냐 하는 문제다. 그런데 쉰 살 된 사람은 18,250일을 살았다는 계산 이 나온다. 그렇다면 이건 단 한 그루 나무의 잎사귀 수로 는 ─ 비록 거대한 나무라 할지라도 ─ 좀 많은 편이 아닐까?

내가 아는 한 문학 교수는 알프렛 드 비니가 그의 유명한 시 「늑대의 죽음」에서 랑드 지방에 전나무들을 심어놓았다 는 것을 결코 용서할 수 없다고 했다.[1]

## 간추린 나무학

목각이 전공인 조각가의 아틀리에에 들어가보면 아주 신 기한 세상을 발견하게 된다. 숲에서 발산되는 냄새가 가득

---

[1] 프랑스 대서양에 면한 거대한 숲지대 랑드에는 소나무가 많이 자라기로 유명하다. 따라서 북부지방 식물인 전나무는 이곳에서 찾아볼 수 없다.

밴 분위기 속에서 우리는 나무학의 기본 요소를 배운다. 나무학이란 다섯 가지 나무가족을 분간하는 지혜다.

우선 다양한 활엽낙엽수가 있다. 거기에는 밤나무, 참나무, 개아카시아, 서양물푸레나무, 팽나무, 뽕나무, 올리브 나무 그리고 느릅나무가 포함된다.

다음으로 단단하고 무거운 이질적 나무들이 있다. 아몬드 나무, 회양목, 버찌나무, 야생벚나무, 소사나무, 마가목, 산수유, 개암나무, 단풍나무, 플라타너스, 너도밤나무, 미모사, 사과나무 그리고 적철목이 그것이다.

그와 대립되는 것이 '백목(白木)'이라는 경멸적인 호칭으로 묶어서 생각하는 동질적인 나무들이다. 그것은 오리나무, 자작나무, 마로니에, 포플러 나무, 버드나무, 보리수나무 그리고 사시나무 등이다.

다음으로 서양삼나무, 가문비나무, 노간주나무, 주목, 낙엽송, 소나무 그리고 전나무 등 진이 나는 나무들이 있다.

그리고 끝으로 아카주, 자단, 흑단, 오쿠메, 미송, 세쿼이아 그리고 티크 같은 무겁고 귀중한 희귀목들의 무리가 있다.

이 서른여섯 가지 종류의 나무들 가운데서 조각가는 떠오르는 영감과 계획에 따라 선택을 한다. 내가 확인해보니 크리스티앙 르농시아(Christian Renonciat)는 배나무, 서양삼나무, 보리수, 오리나무, 낙엽송, 소나무, 아카주, 단풍나무, 너도밤나무를 유난히 선호한다. 여기에 가짜 플라타너스라고 불리는 단풍나무의 일종인 시코모르가 추가된다.

이런 놀랍고 생생하게 살아 있는 풍부함 덕분에 나무를 다루는 조각가는 다른 모든 조형예술가들과는 별도의 ─ 그리고 아마도 그들 이상의 ─ 위치를 점한다. 진흙, 플라스틱 심지어 돌까지도 거기에 비하면 빈약하기 짝이 없어 보인다. 그런 재료들은 기껏해야 형태를 제공할 뿐으로 우리들의 눈은 그 재료에 대해서는 잘 기억하지 못하게 만든다. 오직 나무만이 그 식물적인 생명의 내밀한 속에까지 파고들게 만든다. 나무에 조각을 한다는 것은 곧 문신을 새기거나 한 인간의 살 속에 난절(亂切)의 흔적을 남겨놓는 것이나 다를 것이 없다. 나무의 층에 새긴 판화들은 그만큼 많은 상처들과도 유사한 것이다.

가스통 바슐라르 교수가 소르본느 대학 교실의 저 드높은 철학 강단에서 어린아이 장난감 두 개를 손에 쳐들고 계시던 모습이 지금도 내 눈에 선하다. 그 장난감이란 다름이 아니라 두 개의 팽이였다. 그분은 셀룰로이드를 부어 만든 장난감이 얼마나 빈약한 것인가를 업신여기듯이 보여주었다. 그러나 그분은 나무팽이의 조직이 얼마나 복잡하고도 현명한가를 음미해보라고 하셨다. 그 결과 선과 마디들은 어린아이가 배울 수 있는 어떤 논리, 나아가서는 어떤 윤리를 지니고 있다고 그분은 우리에게 말해주었다.

왜냐하면 어린아이는 보기만 하는 것이 아니라 만져보고 심지어 입에 물고 빨기도 하기 때문이었다. 그런데 오직 나무만이 만져볼 만한 것이다. 장난감은 애무해주기를 바란다. 심지어 침대 속에서 잠자면서도 애무해주기를 바란다. 애무란 무엇인가? 그것은 '질료의 저 깊숙한 속에까지 사무치는 스침'이다. 그것은 분명 애무당하는 대상의 표면에까지도 그 깊숙함이 이를테면 환상적으로 현전하는 것을 전제로 하는 것이다.

우리는 여기서 우거진 숲의 고졸한 신비와 만나게 된다. 숲은 우리가 그 속으로 파고들어가도록 유혹한다. 우선 우리가 두려운 발걸음으로 점점 더 깊이 걸어들어가는 어둡고 신비스러운 숲이 있다. 어린아이가 기어올라가서 숨는 저 무성한 잎새들의 빽빽한 녹색의 세계가 있다. 그러나 무엇보다도 모닥불이 타고 있는 통나무집이 우리를 밤새움에 초대한다. 거기엔 옛날이야기와 간식으로 먹을 크레프와 뜨겁게 덥힌 포도주가 마련되어 있다.

크리스티앙 르농시아의 세계 속으로 파고들면서 우리는 안도감과 동시에 낯설어짐을 맛본다. 물론 그는 이중의 의미에서 나무를 만진다. 둥근 끌과 큰 대패와 조각용 끌로 나무를 다루지만 또한 그 작업을 통해서 저주를 푸는 것이다. 그렇게 함으로써 나무의 한계를 넘어서니 그 단조로움 같은 것은 문제가 되지 않는 것이다. 그는 나무를 가지고 나무 속에 존재하지 않는 가죽, 판지, 천, 살갗을 만들어낸다. 이쯤 되면 이건 마법과도 같은 것이고 어딘가 감미롭게 살랑거리는 익살까지 느껴진다.

아니 그 정도가 아니다. 르농시아는 동물의 삶에 다가가고 싶은 나무의 대단한 열망을 알아차리고서 그 소원을 들어주었다. 나무는 그가 가진 모든 가지들을 흔들면서 새들이 찾아와 깃들여달라고 부른다. 잎새들은 새를 흉내내어 날개를 퍼덕이면서 날아가고 싶어한다. 가을이 되어서야 비로소 그 치명적인 소원이 성취된다. 르농시아는 나무 껍질을 가죽으로, 양털로, 살로 변신시키니 그보다도 훨씬 더한 일을 하는 것이다.

이 글의 제목에서 나는 나무의 지혜를 뜻하는 나무학(xylosophie)이라는 단어를 새로 만들어냈다. 그때 나는 실로폰(xylophone = 木琴)이 내는 숲의 음악을 생각했다. 그러나 지금 내 붓끝에서는 그보다 더 강력한 단어들이 서로 떠밀며 줄을 서 있다. 나무 파먹기(xylophage), 나무 점(占 xylomancie), 나무 숭배(xyloâtrie) 따위가 그것이다. 숲 속으로 한번 발을 들여놓으면 이처럼 다시 나올 수가 없는 것이다.

내가 아는 한 가구장은 일솜씨가 맵짜지만 항상 뭐라고 투덜거리면서 나무를 다듬었다. 일을 하면서 그가 수없이 내뱉는 욕설 중에 나는 이런 말을 들은 적이 있었다. "나무를 제대로 만질 줄 모르는 놈들은 전부 다 개새끼들이야."

그러나 나 같으면 이렇게 말하겠다 : "나무를 다루는 사람들은 모두가 다 귀공자들이야."

## 잡초의 옹호와 칭송

잡초를 뽑고 김을 매어 흙을 골라놓은 정원은 최후의 만찬을 그린 중세의 그림들 같다. 지고한 정원사께서는 이로운 풀과 해로운 풀을 서로 구분하여놓으신 것이다. 선택받은 이들이 낙원을 향하여 줄지어 가듯이, 버림받은 자들이 지옥으로 굴러떨어지듯이, 장미와 백합과 달리아는 화단에 꽃을 활짝 피우는데 별봄맞이꽃과 개밀속은 뽑혀서 생울타리 저 너머 눈에 안 보이는 퇴비장에 쌓이기만 한다.

어렸을 때 나는 하얀 반바지 차림의 맥없고 핏기 없는 선택받은 자들의 무리보다 버림받은 자들의 거무튀튀하고 알통 박인 육체가 훨씬 더 멋지다고 생각했다. 지금도 나는 가끔 이러저러한 '잡초'를 구제해보려고 정원사한테 사정을 해보지만 일이 여간 어려운 게 아니다. 그는 자기 손으로 심은 것이 아니면 모조리 잡초로 취급하기 때문이다. 그가 볼 때 초목들 가운데 자연발생적인 몫은 최소한으로 줄여야 한다는 것이다.

봄부터 일은 시작되어 사프란속이니 앵초니 하는 것들은 첫번째 풀깎기 때 잘려나가 버린다. 풀깎기 얘기가 나왔으니 말이지만, 규칙적으로 반복되는 이 작업 때문에 결국은 키 큰 풀은 다 사라져버리고 오직 키가 작거나 땅바닥에 납작하게 엎드린 화본과 식물만 살아남는다.

톱니바퀴 모양의 민들레 잎은 이 기막힌 납작 엎드리기에 완벽하게 성공한다. 그러나 민들레는 원통형 줄기를 높이 쳐들어야 씨앗들을 가득 담은 둥근 갓털들이 바람에 날려 사방으로 흩어질 수 있는 것이다(라루스 대사전의 로고가 잘 보여주듯이). 이처럼 풀깎기 작업은 풀밭을 완전무결하고 동질적인 가난이 전재산인 양탄자로 탈바꿈시켜 한사코 영국식 잔디밭을 만들고자 하는 노력이다.

지난날 들판을 그 진홍빛으로 장식하곤 하던 개양귀비꽃들은 제초제 농약에 굴복하고 말았다. 털이 보송보송하게 난 그 연약한 줄기 끝에 새빨간 꽃잎을 한들거리기 위해 그들에게 남겨진 자리는 이제 낡은 담장 꼭대기뿐이다. 사리풀을 찾아볼 수 있는 곳도 담장 위뿐이다. '잎이 끈적끈적하고 노란 꽃잎에 선혈 같은 붉은 줄이 있는 사리풀은 부서진 건물의 폐허에 돋아나는 독초다'. (식물학 교본에서 직접 인용한 이 설명의 강력한 암시력과 아름다움에 독자들은 충분히 주목했을 것으로 믿는다. 나는 또한 그 책에서 땅의 아버지라는 뜻의 아랍어 '아부 라슈'에서 '온 부라슈'(여행용 가죽빨병)란 이름의 식물도 찾아낸다. 그 이름이 말해주듯 진해, 거담, 발한제의 원료가 되는 식물이다.)

그러나 잔디밭의 저주받은 왕은 뭐니뭐니 해도 엉겅퀴라고 해야겠다. 스코틀랜드 사람들이 그것을 자기 나라의 엠블럼('닿은 자는 찔린다')으로 삼은 것은 이해가 된다. 그 태도가 당당하고 교만하기 이를 데 없으니 말이다. 엉겅퀴는 항상 그 자홍색 머리 모양의 커다란 꽃을 드높이 쳐들고 있는

데 뾰족뾰족한 침이 난 그 잎사귀에는 흰색의 얼룩 무늬가 있다. 독일 화가 뒤러(Dürer)의 자화상들 중 가장 아름다운 작품에서 화가는 양손에 미나리과 식물을 들고 있는 것을 볼 수 있는데 그것이 바로 부부간의 정절을 상징하는, 잎이 유난히 날카롭고 푸르스름한 엉겅퀴다.

반대로 포근한 녹색 잔털로 짠 빌로드를 오려붙인 듯한 모예화의 잎사귀는 부드럽기 그지없다. 그 잎사귀들은 2미터에 이르는 긴 줄기에 층층이 매달려 있고 그 줄기 끝에는 노란 꽃들이 송이를 이루어 밀집되어 있다. 불행하게도 이 식물은 메마른 모래땅을 좋아해서 흔히 오솔길 한복판에 돋아나곤 하여 짓밟혀버릴 수밖에 없는 숙명을 타고났다.

수수한 식물들 가운데 그 서열의 반대편 끝에는 이름 없는 덩굴식물들이 자리잡는데 질경이, 들봄별맞이꽃(작은 별꽃과는 관계가 없다), 메꽃이 그것이다. 특히 메꽃의 경우, 나팔처럼 생긴 섬세하고 하얀 꽃과 모리스 퐁뵈르가 지어낸 매력적인 속담 '책을 읽으면 메꽃이 된다(C'est en lisant qu'on devient liseron)' 때문에 지레짐작해서 속으면 안 된다. 이놈은 살상 능력을 가진 식물이다. 그것의 그물은 가장 아름다운 꽃들을 에워싸서 질식시킨다. 꽃들을 다치지 않은 채 그 그물에서 구해내는 일만큼 어려운 작업은 없다. 그 장식적인 다채로움과 수없이 많은 꽃을 단 수다스러움은 그 이름이 말해주듯이 감언이설로 남의 혼을 빼놓는 구변 좋은 사람들을 연상시킨다.

그러나 보다 큰 식물들, 특히 가장 큰 경우인 저 신비의 시베리아 어수리(Heracleum sibiricum) 얘기로 돌아와보자. 그 식물은 높이가 2미터 50센티가 넘고 그 꽃은 지름이 50센티는 좋이 되는 산형화다. 갈가리 찢긴 듯한 그 잎사귀들은 저 유명한 아칸더스의 잎을 연상시킨다. 오로지 저 혼자서 선택한 정원의 예측 못할 장소에 이삼 년에 한 번씩밖에는 꽃을 피우지 않으니 과연 신비스럽긴 하다. 그 위엄으로 보아 가장 정통적인 정원사도 머리를 숙이지 않을 수 없는, 식물의 모뉴먼트라고 해도 좋을 정도다.

끝으로 덧붙이건대, 나는 우리 집 정원에서 밖으로 나가 들에 자라는 잡초들을 찬양하고 싶다. 거기서도 역시 농사짓는 사람들의 지나치게 흑백논리에 사로잡힌 비전을 경계하지 않으면 안 되니까 말이다. 농사짓는 사람들의 눈에는 경작하지 않고 버려둔 들은 미개간지여서 그것은 지옥이나 마찬가지다. 산림 벌채는 곧 사막화나 마찬가지라고 여기는 삼림 광신자들에 대해서도 마찬가지 말을 할 수 있을 것이다.

나는 반박한다. 그 어느 경우건 미개간지나 사막화란 있지도 않다. 나는 거의 그 반대라고 말하고 싶을 정도다. 울창한 대수림이나 경작한 들이나 거기서 자라는 초목이 한심하기로는 막상막하다. 밭을 갈아 농사짓는 사람은 오직 자기가 심은 것만 자라기를 바라는 것이어서 수레국화나 개양귀비 같은 그 나머지 것들은 모두가 다 기생식물에 불과하다고 여긴다. 한편 숲의 거목들은 어떤가. 그들의 발 밑에는 아주 드문 버섯들말고는 아무것도 자라지 못한다. 이리하여 경작지와 숲의 동물군이 다 같이 사라져간다. 하늘을 나는 새들과 크고 작은 사냥감들은 풍부하고 다양한 식물상을 필요로 하기 때문이다.

그러므로 미개간지와 벌채한 지역을 보호해야 한다. 가장 많은 경우 그것은 히스와 덤불과 관목숲과 벌채림이 대부분인 광야인데 털짐승 깃털짐승의 천국인 이런 지대에서는 식물 채집을 하면서 돌아다니는 맛이 그만이다. 물론 여기서 기대할 수 있는 이익은 - 딸기나무에 열리는 딸기나 월귤나무의 장과 이외에는 - 별로 없다. 그러나 진짜 자연이란 바로 그런 것이 아니겠는가?


## 썰물


바닷가에서 바캉스를 보내는 아주 프랑스적인 관습은 일종의 통과의례적인 여행으로 우리들은 저마다 기억 속에 그 흔적을 간직하고 있다. 대양 - 그 신비, 그 광대무변함, 변화무쌍한 하늘 아래서 경험하는 그 엄청난 고독 – 이야말로 일곱 살 난 한 어린아이가 실감하는 형이상학이라고 말해도 좋을 것이다. 1968년 5월 혁명의 정신을 송두리째 요약하는 저 유명한, 너무나도 유명한 표현인 '포석 밑에는 해변의 모래밭'도 어떤 어린 시절의 향수에 다름아니다.

거기에는 만조가 있고 벌거벗은 육체가 바다의 원소와 송두리째 하나가 되는 수영이 있다. 파도 속에 억지로 떠밀려 들어가 수영을 배우는 어린아이는 항변한다. "차갑고 짜기만 해, 그리고 물에 빠지는걸!" 그러나 그건 불가피하고 이로운 삼중의 시련이다.

그러나 거기에는 또한 간조도 있다. 그 장엄한 선물을 얻어가지지 못한 해변은 너무나 불행하도다! 외국에서 가장 많이 연주되는 프랑스 음악의 두 가지 곡은 다 같이 제목이 「바다」다. 그 중 하나는 클로드 드뷔시의 곡이고 다른 하나는 샤를르 트레네의 노래다. 그러나 거기에는 뭔가 빠진 것이 있다. 두 곡이 다 같이 지중해를 예찬하고 있으니 말이다. 그 음악은 거품이 이는 물결의 변덕스러운 춤을, 햇빛을 받아 무지개처럼 영롱하게 빛나는 물결의 가볍고 은빛 나는 노래를 들려준다.

그런데 거기에는 밀물과 썰물이 없다. 저 푸르른 괴물이 가슴을 팽창시켰다 움츠렸다 하며 숨쉬는 광대하고도 깊은 호흡이야말로 대양의 특권이다. 페르 자케스 엘리아스는 내게 귀띔하기를 브르타뉴 사람들은 절대로 바다에 대하여 말하지 않는다고 했다. 그들이 입에 올리는 것은 바다가 아니라 '대양'이다. 이리하여 남쪽에는 그랑 블루(거대한 푸른 빛)가 있고 서쪽에는 대양이 있는 것이다. 그 둘을 근본적으로 구별하는 것은 매일같이 – 약 90분 간격으로 – 광대한 넓이의 모래톱을 드러내는 대양의 간조와 만조다.

조수(潮水). 우리들에게 그 신비스러운 현상을 설명하려고 애쓰는 선생님의 모습이 눈에 선하다. 그는 탁자 위에 수건 한 장을 펼쳐놓았다. "조수란 이런 게 아냐." 하고 그는 말했다. 그러면서 수건을 탁자의 한쪽 끝에서 다른 한쪽 끝으로 밀었다. "조수란 이런 거야." 그리고 그는 수건의 한가운데를 꼬집어 위로 쳐들었다. "이렇게 해서 밀물과 썰물이 칼레에서 두브르까지 모든 해변에 동시에 들고나는 거야. 그런데 이 바닷물 수건을 위로 쳐드는 내 손이 뭔지 알아? 달이야 달! 바닷물을 잡아당겨서 썰물이 생기게 하는 게 바로 달이거든. 그랬다가 달은 다시 바다를 놓아주는 거야. 그게 밀물이야." 그러면 우리는 눈이 뚱그레진 채 탁자 위에서 그 장엄한 요술의 비밀을 발견하는 것이었다.

우리는 각자 두 가지 중에서 하나를 택하는 수밖에 없다. 나는 한사코 대양 쪽을 택하는 편이다. 내겐 조수가 있어야 한다. 나는 썰물이 필요하다. 나는 매일같이 – 매번 다른 시각에, 그러니 얼마나 감미롭게 세련된 방식인가 – 물에 젖어 번쩍거리는, 그러면서도 부드럽고 때로는 위험을 숨기고 있는, 별들이 빛나고 해초에 뒤덮인 저 광대하고 물기 젖은 공간을 밟고 다니고 싶은 것이다. 나는 벗은 맨발로 저 수초들을, 저 모래와 자갈의 갯벌을, 저 부드러운 수렁을, 저 떨리는 물웅덩이를 느끼고 싶고 바위를 뒤덮고 있는 미역의 가발을 두 손으로 움켜쥐어 뜯어보고 싶고 돌을 떠들고서 마치 검객이 단검과 장검을 휘두르듯 짝짝인 두 집게발을 벌리면서 도망치는 작은 게들을 쫓아가고 싶다.

그러나 나는 기꺼이 '걸어다니는 어부'와 동행할 용의가 있지만 인내와 열정을 역설적으로 통합하는 그의 무리에는 속하지는 않는다. 갈고리, 사내끼, 새우잡이 그물, 광주리 그리고 새우를 조리하는 데 필요한 바닷물을 채울 빈 병 등 그의 장비가 거추장스럽게만 느껴진다. 그가 캔 온갖 조개들이며 뽀족한 중국 모자 그리고 온갖 칼들이 내겐 그리 관심의 대상이 되지 못한다. 그러나 나는 그 장소의 자연스러운 서식동물로서 그의 존재를 받아들인다.

중요한 것은 그냥 걷는 걸음이고 발가락 사이로 꼬물꼬물 비어져나오는 개흙과의 경주, 그리고 특히 이제 막 이불을 걷어버린 벌거벗은 몸뚱이처럼 저 군더더기 없는 삶의 강력한 냄새, 한창 발효하고 있는, 그러나 그 소금기와 요드 속에 원기를 북돋우는 순수함을 간직하고 있는 냄새인 것이다.

그리고 다시 밀려드는 물결, 관광 선전에 등장하듯 '달리는 말처럼'이 아니라 갈매기의 잰걸음으로 되돌아오는 생명수의 희소식. 새로운 푸르름이 다시 찾아와서 가차없는 빛과 모든 공격성에 노출되어 있던 모래톱의 거대한 슬픔을 진정시켜준다. 모래톱은 다시 그 보호와 초록의 어둠과 내면의 비밀을 되찾는다. 물결에 쓸리는 조가비들은 그 패각의 긴장을 늦추어 그 삭막했던 시간 동안 입에 물고 있던 짠물을 토해낸다.

이제는 부드러운 그 괴물이 웅얼거리면서 발을 핥도록 버려둔 채 저 분쟁지역의 가장자리에 앉아 있는 일만이 남았다. 우리의 어머니이신 대지는 깊은 기억을 간직하고 있다. 대지는 그 황폐한 얼굴에 태고 이래 겪어온 모든 사건들이 새겨놓은 흔적을 지니고 있다. 조수는 밀려와 사랑하는 여인의 그 얼굴을 씻어주고 처녀적의 신선함을 되살려놓는다. 이제 막 조물주의 손에서 나온 그 처녀의 모습을.


## 말


생 시몽은 그의 『회고록』에서 자신의 가문이 최근에 와서야 얻게 된 행운의 내력을 아주 자랑스럽게 술회하고 있다. 그의 아버지 클로드는 루이 13세를 모시는 시종으로 왕이 사냥을 갈 때 수행하는 관리였다. 왕이 타는 말을 바꾸어야 할 때가 되면 원기 있는 새 말을 대령하는 것이 그의 일이었다. '말을 갈아탈 때마다 왕이 성급해하는 것을 본 나의 아버지는 궁리 끝에 왕이 버리는 말의 궁둥이에 새로 대령하는 말의 머리를 갖다댔다. 그렇게 함으로써 원기왕성한 왕은 땅에 발을 밟지 않고도 이 말에서 저 말로 몸을 날려 한 순간에 옮겨탈 수 있었다.' 그리하여 왕은 젊은 클로드 드 생 시몽을 그의 마구간 책임을 맡는 제일 시신으로 삼게 되었다.

나 자신도 그렇게 말을 갈아타는 훈련을 해보았다. 그러자면 왼쪽 등자에서 발을 빼어 말 머리 위로 왼쪽 다리를 쳐들면서 오른쪽 등자를 딛고 한 번 빙그르 몸을 틀어서 다른 쪽 말의 안장 위로 옮겨앉아야 한다. 그건 그다지 쉽게 되는 것이 아니어서 나는 몇 번이나 실패를 거듭했다. 아마도 나는 루이 13세만큼 원기왕성하지는 못한 모양이다.

어떤 역사가들은 이런 일화를 웃어넘길지도 모른다. 그러나 그건 잘못이다. 이 일화는 이제 불과 50년도 채 안 되는 과거에 종언을 고한 하나의 문명 속에서 말이 차지하고 있었던 각별한 지위로부터 아주 자연스럽게 유래한 것이기 때문이다. 지난 2차 세계대전의 시사 뉴스를 다시 훑어보노라면 1941년 기계화 부대로 명성이 높았던 나치의 국방군이 러시아를 침공할 때 말이 지배적인 역할을 수행했다는 사실에 놀라지 않을 수 없게 된다.

도심이나 시골이나 가릴 것 없이 어딜 가나 위풍당당하고 믿음직한 말들의 존재를 느낄 수 있던 시대가 지나가버린 것은 오늘의 젊은이들에겐 커다란 불행이 아닐 수 없다. 거대하고 친숙한 말들의 실루엣, 그들이 내는 온갖 소리들 — 요란한 콧바람 소리와 포도를 밟은 말발굽 소리 —, 그 모든 삶의 규모에서는 가슴 뿌듯하게 하는 열기와 순수함이 발산되고 있는 것이다. 말은 동물들 가운데서 가장 인간적이고 심지어 가장 여성적이라고 할 수 있다. 그것은 거대하면서도 단단하다는 이중의 자질을 가진 엉덩이 때문이다. 단단하면 빈약하고 풍만하면 물렁물렁한 우리네 한심한 엉덩이는 언감생심 욕심내보지 못할 자질이다. 틀로 찍은 듯 일정하고 황금빛이 도는 저 향기로운 말똥까지도 머지않아 원뿔 모양의 용기에 담아서 파는 상점으로 찾아가 돈 주고 사야 할 만큼 귀해졌다.

도심의 거리나 도로상에서 말이 사고를 당하게 되면 - 말이 넘어져 상처를 입거나 아니면 그저 주인에게 얻어맞는 경우 - 오늘날의 자동차 사고와는 비할 수 없을 정도로 우리의 마음은 충격을 받는 것이었다. 그것은 순전히 인간에게만 봉사하고 인간에게 순종하는 힘센 거물, 그러나 벌거벗은 몸은 연약하기 그지없는 거물이 당한 불행인 것이었다. 1889년 1월 3일 이탈리아 토리노의 알베르토 광장에서 삯마차를 끄는 말이 그의 마부에게 매를 맞는 광경을 목격한 프리드리히 니체가 달려가서 말의 목을 끌어안고 울었다는 이야기는 얼마나 감동적인가! 그리고 잠시 후 '디오니소스'는 광기에 사로잡혀 쓰러지고 만 것이다. 나는 포석에다가 그 이야기를 새겨놓도록 토리노 시 당국에 건의해보았지만 성과가 없었다.

황도 12궁 전체에서 인마궁(人馬宮)은 가장 완전하고 가장 열정적이다. 그것은 활 - 어떤 과녁을 향해서가 아니라 하늘의 태양을 향해 쏘는 - 과 땅바닥에 호되게 처박힌 말엉덩이를 합쳐놓은 것이다. 그 속에서 이상주의와 현실주의가 서로 만난다. 인마궁 가족은 영광스럽게도 베토벤, 베를리오즈, 프리츠 랑, 장 메르모즈, 폴 엘뤼아르, 호르헤 셈프룬… 그리고 이 보잘것없는 소생을 포함하고 있다.

오늘날 승마가 젊은 사람들 가운데 매우 인기 있는 스포츠가 되고 있는 것은 기쁜 일이다. 어린아이에게 있어서 말과의 친화보다 더 교육적인 것은 없다. 말은 기계가 아니다. 말과는 서로 공감하는 방법을 배우지 않으면 안 된다.

어린아이에게 있어서 말에 대한 사랑은 그 거대하고 따뜻하고 근육이 발달한, 그리고 땀 냄새와 똥 냄새가 구수한 몸뚱이와의 직접적인 접촉을 통해서 시작된다. 그 위에 올라타고 뺨에서 발가락까지 전신을 착 붙이고 있어보면 여간 관능적인 것이 아니다. 그건 물론 안장 없이 탈 때의 이야기다. 어린아이는 가능한 한 벌거벗은 맨몸이어야 좋다. 그의 몸과 말의 몸 사이에 아무것도 끼여들면 안 되니까 말이다. 여기서 우리는 화가들이 즐겨 그리는, 야생마의 잔등에 벌거벗은 채 비끄러매인 젊은 마제파(Mazeppa)[2]의 강력한 이미지

---

[2] 17세기 동부 우크라이나의 코사크족 두목. 화가 오라스 베르네(Horace Vernet)는 간통 현장에서 발각되어 야생마의 잔등에 비끄러매였다가 기적적으로 구원받은 마제파의 전설을 그림으로 그렸다. 바이런, 푸슈킨, 빅토르 위고, 프란츠 리스트 등이 이 전설적인 인물을 그들의 작품 속에서 다루었다.

를 다시 만나게 된다.

　말에 접근하는 그 다음 단계에서는 덮개, 그리고 말의 어깨뼈 사이의 융기부 양쪽에 맨, 두 개의 손잡이 달린 가죽 벨트인 곡마(曲馬)용 뱃대끈을 제대로 다룰 줄 알아야 한다. 초보자 기수가 달리는 말의 운동과 균형감에 친숙해지는 데는 말의 곡예만큼 효과적인 것은 없다. 말의 옆구리에 매달려서 목에 머리를 꼭 붙이고 함께 달린다는 것, 말잔등에 올라타고 그 리듬과 구심력을 이용하여 - 곡마사는 원형의 승마 연습장 안쪽으로 몸을 기울이고 있는 말의 한쪽에 매달려 있으니까 - 내닫는 것, 이윽고 한두 바퀴를 도는 동안은 그냥 말에 실려서 가다가 그 다음에는 말의 머리 위로 다리를 통과시켜 땅을 짚었다가 금방 단숨에 솟구쳐오르는 것, 그렇다, 말의 곡예는 초보자에게 자신의 말과 한 몸이 된 듯한 저 도취감 어린 환상을 맛보게 해준다. 그래서 그는 때로 왜 이 정도로 그쳐야 하나 하는 느낌을 갖게 되는 것이다.

　실제로 그는 그 정도로 그칠 수 없다. 왜냐하면 승마술 습득의 제삼단계에 이르면 마구가 반드시 요구되니까 말이다. 여기서 마구란 말과 기수 사이의 거리와 접촉을 조절하는 안장과 고삐를 두고 하는 말이다. 고삐는 기수가 말의 머리, 그리고 기이하게도 입을 장악하도록 해준다. 그러나 승마 문화의 주된 장비는 뭐니뭐니 해도 안장이다. 안장 덕분에 말은 하나의 문화적 존재로 승격한다. 어느 정도인가

하면 각 시대와 나라마다 고유한 유형의 안장이 따로 있을 정도다.

안장은 뒤쪽의 휘어오른 부분, 안장머리, 안장가죽, 안장혹, 그리고 여자 기수의 경우에는 안장앞테의 뿔 등으로 이루어져 있다. 말의 등자는 아주 흥미진진한 문제를 제기한다. 실제로 등자는 10세기경에야 비로소 등장한다. 다시 말해서 우리 시대의 반이 흘러간 뒤의 일인 것이다. 그렇게도 간단한 개량 장치를 고안하기까지 어째서 수천 년을 기다려야 했는지를 누군들 설명할 수 있으랴. 다만 지적할 수 있는 것은, 박차를 사용하자면 반드시 등자가 있어야 한다는 점이다. 그것도 등자끈의 길이를 조절하여 정확한 높이에 오도록 매단 등자가 있어야 하는 것이다. 등자끈이 너무 짧거나 너무 길면 박차를 사용할 수가 없게 된다. 지난 세기 영국 기수들의 승마술에서는 등자끈이 길어서 기수가 안장 위에서 충분한 안정감을 유지하고 두 다리를 힘차게 놀릴 수 있었다. 그러다가 등자끈이 끊임없이 짧아져서 오늘날에 와서는 기수들이 머리보다 엉덩이를 더 높이 쳐들고 안장 위에 일어서 있는 형국이 되었다. 그리하여 기수들은 다리의 움직임과 안정감을 다같이 포기해버렸다.

안장은 인간과 말의 결합을 상징한다. 카우보이는 자신이 타는 말을 술집 안으로 몰고 들어가지 못하는 대신 안장을 어깨에 메거나 허리에 차고 간다. 병사에게 있어서 안장은 허리에 차는 작은 가방, 탄창과 더불어 그가 지니는 장비의 핵심을 이룬다. 안장의 휘어오른 부분과 충분히 높은 안장머리는 장시간 말을 타고 갈 때 최대한의 편안함을 보장해준다. 지체 높은 귀인들은 말이 살아 움직이는 왕좌가 되도록 사치스러운 안장을 원했다. 모로코 가죽 제품과 수놓은 장식과 금은 세공이 거기서 한몫을 했다. 그러나 이런 말 위의 왕좌는 - 겉으로 나타나지는 않지만 - 피할 수 없는 이중의 요청에 부응하는 것이다. 즉 말의 해부학적 구조와 기수의 해부학적 구조가 바로 그것이다. 오랫동안 말을 타고 달리면서 몸을 움직인 끝에 동물이건 사람이건 몸을 다치면 안 되는 것이다. 마구 제조는 분명 세련되고 창의력으로 가득 찬 기술일 수 있지만 그것은 살아 있는 두 존재의 생김새에 맞추려고 노력하는 수공업적 기술의 엄격함을 간직하고 있다. 바로 거기에 그것의 비밀을 푸는 열쇠가 있다.

## 측대보와 대각보

내가 살고 있는 생 레미 레 슈브뢰즈 역 근처 쿠베르텡 농장의 65마리나 되는 흑백 암소떼의 모습은 파리에서 찾아오는 여행자들의 마음을 녹여주고 가슴을 부풀어오르게 한다.

최근에 나는 어떤 미국 신문 기자를 마중하러 역으로 나갔었다. 그는 르와시 비행장에서 직접 고속전철 B선을 타고 우리 고장을 찾아온 것이었다. 나는 그에게 길의 붉은 신호등을 가리키며 말한다.

─여기서 파리 교외가 끝나고 진짜 시골이 시작됩니다. 우리는 이제부터 그야말로 프랑스 내륙으로 들어가는 겁니다.

그러는데 마침 내 말에 맞장구라도 치듯이 신호는 파란불로 바뀐다. 나를 찾아온 미국 손님은 '프랑스 내륙'을 존중하려는 뜻에서인지 말이 없다. 여기까지는 아직 아무것도 아니다. 불과 100미터 정도를 지나자 축사로 돌아가는 문제의 암소떼가 길을 가로막는다.

─대부분의 미국 아이들은 우유가 맥주나 코카콜라와 마찬가지로 공산품 음료라고 생각하고 있어요, 하고 손님이 내게 말한다.

─미국산 우유의 경우라면 아이들 생각이 완전히 틀린 건 아니겠군요, 하고 내가 좀 심술궂게 대꾸한다.

─그런데 그런 게 아니라 사실은 우유가 얼마나 구태의연하고 육체적인 방식으로 만들어지는가를 설명해주면 많은 아이들은 큰 충격을 받습니다.

─구태의연하고 육체적이라! 과연 암소란 그런 짐승이죠. 저 앞에 걸어가는 놈들을 좀 보세요. 저들은 호메로스 시대 때부터 이미 저런 식으로 걸었지요.

─정말 암소들이 늘 저런 식으로 걸었다고 생각하세요? 하고 그가 내게 반문한다.

─물론이죠!

미국 사람들을 호락호락하게 보면 안 된다. 겉으로는 어리

숙해 보이지만 그 이면에는 가끔 놀라운 전문가적 능력을 갖
추고 있는 것이다.

　―그렇게 단언하긴 어렵죠. 선생님도 잘 아시다시피 네발
짐승은 아주 판이한 두 가지 방식으로 걷습니다. 측대보와
대각보가 그것이죠. 측대보의 경우, 오른쪽 앞발과 오른쪽
뒷발이 동시에 나가죠. 그 다음에 왼쪽 앞발과 왼쪽 뒷발이
함께 움직입니다. 정확하게 말하자면 완전히 동시에 움직인
다고는 할 수 없죠. 순수한 측대보란 있을 수 없으니까요. 앞
발이 뒷발보다 약간 먼저 나가면서 마치 뒷발을 떠미는 느낌
을 주죠. 반대로 대각보의 경우엔 동물이 우선 오른쪽 앞발
과 왼쪽 뒷발을 내딛고 그 다음에 왼쪽 앞발과 오른쪽 뒷발
을 내딛죠.

　―저 앞의 암소들은 대각보로 걷고 있군요, 하고 내가 지
적해 보인다.

　―그렇군요, 하고 나의 손님이 말을 받는다. 하지만 옛날
부터 늘 그랬을까요? 이건 제가 알기론 동물학자들이 아직
까지 분명하게 밝혀내지 못한 수수께끼입니다. 네발돋이 가
축은 한결같이 대각보로 걷습니다. 고양이, 개, 말, 암소 모
두가 다 그렇지요. 옛날엔 강제로 측대보를 가르치기 위해서
'하크니'라고 하는 여성용 암말의 다리들을 한데 붙잡아매
놓곤 했지요. 승마복을 입고 타는 부인네들을 위해서 키우는
말들이었지요. 부인네들에겐 측대보가 훨씬 더 편안하거든
요. 반면에 야생의 네발짐승들은 측대보밖에 몰라요. 여우에

서 염소, 호랑이에서 들소에 이르기까지 다 마찬가지죠. 낙
타와 코끼리도 측대보로 걷지요. 늑대와 독일산 세퍼드를 서
로 구분하려면 걷는 모습을 잘 보면 됩니다. 늑대는 측대보
로 걷고 세퍼드는 대각보로 걷거든요.

 ─물을 먹여봐도 되지요. 개는 물은 핥아먹고 늑대는 들이
마시거든요.

 ─네발짐승의 걸음걸이를 측대보에서 대각보로 바꿔놓는
것은 바로 인간의 존재가 아닐까 싶어요. 참 이상하죠?

 ─그럼 호메로스 시대의 암소들은 원래 측대보로 걸었었
는데 나중에 인간들을 즐겁게 하기 위해서 대각보로 바꾸었
다 이런 말씀인가요?

 ─암소는 아니라 해도 적어도 암소들의 까마득한 조상들
은 그랬겠죠. 그렇지만 인간을 즐겁게 하기 위해서는 아녜
요. 그건 어떤 문명 효과일 테죠.

 나를 찾아온 손님은 내게 골칫거리를 안겨주었다. 이제 나
는 거리에서, 들에서 혹은 텔레비전에서 네발짐승이 걸어가
는 것을 보기만 하면 측대보로 걷는지 대각보로 걷는지 관찰
하지 않고는 견딜 수가 없게 된 것이다. 물론 가축의 경우 대
각보가 지배적이다. 그러나 측대보가 없는 것은 아니다. 예
컨대 나는 사냥 중인 사냥개는 한결같이 측대보를 택한다는
사실을 확인한 것이다.

 바로 여기서 양자택일의 열쇠를 찾아야 한다. 내 생각을
말해본다면, 대각보가 이상적인 걸음걸이라는 것이다. 코끼

리나 낙타처럼 우선 몸을 오른쪽으로 기울였다가 그 다음에 왼쪽으로 기울여 뒤뚱거릴 수밖에 없도록 만드는 측대보보다 대각보가 더 균형이 잡혀 있고 아마도 덜 피곤할 것 같은 것이다. 그러나 대각보로 걷자면 땅바닥이 아주 고르지 않으면 안 된다. 인간은 길, 목장 혹은 집 안의 마당 같은 형태로 그같은 땅바닥을 가축에게 제공한 것이다. 반면에 울퉁불퉁한 땅바닥, 모래땅, 늪이나 바위가 많은 지면에서는 측대보가 더 쉽고 안전하다. 그러므로 측대보는 야생의 걸음걸이요 시골의 걸음걸이인데 비하여 대각보는 세련과 문명의 걸음걸이다.

말의 세 가지 보조-평보, 속보, 구보-역시 매우 흥미롭다. 평보가 대체로 대각보이고 속보가 항상 순수한 대각보인데 비하여 구보는 반드시 측대보라는 사실을 우리는 관찰할 수 있다. 그런데 속보는 야생마들로서는 경험해보지 못한 인간적이고 부자연한 걸음걸이다.

그렇다면 인간은 어떤가? 물론 인간은 네발짐승이 아니다. 네 발로 걷는 때가 더러 있기는 하지만. 자 그러면 우리들의 눈앞에서 우리 동류들이 어슬렁거리는 모습을 관찰해보기로하자. 두 팔이 자유로울 경우 그들은 팔을 흔들며 걷는다. 어떻게 흔드는가? 왼쪽 다리와 동시에 오른쪽 팔을 앞으로 내민다. 다음에는 그 반대로 한다. 명백한 대각보다. 두 팔로 측대보를 흉내내며 걷는 사람이 있다면 그는 내면에 상당한 분량의 야성을 감추고 있다고 보아야 하겠다.

한편 어린아이들을 살펴보면, 그들 역시 네 발로 기어다니기 시작할 때부터 자연발생적으로 대각보를 택하는 것을 볼 수 있다. 우리들 각자가 그것을 직접 실험해볼 수도 있다. 측대보도 가능하다. 그러나 그 실천이 얼마나 어려운가! 말할 나위 없이 대각보가 단연 우세한 것이다.

로댕의 「생각하는 사나이」의 자세를 흉내내보려고 애를 쓰다가 그만 터져나온 레몽 드보의 절규와 신음소리로 이 글을 끝내기로 하자. 문제의 생각하는 사나이는 무릎 위에다가 팔꿈치를 고이고 있으니 말이다. 어느 쪽 무릎 위에 어느 쪽 팔꿈치를? 유심히 살펴보라. 그 무슨 뜽딴지같은 생각에서였는지 로댕은 그 사나이로 하여금 왼쪽 무릎 위에 오른쪽 팔꿈치를 고이도록 만들어놓았다. 그 결과 온통 뒤틀린 자세가 생겨난 것이다. 상체를 송두리째 비틀고 있는 이 자세는 필경 등짝 근육들이 튀어나오도록 하려고 조각가가 일부러 선택한 듯하다. 그러나 배가 나온 사람은 이런 자세를 취하려 하지 않는 것이 좋겠다. 그런 자세를 취하는 것이 불가능한 것이다. 기어이 고통스러운 노력을 다한다면 모르겠지만. 그것이 바로 측대보를 포기하고 너무 조직적으로 대각보를 선호할 경우에 치러야 하는 대가인 것이다.

# 젖

다음은 모파상의 작품 중에서도 가장 아름다운 이야기이고 어쩌면 세상에서 가장 아름다운 이야기인지도 모른다. 지금부터 백 년 전 제노아에서 마르세이유까지의 해안선을 따라 달리는 작은 기차 안에서 있었던 일이다.

어떤 열차간에 한 남자와 여자 두 승객이 앉아 있었다. 둘 다 이탈리아의 피에몬테 사람들로 프랑스에 일자리를 얻으러 가는 길이었다. 깡마르고 단단한 체구로 햇볕에 검게 그을린 사내는 토목 인부였다. 부드럽고 뚱뚱하고 모성적인 인상의 여자는 프로방스의 어느 부유한 가정에 유모로 채용되어 가고 있었다.

그들은 처음에는 서로 말을 하지 않고 그냥 가만히 앉아 있었다. 그러다가 여자가 차츰차츰 혼자서, 그리고 남자를 향해서 신음소리를 내기 시작했다. 여자의 몸에서 젖이 오르는 것이었다. 그 때문에 여자는 어쩔 줄을 몰라 허둥댔다. 괴롭기 짝이 없었다. 금방 병이라도 날 것만 같았다. 그래서 남자도 보고만 있을 수 없게 되었다.

"혹시 어떻게 도와줄 수는 없을까요?"

"어떻게요?" 하고 여자가 물었다.

"아니 어떻게든 젖을 짜내야죠…."

그리하여 기막힌 광경이 벌어졌다. 남자가 여자의 뚱뚱한 무릎 사이에 쭈그리고 앉았다. 여자가 그 풍만한 젖을 이쪽 저쪽 차례로 꺼냈다. 그리고 흙일밖에 모르는 깡마르고 햇빛에 그을린 그 사내가 아기처럼 젖을 빤다. 결국 남자 쪽에서 고맙다고 인사를 한다.

"사실 지난 하루 동안 꼬박 아무것도 못 먹었거든요."

이 이야기가 우리에게 깊은 감동을 주는 것은 여자의 젖을 빠는 사내와 그녀의 젖을 먹어야 할 마땅할 아기 사이의 강한 대조 때문이다. 여기서 우리는 자신의 젖을 주어서 죽어가는 노인들의 생명을 연장시켜주는 아프리카의 어떤 종족들을 연상하게 된다(그들의 이런 행동은 '술은 늙은이들의 젖이다'라는 저 유명한 속담을 정면으로 부정하는 것이다). 실제로 여기서 젖은 더 이상 갓난아기만 먹는 양식이 아니라 만인이 다 나누어 먹을 수 있는 양식이 되고 있으니 말이다. 생명을 유지하는 데 없어서는 안 될 전형적인 영양제일 뿐만 아니라 거기에는 따뜻한 체온과 애정, 그리고 여성의 젖 이미지에서 느껴지는 관능까지 추가되어 있는 것이다.

젖의 이같은 보편화 작용은 아주 다양한 경로를 거쳐서 우리의 온갖 무의식적 환상을 자극한다. 나는 그 중에서 두 가지만을 이야기해보겠다.

암소는 우리가 소비하는 젖의 대부분을 제공한다. 암소는 바로 그 동물성과 인간에 비할 바 아닌 그 덩치로 인하여 인간과 대자연 사이에 다리를 놓아준다. 우리는 다음과 같은 등식을 설정해볼 수 있다.

암소 = 어머니 + 자연

그렇기 때문에 도축장을 견학하는 사람들은 암소를 잡는 장면을 보면 유난히 충격을 받는 것이다. 거기서는 돼지, 황소, 양도 잡는다. 그런데 유독 암소의 죽음만이 일종의 신성모독같이 느껴지는 것이다. 암소의 죽음은 살모(殺母)를 연상시키기 때문이다.

한편 암소의 거대한 덩치로 말하자면—물론 암소는 황소나 투우와 뗄 수 없는 관계를 맺고 있다는 사실을 상기하자—그것은 우유를 마시는 인간에게 거인의 미래를 약속해준다. 이같은 환상의 밑바닥에는 괴물 미노타우로스의 어머니이며 황소에게 반해버린 여신 파시파에의 그림자가 어른거린다.

바다(mer)는 바다—어머니(mère-mer)라는 동음이의어로서의 덕을 보고 있다. 그러나 고생물학은 모든 생명이 바다에서 온 것임을 과학적으로 증명해주고 있다. 역사학자 미슐레까지도 바닷물을 일종의 근원적 젖으로 본다. 이 근원적인 젖은 구태여 빨아먹을 필요도 없다. 왜냐하면 그것은 최초의 생명체들이 우글거리는 원초적인 배양액이기 때문이다. '점액성 물질을 흡수하고 생산하는 젤라틴 상태의 태아인 이 생명체는 물 속에 빽빽하게 들어차서 그 물에 무한대의 자궁과도 같은 부드러움과 생산성을 부여하고 마치 따뜻한 우유와도 같은 그 자궁 속에서는 끊임없이 새로운 아기들이 와서 헤엄을 친다.'

시인 폴 클로델은 바다—어머니의 이미지를 멋지게 뒤집어서 모든 강들의 하구를 통해서 대지의 젖을 빨아먹는 어머니-아기의 이미지를 만들어낸다. 사실 강이란 무엇이던가? '강은 대지의 실체가 액화된 것이다. 그것은 대양이 거세게 빨아대는 바람에 대지의 가장 깊숙한 주름 속에 뿌리내리고 있던 액체인 젖이 분출한 것이다.'

청소년기의 심리발달 과정에 있어서 여자-어머니에서 여자-애인으로의 이행은 거기에 따르는 성욕 발생과 더불어 중대한 계기를 이루는데 그것은 여성의 유방에 대한 새로운 비전 속에 구체화된다. 영양과 보호 기능을 가진 유방이 성적 대상으로 변하는 것이다. 그러나 유방은 여체의 가치부여 과정에서 예컨대 둔부나 치골 같은 다른 부위에 의하여 대치될 수도 있다. 유방의 에로티시즘이 성년에까지 지속되는 경향은 특히 앵글로색슨계 나라들에서 많이 나타나는 현상이고 유럽과 지중해변의 나라들에 있어서는 여체의 성적 매력이 다른 곳에 위치하는 것 같다. 미국 영화에 나오는 스타들은 흔히 유감없이 강조된 그네들의 젖가슴의 풍만함[3]으로 그 진가를 발휘하는 반면 파리의 프렌치 캉캉은 팬티와 양말대님을 유난히 드러내 보이는 것이 특징이었다. 가슴이냐 골반이냐… 서로 다른 두 가지 감수성, 두 가지 문명의 상징이다.

이 서로 다른 감수성을 젖과 관련된 식사 습관의 한 영향

---

[3] 풍만함을 의미하는 프랑스어 'exubérant'은 라틴어 'uber'에 어원을 두고 있다. 가령 '제인 멘스필드는 풍만한 여인이었다.'

이라고 보아도 될까? 사실 유럽 사람들은 우유를 별로 많이 마시지 않는다. 그들에게 우유는 음료수라기보다는 오히려 일종의 원료라고 할 수 있다. 그들은 우유를 요구르트나 치즈로 만들어 먹는 것을 더 좋아한다. 순수한 우유를 큰 잔으로 마시는 밀크 바는 미국의 명물로서 유럽에도 도입하려 했으나 실패하고 말았다. 반면에 치즈가 지중해 문명의 더할 나위 없는 특징이라는 사실은 주목할 만하다. 치즈는 빵과 포도주와 더불어 유럽인들의 식탁에 오르는 삼위일체를 이룬다. 우유기(牛乳期)에서 더 이상 성장하지 못하고 머물러 있는 미국인들은 유아기 고착 현상의 제물이 된 것이 아닐까?

## 한밤의 고슴도치 학살

여름날 시골 길바닥 여기저기에 구두흙털개 같은 작은 조각들이 피투성이가 되어 널려 있는 광경은 얼마나 참담한가. 전적으로 야행성 동물인 고슴도치는 밤마다 튀어나와서 이곳 저곳을 미친 듯이 돌아다니는데 그 편력이 그 짐승에게는 흔히 치명적인 결과를 가져온다. 극작가 장 지로두는 한자리에 가만있지 못하는 이 동물의 이같은 이동욕(移動慾)에 대하여, 모든 아내 고슴도치들은 길의 오른쪽에 살고 있고 모든 남편 고슴도치들은 길의 왼쪽에 살고 있는데 그들이 부부

지정을 못 이겨 서로 만나려고 애를 쓰다가 그만 죽음을 당한다고 설명했다.

그런데 사실은 이렇다. 원래 걸음이 매우 더딘 고슴도치는 조그만 위험만 닥쳐도 즉시 걸음을 멈추고 공처럼 동그랗게 몸을 움츠린다. 이런 반사적 행동은 그들이 길을 건너가다가 자동차가 달려들 경우에는 명백한 자살행위가 되고 마는 것이다. 이렇게 몸을 둥글게 움츠리는 것을 가리키는 아주 멋진 단어가 바로 '볼바시옹(volvation)'인데 이 말을 아는 사람은 그리 많지 않다. 이런 버릇은 쥘 르나르가 개량된 거북이라고 말한 바 있는 아르마딜로라는 짐승에도 해당된다.

소설가 모리스 주느브와는 고슴도치가 힘차게 몸을 움츠리는 모습을 홀린 듯이 관찰하며 이렇게 썼다. '작은 강직경련을 일으키면서 그의 근육들이 더욱더 수축된다. 그 어떤 구두쇠도 돈주머니의 주둥이를 이보다 더 바싹 비끄러매지는 못할 것이다.' 이때의 고슴도치는 밤송이 같은 작은 침들이 잔뜩 돋아난 꽉 움켜쥔 주먹을 연상시킨다.

'볼바시옹'은 어떤 인간 심리를 상징한다. 사람들과 접촉하기를 꺼리고 마음을 터놓지 않는 무뚝뚝한 사람의 반사적 행동을 비난할 때 우리는 이것에 비유하곤 한다. 이에 대해서 뷔퐁은 더욱 적절하게 표현한 바 있다. '여우는 아는 것이 많다. 고슴도치는 아는 것이 한 가지밖에 없다. 고슴도치는 싸우지 않고도 자기를 방어할 줄 알고 공격하지 않고도 상처를 입히는 것이다.' 나는 최근에 어떤 개가 고슴도치를 보고 요란하게 짖어대는 광경을 목격했다. 그의 무력함은 우스꽝스러웠다. 마침내 개는 그 조그만 고슴도치를 입에 물었다. 그러나 몇 미터 가지 않아서 뱉어버릴 수밖에 없었다. 고슴도치가 게임에 이긴 것이었다. 그것은 수동적인 방어의 승리다. '볼바시옹'은 외부 세계의 공격에 대한 훌륭한 방어다.

그러나 지로두는 처음부터 끝까지 잘못 생각한 것 같다. 고슴도치를 파멸시키는 것은 그의 치유할 길 없는 바람기다. 이 동물은 이졸데를 그리워하는 트리스탄보다는 돈 주앙을 더 많이 닮았다. 나는 암놈 고슴도치는 아니지만 매년 여름마다 직접 그것을 경험한다. 이 글을 쓰고 있는 지금 해가 지평선에 기울고 있다. 두 시간만 있으면 황혼이 나무들 위로 밤의 냉기를 쏟아놓을 것이다. 그러면 나는 뾰족뾰족한 바늘이 잔뜩 돋은 공 하나가 음식 알갱이를 가득 담아놓은 고양이 밥그릇을 향하여 좌우로 몸을 뒤뚱거리며 다가가는 모습을 보게 될 것이다. 이놈은 새끼돼지의 그것 같은 작디작은 콧잔등을 내밀어 그 음식을 미친 듯이 삼켜버릴 것이다. 과연 고슴도치는 어딘가 돼지를 닮은 데가 있다. 실제로 이놈의 몸에는 벼룩이 득실거린다.

그러나 매년 이맘때면 두 가지 시도를 해보지만 그때마다 실패로 끝나고 말았다. 첫째 시도는 이놈이 낮에는 어디에가 있는지를 알아내려는 것이었다. 우리 집 정원은 사실 별로 크지 않다. 그런데도 나는 끝내 그 비밀을 캐내지 못했다.

두번째 시도는 맛있는 것(이놈은 우유, 치즈, 그 밖의 돼지고기 제품을 아주 좋아한다)을 잔뜩 먹이거나 아니면 정원의 출구를 모조리 봉쇄하여 이놈을 잡아보겠다는 것이다. 그렇지만 고슴도치는 내일, 사흘 혹은 일주일 후면 다른 곳의 그 무슨 신비스런 유혹에 홀려서 사라져버릴 것임을 나는 경험으로 알고 있다.

쥘 르나르(또 다시)는 고슴도치의 입을 빌려 이렇게 말한다. "나를 그냥 생긴 대로 대해주세요. 너무 꼭 껴안으면 안 돼요."그의 동시대인들에게 보내는 이 현명한 경고를 통해서 그는 흐뭇한 자기 인식에 도달한다.


## 뱀에 대한 풀이


사막은 그의 왕국이고 가뭄은 그의 풍토다. 뱀은 아담과 이브를 낙원에서 쫓겨나게 만든 다음 사막으로 데리고 갔다. 훗날 하나님이 피라칸다 한복판에서 모세에게 말을 했듯이 그는 선악의 나뭇가지들 속에서 그들에게 말했다. 무엇에 대해서 말했던가? 하나님이 모세에게 했듯이 선과 악에 대해서 말했다. 그러나 그는 악을 선이라 했고 선을 악이라 했다.

병적인 뒤집기가 바로 그의 일상적 행동이니까 말이다. 사랑도 마찬가지다. 뱀에는 독이 있는 뱀과 목을 감는 뱀, 두 종류가 있다. 독이 있는 뱀은 키스로 죽인다. 목을 감는 뱀은 포옹으로 죽인다. 전자는 온통 입뿐이다. 후자는 온통 팔뿐이다. 그러나 양자가 다 사랑의 행동을 통해서 죽인다.

뱀의 대가리는 서로 매우 느슨하게 연결된 뼈들로 구성되어 있다. 뱀의 턱은 마음대로 빠진다. 요컨대 대가리 전체가 해체 가능한 구조로 되어 있는 것이다. 예를 들어서 거대한 먹이를 삼키려 할 때는 그 먹이를 길게 잡아늘인다. 그렇게 되면 뱀의 몸뚱이 전체가 먹이에 신겨진 살아 있는 양말로 변하는 것이다.

물론 이런 기막힌 삼키기 능력은 공포의 대상이지만 증오심에 불타 불끈 쥔 주먹 같은 삼각형의 단단한 대가리만큼 무서운 것은 아니다. 뱀의 눈은 유명하다. 그 눈에는 최면을 거는 위력이 있다고 사람들은 믿는다. 특히 뱀에게는 눈꺼풀이 없기 때문에 그런 느낌을 준다. 거북이, 이구아나, 도마뱀은 눈꺼풀이 있다. 그런데 뱀은 없다. 절대적으로 고정되어 있는 뱀의 시선은 눈꺼풀을 내려서 아늑하고 촉촉하게 휴식하는 재미를 모른다. 그래서 뱀에겐 얼굴은 없고 오직 가면이 있을 뿐이다. 그래서 그 가면이 벗겨지면 그 밑에서 얼굴이 나타나는 것이 아니라 오히려 또 다른 가면이 단단하게 굳어지는 것을 볼 수 있다.

가면이란 무엇인가? 단 하나뿐인 표정 속에 굳어진 죽은 얼굴이다. 뱀의 경우 그 표정은 바로 치열한 경계심, 살아 있는 연약한 살로 된 나 자신의 얼굴, 그 한 점에 쏠려 있는 주의력의 표정이다. 미동도 하지 않는 뱀의 저 시선은 내 속으로 파고들어와서 나를 자리에서 못박인 듯 꼼짝도 못하게 만든다.

그러나 여기서도 뒤집기는 작용한다. 왜냐하면 뱀은 송두리째 하나의 거대한 눈꺼풀에 덮여 있다고 말할 수도 있으니 말이다. 이 동물은 일 년에 한 번씩 허물벗기를 할 때 그 눈꺼풀을 벗는다. 실제로 뱀의 눈은 투명한 피부원반으로 보호되어 있는데 그 원반은 나머지 표피와 이어져 있어서 뱀이 피로 얼룩진 옷과 고정된 얼굴을 벗어던질 때 한꺼번에 다 떨어져나간다.

많은 히브리 사람들이 뱀에 물려 죽자 하나님은 모세에게 명령하여 청동으로 거대한 뱀을 만들어 진영 입구의 말뚝에 걸어놓으라고 시켰다. 이리하여 뱀의 위협을 피할 수 있었다.

각 민족에는 저마다의 청동뱀이 있다. 프랑스인들에게는 콩코드 비행기가 있다. 이것은 속도의 여신에 대한 어리석고 범죄적인 숭배의 상징이다. 그 비행기가 뾰족하고 독살스런 주둥이를 땅에 처박을 듯이 착륙할 때 코브라 같은 그 흉측한 옆모습을 보라!

뱀의 불길한 마법은 멀고도 높은 곳에서 유래한다. 태초에 마왕이 있었다. 그는 너무나도 아름다워서 자신을 신에 비하였던 천사다. 마침내 그의 라이벌인 형제 천사장 미카엘이 그 신성모독적인 오만에 분개한 나머지 그에게 달려들어 날개와 두 팔과 두 다리를 뜯어내버린 다음 그를 바닥 모를 심연 속으로 집어던지면서 "누가 하나님과 같은가?"(히브리 말로 '미카엘')라고 소리쳤다.

그때부터 실추된 그 천사장은 하늘에서 날아다니는 대신 먼지구덩이에서 기어다니고 땅 속으로 숨어들게 되었다.

뱀은 끔찍하고 찬란한 몸통만 남은 천사다.


## 오리의 초상


풍경의 유형마다에는 그것을 특징짓는 동물의 실루엣이 따로 있는 법이다. 나무 그루터기들이 많은 곳에는 재빠르게 달리는 토끼의 그림자가 보이고 금방 갈아엎은 밭고랑에는 자고새가 요란스럽게 날아오르고 진창에는 멧돼지가 뒹굴고 있다. 그러나 넓적부리와 늪을 결합시켜주는 행복한 결혼과 완벽한 적응에 비길 만한 것은 아무것도 없다.

못은 — 살아 있는 모든 존재가 다 그렇듯이 — '숨을 쉰다'는 사실, 다시 말해서 산소와 탄산가스 사이의 가스성 교환이 이루어지는 장소라는 점을 알아둘 필요가 있다. 그리고 물론 그 호흡은 건전한 것일 수도 있고 질식 상태로 인도할 수도 있다. 그것은 못에 서식하는 식물군, 그 밑바닥의 성질, 그리고 증발(일 년에 500 내지 700밀리미터)에 달려 있다. 잘못될 경우 못은 '죽은 물'로 변한다.

문제는 주의 깊은 감시와 적절한 시기에 실시하는 작업이다. 오랫동안 습지는 인간에게 저주받은 공간이었다. 비용

(Villon)의 시에 나오는 '지옥 같은 늪'은 가난과 말라리아의 대명사로서 전혀 바람직하지 못한 환경을 형성하는 것이었다. 알퐁스 도데는 그의 마지막 작품인 『아를라탕의 보물』에서 카마르그 지방 늪지대의 매우 음산한 정경을 그려 보인다. 무솔리니는 폰틴 습지의 건조 작업을 완료한 것에 대하여 이탈리아 국민이 영원히 감사해야 마땅하다고 생각했다.

그런데 갑자기 환경 혁명이 모든 것을 녹색 바람으로 휩쓸게 되자 사람들은 늪지대가 줄어드는 것을 아쉽게 여기게 되었다. 모두들 마지막 남은 습지를 연약하고 귀중하며, 그 무엇과도 바꿀 수 없는 다채로운 물새떼들과 함께 사라질 위협 속에 놓인 지역으로 취급한다. 우리는 여기서 주의 깊고 세심한 인간의 배려 덕분에 야생 상태를 유지하고 있는 대자연의 한 모퉁이가 보여주는 역설을 목격한다. 오랫동안 사람이 살 수 없는 저지로 간주되어온 솔로뉴 지방이 사냥과 낚시를 위하여 매우 인기 있는 지역의 수준으로 승격한 것이다.

늪에는 물론 깍도요, 마도요, 댕기물떼새, 농병아리물새, 물닭이 살고 있고 자두가 무화과와 혼동될 수 없듯이 그들의 알은 모양이 다르다. 그러나 물새떼들의 왕은 분명 넓적부리라고 해야 옳다. 무식한 사람들은 이 새를 그저 들오리라고만 부른다. 이 새의 습지 적응력은 놀랍기 그지없다. 그는 걷고 헤엄치고 난다. 그는 뭐든지 다 좋아한다. 단단하고 번들거리는 그의 깃털에 닿으면 뭐든지 다 미끄러져버린다. 심지어 사냥꾼이 쏘는 산탄총알도 미끄러진다. 아! 만약 윤회의 사슬 속에서 동물로 전생할 때 선택권이 주어진다면 나는 한 마리 넓적부리가 되고 싶다!

그러나 깊이 생각해보면 그 소원이 과연 내놓고 말해도 좋은 것일지 잘 알 수 없다. 인간의 유형을 관찰하고 풍자할 때 동물에 비유하는 것은 「여우 이야기」와 라 퐁텐느의 우화만큼이나 오래된 관습이다. 사자의 위엄, 당나귀의 지혜, 여우의 앙큼함, 토끼의 소심함, 혹은 늑대의 사납고 우둔함은 우리가 어린 시절부터 잘 알고 있는 사실이다. 이 초상화 전시장에서 오리는 좀 뉘앙스가 있는 자리를 차지한다. 물론 우리는 벵자멩 라비에의 노란 오리새끼 제데옹을 사랑했다. 그러나 우리 속에서 닭과 오리를 키워본 사람이라면 누구나 그 두 가지 날짐승의 대조에 놀라지 않을 수 없었을 것이다. 거만하고 편집광적인 암탉은 세심하게 선택한 드문 입자들을 까다로운 표정으로 쪼아먹는다. 그는 자신의 이웃이 벌레, 음식 찌꺼기, 과일 껍질, 혹은 생선 내장 등 뭐든지 닥치는 대로 꿀떡꿀떡 삼켜대고 맑은 물그릇을 순식간에 시궁창으로 바꾸어놓는 꼴을 깔보듯이 내려다본다. 오리는 더러 굵은 사과나무 가랑이에 알을 낳기도 하지만 물갈퀴 때문에 나뭇가지에는 올라가 앉지 못한다. 오리는 저지에서 미끄럼 타는 새다. 빅토르 위고는 이 새를 두고 '깃털 달린 돼지'라고 불렀다.

이 닭과 오리의 쌍은 몇 가지 '사건들'이 그 구경거리를 보여준 바 있는 대질 장면을 연상케 한다. 한쪽에는 엄격하고 까다로운 법관들이 있고 다른 한편에는 높은 가지에는 올라가지 못한 채 구정물 속에서 좋아라고 질벅거리는 피의자가 있는 것이다.

아무러면 어떤가! 우스운 주둥이에 음정이 안 맞는 소리로 짖어대며 진창에서 질벅거리는 저 쾌활한 오리에 대하여 우리는 호감을 느낀다. 희극 배우 루이 드 퓌네스에게 무대와 스크린에서 당신의 스승과 모범은 누구냐고 물었을 때 그가 내뱉던 말이 귀에 쟁쟁하다. "도날드 덕!" 이것이 그의 대답이었다. 그보다 더 나은 답은 없다.


## 개구리, 새, 그리고 불도마뱀

아마 나이 탓인가 보다. 나는 점점 더 멋진 최후를 맞는 문제에 신경을 쓰게 된다. 나는 다른 사람들이 죽는 모습을 유심히 본다. 나는 평가하거나 개탄한다. 어떤 사람들은 멋지게 퇴장하고 어떤 사람들은 천덕스럽게 혹은 우스꽝스럽게 무너진다. 나는 은근히 유머러스한 의외의 죽음, 자연의 원소들과 결부된 죽음을 꿈꾼다. 간단한 일이 아니다.

나는 어떤 사회면 기사를 읽고 매우 감탄한 일이 있다. 한여름에 알프 마리팀 지방 어느 숲에 산불이 났었다. 그리고 겨울이 되어 화재의 마지막 연기가 사라지자 산림청 직원팀이 불탄 땅을 점검하기 위하여 찾아갔다. 그런데 그들은 검고 반질반질한 피부가 불에 데어서 물집이 생기고 부풀어오른 커다란 물고기 같은 것을 거기서 발견하고 매우 놀랐다. 그러나 자세히 검사해본 결과 그것은 절대로 물고기가 아니라는 사실이 판명되었다. 그것은 껍질째 구운 감자처럼 잠수복을 입은 채 불에 탄 잠수부였다. 그렇다면 대체 어떻게 하여 그가 바닷가에서 30여 킬로미터나 떨어진 이곳까지 와서 길을 잃었더란 말인가?

결국 다음과 같은 명백한 사실을 인정하지 않을 수 없었다. 소방용 비행기들이 바다와 화재가 난 숲 사이를 오랫동안 왕래하면서 매번 엄청난 양의 물을 뽑아올려다가 화재 현장에 쏟아부었던 것이다. 그때 이 순진한 사람은 해저낚시의 은근한 매력에 사로잡혀 골몰하고 있다가 그만 20초당 10톤의 해수를 흡수하는 비행기의 거대한 도관에 문자 그대로 삼켜지고 만 것이었다. 몇 분 뒤 그는 하늘 꼭대기에서 불타고 있는 숲 위로 내뱉어지고 말았다. 한가로운 한 휴가객에게 이 무슨 기막힌 모험이란 말인가! 게다가 그는 이 모험의 이야기를 친구들에게 들려줄 수 있는 위안마저 얻지 못한 것이다!

이 최후에 있어서 특히 감탄할 만한 것은 주인공의 삼중변신이다. 그는 우선 액체원소를 선택했었다. 그는 인간 개구리(잠수부)가 되고 싶었던 것이다. 그리고 짧은 한동안 인간 새가 되었다가 마침내 그는 인간 불도마뱀으로 변했다. 물과

불. 히드라와 용. 여러분은 저 끔찍한 스페인 속담을 아실 것
이다. '물과 불이 싸움을 하면 언제나 죽는 쪽은 불이다.' 다
시 말해서 빛, 열, 너그러움, 열정이 죽는다는 것이다. 그런
데 이번만은 이 예외적인 종류의 화장에 있어서 결정권을 쥔
쪽은 불이었다.

# 몸과 재산 1

인생은 인간의 몸과 얼굴을 밭 갈듯이 가혹하게
갈아버리는 것이어서 그 어떤 젊어지는 요법이나 수술도
지난날의 그 매끄럽던 모습을 되돌려주지는 못한다.

## 왕관을 쓴 무릎

계절 따라 여러 가지 다양한 종목의 스포츠 행사들이 – 프랑스 일주 자전거 경기에서부터 동계 올림픽에 이르기까지 – 연달아 이어지면서 운동선수들은 우리에게 몸의 힘과 기량과 인내의 능력을 광범위하게 과시한다.

우리가 그 몸의 결정적인 포인트, 즉 살아 있으며 유동적인 바탕이 어디인지를 알고자 한다면 무엇보다도 무릎 부위에서 시선을 멈추어야 할 것 같다. 단순하면서도 복잡하고 단단하면서도 연약하고 공격적이면서도 상처받기 쉬운 구동축인 무릎은 노력과 탄력과 충동이 발원하는 핵심적 관절 부위다. 무릎은 달리기, 그리고 물론 높이뛰기뿐만 아니라 역도나 투창같이 얼른 보기에는 그것과 무관해 보이는 종목들의 원천점에 위치하고 있다.

무릎의 앞쪽면은 슬개골로 우리들 각자의 성격과 정신적 덕목을 슬그머니 알려준다. 기차나 지하철의 의자에 앉아 있는 사람들을 유심히 관찰해보라. 그들의 무릎 모양 – 둥글거나 모가 나거나 뾰족한 – 은 그들의 성격에 대하여 얼굴보다도 더 많은 것을 말해주고 있다. 왜냐하면 무릎은 거짓말을 할 줄 모르기 때문이다.

그리고 또한 무릎의 뒤쪽면, 더 정확히 말해서 오금의 오목한 부분인 과관절을 잊어서는 안 된다. 보드랍고 창백하며 항상 촉촉하게 젖어 있는 그 홈은 대문자 H자의 모양을 하고 있다.

조각된 무릎의 역사를 훑어보면 예술가들이 어느 정도로 생체를 관찰하는 쪽보다는 스승들에게서 받은 전통적 가르침을 따르고 있는가를 여실히 알 수 있다. 어느 시대 어느 나라를 막론하고 모든 아틀리에에서 조각가들은 그들 유파의 원칙들에 따라 얼굴, 손, 발을 만드는 훈련을 하고 있다. 이리하여 이집트, 칼데아, 아시리아 등 아르카이크 무릎이 생겨난다. 그 슬개골은 모서리가 둥근 장방형의 돌출부인데 그 한가운데가 두 개의 측면 홈에 의해 가볍게 졸라매여 있다. 일종의 방패를 연상시키는 이 무릎은 운동감을 환기시키는 데가 전혀 없다. 다리는 뻣뻣하고 덩어리진 형상이다. 허벅지는 튀어나와서 무릎을 짓누른다. 이는 건축물과 거기에 딸린 돌기둥들을 연상시킨다.

그리스 조각 – 체육관과 경기장에서 태어난 – 은 경기선수들의 다리에 그 가벼움과 민첩함을 회복시켜놓았다. 그러나 그와 동시에 그 조각은 슬개골을 덮고 있는 근육 쿠션이라는 고전적인 문제에 부딪쳤다. 아주 볼품없는 – 그 어떤 여자의 다리도 이런 것은 견디지 못할 것이다 – 이 둥그렇게 불룩 나온 부분은 생명 그 자체를 의미하며 다리에 힘을 부여한다. 프락시텔레스의 「헤르메스」와 폴리클레트의 「도리포르」- 고대조각의 모범인 - 는 벌거벗은 진실에 그 비싼 대가를 정직하게 치르고 있다.

기독교 미술은 그같은 리얼리즘과 무관하다. 여기서 무릎은 그 모든 상징적 가치를 방사한다. 이미 고전 비극에서 무릎은 복종, 간청, 굴욕을 의미했다. 그 다음에 우리는 성스러움의 영역으로 들어간다. 전해지는 얘기에 따르면 프라 안젤리코는 늘 무릎을 꿇고 그림을 그렸다고 한다. 기독교 성상화에서는 성모가 아기예수를 그 무릎에 안고 있다. 피에타에서도 같은 인간 - 신이지만 이제 막 십자가에서 풀어 내려놓은 모습이다. 기독교의 무릎은 언제나 안으로 굽어 있다. 그것의 이름이 바로 제니플렉시옹, 즉 예배와 복종의 표시로서의 무릎꿇기다.

‘상처받은 무릎(Wounded Knee)’은 시우족의 리저브가 있었던 미국의 남부 다코타의 한 지역을 가리키는 이름이다. 1890년 12월 29일 미국의 기병대는 거기서 400여 명의 인디언들을 학살했다. 그 중에는 수많은 아녀자들이 포함되어 있었다. 맨무릎의 종족에 대하여 자행된 범죄행위에 붙여진 그 ‘상처받은 무릎’이란 이름은 바로 우리들 몸의 그 어떤 기관도 이보다 더 빈번히, 이보다 더 장식적으로 상처받을 수는 없다는 사실을 상기시켜준다. 무릎왕은 자랑스럽게 피의 왕관을 쓰고 있다. 그 왕관이야말로 가시관의 야성적이고 어린아이다운 아이콘인 것 같다.

이제 이 글을 경박한 한마디로 끝내기로 하고, 해마다 디자이너들에게 제기되는 핵심적 문제는 바로 다음과 같은 딜레마에 있다는 점을 상기해보자 : 여자들의 옷을 무릎 위로 끌어올릴 것인가 무릎 아래로 끌어내릴 것인가?


## 머리털의 행운


오직 천사들과 아이들만이 완벽한 머리털을 지니고 있다. 그들에게는 성의 구별이 없기 때문이다. 천사는 영원히 그렇고 아이들은 한동안만 그렇다. 사춘기가 되면 머리털은 치명적인 공격에 노출된다. 대부분의 남자들의 경우 대머리의 징후가 곧바로 시작된다. 여자들은 어떤가. 매주 혹은 매일 미용실에 가지 않으면 머리가 수세미 같아진다. 샴푸를 하지 않으면 안 된다는 것은 곧 두피가 스스로 오염되어 병들었음을 말해주는 것이다. 건강한 머리털은 언제나 정결한 법이다. 왜냐하면 때는 외부에서 오는 것이 아니기 때문이다.

여기서 잠시 수염에 관한 얘기를 덧붙여야겠다. 어느 날 단골 이발소에 가서 얼마 후면 스페인의 세빌리아로 여행을 가게 되었다고 했더니 이발사가 내게 말한다. "우리 프랑스에서는 20년 전부터 면도 같은 건 이제 더 이상 하지 않습니다. 그러니까 세빌리아에 가시거든 그곳 이발사들에게 그들은 아직도 수염을 깎는지 물어봐주십시오."

나는 사명을 완수했다. 나는 내 이발사를 안심시킬 수 있었다. 세빌리아의 이발사들은 여전히 거기서 성업 중이었던 것이다. 나는 보마르셰, 모차르트, 로시니[1] – 그들은 사실 한 번도 세빌리아 땅을 밟아본 일이 없는 사람들이다 – 는 그들이 그토록 큰 신세를 진 바 있는 그 직업, 즉 이용업이 그 땅에서 사라지지 않고 성업 중일 만큼 여전히 안달루시아 수도의 사람들 머릿속을 떠나지 않고 있구나 하고 생각하니 마음이 흐뭇하다.

오늘날 여성들은 모든 종류의 직업에 골고루 침투하고 있다. 이 사실은 누구나 다 아는 일이다. 그러나 남성을 위한 이용업은 그 어느 분야보다도 그들에게 더 잘 저항하고 있는 업종이다. 그것은 달릴라 콤플렉스[2]가 여성들의 진출을 막기 때문이다. 달릴라는 삼손의 머리털을 깎아서 그의 힘을 잃게 했다. 그 이후 남성들은 가위로 무장하고 있는 여성들을 경계한다. 처음엔 머리털 자르는 것에서 시작하겠지만 나중에는⋯ 짐작할 만한 일이 아닌가? 이건 성서에서 유래하

---

1) 18세기 프랑스의 극작가 보마르셰(Beaumarchais)의 4막 희극 『세빌리아의 이발사(Le Barbier de Séville)』는 모차르트(「피가로의 결혼」)와 로시니(「세빌리아의 이발사」)에게 힌트를 주어 각기 새로운 오페라를 작곡하게 하였다.
2) 성서의 삼손 이야기에 등장하는 인물 달릴라(Dalila)는 영원한 여성의 상징으로 거인 삼손의 엄청난 힘이 머리털에서 나온다는 것을 알아내고 그녀의 품에서 잠자는 삼손의 머리를 깎아서 그의 힘을 잃게 한다. 밖의 적보다 더 무서운 것이 안의 적임을 경고하는 이야기.

는 일종의 터부라고 할 수 있다.

머리털은 본래부터 그 윤곽이 불분명해서 얼굴의 윤곽선을 부드럽게 만든다. 마치 머리털은 얼굴 모습을 지우개로 문질러 흐릿하게 지워놓는 느낌이다. 그리하여 아름다움도 추함도 다 같이 약화시킨다. 못생긴 얼굴은 머리털마저 없으면 더욱 끔찍해 보이지만 반대로 너무 많은 머리털에 가려서 제대로 눈에 띄지 않았던 아름다움이 대머리 덕분에 더 확연하게 나타나 보일 수도 있다.

쥘 르나르는 자기 동시대의 어떤 사람에 대하여 『일기』에 이렇게 쓴다. '대머리. 그가 모자를 벗으면 마치 셔츠를 벗는 것 같은 느낌을 준다.' 그러나 대머리는 여자들에게 매력적이라는 것은 널리 알려져 있다. 머리숱도 많고 수염도 많은 졸라는 어떤 소설에서 화가 난 듯이 이렇게 쓴다. '조금씩 조금씩 그의 뺨이 발그레하게 상기되었고 어떤 쾌감이 그의 멋들어진 얼굴을 적셔가고 있었다. 쿠뢰르 부인과 부샤르 부인은 나직한 목소리로 그가 미남이라고 했다. 특히 부샤르 부인은 대머리 사내들에 대한 여자들 특유의 변태적 취향을 숨기지 못한 채 그의 훤하게 드러난 대머리를 뜨거운 시선으로 쳐다보고 있었다.' 과연 같은 시대에 뤼시엥 기트리[3]와 다눈치오[4]는 머리털 하나 없는 대머리 덕분에 여자들의 혼

---

3) 뤼시엥 기트리(Lucien Guitry : 1860~1925) : 유명한 배우 사샤 기트리의 아버지로 극작가, 시나리오 작가. 파리 사람 특유의 반짝이고 신랄한 기지의 소유자.

을 빼앗은 것이 사실이다.

머리가 빠지는 것이 남성 호르몬 때문이라면 그 매혹은 이해가 가능하다. 반면에 머리가 전혀 빠지지 않은 채 고스란히 남아 있는 성인 남자에게서는 얼굴의 남성적 매력에도 불구하고 여전히 어린아이 같은 그 무엇이, 사춘기 이전의 그 어떤 순진함이 느껴진다. 아니 어쩌면, 마치 그가 머리 위에 얹어 가지고 있는 것이 머리털이 아니라 곰이나 사자의 털이라도 되는 듯 일종의 동물적 순수함이 느껴지는 것인지도 모른다.

나 자신은 어떤가 하면, 아직 대머리에서 오는 매력은 얻어갖지 못한 채 다만 대머리 때문에 머리 마사지의 재미를 누리지 못하게 되면 어쩌나 하고 걱정하는 형편이다. 사실 내게 국제적 명성을 안겨준 놀랍고도 기막힌 문학적 창의성은 얼마 전부터 맛을 들인 머리 마사지 덕분이니 말이다.

내가 그 마사지의 장점을 처음 발견한 것은 4월 어느 날 아침이었다. 그때 나는 이른 새벽부터 어떤 청년의 사랑에

---

4) 다눈치오(Gabriele D'Annunzio : 1863~1938) : 이탈리아의 극작가, 소설가. 미에 대한 예찬과 삶과 작품에 적용한 상징주의적 세련미가 특징이다. 그는 1차 대전 중의 댄디의 모습을 전형화했다.

대한 글을 쓰고 – 혹은 써보려고 노력하고 – 있는 중이었다. 나는 달리 더 좋은 이름이 생각나지 않았으므로 그 청년의 이름을 우선 엑토르라고 부르기로 했다. 그렇다. 달리 더 좋은 이름이 생각나지 않아서 잠정적으로 그렇게 부른 것이다. 사실 내게 있어서 작품에 등장하는 인물들의 이름은 매우 중요한 것인 반면 내가 특히 그 연애감정에 관심을 가지고 있는 터인 그 청년에게는 '엑토르'라는 이름이 그다지 잘 어울리지 않아 보였으니 말이다.

나는 그를 여러 아가씨들 속에서 이리저리 나비처럼 날아다니기만 할 뿐 그 어느 여자에게도 마음을 정하지 못하는 인물로 상상하고 있었다. 게다가 그 아가씨들 역시 그에게 쉽게 속아넘어가지 않았다. 어쩐지 그에게는 무엇 하나 진지하게 기대할 만한 것이 없다는 느낌을 주는 구석이 있었으므로 여자들도 그를 함부로 대했던 것이다.

나의 이야기는 그 정도에서 멈춘 채 한 발짝도 나아가지 않고 있었다. 나는 머리를 긁적거리며 그 이야기에 깊이를, 보다 나은 초인적이고 보편적인 수준을 부여해줄 수 있는 수단을, 길을, 암호를 모색하고 있었다. 본능적으로 나는 신화 쪽으로 관심을 돌려보았다. 신화의 세계야말로 나를 실망시키는 일이 거의 없는 상상력의 보고이기 때문이었다.

그렇게 여러 시간을 허비하고 나자 나는 소득 없는 자신의 노력에 그만 지치고 말았다. 무슨 기분 전환의 방도가 없을지를 생각하며 계속 머리를 긁적이던 나는 문득 이발소에 갈 때가 되었다는 것에 생각이 미치게 되었다. 그리고 다 낡은 잡지들이나 뒤적거리면서 오랫동안 기다리고 앉아 있을 것이 아니라면 아침 일찍 가는 쪽이 유리하다는 생각도 했다. 그래서 나는 이발소에 갔다. 내 머리를 매만져주는 단골 이발사는 외알안경을 추어올리면서 즉시 나를 거울 앞에 앉혔다. 솔직히 말해서 때 이르게 늙어가는 나 자신의 모습을 마주보며 거울 앞에 앉는 일은 날로 달이 갈수록 – 나는 한 달에 한 번씩 이발소에 간다 – 더욱더 참기 어려워지는 시련이었다. 그래서 뭐든 딴 데로 생각을 돌려야겠다고 생각한 나는 문제의 인물 엑토르와 그의 변덕스러운 심사로 되돌아오게 되었다. 나는 또다시 그의 변덕스러움의 숨은 까닭이 무엇일까를 곰곰이 생각해보았다. 그러는 동안 이발사는 가위와 이발기를 바꿔 쥐어가면서 내 머리통 주위에서 열심히 손을 놀리고 있었다. 마침내 그는 손거울을 쳐들어 내 목 뒤와 뒤통수의 모양이 마음에 드는지 어떤지 나 스스로 살펴보도록 비춰 보여주었다. 내 뒷모습이야 보면 볼수록 낙담만 안겨줄 뿐이었다. 그리고 마침내 이발사는 언제나 잊지 않고 하는 질문을 던졌다.

– 머리 마사지는요?

내가 대답한다.

– 나쁠 것 없지요.

마사지는 내 이발 습관과 정면으로 배치되는 것인데도 불구하고 말이다.

뜻밖의 대답에 신이 난 그는 일사천리로 주워섬겼다.

－은방울꽃, 장미, 나르시스, 바이올렛, 재스민, 콜로뉴 미안수, 그 중 어느 향으로 할까요?

－아무거나 좋아요, 하고 나는 귀찮다는 듯이 대답했다.

그러자 그는 어떤 자그마한 병의 내용물을 내 머리 위에 여기저기 뿌리고 나서 두피를 열심히 마사지하기 시작했다. 이 얼마나 놀라운 일인가! 알코올 성분이 함유된 이 마사지의 효과로 금방 명쾌해진 분위기 속에서 내 생각들이 가속적으로 돌아가는 것을 느낄 수 있었다. 이것이야말로 영미 사람들이 '갑자기 떠오른 묘안(Brain storming)'이라고 부르는 바로 그것이 아니던가? 그런데 나는 왜 진작 이런 방법에 착안하지 못했던가! 육상 선수라면 허벅지를, 역도 선수라면 어깨를 마사지해주는 것이니 지식인이라면 마땅히 머리통을 마사지해줘야 되는 것 아니겠는가? 더군다나 그런 마사지에 사용하는 향수가 어찌 당사자의 사고의 흐름에 어떤 질적인 영향을 끼치지 않을 수 있겠는가?

그리하여 다음과 같은 질문이 아주 자연스럽게 내 입 밖으로 나왔다.

－그래 결국 내 머리에다가 무슨 향을 뿌렸나요?

그는 어느 것을 뿌렸는지 잘 생각나지 않는 눈치였다. 눈앞에 놓여 있던 여러 개의 작은 병들 가운데서 아무것이나 손에 닿는 대로 집어서 뿌렸던 모양이었다. 그는 세면대 가장자리에 놓여 있던 향수병을 집어들고는 안경을 알맞게 조절한 다음 자세히 들여다보았다.

— 나르시스군요.

나르시스라! 물론 그렇겠지! 나는 내 문제의 해답을 얻은 것이나 마찬가지였다. 더군다나 내 모습을 잔인하게 앞뒤로 비춰주고 있던 그 거울들에 의해서 그 해답은 이미 얼마 전부터 내게 암시되고 있었다고 볼 수 있다. 엑토르는 왜 자신의 주위에서 맴돌고 있는 그 젊고 아름다운 여자들에게 아무런 관심을 보이지 않았을까? 왜 엑토르라는 이름이 그 인물과 그리도 안 어울렸던 것일까? 왜냐하면 그의 진짜 이름은 나르시스였기 때문이다. 왜냐하면 그가 진정으로 사랑하는 것은 다름아닌 그 자신이었기 때문이다. 그 청년은 자신을 찾고 있었고 자아의 탐색을 통해서 자아를 발견하고 자아를 사랑하고 자아를 찬미하기에 이른 것이었다. 그래서 다른 사람들의 눈에 그는 정신나간 존재였다. 그는 오로지 자기 자신의 이미지에만 매혹된 나머지 다른 사람들이 그 옆을 지나가도 그저 무심히 바라보기만 할 뿐이었다.

사월달의 어느 날 아침 단골 이발소에서 바라본 거울들과 나르시스 향수를 바른 마사지가 가져다준 결실은 바로 이러한 것이었다.

그때 이후, 어떤 문제로 고민하게 될 때면 나는 욕실의 작은 탁자 위에 놓인 수많은 향수병들 중 한 개를 집어들곤 한다. 그 작은 병들에는 각기 서로 다른 꽃이 장식되어 있다. 나는 병마개를 열고 그 속에 든 액체를 머리 위에 뿌린다. 그리고 나서 머리를 마사지하면 내 두뇌 작용에 선택한 향수와 일치하는 강장 효과가 강하게 나타나는 것이다.


## 빨강머리

빨강 머리털을 가진 사람들은 마땅히 자신들의 '차이'를 한탄하는 동시에 그것에 대하여 긍지를 느낄 만하다. 프랑크 푸르트 인류학파에 따르건대 인간에는 두 종류가 있다고 한다. 빨강 머리털을 가진 사람들과 그 밖의 사람들이 그것이다. 실제로 '그 밖의 사람들' – 머리털 색깔이 가장 옅은 북유럽인들에서 머리털이 가장 검은 아프리카인들에 이르기까지 – 은 오직 피부 속에 존재하는 멜라닌의 함량이 서로 다를 뿐이다. 금발머리 사람들에게도 멜라닌이 전혀 없는 것은 아니다. 왜냐하면 그들도 햇빛에 타기 때문이다. 반면에 빨강머리들에게는 멜라닌이 없다. 그들은 일사병에 걸릴 뿐이다.

그들이 당하는 공격은 햇빛의 그것만이 아니다. 어린아이들이 모이는 유치원에 가보면 빨강머리에 대한 인종차별이 만만치 않으니 말이다.

쥘 르나르는 이름이 쥘 르나르이기 때문에[5], 머리털이 빨갛기 때문에, '홍당무'라는 유명한 인물을 고안해냈다. 그는 자신의 『일기』에 이렇게 썼다. '빨강머리 문체. 만약 문학에 색깔이 있다면 나의 문학은 빨강머리색(rousse)일 것 같다.' 그러니까 심술궂지(rousse), 하고 그의 친구 한 사람이 토를 달았다. '내 심술 하나는 확실하지.' 하고 그 자신도 인정했다.

'홍당무'는 사랑받지 못하고 천대받는 어린이의 대명사다. 르나르의 말: "새끼병아리들 가운데는 더러 홍당무들이 섞여 있다. 내 눈에 보이는 그 중 한 놈은 그저 좀 엉뚱한 곳에 검은 점 하나가 찍혀 있다는 이유 때문에 어미가 품에서 쫓아내고 부리로 마구 쪼아대는 것이다."

홍당무는 어디로 보나 못생겼다. 그 못생긴 용모 때문에 툭하면 얻어맞는다. 맞고 울기라도 하면 사정은 더 나빠진다. '인상쓰네, 인상쓰네! 울 때면 쌍통이 왜 그 모양인지!' 그래서 두 번이나 자살을 하려고 한다. 물론 두 번 다 실패하고 웃음거리가 된다. 그의 어머니는 그에 대해서 이렇게 말한다. '그 녀석 맘보는 머리털보다 더 노랗다니까.' 우리는 쥘 르나르의 어머니가 뜰 안의 우물에 빠져 자살했다는 사실을 알고 있다.

그같은 저주는 이미 성서와 복음서의 전통 속에 예고되어 있었다. 에서와 야곱 두 형제 중에서 하나님이 사랑하는 쪽은 야곱이다. 에서는 동생 야곱의 협박에 의하여 장자 상속

---

5) 쥘 르나르(Jules Renard: 1864~1910): 프랑스의 작가로 『박물지(1894),
   『식객』(1892), 『홍당무』(1894), 『절교의 기쁨』(1897), 『집안의 빵』
   (1898), 『일기』 등을 남겼다. 잔혹하고 해학적인 시선과 문체가 특징인
   이 작가의 이름 '르나르'는 원래 '여우'를 뜻한다.

권을 잃었다. 바로 그 야곱은 또한 아버지 이삭이 죽을 때 앞을 보지 못하는 장님이 된 것을 틈타서 형 대신 자신이 축복을 받는다. 어찌 되었건! 저주받은 쪽은 에서다! 왜? 그는 머리털이 빨갛고 짐승처럼 털이 많다.

복음서에 나오는 이야기에서 힌트를 얻는 전통적 화가들은 흔히 유다를 빨강머리로 그리는데 이것은 바로 그의 사악함의 상징이다.

에페로스의 왕 피로스, 빨강머리(Barberousse)라는 별명을 가진 프리드리히 1세, 비발디, 그리고 반 고흐 같은 거물들과 더불어 빨강머리는 하나의 신화를 형성한다.

발자크는 아나키스트적인 힘의 상징인 그의 작중 인물 보트렝을 빨강머리로 만들어놓았다. 그 인물을 전격 체포하면서 경찰은 그의 가발을 벗기고 '그에게 힘과 간계로 가득 찬 그 끔찍한 성격을 부여하는 벽돌색의 짧은 빨강머리'를 노출시킨다. 보트렝은 빨강머리일 수밖에 없다. 왜냐하면 그는 포식동물(捕食動物)의 왕이기 때문이다. 그의 둘도 없는 먹이인 뤼시엥 드 뤼방프레는 금발이다.[6] 그는 뤼시엥을 공격하기 전에 라스티냐크에게 달려들었다가 헛수고를 했다.[7] 라스티냐크는 또 하나의 포식동물 – 하기야 질이 좀 떨어지는 포식동물, 즉 갈색머리이긴 하지만 – 이기 때문에 그는 실

---

6) 이 이야기는 발자크이 명작 『사라진 환상』, 『유녀(游女)들의 영광과 비참』에서 전개된다.
7) 발자크의 또 다른 걸작 『고리오 영감』.

패한 것이다.

소설가 자크 란즈만은 어린 시절에 유태인이라는 이유보다도 빨강머리라는 이유 때문에 더 많은 고통을 받았다고 쓴 적이 있다. 청소년 시절 그는 오베르뉴 지방 어느 농가에서 양치기 노릇을 하면서 가축들과 함께 외양간에서 잠을 잤다. 그는 정력이 넘치는 사춘기의 열정을 부드럽고 뽀얀 어린 암소에게 쏟았다. 그런데 어느 날 그 짐승의 배가 둥그렇게 불러오면서 아무리 보아도 새끼를 낳을 것 같아 보이자 파랗게 질리지 않을 수 없었다. 암소의 빨간 털 색깔과 주근깨 때문에 아버지가 누구인지 들통날 것이 아니겠는가?

힘은 빨강머리 신화의 한 중요한 속성이다. 특히 여성의 경우가 그렇다. 나는 언제나 여배우 캐더린 헵번을 몹시 좋아했다. 나는 지금도 여전히 「바람과 함께 사라지다」에서 스칼렛 역을 맡고 싶어했던 그녀의 신청이 받아들여지지 않은 것을 애석히 여기는 터이다. 그녀가 그 역을 맡았더라면 김 빠진 비비안 리가 지니지 못한 불꽃을 그 역에 부여할 수 있었을 텐데 말이다. 더군다나 '스칼렛'이란 바로 진홍빛을 의미하는 것이 아니던가.

빨강머리들의 문제는 쉽게 이해할 수 있다. 별난 머리 색깔로 인하여 그들은 유난히 남의 눈에 띄고 신체적 특성이 강조된다. 남자든 여자든 빨강머리이면서 못생기게 되면 금발이나 갈색머리일 때보다 명백하게 더 못생겨 보인다. 그러나 그 반대도 진실이다. 빨강머리는 아름다움에 비길 데 없는 광채를 더한다. 시인들이 그 점을 놓칠 리 없다. 가령 보들레르는 이렇게 노래한다.

빨강머리 뽀얀 아가씨
구멍 뚫린 옷 사이로
가난과 아름다움이
다 드러나네,

나같이 빈약한 시인에겐
주근깨투성이라
허약한 그대 젊은 몸이
정답게만 보이네.


## 문신

우선 중요한 것은 피부 색깔이다. 수많은 사회들에서는 최하층의 검은색 피부에서부터 갈색과 베이지색의 여러 가지 뉘앙스들을 거쳐 최상층부의 흰색 피부에 이르는 매우 까다로운 서열이 지배하고 있다. 유럽의 '백인'들 사이에서는 불과 1세기 전까지만 하더라도 그것은 부정할 수 없는 사실이었다. 피부가 햇볕에 그을리는 것은 가장 소박한 사회계층, 즉 농촌 노동자 계층의 불명예스러운 추함으로 취급되었으니 말이다. 그후 시대가 변했다. 왜 그렇게 변했는지 사정을 알아보면 흥미로울 것이다. 도회 사람들은 의사들의 단호한 충고에도 불구하고 많은 비용을 들여서 피부를 햇빛에 노출시킨다. 북유럽의 여러 나라들에서는 심지어 겨울철에까지도 햇볕에 몸을 태우는 것이 최고의 멋에 속한다. 그와 동시에 흑인의 명예회복 현상이 나타난다. 검은 것이 아름답다(black is beautiful)는 것이다.

전체 피부 역사에 있어서 문신은 불가해하면서도 역설적인 위치를 차지한다. 서구의 문신과 폴리네시아의 문신은 절대적이고 교훈적인 방식으로 서로 반대되니까 말이다.

우리들 주위의 아는 사람들 중 어떠어떠한 사람이 문신을 하고 있다는 사실이 알려지면 현대 서구 사회에서는 다양한 감정들이 촉발된다. 무엇보다 먼저 관습상 문신은 숨겨져 있어야 한다는 점을 지적해둘 필요가 있다. 얼굴이나 손에는 문신을 하지 않는 법이다. 문신을 한 사람은 스스로 원할 때만 옷을 벗어서 문신한 사실을 드러낸다. 그렇게 함으로써 그는 자신의 내밀한 부분을 드러내 보이는 것이 된다. 그것만으로도 문신에 거의 에로틱한 어떤 차원을 부여하기에 충분하다. 그렇기 때문에 서구 사회의 문신들은 사적인 연애감정 차원의 우여곡절을 환기시키는 것이다. 사랑의 고백이나 증오, 화살이 박힌 하트, 만족시켰거나 만족시키지 못한 복수의 욕구 등.

그 밖의 다른 세 가지 특성이 서구 문신의 이처럼 비밀스럽고 감정적인 양상과 관련을 맺고 있다. 문신은 수상쩍은, 아니 나아가서는 외설스러운 기원들을 드러낸다. 문신은 주로 해군, 외인 부대, 그리고 무엇보다도 감옥, 그 중에서도 도형장에서 많이 한다. 우리는 물론 벌겋게 달군 쇠꼬챙이로 지져서 새긴 도형수의 낙인을 생각한다.

둘째로, 문신은 고통 속에서 새겨지는 것이다.

그리고 셋째로, 문신은 지우지 못한다.

우리는 이 세 가지 특성들이 놀라울 만큼 서로 일맥상통한다는 사실에 주목하지 않을 수 없다. 심지어 그 세 가지를 다음과 같은 하나의 문장으로 요약할 수도 있을 것 같다. 즉, 폭력적인 환경 속에서 고통받은 사람은 누구나 항상 자신의 몸에 그 고통의 부끄러운 흔적을 간직하고 있다.

이상과 같은 것이 서구 문신의 유형론이다. 우리는 거기에다가 배우 미셸 시몽의 불가사의하고 감동적인 단언을 덧보탤 수도 있으리라. 그 자신 문신을 한 이 배우는 질문을 받자 이렇게 대답했다. "내 친구들도 나처럼 문신을 했어요. 문신을 한 사람은 절대로 배신하지 않아요."

우리는 문신에 대한 이러한 묘사를 바탕으로 하여 폴리네시아 군도에서 볼 수 있는 바와 같은 현상을 '서구식으로' 해석해볼 수도 있을 것이다. 우선 분명한 것은 폴리네시아의 문신은 전혀 비밀스러운 면이 없다는 점이다. 오히려 그 반대라고 할 수 있다. 문신은 거의 다 벗다시피 한 몸 전체를 보라는 듯 뒤덮고 있다. 문신은 남들의 눈에 보이려고 있는 것이다. 그것은 상처 자국과는 정반대되는 것이다. 심지어 문신은 옷을 대신하는 것으로 폴리네시아인의 몸을 입혀준다고 할 수 있다. 이와 관련하여 서구의 의복은 그 본래의 실용적 기능을 크게 넘어서는 것임을 상기할 필요가 있다. 우리는 물론 추위와 공격적인 접촉으로부터 스스로를 보호하기 위하여 옷을 입는다. 그러나 우리들의 옷은 동시에 멋부림(혹은 소홀함), 부(혹은 가난), 권력(혹은 권력 없음), 직책, 계급 등등의 기호이기도 하다. 우리들의 옷은 언어다. 그러나 그것은 몸에 부가된 언어, 그것의 실용적 기능에 대해서 부차적인 언어이다.

폴리네시아의 문신 역시 언어지만 일차적이고 근원적이며 원초적 언어다. 문신에 의하여 폴리네시아인의 몸은 육체 기호가 된다. 그것은 난해한 책, 지식, 오의의 터득이다. 바로 여기서 고통과 지울 수 없다는 문신의 특징이 서구 여러 나라들에서 갖는 것과는 전혀 다른 의미를 지니게 된다. 왜냐하면 서양의 옷은 그것을 입는 사람에게 고통을 주지 않으며 언제나 옷을 다른 것으로 바꾸어 입을 수 있으니까 말이다. 서양의 옷에는 용이함과 무상성이라는 특징이 담겨 있고 그런 특징이 옷의 가치를 격하시킨다. 그러나 폴리네시아 문신의 고통과 지울 수 없다는 특징은 서구의 문신에서와 같은 폭력이나 낙인의 의미와는 거리가 멀다. 그런 특징 때문에, 오의를 터득한 자의 몸에 영원히 새겨진 그 기호는 비길 데 없는 심각성을 갖게 된다.

　이와 관련하여 주목할 만한 것은, 서구인들은 인생을 살아가는 동안 부지불식간에 자신의 살 속에 새겨지는 온갖 자국들을 비겁하게도 외면하려는 경향을 보인다는 사실이다. 어리석게도 그들은 영원히 젊고 신선하고 천진한 어린아이로 남아 있고 싶어하는 것이다. 그러나 인생은 인간의 몸과 얼굴을 밭 갈듯이 가혹하게 갈아버리는 것이어서 그 어떤 젊어지는 요법이나 수술도 지난날의 그 매끄럽던 모습을 되돌려주지는 못한다. 그런데 인간을 추악하게 만드는 주름살과 쇠약함이 오로지 노쇠만을 의미하는 것이라면 늙음을 슬퍼하는 것은 당연하다.

　폴리네시아 사람들에게는 늙어가는 것에 대한 그같은 공포가 존재하지 않는다. 왜냐하면 몸과 얼굴 ― 그것은 본래 무의미한 살덩어리에 불과한 것이었다 ― 은 문신을 새김으로써 사랑을 품게 하는 예술작품으로 변하기 때문이다. 그 몸은 패물이고 그 얼굴은 보석이 되는 것이다. 폴리네시아인의 문신은 무엇보다 먼저 사랑의 고백이다. 그러나 그 기호는 의미가 배제된 장식이 아니다. 그것은 말을 담고 있고 그 말은 조화로운 것이어야 한다. 그것은 몸의 시(詩)다. 그리고 그 말은 또한 진실이어야 하고 변할 줄 모르는 일편단심이어야 한다. 그것은 육체의 사인이다. 우리는 여기서 문신을 한 사람은 절대로 배신하지 않는다는 배우 미셸 시몽의 말이 몸으로 증거되고 있음을 본다. 왜냐하면 그것은 육화된 약속이며 살로 된 서명이기 때문이다.

　지난날 나는 성서의 처음 몇 줄을 나름대로 해석해보고 싶어한 적이 있었는데 그것을 여기에 다시 한 번 되풀이하겠다.[8] 나는 원죄 이전의 아담과 이브는 진짜로 벌거벗은 상태가 아니라 온몸이 신의 말씀인 기호들로 뒤덮여 있는 것으로 상상해보았다. 그들은 일도 하지 않았고 늙지도 않았다. 왜냐하면 어떤 새들이 저절로 창조주의 영광을 노래하듯이 아담과 이브의 사명은 자신들의 살갗이 드러내는 신성한 진실의 광휘 속에서 이루어지니까 말이다.

　그러다가 마침내 커다란 단절의 순간이 도래했다. 원죄로 인하여 신과의 계약이 깨어지고 말았다. 그 순간부터 아담과 이브의 몸을 감싸고 있던 말의 외투가 벗겨져버렸다. 그리하여 그들은 그 희고 무의미한 살갗이 드러난 벌거벗고 부끄러운 신세가 되었다. 그들이 맡은 임무도 바뀌었다. 침묵 속에서 움직이지 않은 채 신의 말씀을 전하는 대신 그들은 벅찬 과업에 매달리지 않으면 안 되었다. 그들의 몸에는 도처에 못이 박이고 상처 자국이 생겼다.

　바로 이런 의미에서 폴리네시아는 '다시 찾은 낙원'이라고 불릴 수가 있는 것이다.

---

[8] 원주: 소설 『가스파르, 멜쉬오르 그리고 발타자르』, 갈리마르 출판사, 폴리오판.

## 잠의 철학

사람들은 어둠과 잠의 아들인 꿈의 작은 신을 모르페(Morphée)라고 부른다. 흔히 그 신은 나비 날개를 달고 손에 양귀비 꽃다발을 들고 있는 모습으로 그려진다. 그에게는 사생아인 딸이 하나 있는데 좋은 일 나쁜 일을 다 같이 할 수 있는 그 딸의 이름이 바로 모르핀(Morphine)이다. 꿈의 신은 우리 삶의 삼분의 일을 지배하고 있는 만큼 우리는 당연히 그에 대하여 관심을 가지지 않을 수 없다.

1962년 미셸 주베 교수는 '역설적인 잠'과 각성 상태에 관한 연구를 통하여 혁신적인 업적을 이룩했다. 역설적인 잠은 꿈의 상태에 해당된다. '역설'이란 심장 박동의 증가와 빠른 안구 운동을 동반하면서 피실험자를 마비시키는 근육이완 상태를 말한다. 몸은 그 어떤 기계적이거나 화학적인 덫에 걸려 있는 반면 두뇌는 그 살과 뼈의 감옥 속에서 온갖 환영들에 시달리면서 미친 듯이 몸부림치고 있는 인간의 형국이다.

꿈은 수미일관하지 못하다는 점에서만 깨어 있는 상태와 구별된다. 그렇게까지 터무니없는 세계라면 분명 환상일 수밖에 없지 않은가! 그렇지만 당신이 저녁에 잠들 때마다 그날 아침에 잠을 깨면서 떠나왔던 매우 수미일관한 또 하나의 삶을 다시 살게 된다고 가정해보라. 그렇게 되면 당신은 양쪽 다 똑같은 현실성을 지닌 두 가지의 평행된 삶을 갖게 되는 셈이다. 사실 이런 이중의 삶을 사는 인간의 경우를 이야기로 만들어볼 생각을 한 소설가가 아직까지 한 사람도 없다는 것은 놀라운 일이다.

그러나 진정한 잠은 꿈을 필요로 하지 않는다. 하기야 인간은 잠을 자면서 항상 꿈을 꾸지만 잠에서 깨면 오직 가장 피상적인 꿈들만 기억하게 된다고 앙리 베르그송은 말했다. 그러나 이 사실은 한 번도 증명된 바가 없다. 아무런 환영도 나타나지 않는 순수한 잠은 아마도 역설적인 잠보다 더 나은 휴식이 될 것이다. 그 잠은 어찌나 완벽한 휴식이 되는지 작은 죽음 같아 보인다. '산다는 것은 일종의 질병인데 잠이 16시간마다 한 번씩 그 고통을 덜어준다. 그것은 일시적 치료에 불과하다. 죽음만이 진정한 약이다.'(샹포르) 랭보의 유명한 시는 저 가짜의 '골짜기에서 잠자는 사람'에게서 진정한 죽음을 찾도록 가르쳐준다.

그러나 이런 시각은 지나치게 어둡다는 점에서 잘못된 것이다. 사실은 잠자는 사람도 나름대로 살고 있는 것이다. 어떤 경우엔 아주 잘 살고 있다. 잠은 행복의 한 형태다. 밤에 잠자고 있는 사람이 자세를 바꾸는 모습에서는 근육 운동의 강렬한 관능이 느껴진다. 과연 잠자는 사람들은 대부분 많이 움직이는 것이다. 그들은 차례로 네 가지 자세를 취한다. 그네 가지는 아주 다른 의미를 갖는다.

등을 깔고 자는 사람은 얼굴을 하늘 쪽으로 향하고 있다. 그는 두 손을 가슴 위에 모으고 믿음과 희망 속에서 경건하게 휴식하는 와상(臥像)이다.

그리고 오른쪽으로 돌아누워 있느냐 아니면 왼쪽, 다시 말해서 가슴 쪽으로 돌아누워 있느냐에 따라 두 가지의 측면 자세가 있다. 두 무릎을 가슴으로 끌어당긴 '웅크린' 자세는 출생 전의 태아 자세를 그대로 본뜬 것이다. 그 자세로 잠자는 사람은 침상을 어머니 뱃속의 환영으로 삼는 것이다. 잠이 깨어 침대에서 벌떡 일어나는 것은 거친 세상 속으로 태어나는 일이다.

배를 깔고 엎드려 자는 사람은 대지의 보호를 구하는 것 같다. 그것은 마구 퍼부어대는 포탄 속에서 병사가 취하는 자세다. 대서양을 사이에 두고 사람들은 유아를 등 쪽으로 눕혀(대륙식) 재워야 하느냐 아니면 배 쪽으로 엎어(미국식) 재워야 하느냐에 대하여 논란이 분분하다. 통계에 따르면 엎드려 재운 경우에 급사하는 유아의 사례가 더 잦은 것으로 나타나 있다. 끝으로 유아의 두개골은 유연하기 때문에 아기를 등 쪽으로 눕혀놓으면 원형 두개골(短頭)이 만들어지고 배 쪽으로 엎어놓아 머리를 오른쪽이나 왼쪽으로 돌리고 있게 하면 타원형 두개골(長頭)이 만들어진다는 사실을 지적해두자.

키레네의 철학자 아리스티포스는 눕는 자세에 대해서는 일가견이 있는 사람이었다. 그는 폭군들의 환심을 사는 기술에 능하다 하여 디오게네스는 그를 '왕의 개'라고 불렀다. 그러자 그는 이렇게 대답했다. "폭군들은 귀가 발바닥에 붙어 있는데 난들 어쩌겠는가?" 그는 또한 이런 말도 했다. "침대에서 일어날 때는 그대가 일어나는 것이 과연 신들에게, 세상 사람들에게, 그리고 그대 자신에게 요긴한 것인가를 일곱 번 자문해보라."

## 격세유전

혹은 가루가 된 조상들

격세유전(아타비슴: atavisme). 이 얼마나 아름다운 단어인가! 모양도 좋고 음악적이고 발음하기 쉽고 듣기도 좋고 괴상하지 않으면서 기이하며 유식한 냄새를 피우지 않으면서 과학적이다. 이 이름은 돌연변이를 발견하고 연구한 네덜란드의 식물학자 휴고 데 브리스(Hugo De Vries)가 처음으로 만든 것이다. 이 단어는 라틴어 어간 atavi(4대 조상)에서 만들어진 것이므로 하나의 제유(提喩)일 뿐이다. 왜냐하면 이 말은 단순히 4대째의 조상만이 아니라 수많은 다른 조상들을 환시시키고 있기 때문이다. 이 말의 의미는 그것이 본래 지니고 있는 매우 중요한 의미만큼 대우받지 못하고 있는 것 같다. 뒤에서 보게 되겠지만 가축 사육업자들에겐 심지어 그 의미가 부정적으로까지 이해되고 있는 실정이다. 그들의 시각에서 보면 이해가 안 되는 것은 아니지만 그렇다고 해서 격세유전의 개념이 그 때문에 제한되거나 그 자체로서 격하되는 것은 아니다.

가령 어떤 새끼돼지는 등과 배에 가로줄 무늬가 나 있는데 이는 새끼멧돼지들의 특징이다. 이런 현상은 희귀한 것으로 집에서 기르는 돼지의 야생 멧돼지 혈통이 예기치 않게 다시 표면에 나타난 것으로 해석된다. 부모의 직접적인 영향을 의미하는 유전과는 반대로 격세유전은 이처럼 진화 과정에서 결정적으로 사라진 것으로 생각되었던 성질들이 이를테면 은밀하게 숨겨진 채 존속되어왔음을 나타낸다. 격세유전 덕분에 우리들 각자는 여러 세기 전에 살았던 조상들 중 어느 한 사람의 고유한 어떤 신체적 정신적 특징을 소유할 희망을 가져볼 수가 있는 것이다. 그 조상은 어쩌면 우리들 중 한 사람과 쌍둥이처럼 닮은 것일 수도 있다. 요컨대 완전히 다른 시간적 장소적 조건들에 의해 어느 정도 달라지긴 했겠지만 그 까마득한 옛날에 최초의 그가 이미 존재했었을 가능성이 있는 것이다.

이 격세유전이라는 개념은 매우 귀중한 것이다. 왜냐하면 그 개념 덕분에 하마터면 우리들의 직접적인 부모가 우리를 마치 판에 박은 듯이 찍어서 만들어놓을 우려가 있는 유전적인 덩어리가 엄청난—그러나 무한하다고는 할 수 없는—수의 작은 조각들로 분쇄되기 때문이다. 격세유전에 의해 유전은 더 이상 한 세대에서 다음 세대로—마치 토목공사장의 인부들이 줄을 서서 손에서 손으로 전달 운반하는 벽돌장처럼—옮겨지는 덩어리가 아니라 우리들 각자가 개인적인 성좌를 구성하기 위해 골라 가지는 먼지처럼 많은 별들과도 같은 것으로 이해될 수 있다. 가로로 난 줄무늬 때문에 새끼돼지는 아비돼지와 어미돼지를 우습게 여긴다. 그는 자신이 어쩌면 옛날 천 년 전 갈리아 숲 속에서 살았을 멧돼지와 더 가깝다고 확신하는 것이리라. 그리하여 그는 나름대로 자유를 구가한다.

격세유전은 영양생식의 반대다. 어떤 식림가(植林家)들은 나무의 씨앗을 심는 것보다는 꺾꽂이에 의존하는 것이 더 능률적이라고 생각한다. 나무에서 가지를 떼어내어 땅에 묻으면 뿌리가 내리면서 그 자체가 나무가 된다. 여기서 한 가지 중요한 문제가 제기된다. 이것은 같은 나무일까 아니면 다른 나무일까? 그것은 나이로 보면 다른 나무다. 그 나무는 더 어려서 그에게 생명을 준 나무가 늙어 죽고 난 뒤에도 오랫동안 살아 있을 것이다. 그러나 유전적인 차원에서 보면 그것은 같은 나무다. 그래서 거기에는 심각한 위험이 생긴다. 순전히 꺾꽂이로만 이루어진 숲이 있다면 그 숲은 아주 부자연스러운 유전적 단조로움을 지니게 되어 질병, 기생식물, 퇴화, 기상이변 등 외부적 공격에 대하여 극도의 취약성을 드러내게 되기 때문이다. 공격에 대한 생명의 가장 훌륭한 방어는 그 생명이 구현된 개체들의 무한한 다양성이다. 유럽 삼림의 유전적 빈약함은, 특히 독일 같은 곳에서 개탄해 마지않는 저 치유할 길 없는 쇠약증세의 경우에 있어서, 필경 상당한 원인으로 작용하고 있을 것이다.

　식물의 꺾꽂이에 해당하는 것이 바로 유전자 조작에 의한 동물 복제다. 이같은 방식에 의한 인간 복제가 내일 당장에 이루어지지는 않겠지만 어쩌면 멀지 않은 장래에 실현될지도 모른다. 그렇게 되면 남자는 사내아이를 태어나게 할 수 있고 여자는 여자아이를 태어나게 할 수 있게 되어 그 아이들은 그들의 정확한 복사판이 될 것이다. 한 세대를 사이에 둔 이 두 사람의 진짜 쌍둥이 사이에 어떤 관계가 설정될 것인지를 상상해보노라면 현기증이 날 정도다. 쌍둥이 형제 사이의 관계는 형제 중 한 사람에 대한 다른 사람의 지배 가능성에 의해 끊임없이 위협받는다. 그런데 복제인간의 경우 그 지배는 절대적이 될 것이다. 부모의 권위가 갖는 억압은 이미 보통의 자녀들에게도 흔히 힘들게 느껴지는 터인데 자신과 정확하게 동일한 단일 부모에게 복종해야 하는 복제인간에게는 필시 견딜 수 없는 것이 될 것이다. 그리하여 만약 복제인간이 그에게 생명을 준 아버지를 살해한다면 그것은 곧 살부일 뿐만 아니라 살형인 동시에 나아가서는 자살이 될 것이다. 그 반대의 경우도 마찬가지다. 더군다나 복제인간들의 사회는 꺾꽂이로 이루어진 삼림의 경우와 마찬가지 이유에서 극도로 허약한 사회일 수밖에 없을 것이다. 한 개인이 전염병, 혹은 그를 마약 중독이나 자살로 몰아넣는 어떤 정신적 위기로 인해 쓰러진다면 그 피해자는 오직 그 개인뿐이다. 그러나 사회 전체가 그 개인의 복제에 불과한 집단이라면 한 번의 치명적 타격으로 모든 인간이 다 제거되어버릴 가능성이 있다. 인류는 오늘날까지 온갖 질병에도 불구하고 소멸되지 않고 살아남았다. 그러나 그것은 엄청나게 다양한 사회집단 속에, 치명적 세균들에 저항력을 가진 충분한 수의 개인들이 항상 존재했기 때문이다. 복제인간들로만 이루어진 사회는 조만간 소멸될 수밖에 없을 것이다.

복제와 정반대 극에 있는 것으로 보이는 격세유전의 이야기로 다시 돌아가보자. 우리는 앞에서 그것이 가축 사육업자들에게는 어떤 실패로 받아들여진다는 점을 지적했다. 과연 그들이 실시하는 도태 작업은 자신들이 추구하는 목표 ─ 대개는 경제적인 ─ 에 도움이 되지 않는 모든 유전적 특질들을 제거하거나 기능하지 못하게 하는 데 주안점을 둔다. 그러므로 가축 사육업자들에게는 가축의 새끼가 그들 부모들에게서 선택된 특질들을 충실하게 재생하는 것이 가장 중요한 일이다. 가축 사육은 당연히 복제 쪽으로 나아간다. 나무에 대하여 현재 진행되고 있는 것이 머지않아 똑같은 경제적 목적에 따라, 그리고 똑같은 위험 부담을 안고서, 돼지와 양에 대하여 이루어질 것이다. 보편화된 동질성을 향한 이 멋진 행진에 있어서 격세유전은 불청객 같은 대재난으로 여겨진다. 그것은 여러 해에 걸쳐 참을성 있게 진행해온 도태 작업을 일시에 망쳐놓는다. 가축 사육업자들은 그것에 '뒤에서 치기'라는 묘한 이름을 붙여놓았다. 줄무늬 있는 돼지새끼는 그 상징이라고 할 수 있겠지만 다리가 긴 사냥개, 비정상적으로 큰 조랑말, 털이 짧은 앙고라 토끼, 늘씬한 페르슈산 말

등도 그런 경우에 해당한다.

격세유전이 인간에게 미치는 범위가 어느 정도인가는 최근 독일에서 발생한 사건에서 그 희비극적인 예를 찾아볼 수 있다. 어떤 사내가 자신의 아내와 어린 아들을 사냥총으로 살해하고 나서 경찰에 자수했다. 우선 그 사건은 얼른 보기에 너무나도 어처구니없는 정황 속에서 일어났다. 사내는 아내와 아들에게 이렇게 물었다. "혓바닥을 쑥 내밀어서 홈통처럼 동그랗게 말아올릴 수 있어?" 그의 아내는 아무리 애를 써도 그렇게 되지 않았다. 그런데 아이는 전혀 힘들이지 않고 성공했다. 그러자 아버지는 총을 발사한 것이었다. 사실 그는 아들아이가 정말 자기의 아이인지 항상 확신이 서지 않아서 마음속으로 질투심 때문에 괴로워하고 있었다. 그런데 그가 그때 막 읽은 유전 관계 서적에는 혓바닥을 쑥 내밀어서 홈통처럼 말 수 있는 능력은 매우 희귀하며 순전히 유전에 의한 것이라고 씌어 있었다. 그러나 그 자신은 그런 능력을 지니고 있지 않았다. 만약 그의 아내에게도 그 능력이 없는 반면에 아들아이에게 그 능력이 있다면 따라서 그것은 그 아이가 간통에 의하여 태어났기 때문이라고 추리할 수 있는 것이었다. 그 사실은 그러니까 이제 금방 설명한 사정에 의하여 증명이 된 셈이다.

그런데 이 위험천만의 질투꾼 남편은 격세유전이라는 것이 존재한다는 사실을 모르고 있었다. 혓바닥을 홈통처럼 말아올리는 능력을 아이는 – 아버지와 어머니와는 달리 – 선사

시대나 르네상스 시대로 거슬러 올라가는 어떤 조상에게서 물려받았을 수도 있는 것이었다. 보다시피 유전의 한 형태인 격세유전은 극단적인 경우 유전 법칙을 폐지시키는 결과를 초래한다. 그것은 곧 인간에게는 엄청난 발전이라고 볼 수 있다. 그것은 각 세대마다 개인들에게 자질을 제공한 존재의 수를 배가시킴으로써 유전적 자질을 무한한 수의 가루로 빻아놓으니 말이다.


## 싱거운 것과 양념 친 것의 대화


우선 시작으로부터 시작하는 것이 좋겠다. 어린아이들에게 음식을 먹게 하는 임무를 맡아본 사람이면 누구나 그 아이들을 근본적인 싱거운 맛에서 떨어지게 하는 일이 얼마나 어려운지를 안다. 가장 어린 아이들의 경우 비결을 찾아내는 것은 그리 어렵지 않다. 그건 다름아닌 우유다. 아무것도 첨가하지 않은 우유 말이다. 거기서 요구르트, 그리고 무한히 많은 종류의 치즈로 옮겨가는 것은 보통 일이 아니다. 가장 좋은 방법은 감자 퓌레와 닭고기 흰 살로 시작해보는 것이다. 거기서 좀더 진한 맛이 나는 영역으로 나아갈 때마다 구역질이 난다는 듯이 아이는 강한 거부감을 나타낸다. 음식물에 대한 어린아이의 반응은 정말 기이하기 짝이 없다. 전에 보지 못한 새로운 것은 일단 나쁜 것이다. 그것은 '아주 이 쓰고 아주 새로운' 것의 정반대다. 그 어떤 실험에도 관심이 없다. 그 결과, 풍족하지 못한 환경에서 자란 어린아이일수록 더 다루기 '어렵다'는 것을 알 수 있다. 이 점은 또한 가난 속에 자랐을수록 음식물을 더 중요시한다는 사실로 해석이 가능해진다. 부잣집 아이는 먹으면서 장난을 칠 수도 있다. 그러나 가난한 집 아이에게 음식물이란 너무나 심각한 것이라서 장난이 아니다. 음식은 신성한 것이다(얼마 전까지만 해도 빵이 그랬다).

태초에 싱거운 맛이 있었다. 각각의 문명은 한결같이 프랑스 말로는 세 개의 철자로 구성된 자양이 풍부하고 싱거운 한 가지씩의 양식으로 정의된다. 그것은 바로 서구인의 밀(blé)과 아프리카인의 조(mil)와 동양인의 쌀(riz)이다. 이 세 가지 양식을 다 같이 앞지르는 것으로, 역시 세 개의 철자로 구성되어 있고 절대적으로 싱거운 요소가 있으니 그것이 바로 물(eau)이다.

백 년도 안 되는 과거에 프랑스인들은 하루에 평균 1킬로의 빵을 먹고 살았다. 양파, 치즈, 돼지기름, 살라미 소시지, 초콜릿 같은 그 밖의 것들은 그 기본 양식에 곁들여 먹는 것에 불과했다. 저녁의 수프 역시 채소를 넣어 끓인 빵이었다. 오늘날 인도 농부의 식사는 우선 아무런 조리도 하지 않은 채 끓이기만 한 밥을 큰 그릇에 담아내온 것이다. 각자는 그 밥을 자기 접시에 덜어놓는다. 그리고 나서 수많은 종지들 가운데서 자기 입맛에 맞추어 택한 내용물을 거기 쳐서 먹는다. 식사에 초대받은 서양 사람에게는 극도로 조심할 것을 권하는 바이다. 나는 아무 양념이나 골라서 쳤다가 음식을 떠넣은 첫 입부터 내 접시에다가 눈물을 철철 쏟고 말았다.

그러니까 밀, 조, 쌀은 물과 더불어 음식의 기본이다. 그 세 가지는 각자가 처한 문명의 특질을 규정한다. 그 근본적인 특성은 그 양식에 어떤 성스러운 가치를 부여한다. 서양의 어린아이들은 빵을 버리면 안 된다는 말을 들으며 자란다. 내 개인적인 경험을 이야기해보겠다. 나는 종교기관에서 운영하는 학교에서 공립학교로 전학 가면서 왜 빵을 존중해야 하는가라는 의문에 대해서 놀랍게도 두 가지 현저하게 다른 설명을 듣게 되었다. '빵은 성찬에 의하여 신성한 것이 되었기 때문'이라는 것이 종교 교육을 담당한 신부님의 말씀이었다. '빵은 인간의 노동을 상징하기 때문'이라는 것이 세속 교사의 설명이었다. 이 두 가지 비전 사이에 다리를 놓는 것은 어려운 일이 아닐 것이다.

이 근본적인 바탕 위에서 요리는 무한히 조합하고 고안한다. 문화는 문명을 바탕으로 건설되는 것이라고 말할 수 있다. 문명은 같은 장소, 같은 시대에 태어난 모든 사람들에게 동일한 것이다. 그것은 의복, 주거, 언어, 선입견 등을 결정한다. 이 공통된 바탕 위에 각 개인은 그것의 연장선상에, 혹은 그것과 상치되게 자신의 고유한 건물을 짓는다. 자신을 에워싸고 있는 문명에 상반되는 개인적 문화들도 없지 않다. 그것 때문에 피를 흘리는 갈등이 생겨날 수도 있다. 문화인

이 그를 이단, 우상숭배자 혹은 단순히 사회에 위험한 존재라고 판단하는 문명인에 의해 추방, 투옥되거나 화형에 처해질 수도 있다. 1600년 로마에서 화형에 처해진 조르다노 브루노[9]의 참혹한 경험이 바로 그것이다. 각종 양념들은 기초식량의 무미건조함 위에다가 요란한 맛들을 첨가한다. 이는 마치 백지 위에 수많은 화려한 색깔들이 칠해지는 것과 같다. 아니스, 구장, 계피, 커리, 육두구, 정향, 파프리카, 후추, 사프란, 샐비어, 바닐라 등은 그 알록달록한 맛의 무지개를 펼쳐 보인다.

이 다양한 무리들에다가 설탕과 소금의 쌍도 추가하는 것이 옳을까? 그렇지 않다. 왜냐하면 설탕과 소금은 영양물(aliment)이지 조미료(condiment)가 아니기 때문이다. 조미료는 전혀 몸에 이로울 것이 없다. 그것은 그저 쾌락을 위해 존재할 뿐이다. 설탕과 소금은 영양 섭취와 생체의 균형에 크게 기여한다. 스피노자의 표현을 빌리자면 소금과 설탕은 무미건조한 물질의 '속성'이고 조미료는 '우유성(偶有性)'에 불과하다. 그러나 모든 문화는 우유성들, 즉 희귀하고 값이 비싸지만 무용한 부(富)로 이루어져 있다. 문명은 필요성이고 문화는 사치다.

---

9) 조르다노 브루노(Giordano Bruno : 1548~1600) : 이탈리아의 철학자. 일찍부터 닫혀진 세계라는 아리스토텔레스적 개념을 거부하고 코페르니쿠스의 주장을 옹호하였으며 범신론적 인간주의에 도달하여 마침내는 교회로부터 화형에 처해졌다.

음식 문화는 한 나라, 한 지역, 특정된 각 개인의 기본적 특징이다. 그 문화는 흔히 다른 문화들에 대한 강력한 거부감을 동반한다. 사람들은 이상한 옷을 입었다든가 알아들을 수 없는 말을 한다는 것에 대해서보다도 '제대로 먹을 줄 모르는' 이방인을 더 공격적으로 나무란다. 이런 편협함은 우리가 앞에서 지적한 종교적 자질을 노출시킨다. 그것은 불쾌하고 신성모독적인 음식에 대한 혐오감을 드러낸다. 플로베르의 소설 『살람보』에 보면 '더러운 것들을 먹는 자들'에 대한 언급이 있다. 이방인이란 항상 그런 이상한 족속들에 속하는 일면이 있는 법….

## 신선함으로서의 프랑스

프랑스 사람들 ─ 나도 그 중 하나이지만 ─ 이 프랑스의 음식 문화의 특징을 말할 수 있을까? 나는 여기서 매우 전형적이라고 여겨지는 단 한 가지 특징만 언급해보고자 한다.

우선 프랑스 정신 속에 깊이 뿌리박고 있는 한 가지 환상을 지적하지 않을 수 없다. 우리는 우리 문화에 있어서 지중해의 역할을 과대평가하는 경향이 있다. 그것은 아마도 세련미와 맛은 로마제국으로부터 온 것이라고 믿는 갈리아족의 해묵은 반사작용일 것이다. 그런데 실제로 유럽에 있어서 프랑스의 위치를 자세히 살펴보면 남쪽으로보다는 서쪽으로 훨씬 더 많이 치우쳐 있다는 것을 알 수 있다. 프랑스의 지중해 쪽 가장자리는 대서양 쪽 정면에 비하면 대수로운 것이 아니다. 서풍이 우세한 프랑스 기후의 대부분을 지배하는 것은 분명 대양이다. 우리는 대양 민족이다. 그래서 자연히 우리의 요리도 그쪽의 강한 영향을 받고 있다.

프랑스 정신의 가장 독창적인 특징들 중 하나는 '신선함'의 개념을 크게 중시한다는 점이다. 이 개념은 젊음, 순수함, 순진함, 생기 등을 포괄하는 무한히 매혹적인 함의에 에워싸여 있다.

시인들은 이 점을 잘 알고 있고 이를 폭넓게 활용한다.


어린아이의 살처럼 신선한 향기들이 있나니


라고 보들레르는 노래한다.


바다에서 뿜어나오는 신선함이
내 영혼을 돌려주나니, 오 짭짤한 힘이여!


라고 폴 발레리는 감탄한다.

그리고 라디오에서 해양 기상에 관한 일기예보에 귀기울이는 청취자들은 '큰 신선함(강풍)'의 예보가 나오면 가장 좋아한다. 사실 외국인들에게 가장 수수께끼 같고 이해하기 어려운 프랑스 문장은 앙드레 지드가 너무나도 좋아했던,

‘대기의 바닥(햇볕이나 바람의 영향을 제외한 실제 기온 – 역주)이 서늘하다(le fond de l'air est frais)’라는 저 유명한 표현이다.

이같은 신선함의 미학이 요리의 차원에서 표현된 것이 바로 생야채와 자연산 과일을 선호하는 취향이다. 프랑스 사람들은 영국과 독일 식당에서 후식으로 과일 바구니를 주문할 수 없게 되면 펄쩍 뛴다. "그건 메뉴에 없는데요! 설탕에 절인 과일 파이는 안 될까요?" 신선함이란 사치와 세련의 극치를 의미하는 것일까?

사실 무엇으로 보나 프랑스보다 더 해양적인 민족들도 신선함에 대하여 이 정도의 숭배 태도를 보이지는 않는다. 아이슬랜드 사람들은 조개와 갑각류라면 질색을 하고 영국 사람들은 굴을 익혀 먹는다. 야만인들이야! 하고 그들은 달팽이와 개구리 다리를 먹는 우리들을 나무란다. 그러나 이런 것들이야말로 대자연과 생명에 가장 내밀하게 가까이 있는 식품인 것이다!

그러나 프랑스는 유럽에서 단순히 가장 해양적인 나라일 뿐만 아니라 가장 산악적인 나라이기도 하다. 그런데 여기서도 또 신선함에 대한 미학과 윤리가 만개한다. 그러나 이번에는 다른 의미에서, 이를테면 수직적인 의미에서 그렇다. 이때의 물은 폭풍에 휩쓸려 해변으로 밀어닥치는 노호하는 대양이 아니라 바위와 빙벽의 정상으로부터 떨어지는 맑은 폭포다. 근원적이고 절대적인 신선함을 지닌 두 가지의 액체가 산에서 온다. 우선 그것은 최고로 자연적이며 순수하고 맑지만 여러 가지 효능을 갖춘 최상의 약인 광천수다. (반대로 과일즙은 맑으면 안 되고 반드시 탁해야 좋은 것이라는 사실을 주목할 필요가 있다. 과일즙이 맑으면 곧 공산품이라는 혐의를 받는다.)

그러나 그뿐이 아니다. 산골짜기의 급류와 호수에는 그곳의 마스코트와도 같은 물고기인 송어가 산다. 송어는 그 자체로서 이 세상의 모든 펄떡거리는 신선함의 상징이다.

그러면 다시 단단한 고체 이야기로 돌아가보자. 밀과 밀가루의 근원적인 무미건조함에다가 프랑스 요리는 사프란도 커리도 육두구도 첨가하지 않았다. 요리의 다른 모든 분야에서와 마찬가지로 여기서도 우선 신선함의 이상에 따르고자 했던 것이다. 식탁 위에서 가장 프랑스적인 것이라면 단연 신선하고 따뜻하고 바삭바삭한 빵이다. 프랑스의 제빵 기술자는 그 누구와도 비길 수 없는 명성을 누린다. 왜냐하면 그는 이제 금방 말한 그 조건을 만족시키기 위해 매일 새벽 2시에 일어나는 세계에서 유일한 기술자이기 때문이다.


**덧붙이는 말**


위에 쓴 글을 읽다 보니 아무래도 마음에 걸리는 것이 한 가지 있다. 그래서 나는 계피에 대하여, 저 기막힌 계피에 대한 예찬을 추가하지 않을 수가 없다.

최초의 십자군은 단순히 예루살렘의 성묘(聖墓)를 해방시키려는 목적에서만 동방으로 간 것이 아니다. 그들은 향료를 구하기 위해『황금의 전설』에 따르건대 지상낙원이 있다는 행복한 아라비아 쪽으로 갔다. 계피향이 그들을 이끌었던 것이다.

그런데 조미료에는 두 가지 종류가 있다. 그것이 코를 위한 것인가 아니면 입을 위한 것인가에 따라 향료와 양념으로 나뉘진다. 향료는 냄새로 인해 가치가 있고 양념은 맛으로 인해 가치가 있다. 이러한 구별은 어떤 등급을 만든다. 냄새에는 더 많은 정신이 담겨 있고 맛에는 더 많은 육체가 담겨 있으니까 말이다.

그 등급의 가장 밑바닥에 있는 것이 후추인데 이것은 입을 강하게 사로잡는 반면 코에까지 올라오는 일은 거의 없다. 반대로 박하, 시트로넬, 정향은 모두 향료이지만 그것들은 동시에 혀와 입천장의 묵직한 기초를 갖지 못한다. 그것들은 그저 증발해버린 미녀들에 불과하다.

계피는 이 두 가지 영역을 완벽하게 지배한다. 그것은 양념의 여왕인 동시에 향료의 황후다. 옅은 갈색의 그 얇은 지저깨비는 세일론이나 중국에서 온 것으로 겨울밤의 축제와 주흥에 없어서는 안 되는 잼, 정과, 과일 파이, 데운 포도주, 펀치 등에 정신적인 동시에 육체적인 이중의 차원을 부여한다.

## 경이로운 먹거리

　나는 장 루이 바로를 한 번도 만난 적이 없다. 나는 장 루이 보리의 친구였었다. 15년 동안 나는 매월 한 번씩 있는 아카데미 공쿠르 만찬 때 드루앙 식당에서 아르망 살라크루의 옆자리에 앉았다. 장 루이 바로, 장 루이 보리, 아르망 살라크루, 그리고 미셸 투르니에 사이에 무슨 공통점이 있을까? 그들은 모두 얼마 동안 약방에서 성장했다. 그것 때문에 그들 사이에는 어떤 공감대가 형성된다. 가령 나는 아르망 살라크루와 더불어 기꺼이 문학보다는 약에 대하여 더 많은 이야기를 나눈다. 나는 그가 소금을 놀라울 만큼 많이 사용했던 것을 기억한다. 그는 자기 앞에 내오는 음식접시를 소금으로 뒤덮었고 입에 넣는 빵에도 소금을 잔뜩 쳐서 신나게 먹어댔다. 그때는 영양학자들이 소금을 그리 좋지 않게 여기던 시기였다.

　살라크루는 1899년 루앙에서 태어났다. 그의 아버지는 약방을 열고 있었다. 그는 약사 면허증이 없었으므로 정식으로 면허증을 가진 약제사의 도움을 받아야 했다. 사실 그 집안의 엄청난 재산은 엄밀한 의미에서 약이 아니라 위생용 제품과 건강식품 위주의 전문 상품을 근거로 얻은 것이었다. 사실 살라크루 제품들은 그야말로 진정한 문예창작의 경지에 이른 그 이름과 선전 문구 덕분에 존재 가치를 인정받고 성공을 거둔 것이었다. 그 제품은 모두 네 가지였다. 먹으면 안

색이 좋아진다는 켕토닌, 향기로 이를 박멸하는 마리 로즈, 달 구충제, 수리 신부의 회춘약이 그것이다. 이 네 가지 발명은 나를 감동시키기에 충분한 것이고 살라크루 집안에 엄청난 부를 가져다줄 자격이 있는 것이다.

나의 어머니는 ― 원래 푸르니에 집안 출신이다 ― 본과 디종 사이에 위치하는 인구 칠백 명 정도의 마을 블리니 쉬르 우슈에서 태어났다. 나의 외조부는 거의 반세기 가까운 동안 그 마을의 약사였다. 나는 여러 번 외가에 가서 머물곤 했는데 그때의 경험은 내게 깊은 영향을 주었다. 나는 남부 고속도로를 타면 반드시 푸이이 앙 옥스와에서 빠져나가서 국도 470번을 달려 생트 사빈느와 블리니를 거친 다음 다시 본에서 고속도로로 들어온다. 전에는 부르고뉴 지방의 마지막 위대한 작가인 앙리 벵스노의 마을 코마렝으로 한 번씩 우회하곤 했었다. 지난번 그리로 거쳐간 것은 팔월 말이었다. 엄청나게 더운 날이었다. 공동묘지에 우리 가족묘가 신기할 정도로 잘 손질되어 있는 것을 보고 놀랐다. 교회에서는 생 세바스티엥 신심회 합창단 연습이 한창이었다. 나는 할아버지의 이름이 역대 신심회 회장 명단에 제대로 박혀 있는 것을 확인할 수 있었다.

이제 약방은 사라지고 없었다. 그 자리에는 꽃집이 들어서 있었다. 불명예스러운 업종이 아니어서 다행이었다. 약방은 광장에서 멀지 않지만 광장가는 아닌 큰길가에 있었다. 장에 오는 농부들은 남들의 눈에 다 보이고 알려지는 가운데 약방에 들어오는 것을 좋아하지 않는다고 할아버지는 내게 설명해주시곤 했다. 약을 사는 행동에는 늘 어딘가 내밀하고 수치스러운 구석이 있는 법이다. 더군다나 그 시절 – 할아버지는 1892년에서 1938년까지 약방을 경영했다 – 에는 약사를 찾아가서 거리낌없이 진찰을 받았고 그러자면 자연히 약국에 딸린 옆방에서 옷을 벗어 보이지 않으면 안 되었던 시절이었던 만큼 더욱 그러했다. 내게는 지금도 할아버지가 그 불쌍한 사람들을 앉혀놓고 이빨을 뽑아주곤 했던 볼테르형 의자[10]가 하나 남아 있다. 당시 가장 가까운 치과병원은 그곳에서 50여 킬로미터 떨어진 디종에 가야만 있었다. 들이나 거리에서 무슨 사고가 생기면 가장 먼저 찾아가 호소하는 곳이 바로 약방이었다. 상황이 그보다 덜 심각할 때는 잘못 먹은 버섯이나 물린 뱀(구렁이인가 독사인가?)을 확인용으로 가지고 오곤 했다.

　의사는 친구요 가까운 공동 협력자였다. 연대의식과 호기심 때문에 할아버지는 의사가 왕진 갈 때면 같이 동행하곤 했다. 그리하여 1914~18년 1차 세계대전 때 의사가 동원되자 4년 동안 할아버지가 의사 노릇을 했다. 게다가 그 마을의 의사와 약사 콤비는 그들의 말년에 가서 기이한 방식으로 다시 공동 팀을 만들게 되었다는 사실을 덧붙여 말해두어야겠다. 과연 1938년부터 할아버지는 은퇴해 디종에서 살고

---

10) 앉는 자리가 낮고 등 쪽이 높으며 뒤로 젖혀지는 의자.

계셨다. 그는 정신병원으로 개조한 샹프놀의 샤르트르회 수도원 구내 약사로서 어느 정도 활동을 계속했다. 나는 아침 저녁으로 할아버지를 찾아 그곳으로 가곤 했다. 소르본느 재. 학 시절 생트 안느 병원에서 장 들레 교수의 강의를 받기 전에 내가 정신질환자들을 처음으로 접해본 것은 바로 그때였다. 그런데 그 수도원에 들어온 종신 환자들 중 한 사람이 바로 문제의 의사였다. 불행하게도 그는 별로 해가 되지 않는 정신착란환자가 되어 있었다. 이리하여 두 사람은 다시 한 팀이 되어 병원의 입원환자들을 돌보았는데 할아버지는 기회 있을 때마다 자기 동료의 진찰이 얼마나 틀림없는지를 자랑하곤 했다. 수도원을 나서면 우리는 잠시 시립 식물원에서 발걸음을 멈추었고 나는 거기서 식물학 강의를 받곤 했다.

나는 내가 그런 상황 속에서 어린 시절을 보낸 것을 감사한다. 그래서 오늘의 어린이들에게 더 이상 그런 환경이 주어지지 못한 것을 심히 유감스럽게 여긴다. 오늘날의 약사는 이제 옛날과 같지 못하다. 할아버지는 당신이 파는 대부분의 약을 손수 만들었다. 그는 환약과 좌약을 본에서 떠냈고 알코올을 증류했고 가루약들을 달고 빻아 조제했다. 그리고 나서 펜글씨로－가는 획 굵은 획을 잘 조화시켜－약 이름을 쓴 다음 구겨진 종이로 예쁜 모자를 만들어 약 병마개 위에 씌우면 그 모든 작업이 끝나는 것이었다. 병마개와 관련하여, 나는 주물로 떠서 만든 아주 멋들어진 악어를 잊을 수 없다.

그것은 그 딱딱한 갑각을 쳐들 수 있도록 되어 있었는데 병마개가 너무 굵을 때 딱 맞도록 눌러서 집어넣을 때 쓰는 물건이었다. 그렇다, 그것은 한 어린아이에게는 아름답고 멋진, 그러면서도 신비스럽고 배울 것이 많은 분위기였다. 특히 신비스러웠던 그 분위기는 냄새에서 오는 것이었다. 그곳에 떠돌다가 한데 섞여서 단 한 가지의 특징적인 냄새, 즉 지금은 사라지고 없는 '약방'의 냄새로 변하던 그 냄새들 말이다. 사실 그 냄새의 세계는 불행하게도 우리들의 일상적인 세계 속에서 빈약해지거나 사라지고 만 한 세계다. 지난날에는 집집마다, 가게마다 독특한 냄새가 있었다. 음식과 유지 보존용 약품들이 한번 맡고 나면 끝내 잊을 수 없는 독특한 향기를 만들어놓는 것이었다. 장님도 가게에 들어가면 무슨 가게인지 냄새로 알 수가 있었다. 마구 제조상, 이발관, 세탁소, 빵집, 페인트상은 그 앞을 지나기만 해도 강한 냄새를 발산하는 것이었다.

각종 약들에 대한 나의 관계는 분명 그 어린 시절에 강한 영향을 받았다. 그렇지만 내가 툭하면 알약이니 물약이니를 입에 털어넣으며 지냈다고 생각하면 오해다. 나는 지난 시절의 그 '구체적인' 약방 덕분에 오히려 식이요법과 '이상적인 절식' 쪽으로 나아가게 되었다. 나는 니체와 마찬가지로 행복하게 살고 효율적으로 일하기 위해서는 '제대로 먹는 것'이 중요하다고 믿고 있는 터이다. 19세기 사람들 ― 우리 시대와 그렇게 멀리 떨어진 것도 아니건만 ― 의 일기나 서한문을 읽어보노라면 그들이 끊임없이 고통당하고 있는 온갖 종류의 질병과 그들의 그 한심한 기관들에 강요한 어처구니없는 식생활에 경악하지 않을 수 없다. 나로 말하면, 살라크루 집안에 부를 안겨준 가짜 약들과 민간요법에 마지막으로 의존하는 편이다. 비타민 C 대신에 먹는 오렌지 주스, 유명한 '관장약'으로 먹는 밀기울, 그리고 내가 상당히 많은 종류를 수집해 가지고 있는 각종 차, 이런 것은 미신이 아니라 최대한 합리성을 지닌 것이다. 그러나 약에 관한 한 나는 단 한 가지만은 예외로 취급한다. 별로 독창적인 것은 아니다. 약제 일람표 중에서도 세계 제일의 약인 아스피린이니까 말이다. 정말이지 이건 내가 철통같이 믿는 약이다. 내가 이 약을 먹고 낫지 않는 병은 별로 없다! 아스피린이 만병통치약이냐고? 그렇지 않다고 말할 사람이 과연 누구인가?

만약 여기서 내가 약전에 등장하는 단어들의 시적인 특성을 언급하지 않고 넘어간다면 약과 관련한 내 이야기에 뭔가 빠진 듯한 느낌을 받을 것이다. 나는 앞에서 살라크루 집안의 창의성은 주로 언어적인 측면에서 뛰어났다고 말한 바 있다. 사실 단어는 약의 스승이다. 스트리키니네, 베르벤느(파편초), 에테르, 알콜라 드 콜로켕트 같은 단어들이나 우려내기-달이기-담그기 같은 신성불가침의 세 가지 비방, 혹은 생산지에 따라 이름붙인 수많은 광천수들의 상표에 신비스럽고 암시적으로 따라다니는 두 글자 vi(Vichy, Evian, Volvic, Vittel)에서 어찌 시적인 위력을 느끼지 않을 수 있으

라. 나는 과연 다른 직종들도 이처럼 문학적 창의성에 기회를 제공하는지 가끔 자문해보곤 한다.

이리하여 나는 약 광고, 특히 텔레비전의 약 광고에 유난히 관심을 갖게 된다. 약은 어떻게 파는 것이 좋을까? 나는 서로 반대되는 두 가지 신화 중에서 택일할 수 있다고 생각한다. 순수함과 자연이 그것이다. 자연은 기름지고 갈색 나는 땅, 불가사의하고 강력한 즙으로 부풀어오르는 흙으로 상징된다. 이 신화의 토템과도 같은 동물은 바로 암소다. 그 유순함, 그 동물이 제공하는 따뜻하고 모성적인 우유, 그리고 그 풍요로운 소똥.

그와 반대되는 신화인 순수함은 투명함, 수정같이 울리는 소리, 얼음 같은 차가움에서 찾을 수 있다. 그러나 가장 좋은 것은 그 양자택일을 초월하여 자연과 순수함을 하나의 비전 속에 융합하는 것일 터이다. 유감스럽게도 이런 장한 일을 감당할 수 있는 물질은 별로 많지 않다. 가장 적절한 것은 앞에서 이미 언급한 바 있는 광천수들이다. 광천수는 자연적인 것이지만 동시에 그 이름이 말해주듯이 광물에서 나온 것이다. 그것은 만년설이 덮인 높은 산에서 흘러내린다. (눈＝흰색＝순수함.) 이 순수함에는 전파력이 있다. 그것은 그것이 흘러 지나가는 기관의 내부를 깨끗이 씻어주니까 말이다. 그 이면에서는 세례의 테마가 개입된다. 광천수를 마신다는 것은 약의 세례를 주는 것이 된다. 여기서 우리는 연금술이 동원하는 초자연적 정령보다 더 진정하고 설득력이 있는 영적 개입을 목도한다. 알프스의 빙벽에서 흘러 내려오는 광천수를 마심으로써 우리가 제공받을 수 있는 내면적 샤워는 정신과 영혼을 회춘시키는 힘을 지니고 있는 것이다.

나는 마지막으로 한 가지 축원으로 이 글을 끝맺고자 한다. 그러니까 나는 이처럼 약방(pharmacie)과 많은 관계를 가졌었다. 그 후에 나는 오랫동안 철학(philisophie) 선생이 될 것으로 믿었었다. 그리고 또 나는 사진(photographie) 예술에 많은 시간을 바쳤다. 정말이지 한 사람의 생애에 있어서 이건 너무 많은 PH가 끼여든 셈이다! 나는 이제 막 이탈리아 여행에서 돌아온 참이다. 나는 그곳의 몇몇 상점들에 나붙은 FARMACIA(약방)이라는 단어가 마음에 들었다. 그런데 철자법 개혁이 논의되고 있다고 하니 나로서는 너무 무겁고 화학적인 PH을 버리고 가장 우아하고 가장 공기가 잘 통하는, 그리고 내친김에 말해보건대 가장 프랑스적인 알파벳 철자인 F로 바꿀 것을 제안하는 바이다.

# 몸과 재산 2

돈과 섹스 사이에는 깊은 친화력이 있다.
섹스 파트너에게 돈을 주는 것은 이 세상에서 가장
자연스럽고 가장 오래된 행동이다.

## 맹물, 혹은 2000년대의 의학

이 장면은 2000년, 그러니까 아주 가까운 미래에 전개된다. 나는 날이 갈수록 기운이 쇠하여 가지가지로 삐걱거리는 몸뚱이를 좀 살펴봐달라고 청하기 위해 이제 막 일반의로 개업한 아주 젊은 의사를 찾아간다.

나는 걸핏하면 현기증이 나고 – 분명 뇌 아테롬과 관련된 것. – 손가락 사이의 가려움증을 느끼며 – 유아기의 습진이 재발한 것 – , 필시 심근경색증의 예고일 터인 늑골간 격통에 시달린다. 그보다 더 근심스러운 것은 한쪽 눈의 시력 장애와 뇌종양의 전형적 징후인 기억력 상실인 것 같다. 끝으로 비장이 위치하고 있는 위장 바로 밑 왼쪽을 칼로 찌르는 듯한 통증을 느낀다. 내 담당 의사를 납득시키기 위해 나는 그에게 알베르 뒤러의 데생 한 장을 보여준다. 그것은 뉘른베르크의 그 거장 화가가 스스로 오른쪽 손으로 왼쪽 허리를 가리키고 있고 그 밑에 '나는 여기가 아프다'라는 설명이 씌어 있는, 미술사에서 아주 보기 드문 '나체 자화상'의 하나이다. 그런데 널리 알려져 있다시피 화가 뒤러는 비장염으로 사망했다. 나를 노리고 있는 병은 바로 그것이 아닐까?

내가 이렇게 장황하게 염려스러운 이야기를 늘어놓고 있는 동안 의사는 수첩에다가 뭐라고 끼적거리고 있었다. 처음에 나는 그것이 내가 직면하고 있는 딱한 케이스에 대한 메모라고 생각했다. 그런데 마침내 의사가 세면대 쪽으로 가려고 자리에서 일어났을 때 나는 메모지에 아주 굵은 글씨로 다음과 같은 두 단어가 씌어 있는 것을 읽을 수 있었다:아쿠아 심플렉스(AQUA SIMPLEX). 즉 '맹물'이라는 뜻이다. 그는 세면대 쪽으로 걸어가더니 유리잔 두 개에 물을 가득 채워가지고 돌아와 우리 앞에 있는 탁자 위에 놓았다.

─처방전을 써드리겠습니다, 하고 그가 말했다. 아침저녁으로 물을 한 잔씩 드세요.

─광천수를요?

─천만에요! 그냥 수돗물이면 됩니다. 당신은 의료보험의 도산을 막기 위해 보건부 장관이 최근에 취한 권위적인 대책이 무엇인지 잘 아시지요? 이제부터 약값은 그 약을 처방하는 의사가 부담하게 됩니다. 이 강제적인 조치에 대하여 의료 집단 전체는 매우 건전한 반응을 보였습니다. 이제부터 국가적인 골칫거리였던 약제일주의는 끝장입니다! 프랑스 사람들은 수십 톤에 달하는 방대한 양의 불필요한 약들을 입에 털어넣고 중독이 되는 짓은 이제 다시는 하지 않게 되었답니다. 경제적 이득이 대단하죠. 좀 생각해보세요! 물 1 평방미터의 가격은 평균 20프랑 정도인데 6,000잔을 낼 수 있으니 물 한 잔 값은 지나치다 싶을 정도로 저렴하다 이겁

니다.

─그렇지만 이 물 두 잔으로 내 병에 효과가 있을까요?

─내 전임자들이 선생님께 강요했던 캡슐, 알약, 주사 및 그 밖의 각종 장난과 속임수보다 더할 것도 덜할 것도 없는 효과죠. 맹물이라구요? 맹물의 장점이 뭔지 아세요? 맹물의 싱거움은 존재의 본질입니다. 그 나머지는 우연적인 것에 불과합니다. 오늘날의 인간들은 포도주, 맥주, 차, 커피, 소다, 과일 주스, 그 밖에 별의별 것들을 다 마셔댑니다. 그들이 처음으로 마셔보는 맹물 한 잔이 얼마나 큰 충격일지를 한번 상상해보세요! 그때 그들은 한 잔의 맹물(aqua simplex) 속에 담긴 숭고하고 본질적인 싱거움의 진수를 발견하게 될 겁니다.

그는 내게 물 한 잔을 주었다.

─자 선생님, 건배를 하시고 치유적이고 몸에 좋은 이 강장제의 충격을 맛보십시오!


## 단어와 요리


내가 드루앙(Drouant) 식당[1]에서 처음으로 식사를 한 것은 1972년 2월로 거슬러 올라간다. 그러나 운명은 그 특유의 심오한 장난기를 발휘해 매우 오래 전부터 나를 위해 그 일을 준비해두었다. 과연, 내가 아주 어렸을 적에 벌써 나의 부

모님께서는 나를 독일로 혼자 보내곤 하셨는데 나의 출발 전
날에는 으레 아버지가 일종의 의식과도 같은 만찬을 베풀어
주시는 것이었다. 그 만찬에는 어떤 마법 같은 데가 있었다.

우리는 그때 파리 근교의 생 제르멩 앙 레에 살고 있었다.
내가 독일로 떠날 때면 밤차를 탈 수 있도록 아버지가 나를
파리의 동역(東驛)으로 데려다주시곤 했다. 그러면 그 이튿
날 독일 친구분들이 프랑크푸르트나 바젤 역에서 나를 인수
했다. 기차는 22시경에 출발했다. 전통적으로 우리는 11월
11일 거리 광장에 있는 어떤 식당에서 다같이 식사를 했다.
그런데… 그 식당 이름이 바로 '드루앙'이었다. 나는 장 드
루앙 씨에게 동역의 드루앙 식당에 대하여 이야기를 해보았
다. 그는 자기도 그 식당을 알고 있지만 그들 두 집 사이에는
아무런 인척이나 그 밖의 어떤 관계도 없다고 했다. 그렇다
고는 하지만 그래도… 여덟 살 때부터 벌써 '드루앙' 식당에
서 식사를 하곤 했다는 것은….

소수의 우리 멤버들만 드루앙 식당에 들어가 앉은 다음 문
을 꽁꽁 닫아놓고 그 살롱에 무얼 하느냐고 묻는 사람이 종

---

1) 프랑스의 유명한 문학상인 공쿠르상의 수상자를 결정하는 아카데미 공
  쿠르는 매년 가을 파리의 드루앙 식당에 모여 식사를 하면서 수상자를
  선정하고 발표한다. 그날은 이 식당 주변에 수많은 신문 기자들이 몰려
  들어 발표를 기다리는 것이 관례. 아카데미 공쿠르는 종신제로 회원이
  사망하면 생존한 회원들이 호선하여 그 빈자리에 새로운 회원을 맞아들
  인다.

종 있다. 그러면 나는 대답한다. "별거 아녜요. 그저 식사를 하는 거죠. 우리는 '친구(copain)'들이거든요. 프랑스어의 '친구'란 말은 곧 같은 빵(pain)을 나누어 먹는 사이(co)라는 뜻이죠. 마치 '동료(camarade, 同僚)'라는 말이 카메라(camera), 즉 방(chambre)을 같이 쓰는 사이라는 뜻이듯이 말입니다." 이처럼 어원에는 심오한 빛이 담겨 있는 법이다.

우리는 드루앙 식당에서 먹고 마시고 이야기를 나눈다. 인구에 회자되는 플라톤의 저 유명한 「향연(Banquet)」이래 너무나도 잘 어울리는 세 가지 활동이 바로 그것인 것이다. 우리는 나의 드루앙 식당 경험 22년에 있어서 단연 최고인 요리사 루이 그롱다르의 요리를 먹는다. 그는 하늘을 찌를 듯한 명성을 누리고 있는데 과연 그럴 자격이 있는 인물이다.

오랫동안 내 옆자리에는 아르망 살라크루(Armand Salacrou)가 앉았다. 우리 멤버들 가운데는 아르망이란 이름을 가진 사람이 둘이다. 또 한 사람은 아르망 라누(Armand Lanoux)다. 만약 그 이름이 몇몇 사전의 설명처럼 '관용을 갖추었다(doué de mansuétude)'라는 의미라면 이건 보통 역설이 아니다. 사실 그 두 사람은 무서울 정도로 성을 잘 낸다는 공통점을 가지고 있는 것이다. 그들은 갑자기 얼굴이 벌게지면서 상대방에게 불꽃을 뿜어대곤 한다. 그런데 이상하게도 그들 두 사람끼리는 서로 맞붙는 장면을 나는 한 번도 본 적이 없다. 천만다행한 일이다. 안 그랬다간 필시 유혈

이 낭자했을 것이다.

테이블 주위에 둘러앉는 우리 회원들의 수는 모두 열 명이다. 나는 오랫동안 그 테이블이 둥글다고 생각해왔는데 실제로는 약간 타원형을 이루고 있다. 우리들의 좌석은 고정되어 있다. 그래서 나는 늘 이 지정석을 언젠가 한번 뒤섞어버렸으면 하고 상상해본다. 그냥, 어찌 되나 보려고 말이다. 그러나 나는 절대로 그런 혁명적인 제안은 감히 하지 못할 것이다. 사실 식기들에는 우리들에 앞서서 그것들을 차지했던 선배들의 이름들에 뒤이어 우리들 자신의 이름이 새겨져 있다. 이리하여 좋은 식기들 – 새겨진 이름들의 수가 적은 것 – 이 있는가 하면 이를테면 사람을 자주 사망시키는 식기들이 있는 것이다. 그런 관점에서 본다면 프랑스와즈 말레 조리스(Françoise Mallet-Joris)는 식기에 오직 다른 두 사람만의 이름(Lucien Descaves와 Pierre Mac Orlan)만이 올라 있다는 점에서 운이 좋은 편이다.

아카데미 공쿠르 회원 식탁에 자리잡고 앉는 것이 처음인 사람은 그래서 우선 자신의 차지가 된 식기부터 점검해보게 된다. 그때 그는 흔히 머릿속에 별로 생각나게 하는 것이 없는 이름들을 발견하게 된다. 이리하여 그 이름들에 대하여 조사를 하고 전에는 몰랐던 여러 가지 사실들을 발견하는 것이 그의 몫으로 남는다. 나의 경우 가장 마음이 가는 발견은 바로 라울 퐁숑(Raoul Ponchon, 1848∼1937)이라는 이름의 발견이었다. 그가 아카데미 공쿠르의 회원이 된 것은 내가 태어난 해인 1924년이었다. 그는 고질적인 보헤미안이었고 엄청난 다산성의 시인이었다. 그는 무려 15만 행의 시를 썼다. 게다가 그는 술에서 얻는 영감을 배양했으며 『카바레의 뮤즈(Muse au cabaret)』라는 제목의 시집으로 이름을 날렸다. 술은 그의 전생애에 있어서 위대한 경이의 대상이었다.

오 술이여, 그윽하고 몸에 좋은 술이여,
내 노래들에 꽃을 피워주는 것은 바로 그대이니
지상의 미묘한 꽃이여
오 술이여, 오, 덤불 속에 핀 장미여!

그는 얼굴 한가운데에 자신의 포도 감식 취향을 상징하는 엠블렘을 달고 있다는 사실을 자랑스럽게 여겼다. 그래서 그는 자신의 코를 향해 정답게 말을 건넨다.

아! 물론 유리잔으로 마심으로써
내 그대를 내 얼굴의 장식품으로 삼지는 않으리.
자랑스럽기 그지없는 내 섬세한 보물이여
이제 금방 따가지고 온 유도(油桃)의 라이벌이여!

다음번 식사 메뉴를 정하는 일은 롤랑 도르즐레스(Roland Dorgelés)와의 열띤 토론의 대상이었다. "나한테는 그놈의 큼직한 블롱2)이나 손바닥만큼 넓적한 마렌느3)는 내놓지 말라고 해주시오. 나는 값이 싼 굴, 갯냄새가 나는 포르투갈 산의 자잘한 굴이 더 입에 맞으니까! 그리고 특히 레몬을 곁들이지 말아요! 그냥 염교 소스로만!"

그는 자신에게 완두콩을 곁들인 양 넓적다리 고기를 물리도록 내오는 기존의 습관에 대해서도 불평이 대단했다. 자신은 이미 그 요리에 대해서는 이제 불후의 명작이 된 시를 쓴 바 있다는 것이 그 이유였다.

마늘 향기를 풍기며 유쾌한 완두콩의
저 거룩한 침상에 누워
양 넓적다리 고기가 식탁에 나타나면,
한결 기분이 나아지고 매혹이 몸 속에 사무친다.
저마다 식욕이 소생함을 느끼며
날카롭게 이를 간다.

마시고 먹고 얘기하는 것. 이것이 바로 그 본부가 식당이요 주흥(酒興)이 분위기를 좌우하는 한 문학 집단의 모든 프로그램이다. 이 기본적인 세 가지 행위를 총괄하는 단어 하나가 머리에 떠오른다. 그렇지만 그 말을 여기에 기록할 용기가 잘 나지 않는다. 허용 기준치를 넘어서는 방자함이 그

---

2) 블롱: 브르타뉴의 블롱 강 하구에서 수확하는 굴.
3) 마렌느산의 굴조개.

속에 담겨 있으니 말이다. 그렇지만 감히 그 단어를 발설하고 너무 심각하게 생각하지 않기로 하자. 그 단어란 바로 'baragouin'이다. 이는 브르타뉴 말에서 온 것으로 빵을 뜻하는 'bara'와 술을 뜻하는 'gwin'에서 온 것으로 횡설수설을 의미한다.


## 포도주의 혼

포도나무는 디오니소스와 예수 사이에 가냘프면서도 열매가 잘 달리는 가교를 놓아준다. 지중해 문명의 기이한 상징인 포도주에는 방자하게도 질탕한 농담의 세계와 경건하고도 성스러운 세계가 혼합되어 있다. 한편에는 화가 루벤스가 그려보인 바와 같은 바커스와 곤드레만드레 취하여 껄껄대는 술꾼들의 행렬이 있고 다른 한편에는 카나[4]의 혼례와 최후의 만찬의 술잔이 있다.

프랑스가 흔히 '교회의 장녀'라고 불리는 것은 무엇보다 먼저 그 나라의 포도주 덕분이다. 코트 도르 지방에 있는 내 고향 마을에서는 사람들이 일생 동안 맹물은 단 한 방울도 안 마시고 백 살까지 살다가 죽는다. 물은 마시는 액체가 아니라 오로지 몸을 씻고 꽃나무를 축여주라고 생긴 것이다.

---

[4] 카나: 예수가 물을 포도주로 바꾸어 최초의 기적을 행한 갈릴리의 지방.

물을 마신다는 것은 전혀 유익할 것이 없는 야만적인 행동이다. 부르고뉴 지방에서 물을 마시는 사람은 원한을 잘 품고 편협해지기 쉬운 체질의 인물로 의심받는다. 어린 시절 동안 줄곧 나는 '위장을 물에 빠뜨리는' 위험을 경계하라는 말을 들으며 자랐다.

지금 내 앞에는 『가정 의학』이라는 책이 펼쳐져 있다. 지금부터 백 년 전에 학년말이면 우등생에게 상으로 주곤 하던 붉은색과 황금색 표지로 장정한 아름다운 책이다. 그 중 한 챕터는 알코올 중독에 관한 것이다. 거기에는 이 재앙과 싸우려면 포도주나 맥주와 같은 위생적 음료를 복용하라고 권고하고 있다. 그와 동시에 국가에 대해서는 그같은 음료에 대하여 부과하는 세금을 낮추도록 요구하기를 잊지 않는다.

그렇기는 하지만 사람들은 자제할 줄도 안다. 그래서 백열네 살부터는 포도주 마시는 것을 중지했다고 고백한 잔느 칼망—그녀는 122세로 최근 사망했다—의 술회를 높이 평가한다. 마땅히 따를 만한 모범이다….

한편 포도주를 좋아하지 않는 사람들의 불행에 대해서도 한 챕터를 쓸 필요가 있을 것 같다. 교회에서는 이런 사람들을 '압스템(술 안 마시는 사람)'이라고 부른다. 소설가 마르셀 에메(Marcel Aymé)는 그의 단편 「파리의 포도주」에서 우선 포도주를 좋아하지 않는 아르부아 지방 포도 재배인의 슬픈 삶을 이야기하려고 궁리해본다. 그러나 그 주제가 별로 마음에 들지 않아서 곧 주인공을 바꾸어버린다. 파리의 하급

공무원인 에티엔느 뒤빌레는 전쟁 중 포도주 구하기가 어려워지자 참을 수 없는 고통을 받는다. 그는 같이 사는 장인을 너무나도 싫어했다. 그러나 그것도 장인이 보르도산 포도주병을 닮았다는 사실을 깨닫게 되는 날까지만 그랬다. 그때부터 그의 아내는 남편이 포도주 병따개를 손에 들고 그 늙은이 주위를 슬슬 맴돌고 있는 것을 발견하고 경악해 마지않는다. 물론 이야기는 좋지 못한 결말로 마감된다. 뒤빌레는 거리를 지나가는 모든 행인들이 최상의 포도주병으로 변해버리는 광경을 황홀한 듯 바라보는 것이었으니 말이다.

술을 못 마시는 사제들은 교회에 심각한 골칫거리가 되었다. 그들은 처음에는 미사를 집전할 능력이 없는 것으로 공표되었다. 그후 1571년의 라 로셸 공회와 1644년 프와티에 공회는 술을 마시지 못하는 사제들도 최소한 포도주 비슷한 것을 담은 잔에 입술을 스치기만 한다는 조건으로 성체배수에 참여하도록 허용했다.

사실 후스 교리 신봉자들(헝가리, 14세기)이 볼 때 음주 불능의 죄를 범하고 있는 쪽은 바로 로마 교회 그 자체라고 할 수 있다. 우선 미사집전 때 백포도주를 사용하는 것은 저 유쾌하고 치열한 진홍빛 음료 앞에서 뒷걸음치는 모습을 보이는 것이 된다. 그러나 무엇보다도 보수주의자들을 분노하게 하는 것은 교회가 소박한 신도들에게 포도주의 형태로 성체를 배령하는 기회를 박탈할 때이다. 1433년 바젤 공의회가 마침내 후스 교리 신봉자들에게 두 가지 형태로 성체배령

을 허용할 때까지 이같은 갈등은 수많은 순교자와 사망자들
을 낳았다.


## 돈


솔직히 말해서 나는 우리들 각자가 돈과 맺고 있는 관계는
그가 섹스, 신, 죽음 등등과 맺는 관계 못지않게 근본적이어
서 그의 인격과 상응한다고 믿고 있다. 예를 들어서, 부모가
텅 빈 지갑을 놓고 매일같이 치사스런 부부싸움을 벌이는 꼴
을 보고 자란 사람은 그의 일생에 영향을 끼칠 심리적 상처
를 입게 될 것이다. 많은 경우 그는 자신의 모든 행동을 돈벌
이 쪽으로 - 심지어 스스로 의식하지 못하는 사이에도 - 유
도함으로써 한 재산을 모으게 된다.

그러니까 여기서 한번 재정적인 고해성사의 모범을 보이
는 것도 좋겠다. 나는 아마도 앞에서 말한 사람과 정반대되
는 경우라고 할 수 있을 것이다. 나의 아버지는 재산이 많은
집안 출신이 결코 아니었지만 먹고 살 것은 충분히 벌었다.
그 결과 나는 집안에서 '돈' 얘기를 한 번도 들어본 적이 없
다. 돈에 관한 얘기를 들었다면 다음과 같은 원칙에 대한 것
이 고작이다. 그것은 아버지가 나에게 깨우쳐주신 매우 드문
원칙들 중의 하나이다. 더 이상 돈이 없으면 번다,는 원칙이
그것이다.

내가 일곱 살 되었을 때인 1932년에는 어린 소년 찰스 린드버그의 납치 사건으로 세상이 떠들썩했다. 나는 마침내 아버지에게 이렇게 물어보았다. "만약 강도들이 나를 납치해가면 나를 찾기 위해서 아버진 얼마를 내놓겠어요?" 그는 한참 동안 마음속으로 무슨 계산에 열중하는 듯하더니 결국 이렇게 말했다. "아마 오십 프랑쯤을 내놓겠지. 그렇지만 그 이상은 한푼도 안 돼!" 내가 보기에 그 금액은 엄청난 것이었다. 그래서 나는 아버지의 너그러움과 나 자신의 가치에 대한 생각으로 어지간히 우쭐해지는 기분이었다. 그런데 유감스럽게도 어머니가 내 기분을 싹 잡쳐놓으며 이렇게 말하는 것이었다. "아버지가 농담을 하시는 거야! 너를 찾기 위해서라면 아버진 당연히 가진 전 재산을 다 내놓으실 거야!" 그 말은 나에게 커다란 충격이었다. 그것은 지나치고 감정적인, 요컨대 말할 수 없이 불안한 의미로만 느껴졌던 것이다. 나 자신이 온 집안을 파멸시킬 수 있는 요인이 되고 있다는 뜻이었으니까 말이다. 아무리 생각해보아도 여자들이란 도무지 짐작할 수 없는 존재들임에 틀림이 없었다!

어쨌든 지금도 나는 여전히 돈에 대해서는 아무런 감각이 없는 상태다. 돈에 대해서는 구태여 생각할 필요가 없을 만큼 충분히 벌고 있는 모양이다. 그 이상 무엇을 더 바라겠는가? 기억을 더듬어보면 나는 상당히 여러 해 동안 극도로 가난하게 살아왔다는 것을 알 수 있다. 그런데 나는 그것을 잘 알아차리지도 못했다.

이른바 '집안 살림의 수준'으로 볼 때 나는 우리 시대와 그 럭저럭 잘 어울리게 살고 있는 것 같다. '하인들'이 없어진 것은 내가 보기에 썩 잘된 일인 것 같다. 내가 하인을 부려야 한다면 그건 정말 끔찍한 일이었을 터이다. 진정한 자유는 모든 것을 스스로 할 때 얻어지는 것이다. 반면에 내가 만약 어떤 거대한 귀족 집안의 매우 세련된 시종이 되었다면 아주 좋았을 것 같다. 그 '사회'에 속하지 않기 때문에 아무도 눈 여겨보지 못하는 모든 것을 훤히 꿰뚫어볼 수 있을 테니 말 이다. 초대받은 손님들과 주인집 사람들이 무슨 농담을 하면 서 웃어댈 때도 시종은 얼음처럼 차가운 표정을 짓고 있어야 한다. 그가 미소를 짓는다면 그것은 직업적으로 상스러운 실 수가 된다. 집안의 여주인은 변기에 올라타고 앉아서도 그를 부를 수 있다. 그는 남자나 인간이 아닌 것이다. 곰곰이 생각 해보면 나는 아무래도 종복의 혼을 타고난 모양이다.

나는 돈을 신주처럼 떠받드는 사람들을 가엾게 생각한다. 나는 돈을 무서워하거나 증오하는 사람들을 멸시한다. 돈과 섹스 사이에는 깊은 친화력이 있다. 섹스 파트너에게 돈을 주 는 것은 이 세상에서 가장 자연스럽고 가장 오래된 행동이다. 그것이 바로 고대 게르만족의 '모르겐가베(Morgengabe)'였 다. 민법의 '결혼' 조항을 읽어보라. 거기에는 돈 문제가 엄 격하게 규정되어 있다. 성의 차이는 결혼 조건의 일부가 아 니다. 그래서 동성간의 결혼도 완벽한 합법일 정도다. 돈에 대한 증오는 섹스에 대한 증오의 가면에 불과하다. '섹스=

돈'이라는 등식은 여러 가지 커다란 만족의 원천이다. 돈을 주는 자는 돈을 받는 자의 육체와 영혼에 대한 일종의 점유권을 확보한다. 라루스 사전을 펼쳐서 'bourse'라는 단어의 뜻을 읽어보라. 'Bourse : 1. 작은 돈 주머니. 2. 고환을 싸고 있는 주머니. 음낭.'

그러나 이제는 금(金) 이야기를 좀 해야겠다. 이렇게 되면 나의 경우 모든 것이 싹 달라진다. 내 금괴 얘기를 꺼내야 이야기의 아구가 맞는다.


## 내 금괴 이야기


옛날에 가난한 나무꾼이 하나 살았는데 그는 너무 빈약한 나무 값을 받아가지고 돌아오는 날이면 심술 사나운 아내에게 저녁마다 매를 맞았다. 어느 날 아침, 그는 숲에서 당나귀 시체 하나를 발견했다. 그런데 그 당나귀의 발굽에 편자가 박혀 있었고 그 편자가 금으로 되어 있는 것이었다. 우리의 나무꾼은 그 편자를 떼내어 도시로 가지고 가서 팔았다.

이 운명적인 사건으로 인하여 그는 딴사람이 되었다. 그는 저녁이면 금을 팔아 얻은 돈을 탁자 위에 늘어놓고는 기쁨을 감추지 못한 채 웃어댔다. 무엇보다도 감탄해 마지않는 그의 심술 사나운 아내를 보는 것이 즐거웠다. 그 기회를 이용하여 그는 그녀에게 따귀를 한 대 올려붙였다. 그러자 지금까지 자신이 참아왔던 못된 대우를 모조리 앙갚음한 기분이 되었다. 그 이튿날 그는 노래를 부르며 집을 나갔다. 저녁이 되어 아내가 아무리 기다려도 그는 돌아오지 않았다. 그 다음날도 또 그 다음날도 그는 나타나지 않았다.

여러 해가 지난 뒤, 어떤 도붓장수가 그 여자의 집에 와서 발길을 멈추었다. 그들은 서로 이야기를 나누게 되었다.

ㅡ지난날 나는 여기서 아주 먼 곳에서 당신과 이름이 같은 한 거지를 만난 적이 있소, 하고 그 남자가 말했다. 이름이 같은 거야 우연의 일치겠지요. 그는 좀 미친 사람 같았소. 항상 숲 속을 돌아다니면서 아무나 만나면 혹시 죽은 당나귀 못 봤냐고 묻곤 했어요.

이 짤막한 중국 콩트에는 황금에 대한 철학이 고스란히 담겨 있다. 왜냐하면 금은 부를 상징할 뿐만 아니라 그와 동시에 어느 만큼의 몽상, 정념, 그리고 심지어는 광기까지도 상징하는 것이 사실이기 때문이다. 지금부터 몇 년 전 에그르빌(센 에 마른느 현) 마을이 매우 유명해졌던 적이 있었다. 그 인근에서 몰려든 사람들이 어떤 담배 가게 앞에 장사진을 이루고서 복권을 사려고 아우성이었다. 왜? 그 몇 주일 전에 바로 그 담배 가게에서 산 로토(Loto) 복권이 당첨되어 그 복권을 산 사람에게 무려 천칠백만 프랑을 안겨주었기 때문이다. 복권을 사려고 몰려드는 그 사람들도 "혹시 죽은 당나귀 못 보았습니까?" 하고 묻고 있었던 것이다.

로토 복권 이야기가 나왔으니 말이지만, 사실 그것을 발명한 사람이 바로 나 자신이다. 1955년의 일이다. 우연히 나는 국영 복권공사 책임자 한 사람을 만나게 되었다. 그가 복권에 대한 대중의 관심이 점차 이탈해가고 있어서 걱정이라고 하기에 나는 그에게 이렇게 말해주었다. "그 복권 제도의 맹점은, 그 복권을 살 경우 나는 나 자신이 선택하지도 않은 번호를 받아 가질 수밖에 없다는 데 있다고 봐요. 그런데 나는 그 번호가 당첨번호가 아니라는 것을 뻔히 아는 거예요. 그렇게 하지 말고 각자가 스스로 자기 번호를 조합할 수 있도록 제도를 고쳐보세요. 그렇게 되면 복권의 매력이 훨씬 커질 겁니다."

그는 시큰둥한 표정으로 어깨를 으쓱했다. "사실 그건 기술적으로 불가능해요." 하고 그는 말했다. 나의 아이디어는 20년이나 너무 일찍 제시된 것이었다.

오늘 나는 그 제도를 구상하는 책임을 맡은 사람들에게 또 하나의 충고를 (무료로) 해주고자 한다. 당첨자에게 수표를 주지 말고 금으로 주도록 하라. 루이 금화든 나폴레옹 금화든 금괴든 어떤 형태든 다 좋다. 그렇게 되면 그 놀음에 비길 데 없는 광채와 감동과 시적 흥취를 추가할 수 있게 될 것이다.

그러나 은행가들의 눈에 금이 매우 수상쩍은 것으로 비쳐지는 것은 바로 금의 그 환상적 자질 때문이라고 할 수 있다. 어느 날 나는 내가 거래하는 은행을 찾아가서 지점장에게 말했다. "지금 금괴 하나는 가격이 22,000프랑입니다. 나한테 그 정도의 돈이 있으니 금괴를 하나 사두는 것이 좋지 않을

까요?" 그는 펄쩍 뛰면서 이렇게 대답했다. "그런 짓은 절대로 하지 마세요. 금은 투자 가치가 없습니다. 현재의 그 터무니없는 시가는 일시적인 것이므로 얼마 있지 않아서 폭락할 겁니다."

육 개월 후 금값은 세 배로 뛰었다. 나의 은행 지점장이 말했다. "솔직히 당신에게는 마음에 걸리는 것이 있습니다. 아주 좋은 투자를 하실 기회를 놓치게 만들었으니 말입니다." 내가 대답했다. "미안해하실 것 없습니다. 그때의 그 금괴, 당신의 충고에도 불구하고 난 샀으니까요." 그는 이중으로 화가 났다. 그가 나에게 잘못된 충고를 했을 뿐만 아니라 한술 더 떠서 나는 그의 충고를 따르지 않았으니 말이다! 이쯤 되면 은행원이란 직업이 혐오스러워질밖에!

게다가 지점장이 모르는 것이 그 외에도 한 가지 더 있었다. 나는 그 금괴에 홀딱 반해버렸으니 말이다. 얼마나 멋진 물건인가! 한 덩어리를 이루고 있는 데다가 기하학적 형태에 부드러운 동시에 관능적이고 또 불변이다. 샤를르 페기가 신에 대해서 말했듯이 '영원한 젊은 총체'인 것이다. 저울에 달아보니 내 몸무게가 1킬로 불었다. 왜냐하면 내가 스웨이드 가죽 주머니에 넣은 그 금괴를 권총처럼 겨드랑이에 차고 있기 때문이다. 그것은 항상 내 체온과 일치하여 나 자신과 마찬가지로 열이 오르거나 싸늘하다. 밤에 나는 금괴와 함께 잠자리에 든다. 나는 그 냄새를 맡는다. 금괴에서는 정향(丁香) 냄새가 난다. 나는 그것을 핥아본다. 그것은 계피맛이 난다. 이건 무슨 이국적인 금괴인 모양이다. 나는 금괴에 미쳐 버린 것인지도 몰라…….

미쳤다구, 내가? 무슨 말씀! 나는 일생 중 최상의 투자를 한 것이다. 전세계의 모든 연극 레퍼토리 가운데서 가장 가슴을 찢는 듯 슬픈 사랑의 장면이 무엇인지 아시는가? 그것은 「로미오와 줄리엣」에 나오는 장면도 아니고 「페드라」에 나오는 장면도 아니다. 그것은 몰리에르의 「수전노」에서 돈을 넣어두는 작은 상자를 도둑맞은 아르파공이 괴로워 아우성치는 장면이다. 이 참혹한 장면을 보면서 눈물을 흘리지 않는 사람이 있다면 그의 인간성을 의심하지 않을 수 없다. 나는 아틀리에 극장의 무대 위에서 그 역을 맡은 대배우 샤를르 뒬렝의 얼굴에 눈물이 비 오듯 하는 모습을 내 눈으로 직접 보았다.

물론 내가 거래하는 은행의 지점장이 한 말은 옳다. 금은 좋은 투자대상이 아니다. 아니 그 정도가 아니다. 그것의 신화적 차원은 머나먼 과거에 뿌리내리고 있으며 대지의 한계에까지 확대된다. 그것은 모험의 동의어다. 그것은 모험가에게 주어지는 보상이다. 그 모험가는 아르고 선상(船上)의 일행들과 함께 황금양털을 찾아 나선 자송(Jason)일 수도 있고 '환상의 금속'을 정복하기 위하여 배에 오른 스페인의 콘키스타도르일 수도 있고 더 가까이는 「황금광 시대」에 등장하는 채플린의 어처구니없는 꿈일 수도 있다.

물론 우리는 현대은행의 추상적인 계산과 그곳에서 다루

는 어음, 채권, 계산기를 금괴보다 더 선호할 수 있는 일이다. 은행에서는 막대하게 축적된 재산이건 떠들썩한 파산이건 모든 것이 항상 '글씨로 쓴 놀음'으로 해결된다. 자신이 모은 금화를 쓰다듬는 수전노가 볼 때 이런 대규모의 투기가 들은 울긋불긋한 우상 앞에 무릎꿇고 엎드린 물신숭배자의 눈에 비친 육신을 초월한 신비주의자나 마찬가지다. 그러나 바로 그같은 육신 초월에는 한계가 있으며 우상으로 떠받들어지는 육신은 그 나름의 매력을 지니고 있는 것이다.

더군다나 신 역시 황금을 좋아하고 있다는 사실은 의심할 여지가 없다. 예루살렘의 신전에는 황금이 그득하다. 그리고 수많은 교회들과 사제들의 장식과 감실, 특히 아! 무엇보다도 창백하고 소박한 흰 성체빵을 그 한가운데 모셔두는 찬란한 태양인 성체현시대를 눈여겨보라!

어린 예수는 예루살렘의 외양간에서 태어나는 즉시 동방에서 온 가스파르, 멜쉬오르, 발타자르 박사의 경배를 받는다는 사실을 잊어서는 안 된다. '그들은 보물상자를 열고 황금과 향과 미르라를 바쳤다'고 마태복음은 기록하고 있다. 향과 미르라는 써서 없애는 것이다. 그러나 황금은? 나는 늘 마리아와 요셉이 그 동방박사들이 가져다준 금을 어떻게 했는지 궁금했다. 원래 그것은 예수에게 돌아가야 할 것이었다. 예수는 그 금을 일생 동안 간직하고 있었을까? 그랬다면 그것은 얼마나 멋진 유물이 되었을 것인가!

# 운명의 손

탁자 주위에 둘러앉은 우리들의 수는 다섯. 블로트 카드 놀이를 하기에는 너무 많았다. 시몽이 다섯 손가락을 활짝 벌려 손을 폈다.

─오늘은 13일 금요일이니까 '운명의 손' 놀이를 합시다. 흥미진진한 게임이긴 한데 미리 말해두지만 위험한 게임입니다.

우리는 그게 뭔지 알고 있다. 모두들 경계의 눈초리로 그를 쳐다본다. 그는 주머니에서 미리 준비해가지고 온 작은 종잇조각들을 꺼내더니 우리들에게 한 장씩 나누어준다.

─각자 필기도구는 있겠죠. 자 이렇게 하는 겁니다. 손가락이 다섯 개씩이니까 다섯 개의 칸을 그려요. 그리고 각각의 칸 위쪽에 제목을 쓰는 겁니다. 가족, 친구, 사랑, 직업, 행운 이렇게 말입니다. 이제 자기의 인생을 결산해서 그 다섯 개의 손가락마다에 20점 만점의 점수를 매기면 되는 거예요. 그 다음에 원한다면 전체 평균점수를 내도 좋지요. 하지만 주의해요, 자칫하면 절망으로, 심한 경우 자살로 끝장날 수도 있으니까요!

그가 설명을 마치자마자 내 옆자리에 앉아 있던 펠릭스가 벌떡 일어나면서 소리쳤다. "나는 계산 다 했어! 전부 빵점이야!" 그러자 모두가 웃어댔다. 그러나 마지못해서 웃는, 거의 고통스러운 웃음이었다.

시몽은 냉정하게 우리 모두를 놀이에 끌어들이기 시작했다.

―우선, 가족을 봅시다. 여러분의 부모, 조부모, 삼촌들, 아주머니들, 여동생, 아이들은 훌륭합니까? 그들 모두가 여러분들에게는 매우 중요한 사람들입니다. 딴 것은 몰라도 온갖 추억들, 그 무엇과도 바꿀 수 없는 암암리의 묵계가 이루어진 관계가 아닙니까? 그러나 가족은 우리가 선택한 것이 아니죠. 운명적으로 주어진 것이니까요.

반면에 친구들은 우리가 스스로 선택한 존재들이다. 친구가 우리를 선택한 경우도 있지만. 그때도 우리는 친구 되기를 묵인했다. 그래서 더욱 귀중한 것이 친구다. 물론 우리는 친구들을 사랑한다. 그러나 우정은 맑은 정신 상태에서 느끼는 또렷한 애착으로서 어떤 탁월한 가치에 대한 존중과 인정으로 이루어진 것이다. 거의 냉정에 가까운 애착이라고 할 수 있다. 시간이 흐르면 흐를수록 우정은 강해지고 사랑은 허물어진다.

왜냐하면 사랑은 눈과 정신을 흐리게 하기 때문이다. 그 어떤 것 앞에서도 사랑은 물러설 줄 모른다. 추악함도 비열함도 더러움도 무섭지 않은 것이다. 누구를 사랑하게 되면 그의 결점까지도 사랑하는 것이다. 소설가 콜레트―그는 사랑이 뭔지 아는 사람이었다―는 말하기를, 사랑은 명예로운 감정이 아니라고 했다. 애인이―그 남자는 노골적인 악당이었다―자기를 버리고 떠나버렸다면서 흐느끼는 그의 친구

여가수 폴레르를 보고 콜레트는 너무나도 부러웠다고 했다. 폴레르는 울면서 이렇게 탄식했던 것이다. "아! 그 망할놈, 냄새가 그렇게도 좋았었는데!"

이제 남은 것은 직업과 경력, 사회적 성공. 자유롭게 선택해서 기쁨 속에서 성취한 직업이 없다면 인생은 행복한 것이 될 수 없다. 여러분은 '성공'했다고 생각하는가? 그렇다면 어느 만큼? 괴테는 이렇게 말했다. '젊은 시절의 꿈들을 조심하라. 그 꿈이란 것들은 항상 이루어지고 마는 것이니!' 성공한 사람은 용기 있게 이런 질문을 던져보지 않으면 안 된다. '당신은 성공하기 위하여 얼마나 많은 더러운 손과 악수를 했습니까?'

인생의 결산은 다른 모든 질문들을 총괄하는 다섯번째 질문으로 완결된다. '전체적으로 보아 나는 운이 좋았던가 나빴던가?' 극도로 미신적이었던 마자렝은 어떤 중요한 직책을 원하는 사람에게 늘 이런 질문을 했다고 한다. 당신은 행복한 사람인가? 그 말은 즉 당신은 운이 좋은 사람인가?라는 의미였다. 아무것에도 성공하지 못했다고 해서 섣불리 불운을 들먹여서는 안 된다. 불운은 수치스러운 상처다. 재수 없는 사람, 액운을 몰고 다니는 사람, 불길한 새는 불행한지고. 사람들은 끔찍하다는 듯 그들을 물리치며 멀리한다. 왜냐하면 그들의 불행이 전염될까 봐 무섭기 때문이다.

그러나 성공한 인생, 그건 바로 본래의 불운을 극복하여 성공의 무기로 탈바꿈시킨 것이 아니겠는가?

## 바닷가의 노름꾼

몽티냑–로세앙에서 있었던 일이다. 그곳은 아름다운 해변과 카지노로 유명한 피서지다. 무얼 하며 저녁나절을 보낼지 궁리 끝에 나는 룰렛 게임으로 내 운을 점쳐보기로 했다. 나로서는 그야말로 진정한 입문의 순간이라고 할 수 있었다. 나는 수학자인 친구의 한마디를 머릿속에 담아두고 있었다. "로토 복권이나 네 마리 말에 거는 경마와 비교할 때 룰렛은 정말로 확실하고 안전한 투자야!" 확률을 계산하는 사람에게는 그럴지 모른다. 그러나 그 게임은 또한 훨씬 더 탐욕스러운 일면이 있다. 반면에 로토 복권 때문에 파산한 사람은 하나도 없다.

나는 게임용 칩 열두 개를 바꾸어가지고 주저주저하면서 하나씩 차례로 도박대에 놓았다. 딜러는 여지없이 그 칩들을 하나하나 갈퀴로 긁어갔다. 그리하여 나는 몽땅 다 잃고 말았다. 나는 도박에 입문했지만 또한 도박이라는 열병에 대하여 영원한 예방 주사를 맞은 셈이었다. 나는 일확천금의 여신은 이상하게도 심리학과는 담을 싼 모양이구나 하고 씁쓸한 심경으로 생각하게 되었다. 그 여신이 나를 유혹할 생각이었다면 그래도 얼마쯤은 따게 해주었어야 되는 것 아니겠는가 말이다!

나는 허탈한 심정으로 테라스에 나가 앉아서 빨간 등대불이 깜박이는 형광빛 수평선 위에 시선을 던지고 있었다.

─실례합니다.

내 앞에서 어떤 남자가 다가와 몸을 수그렸다. 어둠 속에서 나는 흰머리, 근엄한 얼굴, 그리고 소맷부리가 닳은 연미복을 알아볼 수 있었다. 필시 저녁마다 그런 옷차림을 하고 지내는 듯, 그 연미복은 극도로 세련된 것이었다. 나는 그가 의자를 하나 가져가려는 것인 줄로 알았다. 그런데 그게 아니었다. 그는 내 테이블에 와 앉고 싶은 것이었다. 따지고 보면 우리는 일종의 클럽에 와 있는 처지였다. 그래서 그는 내 앞자리에 와 앉았다.

그는 그 카지노에서 아직까지 한 번도 나를 본 적이 없다고 했다. 사실 그럴밖에, 내가 그곳에 와본 것은 그것이 처음이었으니까. 그리고 어쩌면 마지막으로 온 것일지도 몰랐다. 나는 그에게 나의 짧은 경험을 이야기해주었다. 그는 웃었다. 모두 다 해봐야 우리가 이야기를 나눈 것은 겨우 두 시간 남짓했다. 그런데 나는 진정으로 도박이 무엇인지를 알게 되었다. 얼마 안 되는 돈을 잃은 덕분에 그래도 내게 음료수 값은 남아 있었다. 값진 강의를 해준 대가로 그가 바란 것도 그 이상의 것이 아니었다.

끝에 가서 그의 어조는 감동적인 동시에 단호해졌다.

─이건 알아두십시오, 선생. 우리같이 일확천금을 꿈꾸는 사람들은 당신네 같은 이성적인 사람들은 알지 못하는 법칙에 따르는 별종들이죠. 나는 당신이 절대적으로 거부감을 느끼고 있는 도박의 비법을 가르쳐줄 생각은 없어요. 그렇지만

한 가지 에피소드를 이야기할 테니 잘 들어두시죠. 아마도 우리 두 사람 사이에 얼마나 뛰어넘기 어려운 단층이 가로놓여 있는지를 짐작할 수 있을 테니까요.

젊었을 적에 내겐 놀음친구가 하나 있었는데 우리는 저녁마다 재산을 걸었고 밤마다 생명을 걸었고 아침마다 명예를 걸었지요. 그러던 어느 날 아침 그 친구는 악몽 같은 밤을 보내고 나서 늙은 아버지의 품으로 달려가 몸을 던졌다오. 그는 눈물을 흘리면서 아버지에게 자신이 가진 것을 몽땅 다 걸었다가 몽땅 다 잃었다고 실토했어요. 그가 명예를 걸고 진 빚으로 집안 전체의 재산과 땅과 성관 모두가 날아간 것이었지요. 이제 그 집안 식구들에게 남은 것이란 그저 거리로 나가서 두 팔을 벌리고 눈물 흘리며 구걸하는 일밖에 없게 된 것입니다. 늙은 아버지는 불이 이글거리는 듯한 눈길로 아들을 밀어내며 말했어요. "아니다, 그것말고 다른 해결책이 있다." 그리고 그는 집안 대대로 전해 내려오는 한 벌의 무구(武具)가 걸려 있는 벽을 향해 곧장 걸어가더니 은제 권총을 벗겨내어 총알을 장전한 다음 자신의 유일한 상속자인 아들에게 내밀었습니다. 그리고 이렇게 말합니다. "자 이제 가서 너의 의무를 다해라." 명예를 걸고 빚을 진 노름꾼은 자살로써 그 빚을 갚을 수 있는 것이니 말입니다.

그 젊은이는 그 길로 밖으로 뛰쳐나가 사라졌습니다. 아버지는 이제 곧 그에게 하나밖에 없는 자식이 죽었다는 것을 알려줄 총소리가 울리기를 고통스럽게 기다렸어요. 그런데 아무런 소리도 들리지 않는 거였어요. 그리고 그날 하루가 지나고 또 밤이 지났어요. 늙은 아버지는 슬픔으로 숨이 넘어갈 지경이었습니다.

그 이튿날, 전날과 똑같은 시각에 젊은 아들이 불쑥 방안으로 뛰어들었어요. 그리고는 금이 가득 들어 있는 자루를 쳐들면서 껄껄 웃는 거였어요. "기뻐하십시오, 아버지. 아버지가 주신 그 귀중한 무기를 가지고 가서 팔았어요. 그리고 다시 카지노에 갔지요. 그래서 저는 돈을 따고 또 따고 또 땄습니다. 전날 밤에 잃은 돈을 모두 다 따고 그리고 더 땄습니다!"

이 이야기 속에는 두 가지 교훈이 들어 있습니다. 첫째, 우리는 깨뜨릴 수 없는 희망의 노예라는 사실이 그것입니다. 깨뜨릴 수 없는 희망이에요, 아시겠어요? 그 어떤 재난에도 우리는 쓰러지지 않습니다. 왜 그런지 아시겠어요? 왜냐하면 모든 실패 속에는 그것을 만회한다는 약속이 담겨 있고 모든 파산 속에는 일확천금의 확신이 담겨 있기 때문이죠. 세상이란 가끔 원인과 결과로 직조된 천이 가차없이 펼쳐지는 형국으로 보이는 때가 있지요. 그렇게 빡빡하게 짜여진 천 속에는 희망이니 꿈이니 하는 것이 끼여들 자리가 전혀 없어요. 그런 무자비한 결정론이 이성적인 사람들에겐 안도감을 줍니다. 그러나 그것은 노름꾼에겐 절망이 됩니다. 그 촘촘한 그물망 속에 노름꾼이 카드나 룰렛에 의해서 억지로 끌어넣는 우연, 그게 그에겐 일종의 산소와도 같은 것이거든요. 그런데 흔히들 자연의 섭리는 빈틈을 싫어한다고들 하지요. 그런데 노름꾼이 생명처럼 필요로 하는 것이 바로 그 빈틈입니다. 이성적인 사람과 노름꾼은 서로 정반대되는 원칙에 따르고 있는 겁니다. '그 어떤 것도 우연에 맡기지 말라.' 이것이 이성적 인간의 법칙입니다. '언제나 우연에게 기회를 주라.' 이것이 노름꾼의 법칙입니다.

이 일화의 또 다른 교훈은 노름꾼에게 활력을 부여하는, 삶에 대한 사랑입니다. 그것이야말로 그의 '아니마(anima)'라고 할 수 있죠. 당신 같은 사람으로서는 절대로 이해할 수 없는 것이 바로 삶에 대한 사랑이란 겁니다. 헨리 밀러는 말했습니다. '자신의 운명과 하나가 되지 못하는 사람은 두려워하라, 불길한 운명이 그의 꽁지를 끌고 갈 것이니!' 미안하지만 오늘 저녁 당신에게 닥친 일은 바로 그런 것이라고 생각합니다.

그리고 이 점을 잘 생각해보십시오. 노름에 대한 정열은 모든 정열 중에서도 가장 순수하게 정신적인 정열입니다. 이건 섹스나 알코올에서 느껴지는 심리적 뒤끝이 전혀 없어요. 그러니까 도박은 건강을 해치지 않습니다. 그리고, 이건 기막힌 역설이지만, 이 정열은 사심이 없는 정열입니다. 그래요, 선생, 대단히 이상하게 느껴지겠지만 실제로 사심이 없다 이겁니다. 당신네 이성적인 사람들의 경우, 마치 자석이 모든 쇳가루를 단 한 가지 방향으로만 유도하듯이 말 한 마디 한 마디, 행동 하나하나가 이해관계에 따라서 방향을 틀지요. 돈을 이런 식으로 생각하다 보니 그의 주변에 살아 움직이는 것은 모두가 다 돈 때문에 죽어버립니다. 당신들은 당신네 삶의 그 치사스런 일면을 잊어버린 척하는 데만 온통 정신이 팔려 있지요. 반대로 우리들에게 돈은 꿈의 연료이며 마법의 영약이고 우리들의 정신을 쏙 빼놓는 전능한 권화, 바로 그것입니다.


## 왕홀(王笏)을 받는 연령

대중을 상대로 하는 작가로서 나름대로의 명성이 알려지다 보니 가끔 아주 뜻밖의 주문을 받을 때가 있다. 최근에는 어떤 양로원에서 거실 벽에 붙여놓고 볼 수 있도록 제3연령층과 제4연령층[5]에 해당하는 표어를 하나 지어달라는 부탁을 받는다. 나는 다음과 같은 말을 제안한다.

아이들은 무리지어 다니고 어른들은 쌍을 지어 다닌다.
그러나 노인들은 혼자서 다닌다.

---

[5] 흔히 인생의 초기와 말기를 나이에 따라 네 가지 연령층으로 구별한다. 제1연령은 생후 6개월까지의 수유기. 제2연령은 생후 6개월 이후의 수유기. 제3연령은 정년 퇴직 이후의 노년. 제4연령은 75세 이후의 노령 혹은 고령에 해당한다.

솔직히 말해서 나로서는 그 착상에 별 불만이 없었다. 그런데 그게 아니었다. 그것을 주문한 쪽에서는 내가 지은 표어를 보자 벌컥 화를 내면서 단호히 거부했다. "사실, 맞는 말 아닙니까?" 하고 내가 물었다. "맞는 말이지요. 그렇지만 그건 너무 맞는 말이에요!" 하고 상대방은 대답하는 것이었다.

다른 해와 마찬가지로 금년에 프랑스에서 60대에서 70대로 진입하게 되는 노인들의 수는 75만에 이른다. 친구들이여, 그대들은 이렇게 하여 섹스의 나이를 벗어나 왕홀(王笏)을 받는 나이로 접어든다. 그러하니 이제 왕홀을 보더라도 남근(男根)의 의미 같은 것은 생각하지 말고 빅토르 위고의 다음과 같은 시편이나 읊어보시라.

> 여인들은 젊은 남자보다는 부즈를 바라보고 있었다,
> 젊은이는 아름답지만 늙은이는 위대하나니,
> (…)
> 그리하여 젊은 사람들의 눈에는 불꽃이 보이지만
> 늙은 사람의 눈에는 빛이 보이나니.

사실 우리가 살고 있는 사회에는 늙은이를 혐오하는 일종의 인종 차별이 만연해 있는데 도무지 그 흐름에 대항할 길이 없다. 지난날에는 늙어지면 권위, 위엄, 사랑을 얻었다. 오늘의 온갖 미디어들에서는 어린이 편집광이 유행이어서 그들의 눈에는 오직 불행에 처한 어린이밖에 보이는 게 없는

듯하다. 어떤 도시가 폭격을 당하면 오로지 어린아이들만 폭
탄을 맞는 것 같다. 이 세계 어딘가에 기근이 들면 굶주리는
것은 오직 어린아이들뿐이다. 말할 것도 없이 늙은이들은 폭
탄에도 굶주림에도 철통같이 방어되어 있다는 식이다. 그게
아니거든 차라리 우리가 그들에게 밀어닥친 무슨 액운인 양
신경 쓰인다고 솔직히 말하는 것이 낫겠다! 성적 공격의 경
우도 마찬가지다. 황혼녘 변두리 동네에서 노인애(老人愛)
성도착증 환자들에게 강간당하는 가련한 노파들에 대해서
누가 말하던가?

실업의 여러 가지 원인들 중 하나는 주로 나이 든 사람들
에게 혜택을 주는 일상생활의 자질구레한 서비스들이 사라
져가는 데 있다. 옛날에는 대부분의 상인들이 상품을 집까지
배달해주었다. 기차역에서는 포터들이 거리와 객차 사이를
오가면서 짐을 날라다주었다. 등산의 명수라면 모르되 오늘
날에도 객차칸으로 짐을 끌어올리는 것은 여전히 힘겨운 일
이다. 자동차에 연료를 주입할 때건, 음식접시가 가득 실린
쟁반을 들고 식당의 통로를 이리저리 누비고 다닐 때건, 일
자리를 잡아먹는 셀프 서비스, 다시 말해서 서비스 부재는
머리가 희끗희끗해진 사람들에게는 잔혹한 것이다.

반백에도 정정한 표범족은 증가 일로에 있다. 나는 1994
년에 그 종족의 울타리 안으로 진입했다. 그 멋진 왕홀을 엄
숙하게 수여받을 때 나는 빛나는 저명 인사들과 나란히 서
있었다. 왜냐하면 1924년생은 떠르르한 광채로 빛나고 있기

때문이다. 나의 옆에는 가수 샤를르 아즈나부르, 레몽 바르 총리, 배우 말론 브란도, 찰튼 헤스턴, 폴 뉴먼, 롤랑 프티, 그 밖에도 많은 저명 인사들이 도열해 있는 것이다.


## 꿈


내가 꾸는 꿈들은 모두가 아주 특이한 공통점을 가지고 있다. 내게 일어나는 일이 어떤 것이든 상관없이 나는 언제나 벌거벗고 있다는 점이 그것이다. 그 이유는 간단한 것 같다. 나는 벌거벗고 자는 버릇이 있기 때문이다. 왜 벌거벗고 자는가? 하고 반문하는 사람이 있을지도 모른다. 답은 간단하다. 침대는 어머니의 뱃속이기 때문이다. 누워 잔다는 것은 거꾸로 태어나는 것이다. 이를테면 태어나는 과정을 거꾸로 밟아가는 것이다. 잔다는 것은 탄생으로 인하여 잔혹하게 중지된 태아의 삶을, 매일 아침 고통스럽게 다시 연출해보는 태아의 삶을, 아득한 옛날 처음으로 젖을 빨 때처럼 우유와 잼의 아침식사로 달래야 하는 태아의 삶을 다시 이어가는 것이다.

그래서 나의 꿈들의 주제는 항상 벌거벗고 도시나 들판에 풀어놓인 어떤 인간의 낭패스러운 모험들이다. 물론 그 주제에 대한 온갖 변주들은 무한하다. 사실 상당히 오래 전 것이긴 하지만 그 한 가지 예를 들어보면 다음과 같다.

황무지와 같은 달에 인간이 처음으로 발을 딛게 된 사건으로 세상이 떠들썩하던 때였던 것으로 생각된다. 나 자신은 벌거벗은 채 혼자 어떤 광대하고 둥근 골짜기에 와 있었다. 그 드넓은 골짜기는 희고 기복이 심했다. 그러나 그 한복판에는 아주 넓은 수반(水盤)이 하나 놓여 있었는데 그 속에는 솜털처럼 부드럽고 때묻지 않은 눈이 가득 차 있어서 특히 내 눈길을 끌었다. 나는 그것 가까이 다가갔다. 따뜻하고 촉감이 부드럽고 눈부신 그것은 질감이 여간 좋은 것이 아니었다! 나는 그 위로 몸을 기울여 굽어보았다. 그 속으로 풍덩 뛰어들어버릴까? 나는 그 속으로 두 손, 두 손목, 두 팔을 깊숙이 밀어넣었다. 따뜻하고 상냥하고 관능적이었다. 내 팔의 감각이 더 이상 느껴지지 않았다. 팔이 없어진 것만 같았다. 그냥 잠속으로 빠져들어가고만 싶었다. 갑자기 그 하얀 표면에 아주 조그만 두 개의 반점이 나타나는 것이 보였다. 그 반점들이 점점 커졌다. 그것은 핑크색 꽃들처럼 복잡한 형상으로 변하면서 점점 더 수가 많고 짙은 꽃잎의 형상들을 만들었다. 나는 겁이 나서 갑자기 뒤로 물러나면서 그 부드러운 덫에서 두 팔을 쑥 뽑았다. 두 팔의 끝이 피투성이의 잘린 그루터기가 되어 있었다. 내 두 손이 사라지고 없는 것이었다!

바로 그런 꿈을 꾼 직후에 나는 첫 소설 『방드르디, 태평양의 끝』에다가 다음과 같은 명령어를 써넣었다. '순수함을 경계하라, 그것은 영혼의 황산염이니!'

## 사라짐, 혹은 엠페도클레스의 샌들

　매년 프랑스에서는 약 이천오백 명의 실종 사건이 경찰에 신고된다. 그 숫자를 보고 있으면 나는 항상 몽상에 잠기게 된다. 그 이른바 실종자들 중 대부분은 그저 아내나 빚쟁이, 세무서원, 요컨대 구속적이고 억압적인 환경으로부터 벗어나려고 사라졌다고 볼 수 있다. 그럼 어디로 가려고? 어떤 사람들은 '인생을 다시 시작하겠다'면서 그들이 도망치고자 했던 것들과 별로 다를 것이 없는 온갖 속박들을 새로이 쌓아가기도 할 것이다. 그들의 과거가 그 새로운 속박들을 회복하는 데는 얼마만큼 시간이 걸릴 것인가? 사회가 조직화되고 정보화되면 될수록 사라져버린다는 것은 더욱 어렵고 덧없어진다. 정말 어딘가 먼 곳으로 효과 있게 잠적할 수 있는 쪽은 아마도 뿌리를 가장 적게 내린 젊은 사람들일 것이다. 내가 아는 두 가정에서는 아들이 스무 살도 안 되어서 영원히 사라져버렸다. 나는 파리의 생 루이 섬에 거주하던 시절에 세느 강변의 '클로샤르(부랑자)'들과 알고 지냈었다. 그들 중 대다수는 일단 내가 자신들의 과거에 대하여 관심을 나타내기만 하면 아주 사나운 표정이 되면서 입을 꽉 다물어버리곤 했다. 부랑자들은 거의 대부분이 아주 특수한 종류의 '행불자'들인 것이다.

　그러나 그 밖의 다른 종류의 사람들도 있다. 죽은 사람들 말이다. 우선 범법자가 '범죄 구성사실'을 성공적으로 은폐해버린 피해자들인 완전 피살자들이 있다. 사람들은 자신의 후계자들을 끝장낸 희대의 살인범 랑드뤼의 스토브를 상기할 것이다. 다만 그 스토브에 연기가 나는 바람에 랑드뤼는 체포되고 말았다. 인간의 몸을 사라지게 하는 것이 정말 그렇게 어려운 일인가? 불행하게도 그 대답은 부정적이고, 법정에서 다루어지는 살인 사건– 말하자면 실패한 범죄–의 수는 쥐도 새도 모르게 저질러진 살인 사건들에 비하면 극소수에 불과한 것이 아닐까 한다. 이런 면에서 볼 때 쓰레기 주머니의 출현이 범죄술에 가져온 혁명은 아무리 강조해도 지나치지 않을 것이다. 이제부터는 피가 줄줄 흐르는 트렁크라든가 매연을 내뿜는 스토브 같은 것은 문제도 되지 않게 된 것이다.

그리고 다음으로 자살이 있다. 자살이 소리 안 나게 이루어지는 일은 극히 드물다. 대부분의 경우, 자살 지망생들은 자신에 대한 사회의 무관심에 깊이 상처받은 나머지 신문 사회면의 톱을 장식하고 최대한 많은 주위 사람들의 삶을 잡쳐 놓는 떠들썩한 최후를 꿈꾼다. 매년 파리 지하철 바퀴 밑으로 몸을 던지는 '이용자'들의 수는 150명 선을 맴돈다. 으스스한 구경거리인 이 피바다처럼 '사라짐'과 거리가 먼 것도 드물 것이다.

그렇지만 적어도 한 번쯤 아무런 설명도 없이, 영원히 돌아오지 않을 진정한 사라짐, 혹은 증발을 꿈꾸어보지 않은 사람이 과연 누가 있겠는가? 우리는 이런 수수께끼 같은 작별의 우아함과 유머에 매혹을 느낀다. 엠페도클레스는 에트나 화산 속으로 몸을 던졌다. 그러나 침대 머리맡이나 욕조 옆처럼 분화구의 가장자리에 벗어놓은 그의 샌들이 그의 사라짐을 노출시켰다. 1578년 포르투갈의 세바스티엥 왕은 알카자르 키비르 전투에서 실종되었다. 너무나도 완벽한 실종이어서 수십 년 동안 여러 명의 사기꾼들이 자기가 오랫동안 무어인들에게 포로가 되었다가 돌아온 왕이라고 자처하기에 이르렀다. 가짜 세바스티엥은 매번 적절하게 구성된 위원회에 의하여 오랫동안 조사와 심문을 받은 다음 거짓이 증명되면 리스본의 선량한 시민들의 흥미진진한 관심 속에 요란스러운 의식과 더불어 처형되었다. 더 가까운 예로, 1944년 함부르크의 기중기 운전사인 모리스 삭스가 어떻게 되었는지 끝내 밝혀지지 않았다는 것을 우리는 알고 있다.

작가들의 경우 그 유혹은 특별한 의미를 갖는 것이 사실이다. 작가는 그의 작품을 위해서는 떠들썩한 영예를, 본인 자신을 위해서는 익명에 가까울 만큼 세상으로부터 비켜 있기를 바랄 수가 있다. 우리는 셰익스피어에 대하여 별로 아는 것이 없다. 아무도 마가렛 미첼의 초상화를 본 사람이 없다. 『바람과 함께 사라지다』의 속편이 엄청난 성공을 거둔 것을 보면 상상의 여주인공 스칼렛이 소설의 작자 자신보다 훨씬 더 중요한 자리를 차지하고 있었다는 것을 알 수 있다. 그러므로 작자는 그의 작품 뒤로 '사라질' 수가 있는 것이다. 가명을 사용하는 목적이 바로 거기에 있다. 짧지만 기막힐 정도로 신선하고 정다운 작품 『자기 앞의 생』을 써놓고 에밀 아자르라는 상상의 작가를 내세움으로써 로맹 가리는 그 작전에 완벽하게 성공했다. 어이없는 것은 그같은 성공도 그의 자살을 막지는 못했다는 사실이다. 어쩌면 로맹 가리는 자신이 에밀 아자르 뒤로도 충분할 만큼 사라지지 못했다고 판단한 것인지도 모른다.

진정한 문제는 바로 여기에 있다. 우리는 과연 자살까지 가지 않고도 충분할 만큼 사라질 수 있는 것일까? 마르셀 카르네의 영화 「북호텔」에서 루이 주베는 이름과 외양뿐만 아니라 취미와 습관까지도 바꾸어버린 한 인물의 역할을 맡고 있다. "자기를 버린다는 것은 너무나도 어려워요."라고 주인공은 말한다. 어찌나 어려운지 그는 결국 청부살인자를 사이에 넣어서 자살하기에 이른다. 「아라비아의 로렌스」의 오토바이에 의한 죽음은 오랜 세월 동안 몸바쳐 이룩한 자신의 과거와 작품과 자기 자신에 대한 부정을 정상적으로 완결했다.

그렇다면 그대 M. T.(미셸 투르니에)는? 엠페도클레스가 샌들을 남겼듯이 한두 권의 책을 남겨놓고 그대는 언제쯤 마음을 정하여 사라질 것인가? 내가 사라지면 너무나도 좋아할 사람들이 더러 있다는 것을 나는 알고 있다! 나는 마르셀 주앙도가 자신의 마지막 초상화 옆에 적어놓은 다음과 같은 말로 대답을 대신할까 한다.

늙으면 얼굴에 가면이 생기는데 우리는 그 가면 뒤로 조금씩 조금씩 숨다가 나중에는 완전히 지워진다.

# 이런 곳, 저런 곳 1

사람은 저마다 자기가 선택하여 자리잡아
살고 있는 집을 통해 자신의 초상을 보여준다는 사실은
아무도 부정하지 않을 것이다.

## 1786년 1월 26일, 그날 프라하에서

1786년 1월 26일 일요일 그날, 로렌조 다 폰테는 예술가, 기자들이 단골로 드나드는 프라하의 카페 '알크론'에 가장 먼저 도착했다. 날씨가 혹독하게 추워서 몰다우 강물은 썰매와 스케이트를 타는 사람들에게 나무랄 데 없는 링크가 되어 주고 있었다. 다 폰테는 보이에게 자기는 친구 두 사람을 기다리고 있는 중이라고 일러놓고 즉시 따뜻한 초콜릿과 토카이 포도주와 비엔나산 케이크를 주문했다. 더 이상 기다리지 말고 주문한 것을 들까 어쩔까 하고 망설이고 있는데 첫번째 손님이 나타났다. 그는 외투 속에 몸을 푹 파묻고 있어서 밖으로 보이는 것은 삼각모자뿐이었다. 그는 자리에 앉으면서 두 손을 호호 불어댔다. 약간 돌출한 그의 두 눈 때문에 아직 젊은 모습을 그대로 간직하고 있는 얼굴이 더욱 순진해 보였다. 다름아닌 볼프강 아마데우스였다. 다 폰테는 이미 그를 위해서 「피가로의 결혼」의 각본을 써준 바 있었다. 그들은 지금 「돈 조반니」를 열심히 준비하고 있는 중이었다. 이듬해 프라하 극장에서 초연의 막을 올리기로 되어 있었던 것이다.

　─다른 친구 한 사람을 기다리고 있는 중입니다, 하고 볼

프강 아마데우스가 접시에 담아내온 케이크 쪽으로 정신없이 달려들자 다 폰테가 말했다. 베니스 출신으로 당신은 모르는 사람이지만 분명 이야기는 들은 적이 있을 겁니다. 베니스의 플롱 감옥에서 탈출한 사건으로 전 유럽이 떠들썩해지도록 유명해진 인물이죠.

 ―카사노바요?

 ―바로 그 사람입니다. 우리 유럽식 연극의 한 등장인물이죠. 아주 매력적이고 사람을 홀리는 힘이 있어요. 난 그를 아주 좋아하죠. 하지만 그와 어울려 무슨 사업을 하거나 주사위 놀이, 아니면 트릭트랙 판 같은 것을 벌일 생각은 아예 하지 마십시오. 손재간이 어찌나 좋은지, 홀딱 털리지 않는 사람이 없답니다.

 ―두고 볼 일이지요! 도전받는 것을 별로 좋아하지 않는 모차르트가 말했다.

 다 폰테가 가방에서 원고를 꺼냈다.

 ―오늘 저녁은 내게 그야말로 역사적인 순간이란 걸 아세요? 하고 모차르트가 그에게 말했다. 아직 몇 시간 동안은 난 이십대죠. 내일이 내 생일입니다. 그러면 나는 서른 살이 돼요. 늙은이 나이가 아닙니까?

 ―그럼 난 뭐라고 해야 되는 거죠?

 천둥치는 듯한 목소리로 던진 이 질문은 모차르트의 의자 바로 뒤에서 불쑥 나타난 어떤 낯선 사람의 입에서 튀어나온 것이었다. 주름진 그의 얼굴은 거의 아프리카 사람 같은 인상이었다. 그러나 그의 모든 차림새는 어두운 남성미와 기이한 대조를 보이면서 어떤 우수에 찬 슬픔의 그림자를 드리우고 있었다. 그는 핑크색 타프타 옷에 검은색이지만 금속조각이 번쩍이는 조끼를 입고 있었다. 모차르트는 그를 바라보면서 늙어버린 게루빔 천사로구나 하고 생각했다. 싱글거리며 익살을 부리는 어린 시동 같은 그의 얼굴 위로는 황소가 끄는 무거운 짐수레처럼 인생이 무자비하게 지나간 흔적이 남아 있었다. 그러자 문득 서른 살이 다가온다는 생각이 모차르트의 머리에 떠올랐다.

 -자 앉아요, 하고 다 폰테가 그에게 말했다. 당신을 기다리고 있었어요. 지금 막 볼프강 아마데우스에게 우리가 작업하고 있는 다음 오페라의 대본 몇 페이지를 읽어주려던 참이었어요. 들어보고 의견을 말해주면 좋겠습니다. 사실 따지고 보면 돈 후안(돈 조반니)이라면 당신도 일가견이 있지 않습니까!

다 폰테는 한참 동안 원고를 소리내어 읽었다. 그의 악마 같은 주인에게 이끌려가는 레포렐로의 고뇌, 돈나 안나의 독설, 기사대장의 죽음, 레포렐로가 불행한 엘비르와 마주보는 자리를 잡도록, 그리고 자신의 사냥 대상이 되는 여자들의 명단을 읽으라고 강요하는 돈 조반니의 파렴치.

그렇지만 카사노바는 장차 탄생하려는 오페라의 장면들의 전개에 귀를 기울이기보다는 마시고 게걸스레 먹어대는 데 오히려 더 열중하고 있는 것 같았다. 다 폰테가 원고를 접으면서 아무 말도 하지 않고 있었으므로 모차르트가 그에게 의견을 말해보라고 청했다.

　—대사에 귀를 기울여보니 역시 우리 동포 다 폰테의 재능 있는 말솜씨가 여간이 아니군요, 하고 그는 입에 먹을 것을 가득 물고 말했다. 하지만 솔직히 말해서 두 분이 암시하고 있는 이 찡그린 인상의 인물에 거부감을 느끼지 않을 수 없군요. 이 돈 조반니는 악마의 말을 탄 청교도로군요. 살도 싫어하고 여자도 싫어하니 말예요. 그는 자기 자신에게 어울리지 않는 죄를 짓고 있어요. 그 불쌍한 여자들을 강간하면서 자신의 몸이 더럽혀진다고 생각하는 사람이니 이건 환속한 신부가 지옥에서 뒹구는 꼴이 아닙니까. 그는 끊임없이 조소를 퍼붓기만 하지 한 번도 제대로 시원스럽게 웃는 법이 없어요.

　—돈 후안(돈 조반니)은 세비야에서 태어난 사람이에요, 하고 다 폰테가 끼여들었다. 테노리오라는 이름으로 지체 높은 귀족이었죠. 그는 기사대장 울로아의 딸을 유혹한 다음 어느 날 밤에 기사대장을 죽였습니다. 그의 손에 죽은 사람이 묻혀 있는 묘지로 그를 유인한 것은 바로 프란시스코 교단의 수도사들이었지요. 그들은 돈 후안을 죽이고 나서 그가 기사대장의 무덤을 욕되게 했다고 말했어요. 그러자 죽은 자의 조각상이 그의 머리 위로 쓰러지면서 거기에 깔려 죽는다는 얘깁니다.

　—여러분, 이 이야기는 너무 음산해서 견딜 수가 없군요.

불건전하고 잔인하고 시체나 좋아하는 스페인 사람들이나 생각해낼 수 있는 이야기죠. 그렇지만 우리는 지금 신비스럽고 정답고 유서 깊은 보헤미아의 한복판에 와 있지 않습니까? 금빛 나는 포도주와 오색 영롱한 술잔의 고장이죠. 모차르트, 당신은 잘스부르크에서 왔고 우리는 베네치아에서 왔어요. 그러니 우리 세 사람이서 이탈리아식, 아니 베네치아식 돈 조반니를 만들어보는 것이 좋지 않겠어요?

─아버지와 함께 베네치아에 가서 머물던 때가 생각이 나는군요, 하고 모차르트가 말했다. 열다섯 살 때였죠. 이월이었어요. 눈이 좀 내려서 도시를 덮고 있었습니다. 카니발이 한창이더군요. 하얗고 광란하듯 즐거움에 넘치는 도시였죠. 그 분위기가 영원히 계속되었으면 좋겠다고 생각했지요. 알레그로 비바체의 도시였으니까요.

─카니발은, 하고 카사노바가 말을 받았다, 베네치아의 혼이에요. 카니발이 어떤 것인지 아십니까? 당신은 연극인이죠. 연극이란 관객들이 앉아 있는 홀이고 의상을 차려 입은 배우들이 요동치는 무대를 말하는 것이죠. 그런데 말입니다, 카니발이란 관객 없는 연극이에요. 베네치아의 카니발 때는 가면을 쓰지 않고 외출하는 것이 금지되어 있어요. 온 도시를 점령하여 주민 한 사람 한 사람이 배우가 된 연극의 세계다 이 말입니다.

─사실 그건 베네치아에서만 가능한 일이죠, 하고 다 폰테가 말했다. 베네치아는 함수호의 소택지 안개 속에서 불쑥

솟아나온 상상의 섬이니까요. 베네치아에서는 어느 누구도 자신이 존재한다는 것을 확신하지 못해요. 베네치아 사람들이 왜 그토록 가면을 좋아하는지 아십니까? 왜냐하면 그들은 자신의 살로 된 얼굴을 의심하고 있기 때문입니다. 그들의 얼굴이 살로 된 것이냐고요? 차라리 반짝거리며 흔들리는 저 변화무쌍한 물로 된 것이라고 하는 게 옳겠죠. 곤돌라를 타고 미끄러지는 저 수증기 같은 웃음은 그 어떤 거울 속에도 비춰볼 수 없는 것이죠. 자신들의 불행을 위해서 고안해낸 그 거울들. 그래서 그 사람들은 자기 얼굴에다가 마분지 얼굴을 만들어 쓰고 다니는 거예요. 그렇게 되면서부터 그들은 자기가 스카라무슈요 콜롱빈느 혹은 아를르켕이란 걸 확실히 믿게 되는 겁니다. 하기야 장군이니 제독이니 하는 딱딱한 유니폼 속에 자신의 인격을 제로로 만들어 구겨넣고 다니는 군인들 역시 그와 크게 다를 게 없지요.

　─자 그럼 됐네요, 하고 카사노바가 소리쳤다. 우리 다같이 베네치아의 돈 조반니를 만들어봅시다. 미소 짓는 돈 조반니, 여자들을 좋아하는 돈 조반니를 말입니다. 그로서는 여자들을 행복하게 만들어주지 못한다면 여자들을 소유해봐야 무의미하죠! 그의 두 손 안에서, 그의 허벅지 사이에서 여자들이 즐거워하지 않는다면 아무 소용 없는 거예요. 그가 사랑하는 것은 여자들의 쾌락 바로 그거예요. 돈 조반니는 물고기가 물에서 놀듯이 여성적 요소들 속에서 노는 겁니다. 스페인 사람들이 맡으면 구역질을 하는 '여자 냄새(odor di femmina)'가 그에게는 산소예요. 그는 여자들의 차림, 속옷, 욕실에 늘어놓인 수많은 화장품 병들, 심지어는 '카티미니'라는 예쁜 이름으로 부르는 가장 은밀한 비밀조차도 좋아합니다.

　─그 베네치아식의 돈 조반니, 그건 바로 나예요! 하고 모차르트가 소리쳤다. 오도르 디 페미나! 안디아모! 다 폰테, 축제를 열기로 해요. 미칠 듯한 춤을 곁들인 농부들의 결혼식을 말예요. 축제의 주인인 돈 조반니는 그 촌뜨기들 속에서 사치스런 향수와 포도주와 초콜릿을 뿌리는 겁니다. 그리고 암소와 돼지와 어린애들 사이에서 가난뱅이 삶을 살아야 할 팔자였던 예쁜 신부도 잊지 말구요. 돈 조반니는 그 한심한 운명 속에 영원한 빛을 비추어줄 꿈과 관능의 괄호를 열어줄 거예요! 안디아모, 다 폰테, 자 일을 합시다, 베네치아식으로!


## 그라스에서 프랑크푸르트까지
### 혹은 토렝크 백작 프랑스와 드 테아스의 운명

　1759년 1월 2일, 프리드리히 2세가 통치하는 프러시아와 다른 한편 프랑스, 오스트리아, 러시아, 스웨덴 그리고 작센 연합군 사이의 전쟁은 역설적으로 루이 15세의 개인적인 친구이며 말동무인 수비즈 공 샤를르 드 로앙의 군대 7,000명에 의한 프랑크푸르트 점령으로 결판이 나고 말았다. 역설적인 정도가 아니라 이는 부당한 일이라고 말해도 좋을 것이다. 왜냐하면 프랑크푸르트는 자유 도시로서 문제의 분쟁에 전혀 연루되어 있지 않았던 지역이니 말이다. 더군다나 그 도시에 사는 약 3,000명의 시민들은 문제의 분쟁에 있어서 의견이 서로 반대되는 두 편으로 갈라져 있었다. 괴테의 아버지는 강력하게 프러시아 편으로 — 아니 오히려 그 당시 표현을 빌리자면 프리드리히 편으로 — 기울어져 있었고 한편 그의 어머니는 자신의 아버지인 슐타이스 요한 볼프강 텍스토르의 친프랑스 및 친오스트리아 입장을 따르고 있었다. 그랬기 때문에 괴테의 아버지는 거의 4년에 가까운 세월 동안 그 도시를 통치하게 될 토렝크 백작이요 왕의 사관인 프랑스와 드 테아스 중위를 바로 자신의 집안에 맞아들이지 않을 수 없게 되어 화가 머리끝까지 치밀었다. 그렇지만 프랑크푸르트로 보면 그보다 더 나은 선택이란 있을 수 없었다. '당신들과 당신들의 손님들 사이에서 지배력을 행사하는 데 이보다 더 적절한 인물이 내가 지휘하는 군대 안에 있기만 하다면 기꺼이 그 사람을 보내겠습니다. 토렝크 백작을 선택함으로써 나는 당신들의 도시가 내게 얼마나 귀중한 것인가를 증명해 보이는 바입니다'라고 수비즈 공은 프랑크푸르트 시민들에게 그들의 새로운 총독을 소개하면서 천명한 바 있다.

그의 생각은 잘못된 것이 아니었다. 괴테는 그의 회고록 『시와 진실(Dichtung und Wahrheit)』에서 그 신사에 대하여 열광적인 어조로 칭찬하고 있다. 당시 그는 열 살이었다. 외부세계에 눈뜨는 나이였다. 그에게 토렝크는 아버지의 반대항, 즉 그의 어머니의 편에 선 남자였다. 그는 바로 예술과 문학에 대한 위대한 계시자가 될 것이었다. 그와 더불어 그는 프랑스 말[1]과 연극과 그림 그리기를 배울 것이다. 토렝크는 유머가 섞인 정중함을 다하여 총독의 직무를 수행한다. 첫날부터 그는 조언자인 괴테가 수집한 동시대의 그림들에 감탄한 나머지 촛불빛을 비추게 하여 그 그림들을 유심히 관찰하면서 그 도시의 화가들과 친교를 맺으리라 마음먹는다. 그래서 실제로 그들을 불러들인다. 그 화가들은 히르트, 슈츠, 트라우트만, 노트나겔, 중커 등이다. 볼프강이 지켜보는 가운데 그는 화가들에게 프로방스의 그라스에 있는 자기 저택의 벽 사이즈에 맞는 대형 그림들을 주문한다. 어느 날 그는 별로 좋다고 할 수 없는 아이디어를 하나 내놓았다. 화가들이 각자 가장 잘 그릴 수 있다고 생각하는 쪽—인물, 풍경, 동물 등등—을 담당해 합작으로 그림을 그려보라는 것이었는데 그 결과는 말할 수 없을 만큼 한심한 것이 되었다.

---

[1] 괴테는 한 번도 프랑스에 살아본 일이 없었다. 토렝크 백작은 남불의 억양이 섞인 프랑스 말을 썼던 것으로 생각된다. 그래서 괴테 역시 그런 방식으로 프랑스 말을 했던 것 같다. 나폴레옹의 경우도 마찬가지였으니 1808년 10월 2, 6, 10일 에르푸르트와 바이마르에서 가졌다는 그 유명한 대담은 필경 마르셀 파뇰의 연극에서 남불 억양이 물씬 풍겼을 것으로 추정된다.

볼프강은 여러 아틀리에들을 총독과 함께 방문할 뿐만 아니라 일일이 참견하면서 자기의 의견을 말한다. 어느 날 토렝크는 그가 프랑스 사람의 방에서 찾아낸, 그의 나이에는 전혀 걸맞지 않은 그림들을 자세히 들여다보고 있는 장면을 목격하게 된다. 토렝크는 화를 내면서 그가 방안으로 들어오는 것을 금지했다. 그러나 그 금지는 일주일밖에 계속되지 못했다.

지체 높은 명사들이 그 도시로 찾아오게 되면 자연히 그들은 괴테의 집에도 초대되었다. 가령 수비즈 대공과 브로이 원수 같은 인물이 그랬다. 그러나 특히 프랑스의 극단이 방문하여 시립극장에서 공연을 한다. 이리하여 볼프강은 라신느, 몰리에르, 데투슈, 마리보, 라 쇼세드의 극을 관람하게 된다. 그는 극단 사람들 중 어떤 한 사람의 아들―어린 드론느―과 친구가 되어 그의 안내를 받아 무대 뒤로 찾아가기도 한다. 드론느에게는 누나가 있었는데 볼프강은 그녀에게 홀딱 반해버린다.

그러면 토렝크는 어떤 사람이었는가? 괴테의 말에 따르면 그는 키가 크고 몸이 말랐으며 얼굴에 천연두 자국이 있으며 검고 이글거리는 눈을 가진 인물이었다고 한다. 그는 프랑스 쪽보다는 스페인 쪽의 피가 더 많이 섞인 인상이었다. 그는 가끔 심한 우울증에 빠져서 때로는 며칠 동안이나 방안에 틀어박힌 채 밖으로 나오지 않았다. 그리고 나서는 다시 명랑하고 친절하며 활동적이 되는 것이었다. 그의 시종인 생 장에 의하면 그는 전에 심한 신경쇠약증으로 인하여 심각한 실수를 저지르기도 했는데 자기에게 처리하기 어려운 책임 문제가 생기면 그런 한심하고 황당한 심리적 공황 속으로 피신하려고 했다. 그러나 조언자 괴테가 기회 있을 때마다 그에게 가하는 모욕적인 언행에 대해서는 언제나 침착하고 예의 바르게 대응했다.

오늘날에 와서 토렝크에 대하여 자세한 내용을 알기는 어렵다. 그 문제에 대한 가장 중요한 두 권의 책은 이제 찾을 길이 없어졌다. 폴 고네가 쓴 『그라스와 그 인근 지역』('프랑스 도시들의 역사' 총서), 그리고 피에르 본네가 쓴 『토렝크와 괴테』가 그것이다. 1719년 1월 19일 그라스에서 태어난 그는 1794년 8월 15일 고향에서 사망했다. 당시 그라스의 인구는 약 9,000명 정도였다. 아를르(21,000), 엑스(25,000), 툴롱(26,000), 그리고 마르세이유(87,000)에 비하면 그저 좀 큰 마을이라고 할 수 있었다. 니스—당시에는 이탈리아 영토—그곳에서 41킬로미터 떨어진 곳에 있다.

화가 장 오노레 프라고나르(1732~1806) 역시 그라스에서 태어났다는 사실은 기억해둘 만하다. 그는 1769년에 안느 마리 제라르와 결혼했다. 그녀는 증류주 제조인의 딸로서 세밀화를 그리는 화가였다. 토렝크는 그림에 비상한 관심을 가진 인물이었으므로 오늘날 그라스에는 프라고나르의 미술관이 설립되어 있을 정도인 그 유명한 동향인을 분명히 만났을 것이다. 같은 시대에 토렝크의 동향인으로는, 비록 상상의 인물이긴 하지만, 장 바티스트 그르누이유가 있다. 다름아닌 파트릭 쥐스킨트의 소설 『향수』(1985)의 주인공이다.

남불의 도시 그라스는 철분이 많이 포함된 샘 주위에 건설되어 있다. 이 도시는 견직, 기름공장, 제혁 등으로 알려져 있었다. 특히 도금양 잎사귀를 갈아서 만든 가루를 써서 무두질한 초록색 가죽이 이 도시의 특산물이었다. 그러나 그라스라면 역시 고급 농축제, 향료 및 비누를 제조하는 데 쓰이는 꽃의 재배로 가장 널리 알려져 있다고 할 수 있다.

토렝크는 엑스와 마르세이유에 있는 예수회에서 공부를 했다. 그후 그는 1734년 군에 들어가서 벡셍 연대의 중위 자격으로 이탈리아 원정에 참전했다. 1758년 그는 우리가 앞에서 보았듯이 수비즈 공과 브로이 원수가 지휘하는 보헤미아 및 독일군에서 활동했다. 그는 점령한 프랑크푸르트를 통치하다가 1763년에 왕군의 여단장에 임명되어 서인도제도의 생 도멩그에 파견되었고 그 섬의 남부지역을 관할하게 되었다. 1768년 유럽으로 돌아와 페르피냥 주둔 왕군의 중위, 1769년에 여단장 및 루시용 지방 사령관이 되었다. 1769년 12월 12일 생루이 기사로 임명되었다가 1770년 그라스로 은퇴했다.

그는 1783년에야 지방 귀족인 어떤 장교의 딸 쥘리 드 몽그랑과 결혼했다. 직업군인인 장교는 은퇴한 뒤에 군인 가족끼리 결혼한다는 당시의 관습에 따른 것이었다. 당시 그의 아내는 스물세 살이었다. 그 자신은 64세였으므로 장모보다도 나이가 더 많았다. 그는 1784년에 아들 – 장 바티스트 –과 2년 뒤에 딸 – 플로르 – 을 낳았다.

그의 건강은 부실했다. 1789년에는 지각 변동과도 같은 일들이 일어나기 시작했다. 12월 1일에는 툴롱에 있는 병창과 작업장에서 폭동이 발생한다. 귀족 사냥이 개시된다. 코블렌츠 천도와 더불어 귀족 망명이 시작된다. 1792년 2월, 토리노에 집결한 망명귀족들은 아르트와 공작을 통하여 유럽의 여러 왕들에게 프랑스에서 반혁명 세력을 지원하도록 요청한다. 이 시기부터 망명은 반민족적 범죄로 규정된다. 토렝크의 경우 떠나는 문제는 제기될 입장이 아니었다. 그의 건강 상태와 정신적 상태가 그것을 불가능하게 만들었기 때문이다. 그는 아내와 아이들을 니스로 보냈다. 여권에는 이렇게 적혀 있다. '쥘리 28세. 그의 아들 장 바티스트 7세. 딸 플로르 5세. 가정교사 J. B. 에망스 29세. 가정부 미라보 40세.'

그라스에서 토렝크는 가족들에게 생활비를 보내고 특히 아내와 아이들이 '망명귀족' 처분을 받지 않도록 하려고 백방으로 노력한다. 그러나 그의 힘은 점점 쇠약해진다. 그는 유서를 작성하고 거기서 친지와 가족을 엄격하게 비판한다. '기질상 지극히 평범한 가족이다. 정직하지만 보잘것없는 사람들이다. 장 바티스트는 자신의 가족에게서 모범을 찾을 것이 아니다. 스스로의 이름을 빛내고자 한다면 그 목적을

달성하기 위하여 자신의 가족이 걸어간 길과는 다른 길을 가야 마땅할 것이다.'

우리는 그가 항상 신랄하고 정신이 똑바른 인물이었음을 알 수 있다. 1794년 8월 15일 저녁 6시, 신성로마제국의 백작이며 전 왕군 중위요 생 도멩그와 루시용의 전 총독인 프랑스와 드 테아스는 가족 친구들과 멀리 떨어진 채 홀로 그의 전기에서 피에르 본네가 썼듯이 '신 앞에 나아가 차려 자세를 취했다.'

『젊은 베르테르의 슬픔』은 그보다 20년 전인 1774년 괴테에게 명성을 가져다주었다. 그러나 토렝크는 어쩌면 그 사실을 알지 못했고 또 독일어로 글을 쓴 가장 위대한 그 작가의 형성에 자신이 매우 중요한 방식으로 공헌했다는 사실조차 알지 못한 채 사망하지 않았나 싶다.


## 바이마르 혹은 천재들의 도시

18세기에 인구 오천에 불과한 이 작은 마을이 유례를 찾아보기 어려운 그 어떤 정신적 운명을 타고났다고 여길 만한 구석은 전혀 찾아볼 수 없었다. 주민들에게 중요한 일이라고는 매일 두 번 겪는 떠들썩한 행사뿐이었다. 즉 아침마다 공동 목장의 목동들이 소떼를 몰고 목초지로 나가는 것과 저녁에 마을로 돌아오는 것이 그것이었다. 이 두 가지 사건 사이에서 사람들은 나른하게 잠자듯이 지내고 있었다. 이 도시는 프랑크푸르트와 라이프치히를 잇는 큰길에서도 비켜나 있었으므로 상업 공업 정치 활동 같은 것으로 수선스러워지는 일이 없었다. 네 개의 탑과 성벽에 둘러싸여 갇힌 꼴인 집 몇 채가 고작이었고 그 머리 위에서는 공국 성관이 굽어보고 있었다. 이 성은 괴테가 이곳에 도착하기 전인 1775년에 불타게 된다. 이곳의 사정은 그런대로 살기 좋은 편이었지만 게으르게 흐르는 일름 강, 나무가 우거진 에테르스베르그 산, 전나무 수림이 여기저기 가로막고 있는 들판 등 요컨대 평범바로 그것이었다.

그런데 바로 그 장소에서 신비스럽게도 에스프리의 바람이 불었던 것이다. 불과 1세기도 안 되는 동안에 그 지역이 독일 문화와 서구 문명에서 가장 위대한 두 창조자들, 즉 요한 세바스찬 바흐와 괴테에 의하여 선택되었으니 말이다.

아이젠바흐 대공 저택에서 태어난 요한 세바스찬 바흐는 1703년 처음으로 바이마르에 잠시 체류했다. 그것이 그에게는 최초의 직업적인 계약이었다. 당시 18세였던 그는 궁정 실내악단의 바이올린 및 비올라 연주자로 임명되었던 것이다. 그러나 파이프 오르간과 교회음악이 그를 부르고 있었다. 그는 몇 달 뒤 다름슈타트의 파이프 오르간 책임자가 되기 위하여 떠나게 되어 있었다.

그러나 그것은 연기된 약속에 불과한 것이었다. 1708년 그는 빌헬름 에른스트 공작 궁정의 클라브셍, 바이올린, 파이프 오르간 연주자 및 교회 책임자가 되어 바이마르로 다시 돌아오게 되었으니 말이다. 그는 1717년까지 그곳에 머물게 된다.

그의 예술의 발전 과정에 있어서 23세에서 32세에 걸친 이 바이마르 체류 시절은 결정적이었다. 그것은 열심히 노력한 청년 시절의 결산인 동시에 성숙기의 개화였다. 요한 세바스찬 바흐는 항상 종교음악과 세속음악 둘 중에서 하나만을 선택하는 것을 거부해왔다. 그것은 쉬운 일이 아니었다. 처음에 잠시 바이마르에 체류하는 동안 요한 파울 폰 베스트호프 선생은 그에게 바이올린의 다성적 연주에 눈뜨게 해주었고 그후 바흐 자신이 이를 탁월한 방식으로 발전시키게 된다. 두번째 체류시 그는 경건주의적인 집단 속에 편협하게 틀어박혀 있는 뮐하우젠의 부르주아 사회를 떠나 세속음악에 개방적인 공작의 궁정에서 음악적 능력을 마음껏 발휘한다. 그가 앙트완느 골레아에게 보낸 편지에서 말했듯이 그는 '바이마르에서 처음으로 종교음악과 세속음악 사이의 종합을 이룩할 수 있는 가능성을 발견했다. 그는 바이마르에서 위대한 예술가의 진정한 자유를 누렸고 장차 그의 정신의 변함없고 강력한 요소로 자리잡게 될 신념, 즉 종교적이건 세속적이건 음악은 하나라는 사실, 그리고 그 어떤 음악이건 신앙에서 영감을 얻고 신에게 바쳐지는 것이라는 사실을 어렴풋이 깨달았다.'

이 체류 시절에 파이프 오르간을 위한 「D단조의 토카타와 푸가」혹은「C단조의 파사칼리아와 푸가」, 특히 단연코 새로운 미학의 개시라고 할 수 있는 여러 곡의 칸타타들이 나왔다. 그의 칸타타의 대부분의 텍스트를 쓴 에르드만 노이마이스터가 지적했듯이 '자세히 살펴보면 칸타타란 레시타티프와 노래로 이루어진 오페라의 한 조각에 불과하다. 어떤 사람들은 이것을 나쁘게 생각하고서 교회에 무대음악이 끼여든 것이라고 본다.' 바흐의 예술은 바로 이런 간섭을 허용할 뿐만 아니라 그것이 신앙에 많은 도움을 주는 것이라고 보았다는 데 그 중요성이 있다.

바흐는 또한 바이마르에서 그의 칸타타의 많은 텍스트를 쓰게 될 시인 살로몬 프랑크를 만나게 된다. 이 두 작가들 덕분에 바흐는 아직 이탈리아어만이 유일하게 사용되고 있던 시기에 처음으로 독일어를 성악에 도입하게 될 것이다.

바흐의 바이마르 체류는 희비극적인 방식으로 끝이 난다. 그가 바이마르 공작에게 이제는 그만 떠날 수 있게 해주십사고 간청하자 그는 단호히 거절했다. 그리고 자신의 뜻을 확고히 하기 위하여 자신이 아끼던 음악가를 감금해버렸다. 바흐는 한 달 동안 계속된 이 감금 상태를 활용하여 파이프 오르간을 배우는 그의 제자들을 위한 교과서인 『오르겔뷔크라인』을 썼다.

카를 아우구스트 대공의 초청으로 괴테가 바이마르에 와서 자리잡기 전에 기이한 한 가지 막간극이 있었다. 괴테는 정해진 날짜가 다가올수록 점점 더 정이 떨어지는 약혼녀와의 결혼을 다시 한 번 더 강요받고 있었다. 릴리 쇠네만이라는 이름의 약혼녀는 당시 18세였는데 프랑크푸르트의 부유한 상인의 딸이었다. 괴테는 그 바로 일 년 전에 『베르테르』를 발표한 터였으며 그 짧으면서도 지독한 이야기가 그 부유한 대부르주아지 집안 사람들에게 탐탁하게 보였을 리 없다는 사실을 우리는 상기할 필요가 있다. 바로 그런 시기에 작센-바이마르의 카를 아우구스트 대공이 그의 젊은 부인인 루이즈 드 헤스-타름슈타트와 함께 프랑크푸르트에 와 있었다. 그는 괴테에게 그를 따라 바이마르로 가자고 간곡하게 청했다. 나이 어린 시종 폰 칼프가 그를 마차에 태워 데리고 가면 된다는 것이었다.

그곳으로 가기로 마음을 정하고 아름다운 릴리와 파혼한 다음 괴테는 친지, 친구들과 작별인사를 했는데 정해진 날짜에 폰 칼프의 마차가 나타나지 않는다. 그리하여 괴테는 프랑크푸르트에 있으면서도 없는 기이한 일주일을 보내게 된다. 그의 출발에 차질이 생겼다는 사실을 아무에게도 알리지 않았기 때문이다. 그는 고향 도시의 이 골목 저 골목을 거의 이름 없는 행인처럼 걸어다닌다. 마침내 1775년 11월 7일 화요일 이른 아침에 그는 바이마르에 도착한다.

프랑크푸르트의 번잡한 활기와는 대조적인 이 작은 도시의 고요함에 그 아닌 다른 사람 같았으면 아마도 실망을 느꼈을 것이다. 그러나 그는 외부의 요란한 자극이 전혀 필요 없을 만큼 충분한 내면의 풍요를 느끼고 있는 인물이었다.

반대로 그는 이 평온한 장소가 긴 호흡을 요구하는 작품의 느린 완성에 어울리며 어떤 강한 지배력을 가진 개성이 정신 적으로 장악해주기를 그 장소가 은근히 기다리며 개방되어 있다고 확신했다.

실제로 그곳은 위대한 정신의 소유자가 찾아올 수 있도록 오래 전부터 준비를 해온 것 같은 인상이었다. 그것은 그보 다 17년 전 남편인 에른스트 - 아우구스트가 사망한 이래 바 이마르 시와 작센 - 바이마르 - 아이제나흐 지방을 통치하고 있었던 안나 아말리아 공작 부인의 활동과 광영 덕분이었다. 괴테가 바이마르에 정착할 때 안나 아말리아의 장남이 이제 막 열여덟 살이 되어 그의 어머니는 9월 3일부터 모든 권력 을 그에게 넘겨준 직후였다.

안나 아말리아는 물질적인 힘과 부가 부족한 자기 나라 수 도를 문화와 정신으로 명성 높은 곳('뮤즈의 궁정'이란 뜻의 '무젠호프')이 되도록 하려고 심혈을 기울였다. 그는 시인 크리스토프 비란트를 두 아들의 가정교사로 데려왔다. 작곡 가 폰 아인지델과 폰 제켄도르프, 작가 요한 무제우스, 그리 고 출판인 프리드리히 베르투슈 같은 명사들이 그들과 더불 어 지성과 학문의 작은 사회를 형성하고 있었다.

괴테에게 있어서 모든 것은 프랑크푸르트에서 처음 만났 을 때 젊은 통치자가 그에게 보여준 우정과 더불어 섬광처럼 시작되었다. 카를 아우구스트에게 그는 곧 형이자 인도자가 되었다. 그가 발표한 작품이란 그저 얄팍한 『베르테르』 한 권뿐이었지만 스물다섯 살의 그 젊은 소설가는 그 작품으로 인하여 즉시 한 도전적인 유파의 지도자로서의 아우라를 획득하고 있는 터였다. 해가 거듭될수록 그 낭만적 감수성의 '고전'이 거두어들인 성공은 더욱 확고해졌는데 괴테 자신은 스스로 그 최초의 작품을 '불건전하다'고 낙인 찍으면서 그 작품과 더욱 거리를 두고 있었다.

그동안 카를 아우구스트는 아직도 여러 가지 진로를 두고 주저하는 이 혜성을 바이마르에 붙들어두기 위하여 자신이 할 수 있는 모든 수단을 다 동원했다. '그는 내게 아주 친밀하게 집착했고 내가 기획하는 것이면 무엇에나 내밀하게 참가했다'고 후일 괴테는 말하게 된다. '그는 여러 번 저녁이면 우리 집에 찾아와서 예술과 자연에 대하여 이야기를 나누었고 우리는 이렇게 밤이 늦도록 머리를 맞대고 마주앉아 있었다. 소파에 나란히 앉아서 우리 둘 다 잠이 든 적도 여러 번이었다… 낮이면 우리는 사냥용 말을 타고 달렸고 생울타리와 도랑을 뛰어넘었으며 강을 건너고 산을 넘어 저녁이 되면 모닥불가에서 캠프를 차렸다.' 한 위대한 작가와 통치자 사이의 관계는 ―네로 황제 측근의 세네카에서부터 프리드리히 2세 측근의 볼테르에 이르기까지 ―거의 대부분 좋지 않게 끝이 나는 법이지만 괴테와 카를 아우구스트 사이는 모범적인 성공이라고 할 만한 것이었다. 1776년 6월 괴테는 '추밀 고문관'로 임명되어 그때부터 공국의 통치에 참가한다. 그가 처리하는 문제들은 화재 예방을 위한 규칙에서부터 바이에른 계승전쟁 동안 여러 유럽 궁정들과 공국과의 관계에 이르는 광범한 것이었다. 투링게 숲 속의 일메나우 은광과 구리 광산 개발을 재개하는 것 또한 그가 맡은 소임이었다.

괴테는 - 그의 문학작품에 이르기까지 - 이런 경험을 폭넓게 활용했다. 매일같이 인간과 사물들의 저항에 맞서서 힘을 겨룬다는 것은 비길 데 없는 교육의 원천이 되었다. 그는 특히 『파우스트』 제2권에서 주인공이 공동체를 위하여 봉사하는 평범한 엔지니어가 되고자 할 때 이때의 일을 기억하게 될 것이었다. 바로 이렇게 하여 그는 1829년 2월 4일 폰 뮐러 수상에게 다음과 같은 편지를 쓴다. '영원한 행복이란 것도 그것이 완수해야 할 임무와 극복해야 할 난관을 제시하는 것이 아니라면 그것이 과연 무엇에 소용되는지 저로서는 솔직히 알 길이 없습니다.'

그러나 그곳을 방문하는 사람들이 가장 황홀하게 느낀 것은 축제와 여러 가지 행사의 진행자 및 주재자로서 그가 보여준 역할이었다. 가면무도회, 연극제, 행진, 그리고 즉흥시 발표회가 끊이지 않고 열리면서 괴테 덕분에 견줄 데 없이 높은 수준과 광채를 유감없이 보여주었다. 그는 이런 유쾌한 의식들의 조정 역할을 자신에게 어울리지 않는 것이라고 여기지 않았다. 그는 알베르 뒤러와 레오나르도 다 빈치 같은 거장들이 이런 방면에 있어서 자신의 선배라고 생각했다.

공작의 우정은 그가 죽는 날까지 변함이 없었다. 1828년 공작이 죽자 괴테는 자신의 긴 생애에 있어서 가장 가혹한

상의 하나로 여기며 슬퍼했다.

　바이마르에 자리잡으면서 괴테는 다른 저명한 인사들이 그곳을 찾아오도록 하는 데도 기여하게 된 것이 사실이다. 그 중 한 사람이 바로 철학자이며 문헌학자인 J. G. 헤르더였다. 그는 헤르더를 1771년 스트라스부르그에서 처음 만났었다. 괴테는 당시 스물두 살이었는데 헤르더는 그에게 단번에 성서와 호머, 오시안, 셰익스피어, 민중시와 대자연이 영감의 원천임을 알려줌으로써 기막힌 선각자의 역할을 해준 바 있다. 그래서 괴테는 그 위대한 인물을 바이마르로 초빙하려고 끊임없이 노력했다. 마침내 1776년 헤르더는 그곳에 도착하여 그 내용이 화려하면서도 어정쩡한 여러 가지 칭호들을 받았다.

　그러나 바이마르의 괴테 서클을 멋지게 완성한 것은 1799년 쉴러의 도착이었다. 쉴러는 예나 ― 바이마르에서 마차로 두 시간 거리 ― 에 살고 있어서 괴테의 잦은 방문을 받곤 했다. 그는 괴테를 사랑했고 유감없이 칭찬하면서도 어딘가 소극적인 태도를 취하고 있었다. 괴테가 무서운 힘을 지닌 천재이며 자신은 그에 비하면 대단한 존재가 아니라는 것을 분명히 의식하고 있는 그는 괴테의 터무니없는 자기중심주의를 나무라고 있었다. 그러나 그는 강권에 못 이겨 ― 어떻게 더 이상 버티겠는가? ― 마침내 바이마르로 와서 정착하고 만년의 걸작들인 『바렌슈타인』『오를레앙의 처녀』『메시네의 약혼녀』『빌헬름 텔』 등을 쓰고 상연했다. 그는 그곳에서

1805년에 사망했다. 그 정열적인 6년간의 우정을 완성하려는 듯이 에버라인이 제작한 아름다운 조각상에서 괴테는 죽은 쉴러의 머리를 어루만지면서 이렇게 말하고 있는 것이다. '신탁을 내리고 있는 신비의 항아리여, 내가 무슨 자격이 있어서 그대를 내 손 안에 들고 있단 말인가?'

모두 합쳐볼 때 괴테는 여행을 별로 많이 한 편이 아니다. 그가 국외에 단 한 번 오랫동안 체류한 것은 그의 유명한 이탈리아 여행이다. 그는 규칙을 벗어나 제멋대로 사는 도망자 같은 모습으로 1786년 길을 떠난다. 1788년 6월 18일 바이마르로 돌아왔을 때 그에게는 새로운 시대가 열린다. 그는 자신의 모든 공직을 떠나 보수주의자들의 빈축을 사가면서 아주 나이 어린 크리스티안느 불피우스와 살림을 차린다. 그리고 곧 아들 아우구스트를 얻는다. 1806년 나폴레옹의 군대가 호헨로헤 대공의 프러시아군을 격파한다. 나폴레옹이 그의 병사들과 함께 제나를 행진할 때 헤겔은 '세계의 혼이 백마를 타고 지나가는 것'을 보는 느낌을 받는다. 그러나 그는 머지않아 『정신현상학』의 원고를 빼앗기지 않기 위해 군대식으로 자신의 포도주를 나누어주지 않을 수 없게 된다. 바이마르에서의 사정은 더욱 나빴다. 그 위대한 인물은 프랑스의 난폭한 군인들을 피해 어디에 숨어야 할지 알 수가 없었다. 결국 용기와 재치로 그 상황을 잘 모면할 수 있게 해준 사람이 바로 크리스티안느였다. 그에 보답하기 위해 괴테는 한 달 뒤 그녀와 결혼한다….

　그러는 동안에 이름난 방문객들이 밀려든다. 바이마르는 필수적인 순례의 목적지가 되어 사람들은 이 늙어가는 권위자의 충고를 듣기 위해 찾아든다. 그는 때로 이런 성가신 사람들을 만나지 않기 위해 자리를 피하지 않을 수 없는 처지가 된다. 대개는 예나로 갔다. 1803년, 그 무서운 제르멘느 드 스탈 부인이 곧 찾아온다는 것을 알게 되었을 때가 바로 그런 경우였다.

　그 유명한 네케르의 딸인 스탈 부인의 경우는 극적인 정치의 차원이 더하여지면서 더욱 문제가 복잡해진 것이 사실이다. 1803년 10월 15일 그녀는 ‘24시간 내에 파리로부터 80킬로미터 밖으로 벗어나 있으라’는 명령을 받았다. 그렇지만 그녀는 10월 24일에야 독일 쪽으로 향하여 길을 떠났다. 그리하여 메츠, 프랑크푸르트, 아이제나흐, 그리고 바이마르에서 머물렀다. 그런데 그녀의 전기작가 J. C. 헤롤드가 적고 있듯이 ‘독일은 제르멘느가 대표하고 있는 프랑스 문명을 혐오하는 반면 그녀가 저항하고 있는 프랑스 권력 앞에서는 엎드려서 기고 있었다.’ 여러 가지 사정으로 보아 그녀는 라인 강 저쪽에서 차가운 대접을 받을 수밖에 없는 형편이었다. 프랑크푸르트에 도착하자 그녀는 곧 괴테의 어머니에게 찾아간다. 그리고 어머니는 즉시 아들에게 편지를 보낸다. ‘그 여자한테 나는 질렸다. 마치 목에 맷돌을 매달고 있는 기분이었다. 나는 그녀를 만나지 않으려고 피했고 그녀가 가는 모임은 무엇이든 멀리했다. 그 여자가 떠나고 나서야 비

로소 안도의 한숨을 쉬었다.'

그 여자가 바이마르에 도착하자 괴테는 예나로 피신했다. 그렇지만 그는 크리스마스 전날 그곳에서 돌아왔고 쉴러의 집에서 그녀와 함께 식사를 했다. 그리고 1월 중순경에 한 번 더 만난다.

그와 같은 기피 행위는 적절한 것이 아니었다. 나폴레옹 정권으로부터 박해당하고 있는 제르멘느 드 스탈은 친절히 맞아들여서 보호해야 할 인물이었다. 그리고 특히 그녀는 새로운 것을 발견하고 배우려는 순진한 열정에 불타고 있었고 모든 형태의 문화를 찬미할 수 있는 엄청난 잠재력을 가지고 있었으므로 모든 선입견들을 무장 해제시킬 수 있었을 것이다. 그러나 그 여자는 자유분방한 품행 때문에 사람들에게 충격을 주었다. 그녀는 유식한 여자 특유의 교양으로 그 시대의 위대한 지식인들의 신경을 건드렸고 무엇보다도 코르시카 출신의 그 식인종(나폴레옹 — 역주)에게 감히 대들고 있는 것이었다. 그러면서도 그녀는 사람들을 매혹했다. 앙리에트 크네벨은 다음과 같은 재미있는 말을 남겼다. '그녀의 곁에 있으면 마치 칼스바드로 전지요양을 간 것 같은 기분이 된다. 거기에 갔다 오고 나면 더욱 생기 있어지고 힘이 난다. 가장 골이 빈 사람도 결코 그녀가 부담이 된다고 말하지는 못할 것이다. 그만큼 그녀는 가장 거친 진흙덩어리에도 생명을 불어넣는 능력을 발휘한다.'

과연 그의 장기는 분명 거기에 있었다. 살롱에서 대화하는 기술 말이다. 그런데 그 기술 - 중심적인 역할을 담당하는 여성에 충동되어 좌중의 모든 손님들이 다같이 참가하는 것을 전제로 하는 대화술 - 은 본래 조용한 명상에 잠긴 궁정의 한가운데서 혼자 열변을 토하는 데 익숙해진 위인들에게는 그리 탐탁지 않은 것이었다.

바이마르에서 헤르더는 제르멘느가 도착하기 사흘 전에 사망한다. 쉴러 - 처음에 그녀는 그가 입고 있는 궁정 제복 때문에 그를 장군으로 착각한다 - 는 프랑스 말 실력이 신통치 않아서 거북해한다. 제르멘느는 그가 칸트의 제자라고만 생각하여 '초월'이라는 말의 의미에 대해 줄곧 질문을 퍼부어댄다.

두 달 반 동안의 체류를 마치고 3월 1일, 그녀는 자신이 연구하는 『독일론』을 위해서 수집할 수 있었던 바에 대해서 대체로 만족하면서 아이들 및 벵자멩 콩스탕과 더불어 바이마르를 떠난다.

괴테가 바이마르에서 지낸 마지막 수년을 이야기할 때 요한 페터 엑커만의 『괴테와의 대화』를 언급하지 않고 지나갈 수는 없다. 이 모범적인 비서는 일주일에도 여러 번 괴테를 만났고 1823년 6월 10일 화요일에서 1832년 3월 11일 일요일까지 그가 한 말은 하루하루 빼놓지 않고 기록해 전했다. 참고로 괴테는 1832년 봄의 첫날인 3월 22일 목요일에 사망했다는 사실을 상기하자.

괴테를 무조건 숭배하는 사람들에게 이 두꺼운 책은 성서

나 마찬가지다. 다른 사람들에게 이 책은 최상과 최악을 골고루 접할 수 있는, 그 무엇과도 바꿀 수 없는 귀중한 문헌이다. 최악? 권력, 귀족, 왕권에 대한 그의 비굴한 복종. 베랑제 사건이 그 예다. 옳건 그르건 간에 그는 프랑스의 이 풍자작가를 상당히 높이 평가하고 있었다. 1829년 4월 2일자에 엑커만은 베랑제가 그때 막 샤를르 10세의 검열을 받아 투옥되었다는 것을 말해준다. 그 말을 들은 괴테가 이렇게 말한다. '그거 잘됐군. 그가 최근에 쓴 시들은 정말이지 뻔뻔스럽고 무질서해. 게다가 왕과 국가와 부르주아적 공공질서에 저촉되는 거야.' 우리는 물론 그의 유명한 고백을 머리에 떠올리지 않을 수 없다. '내 천성이 본래 이렇다. 나는 무질서를 견디느니 차라리 불의를 저지르는 편이 낫다고 생각하는 것이다.'(『마인츠의 공략』)

마찬가지로 우리는 고전성과 낭만성에 대한 피상적으로 간소화한 정의 역시 그의 소극성의 탓으로 돌릴 수 있을 것이다. 즉 그의 정의에 따르면 고전성은 건전하며 힘찬 반면에 낭만성은 병적이고 유약하다는 것이다. 아마도 그가 자신의 『베르테르』를 비판한 것도 바로 이러한 구별에 따른 것이리라.

너무 떠받들어진 노인의 이같은 불평 불만은 그렇다 치더라도 그는 모든 주제들에 대하여 얼마나 많은 독창적 관점을 보여주었으며 얼마나 폭넓은 전망과 얼마나 보편적인 호기심을 증거해 보였던가! 그가 우리들의 경이를 자아내는 것은 특히 자연과학 분야에서이다. 그의 색채이론 - 그는 단연코 반뉴튼적이다 - 은 그의 성찰의 빛나는 핵심이었다. 식물의 변신과 인간의 두개골의 기원에 관한 그의 생각들은 우리가 그것을 발견했을 때 다시는 잊어버릴 수 없는 사물들의 해석 틀로 남는다.

끝으로 1830년 8월 2일자로 기록된 다음과 같은 기막힌 한 페이지를 우리는 결코 간과할 수가 없다. '칠월혁명의 발발 소식이 오늘 바이마르에 전해져서 모든 사람들의 마음을 뒤흔들어놓았다. 나는 오후에 괴테를 만나러 갔다. 그는 다짜고짜 이렇게 말했다. "자, 이 중요한 사건을 어떻게 생각하세요? 화산이 폭발한 겁니다. 모든 것이 다 불타고 있어서 더 이상 문을 모조리 닫아놓은 채 처리할 수는 없게 되었어요!" - 나는 이렇게 대답했다. "끔찍한 이야깁니다. 하지만 이런 판국에 정부에 대고 뭘 더 기대하겠습니까? 왕가의 망명밖에 다른 도리가 없지요." - "이 사람아, 우린 서로 뭔가 오해를 하고 있는 모양이군. 나는 지금 그 사람들 얘길 하고 있는 것이 아녜요. 나는 지금 아카데미 프랑세즈에서 있었던 공공연한 대폭발을 이야기하는 거예요. 퀴비에와 생 틸레르 사이에 과학적으로 엄청난 파장을 불러일으키는 큰 논쟁이 붙었거든." …'

괴테 이후의 바이마르는 어떠했을까? 이렇게 조그만 도시가 독일의 가장 위대한 작가를 57년 동안이나 품고 지내놓고서 다시 그 소명을 바꿀 수는 없는 일이었다. 이같은 무대를 근본적으로 변모시키려면 어떤 격렬한 운명, 가능하다면 그로테스크하고 가급적이면 끔찍하기 짝이 없는 운명의 일격이 있지 않으면 안 되었다. 과연 그런 일이 1937년 7월에 일어났다. 나치가 바이마르 인근에 뷔켄발트 집단 포로수용소를 설치한 것이었다. 그것이 존재했던 약 8년 동안 32개국에서 끌려온 238,000명이 줄줄이 그곳을 거쳐갔다. 그 중 56,545명이 그곳에서 목숨을 잃었던 것으로 추산된다.

그 조그만 도시를 현실 역사로 가득 채우려면 아마도 그런 악마의 얼굴 찡그린 위협이 필요했을 것이다. 그처럼 운명에게 무서운 따귀를 얻어맞지 않았더라면 그 도시는 너무나도 목가적인 것이 되었을까? 이제 바야흐로 바이마르는 그 수많은 왕관들과 칼자국들을 지닌 채 세번째 천 년으로 접어들고 있다.


## 다리의 해부학과 생태학


국수주의자로 낙인찍힐 각오를 하고 나는 내가 생각하는 바를 그대로 쓰려고 한다. 외국으로 여행을 가보면 나는 늘 못생긴 다리들을 보고 놀란다. 그 다리들은 한결같이 유용하고 안전하다는 사실을 알게 된다. 다시 말해서 도무지 사랑받지를 못하는 것이다. 그와 반대로 프랑스의 다리들은 거의 전부가 우아하고 대담하고 독창적이다. 그

다리를 만든 건축가들이 유용한 건축물과는 다른, 그 이상의 무엇을 만들고자 했다는 것을 곧 느낄 수 있는 것이다. 그렇다, 프랑스는 분명 다리와 대사원의 나라다. 그 두 가지 축조물 사이에는 분명 어딘가 닮은 데가 있다. 대사원이란 바로 땅과 하늘 사이에 놓은 수직의 다리라고 할 수 있는 것이다. 바로 그런 이유 때문에 로마 교황을 'souverain pontife=pontifex maximus', 다시 말해서 다리를 지키는 사람들 중에서 가장 높은 사람이라고 부르는 것이 아닐까?

다리의 역사는 점점 더 가벼워지는 방향으로 발전한다. 옛날에는 다리란 그저 길의 연장에 불과한 것으로 그 위에 집과 상점과 각종 모뉴먼트들이 다닥다닥 붙어 있었다. 오늘날 같으면 '마당 쪽으로 난' 창문들이 당시에는 상류와 하류 쪽의 물로 나 있었다. 세월이 흐르면서 왜 사람들은 다리 위를 뒤덮고 있던 거주 가능한 상부 구조물들을 벗겨내버리고 아무것도 없는 단순한 통행로로 만들게 되었는지 그 까닭을 규명해보면 매우 흥미로울 것 같다. 심지어 다리의 아치에 과중한 부담을 주는 것을 피하려는 듯이 다리 위의 인도를 따라 주차하는 것까지 금지되어 있는 것이다.

그렇지만 우리에게 남아 있는 마지막 '거주 가능한' 다리들 중 하나를 지적하지 않고 지나갈 수는 없을 것 같다. 그만큼 그 다리의 우아하고 고상한 품격이 돋보이기 때문이다. 내가 말하고자 하는 다리는 다름아닌 슈농소 성의 다리다.

건물의 주체부는 강의 우안, 옛 풍차의 두 기둥 위에 올려놓여 있다. 세르 강을 건너지르고 있는 순수한 의미의 다리는 2층으로 된 긴 회랑 ─ 흔히 카트린느 드 메디치 회랑이라 불리는 ─ 이 덮고 있다.

  건축사의 다른 쪽 한 끝에서는 노르망디 대교가 그 간소함에 있어서의 극치에 도달한다. 캥김줄로 당긴 다리로서 그 간소함의 정도는 고전적인 적교(吊橋) 이상이다. 그 장식 없고 헐벗은 인상으로 보아 그 다리에는 '구름다리'라는 이름이 적합하겠는데 그 어마어마한 스케일의 구름다리는 그 날개와 더듬이와 시초를 장착한 거대한 초시류 곤충을 연상시키면서 그만큼 더 공기의 힘으로 허공에 떠 있는 다리 같다는 인상을 준다. 여기는 더 이상 도시 공간도 아니고 그렇다고 전원적인 환경도 아니다. 그 척도는 더 이상 인간적인 것이 아니다. 그렇지만 '초인간적'이라는 표현이 어울리는 것도 아니다. 여기서는 고대 이집트의 성전에서처럼 거인족을 만나게 될 것 같은 분위기도 아니다. 하늘에 높이 솟아 있는 이 거대한 구조물의 본질을 완벽하게 나타낼 수 있는 표현이 하나 있다면 그것은 '원초적'이라는 말일 것이다. 이것은 도로도 집도 길도 강도 아니다. 이 방대한 구조물은 단 하나의 상대밖에 허용하지 않으니 그것이 바로 원소다. 그것은 바람일 수도, 바위일 수도, 태양일 수도, 대양일 수도 있다. 이 다리를 지은 사람들은 조수와 폭풍과 더불어, 혹은 그들에 대항하여 작업했던 것이다.

다리의 삶은 그 다리 위로 지나다니는 사람들, 짐승들, 그리고 탈것들에 의해 규정되기도 하지만 그에 못지않게 그 다리가 무엇을 건너지르느냐에 따라 규정된다. 그리하여 세상에는 땅다리 – 예컨대 깊은 구렁텅이를 건너지르는 – 가 있는가 하면 강다리, 바다다리가 있다. 그래서 후자는 대개 엄청나게 높이 가설되어 있다. 노르망디 대교는 매우 희귀한 종류의 하구교(河口橋)에 속한다. 그 결과 다리의 교각 밑에서 철썩이는 것은 바다와 강이 섞인 물이다. 달의 운동에 의해 드나드는 조수의 흐름에 따라 바닷물이 밀려들어 민물을 상류로 밀어올렸다가 – 그것이 바로 만조 때 강어귀에 생기는 저 무시무시한 파도다 – 이윽고 만조의 정지 상태를 지나 짠물이 하류로 물러나면 몇 시간 동안 다리는 본래의 강다리로서의 사명을 되찾는다. 우리는 거대한 천문학 시계의 조종을 받은 밀물과 썰물의 혼란스럽고 시퍼런 유희를 구경하느라고 다리 난간의 이쪽 저쪽으로 뛰어다니는 어린아이의 거동을 머릿속에 떠올려볼 수 있을 것이다.

저마다의 다리는 강의 우안과 좌안을 이어주는 것을 그 사명으로 하기에 그 두 개의 지탱점과 다리의 연대성은 절대적이다. 그러나 아득한 옛날부터 넓은 강물로 인하여 갈라져 있는 이 양쪽 기슭은 서로에 대해 완전히 독립적으로 성장하고 성숙해왔으므로 전혀 반대되는 성격을 지니게 된다. 그 양안에 사는 주민들이 서로 다른 국적의 언어를 사용하는 경우도 적지 않다. 다리의 건설은 그들을 가깝게 해주면서도 혼동되지 않게 하며 그리하여 어떤 정체성에 대한 의식화를 유발한다.

파리의 경우가 그렇다. 세느 강으로 인하여 아주 판이한 정신의 좌안과 우안이 형성되었다. 우안은 대부르주아지의 것이다. 증권거래소, 큰 백화점, 군림하는 정치권력의 본부 - 루브르 궁과 엘리제 - 가 서로 인근에 자리잡고 있다. 우안은 사샤 기트리가 출연하던 그 특유의 '불르바르' 극장을 가지고 있다.

좌안은 학생, 예술가 같은 불평 많은 소시민들의 세계다. '68년 5월은 좌안의 거대한 봄날 축제였다. 자크 코포로 상징되는 좌안의 극장은 탐구와 전위의 예술 공간이다. 여기는 군림하는 권력이 아니라 통치하는 정치권력의 강기슭이다. 그 신전은 마티뇽 총리 집무실과 국회다.

그런데 매우 흥미로운 점은 이와 같은 대립 관계가 세느 강의 흐름 전체에 걸쳐서 계속될 뿐만 아니라 강의 하구 쪽으로 갈수록 점점 더 심해진다는 사실이다. 강의 우안은 노르망디의 코(Caux) 지역으로 희고 높은 절벽, 알바트르 해안 및 그 배후에 르 아브르의 항만 시설 뒤쪽으로 정유공장과 부르주아적인 도시를 갖추고 국제적인 명성을 자랑한다.

좌안은 홍수로 인한 잦은 범람을 겪는 저지대의 평야, 그리고 바다새들과 카마르그에서 수입한 말들이 서식하는 갈대숲의 수렁들이다. 그 지역의 중심 도시는 옹플뢰르로서 조선창의 목수들이 지은 순수한 목재의 아름다운 생트 카트린느 성당이 유명하다. 목수들은 그저 뒤집어놓은 두 개의 선체를 서로 이어놓은 모양으로 이 성당을 지어놓았다. 바로 그 옹플뢰르에서 불과 몇 년 상간으로 알퐁스 알레(Alphonse Allais)와 에릭 사티(Erik Satie)가 태어났다. 한 사람은 문학 분야에서 다른 한 사람은 음악 분야에서 기괴한 짓에 격조를 부여했다. 이 두 사람의 이름에 우리는 시인 앙리 드 레니에(Henri de Régnier)와 소설가 뤼시 드 들라뤼 마르드뤼스(Lucie de Delarue-Mardrus)의 이름을 추가하는 것이 좋겠다. 세계 어디를 가보아도 평방 킬로미터당 화랑의 수가 이렇게 많은 곳은 없을 것이다. "여름이 되면 이 조그만 도시가 정말이지 너무 더워요." 라고 알퐁스 알레는 말하곤 했다. 이 말은 활발한 정신적인 차원으로 옮겨서 생각해보아야 마땅할 것이다.

처음에 이야기를 시작했던 프랑스 건축의 '교량적' 소명으로 화제를 되돌려보자. 프랑스가 다리의 나라라면 그것은 우선 프랑스가 강기슭의 나라이기 때문이 아닐까? 그러니까 내 말은 두 가지 지역, 두 가지 주민, 두 가지 심성의 경계를 나타내는 큰 강들이 많은 나라라는 뜻이다. 그 점, 라인 강의 경우는 분명하지만 한편 르와르 강의 경우는 북부 프랑스와 남부 프랑스 사이의 경계를 상당히 정확하게 표시해주고 있다는 점에서 또한 예외가 아니다. 가론느 강과 론느 강에 대해서도 그와 유사한 경계 기능을 확인하는 것은 어렵지 않다. 그런데 그와 반대되는 예는 불쌍한 퀴에농 강이다. 그

강은 너무나 보잘것없어서 노르망디 지방과 브르타뉴 지방을 뚜렷하게 구별해주지 못하는지라 몽 생미셸이 그 두 지방 중 어느 쪽에 속하는지 분명하게 규정하기가 쉽지 않은 형편이다.

이렇게 볼 때 다리의 의미는 분명하고 근원적인 것이다. 다리는 통합하면서도 동시에 구별짓는다. 다리는 어떤 새로운 지역으로의 엄숙하고도 당당한 입장을 표시한다. 여행자는 새로운 지역으로 들어가면서 친절한 환영을 받지만 그것은 무조건의 환영이 아니다. 조르주 브라상의 노래에 나오듯이.

다리만 건너면 되는 일.
그러면 당장 모험이 시작되네!


## 생 루이 섬

우리 한 무리의 천둥벌거숭이들은 파리 한복판 생루이 섬의 앙주 강변로 29번지에 있는 이상한 싸구려 하숙집인 오텔 드 라 페에 다같이 모여 살았다. 그 중에는 도데와 파뇰의 아들인 이방 오두아르, 장차 클루조 감독이 영화로 만들어서 유명해지게 될 소설 『공포의 보수』의 저자 조르주 아르노, 음악가 피에르 불레즈, 카를르 플렝커, 질 들뢰즈, 아르망 가티, 그리고 특히 당시 하나밖에 없는 텔레비전의 처음 생긴 8시 뉴스의 진행자로 전무후무한 명성을 날리던 조르주 드 콘느가 있었다. 우리가 빌려 든 방들의 불편한 상태는 창문 밖으로 내다보이는 세느 강과 강둑이라는 파리 풍경의 아름다움과 쌍을 이루는 것이었다. 그리고 또 되퐁 거리에 위치한 공중목욕탕이 있었다. 우리 하숙에는 몸을 씻을 만한 시설이 없기 때문에 우리는 모두가 다 잠옷 차림에 허름한 슬리퍼를 끌고 그곳으로 가곤 했다. 우리는 사실상 술집을 겸한 간이 식당에서 살다시피 했다. 그 중 몇은 별로 위생적이지 못한 식생활상의 떠돌이 습관을 오랫동안 버리지 못하고 있었다.

이 섬의 단골들 가운데 가장 눈에 띄는 이는 반급(半給)을 받는 퇴역 장교였다. 그는 실크 햇, 연미복, 프랑스 군대식 바지, 연한 가죽장화 차림에 손에는 나선형으로 꼬인 무거운 스틱을 짚고 있었다. 그의 길쭉한 얼굴에는 언제나 허옇게 분이 발라져 있었다. 우리가 가까이 다가가면 그는 씁쓸한 어조로 자신이 참가했던 제국군대의 수많은 전투들과 나폴레옹 대군 장교들을 겨우 연명할 정도의 보수로 처우하는 루이 18세 정부의 배은망덕을 주로 늘어놓았다.

부르봉 강변로 49번지에는 영화감독 로베르 브레송이 살고 있었다. 내가 그를 만났을 때 그는 조르주 베르나노스의 소설을 영화화한 그의 가장 유명한 작품 「시골 사제의 일기」를 막 내놓은 참이었다. 나는 그의 영화에 출연했던 여배우, 아름답고 말없고 사람을 불안하게 하는 니콜 라미랄과 짧은 한동안 알고 지낸 적이 있다. 나는 그녀에게 라디오 방송의 몇 가지 녹음을 시켰는데 특히 M. A. 세슈에가 발표한 『어떤 정신분열증 환자의 일기』 몇 페이지를 낭독할 때의 그 끈덕 지게 마음을 떠나지 않는 윤기 없는 목소리가 인상적이었다. 어느 날 그 여자는 만나기로 약속한 시간에 오지 않았다. 그 녀가 지하철 바퀴 밑으로 몸을 던졌다는 소식을 나는 나중에 야 듣게 되었다.

나는 나 자신이 브레송 감독의 다음 작품 「사형수의 탈옥」 에서 주연을 맡게 되는 줄 믿고 있었다. 나는 브레송의 습관 대로 한 이름없고 비직업적인 연기자를 열심히 찾고 있는 감 독의 한 협력자를 만났었던 것이다. 그는 여러 각도에서 내 사진을 수없이 찍었다. 아마도 나보다 앞서 다른 수십 명의 사진도 그렇게 찍었을 것이다. 영화에 출연한다는 사실이 내 게는 호기심을 자극한다기보다는 불안하기 짝이 없었다. 며 칠 뒤, 나는 다음과 같은 짤막한 말이 ― 아마도 브레송 자신 이 급히 휘갈긴 듯한 ― 적힌 한 보따리의 사진 뭉치를 받았 다: "너무 뚱뚱해." 나는 몹시 화가 났다. 나 자신이 그렇게 뚱뚱하다고 생각한 적이 없었으니 말이다. 적어도 문제의 영 화를 보게 된 날 이전까지는 그랬다. 분명 그 역을 연기한 프 랑스와 르테리에는 누구도 따를 수 없을 말라깽이였다.

나는 또한 무네 쉬이의 딸인 코메디 프랑세즈의 전속 여 배우 잔느 쉬이와 같이 라디오 방송 일을 하기도 했다. 그녀 역시 에메 클라리옹과의 사이에서 난 아이들인 클라리옹드와 프랑스와와 함께 부르봉 강변로에 살고 있었다.

그 섬에서 사는 사람들 중 내가 알고 지낸 단 한 사람의 작가는 마르트 비베스코 공주였다. 그녀는 섬의 앞머리 쪽에 위치한 화려한 아파트에 살았다. 창가에 서면 보이는 것은 오로지 강물과 나무들뿐이고 오른쪽은 생 제르베 성당, 왼쪽은 노트르담 대성당의 머리맡이었다. 비베스코 공주는 부자였고 유명했으며 아름다웠으며 주위에 사람이 많았었다. 내가 그녀를 알게 되었을 때 그녀는 파산하여 사람들에게 잊혀진 채 불구의 몸으로 외롭게 살고 있었다. 그렇긴 하지만 그녀에게는 폴린느 드 로칠드와 함께 쓰는 하인 메스멩이 있었다. 내가 찾아가면 그녀는 이렇게 소리쳐 부르곤 했다. "메스멩, 차를 내와요!" 처음에 나는 그녀가 자신의 두 손을 보고 그렇게 소리치는 줄 알았었다. 아마도 그녀의 크게 성공을 거둔 소설 『초록색 앵무새』(1924)에 대한 추억 때문인 듯 그 여자는 항상 앵무새 한 마리를 키우고 있었는데 이 새는 그녀의 주위를 제멋대로 돌아다니면서 집 안을 마구 더럽혀놓고 있었다. 그녀는 자신의 쓸쓸한 노년을 용기 있게, 놀라운 유머 감각을 발휘해가면서 잘 견뎌냈다. 어느 날 내가 찾아가자 그녀는 내게 말했다. "이런, 나를 만나러 오셨군, 항상 독창적이시거든!"

그녀가 죽을 때의 이야기는 그녀를 옆에서 지켜보고 있었던 젊은 여자한테서 들었다. 그날 공주는 그녀에게 말했다. "오늘은 식사 후에 낮잠을 자지 않겠어요. 찾아올 사람이 있어요." 옆에 있던 여자는 의외였다. 만나기로 미리 약속한 사람이 아무도 없었기 때문이었다. 그리고 식사가 끝난 뒤 공주는 책 한 권을 들고 안락의자에 자리잡고 앉았다. 얼마가 지나자 그녀가 말했다. "초인종 소리가 났어요. 좀 나가봐요. 나를 찾아온 것 같아요." – "아니, 부인, 아무 소리도 안 들리는데요." – "소리가 났어요. 틀림없이 초인종 소리예요. 좀 나가보세요."

젊은 여자가 가서 문을 열었다. 아무도 없었다. 다시 문을 닫고 공주 곁으로 되돌아왔다. 마르트 비베스코는 무릎 위에 책을 올려놓은 채 안락의자에 앉아 죽어 있었다.

강둑으로 내려가면 나무 아래나 다리 밑에 자리잡고 있는 클로샤르 걸인들을 어쩔 수 없이 만나게 되어 있었다. 나는 그들과 사귀어보려고 여러 번 시도해보았다. 사람들이 어떻게 해서 클로샤르가 되는 것인지 궁금했으므로 그들 중 한 사람에게서 지내온 과거의 내력을 들어보았으면 좋겠다 싶었던 것이다. 나는 그들을 따라 구세군이 마련한 선박숙소에 가서 꿀꿀이죽을 타먹기도 했고 '푸른 옷을 입은 사람들'이 그들을 인솔해가서 씻어주고 보살펴주는 낭테르 보호소까지 가보기도 했다. 나의 모든 노력은 결국 허사였다. 클로샤르 걸인들은 비사교적이고 비밀스럽고 과묵하며 의심이 많은 사람들이다. 그의 과거는 오직 자기만의 것이다.

이리저리 거닐다가 나는 가끔 리볼리 가에 있는 시청 바자에까지 이르기도 했다. 당시 그것은 파리에서 가장 큰 백화

점이었다. 거기에 가면 여러 가지 공구, 목공용 나무, 늑대 잡는 덫, 수렵용 무기를 살 수 있었다. 그 한 군데에는 직업별 의복칸이 있었는데 나는 거기서 푸줏간에서 입는 불규칙한 바둑판 무늬 푸른 작업복과 그보다 더 섬세한 빵집 주인이 입는 작업복을 구분하는 법을 배웠다. 당시 나는 라디오 방송국에서 일하고 있었는데 BHV(시청 백화점) 마크가 선명한 내 속셔츠가 잘 보이도록 저고리 깃을 확 열어제치면서 한결같이 우아한 옷차림에 정신이 없는 스노브인 내 동료들을 자극하는 재미를 만끽하곤 했다.


## 내 사제관과 그 정원


사람은 저마다 자기가 선택해 자리잡아 살고 있는 집을 통해 자신의 초상을 보여준다는 사실은 아무도 부정하지 않을 것이다. 그러나 상당수의 사람들은 집을 소유하고 거기에 오랫동안 뿌리박고 사는 것을 싫어한다는 - 타고난 떠돌이여서 - 단순한 이유 때문에 그와 같은 법칙과 무관하다는 단서를 달고 보면 그 당연한 사실이 좀 덜 평범하게 느껴질 것이다. 그리고 또 다른 사람들은 돈 후안이 여자들을 대하듯이 행동한다. 다시 말해서 그들은 아주 순진하게 유혹에 빠지고 (돈 후안은 필시 유혹하는 경우보다 유혹당하는 경우가 더 많을 테니까) 드디어 꿈에 그리던 행복의 장소를 발견했다고 믿으며 그 이상적인 처소를 사서 꾸미고 장식하는 데 온 힘을 다 바친다. 그리하여 마침내 자신들의 목표에 도달하는 순간 딴 곳을 바라본다. 우리는 이런 사람들을 변덕스러운 붙박이라고 부르는 것이 좋겠다.

나는 자신의 선택을 절망적으로 고수하는 만성적이고 요지부동의 '순수한 붙박이'류에 속한다. 나는 사제관의 사내다. 같은 사제관에 40년이 넘도록 살고 있으니 더더욱 그렇다. 나는 전쟁 중 수년 동안을 이와 아주 유사한 또 하나의 사제관에서 지냈다. 이 두번째 사제관이 있는 슈와젤과 아주 비슷한 크기의 어떤 작은 마을에 위치하고 있는 집이었다.

그러면 우선 두번째의 결정적인 사제관의 예비요 총연습과도 같은 그 첫번째 사제관 이야기부터 시작해보자.

내게는 누나와 두 남자동생이 있었다. 전쟁이 터졌을 때 우리는 생 제르멩 앙 레에 있는 큰 집에서 살고 있었다. 나는 일종의 회고록 격인 한 책[2]에서 어떻게 하여 독일 사람들이 우리에게 독일 사병 20여 명과 공동생활을 하도록 강요했는지에 대하여 이야기한 바 있다. 그 바람에 일 년이 지난 뒤 나의 부모는 모든 것을 다 버리고 다른 곳으로 가서 살 수밖에 없었다.

그 '다른 곳'은 뇌이에 있는 한 아파트였다. 거기서는 아버지와 누나 ─ 아버지의 비서 노릇을 하는 ─ 가 살았고 어머니

---

2)『성령의 범람(Le vent paraclet)』 Gallimard(Folio No.1138).

는 나의 두 동생과 함께 블리니 쉬르 우슈 가까운 뤼지니 쉬르 우슈라고 불리는 아주 작은 부르고뉴 지방 마을 사제관에 가서 자리를 잡았다. 할아버지가 40년도 넘게 약사로 일해오신 지방이었다. 전쟁이 계속되는 수년 동안 나는 뇌이와 뤼지니 사이를 오가면서 지냈지만 후자가 훨씬 더 맘에 들었다.

사제관은 대개가 교회와 공동묘지 가까이 위치하고 색다른 데나 사치스러운 구석이라곤 전혀 없이 엄격하게 생긴, 이를테면 '점잖은' 집이다. 교회와 묘지 가까운 곳에 위치한다는 특징은 슈와젤의 경우에는 들어맞지만 뤼지니의 경우에는 그렇지 못하다. 반면에 뤼지니의 사제관 정원은 무한히 매력적인 한 가지 특징을 갖추고 있었으니 다름아닌 우슈 강이다. 이 시내는 뤼지니에서 발원하여 디종 남쪽을 지나 95 킬로미터 떨어진 손느 강과 합류한다. 이 시내는 부르고뉴 운하와 쌍을 이룬다. 우슈는 로멘느 샘과 페르메 샘 두 개의 원천을 가지고 있다. 이 두 개의 샘에서 흘러나오는 두 개의 시냇물은 사제관 정원에서 서로 만난다. 그 당시 사제관에는 수도시설이 없었다. 주방의 개수대 위에 손으로 퍼올리는 펌프가 있었을 뿐이다. 우리는 그곳으로 가서 세수를 했다. 더운물은 나무를 때는 레인지에 내장된 저수통에서 공급되었다. 아침마다 샤워를 할 수도 없는지라 얼음이 얼어서 못 쓰게 되지 않을 때는 양어지로 달려가서 몸을 풍덩 던지곤 했다. 부르고뉴는 추운 곳이었다. 밝혀지지 않은 어떤 기상학적인 신비로 인하여 그곳은 아마도 프랑스에서 가장 추운 지역이 되어 있다.

그 정원의 나무로는 두 그루의 커다란 전나무가 있었던 것으로 기억된다. 그 두 그루의 나무는 폭풍 치는 날이면 가지들을 서로 걸었다 풀었다 하면서 아주 가까이 이어져 있었다. 가끔 나는 그 나무 위로 기어올라갔다가 온몸에 송진을 잔뜩 묻혀가지고 내려오곤 했다. 최근에 다시 가보았더니 그 나무들은 사라지고 없었다.

그 외에 우리는 먹을 것이 별로 없던 시절에 채전을 일구고 몇 그루의 과일나무를 키우고 있었다. 동생들과 내가 이웃 농장들로 가서 자전거와 수레로 식량을 구해오던 기억을 잊지 못한다. 고무 타이어는 일찌감치 못 쓰게 되어 불편하기 짝이 없는 코르크 테로 대체되어 있었다. 우리는 또 토끼, 닭, 오리 따위를 키우기도 했다. 나는 이 조그만 집짐승들의 행동을 관찰하면서 많은 것을 배웠다. 닭들의 잔인함, 그들 중 한 마리가 상처를 입게 될 때 그들을 사로잡는 일종의 살의에 찬 광기에 나는 고통스러운 충격을 받았다. 그리고 토끼들의 저 외설스러운 지속발기증에 대해서는 뭐라고 해야 좋을 것인가! 전체적으로 보아 가축우리에서 지나가는 하루하루의 생활보다 더 따분하고 한심한 것은 없을 것이다.

우리는 전쟁이 끝날 무렵 그 사제관을 떠났다. 그 지방 사람들은 그 집을 우리에게 팔려고 하지 않았다. 그후 그 집은 '마을회관'이 된 모양이었다. 다 합쳐봐야 인구가 백 명도 채 안 되는 마을이고 보니 차마 '문화관'이라고 부를 수는 없는 것이다….

1949년에서 1956년까지 나는 생 루이 섬에서 살았다. 우리는 모두 빈털터리에 자동차도 없는 한 무리의 친구들이었다. 날씨가 좋아지면 우리는 뤽상부르 정거장에서 소오선(오늘날에는 고속전철 RER의 B선이 되었다) 지하철을 타고 생 레미 레 슈브뢰즈 종점까지 가곤 했다. 거기서 우리는 도보로 6킬로미터를 더 걸어가서 조그만 슈와젤 마을에 이르렀다. 그곳에서 우리는 캠핑 구역에 자리를 잡았다. 어떤 사람들은 그곳에 꽤 호화로운 텐트를 쳐놓고 여름 내내 그대로 두었다. 성당 맞은편에는 주막집 '페펭'이 있어서 우리는 그리로 커피를 마시러 가곤 했다. 바로 거기서 나는 라디오 방송국에서 가끔 같이 일하곤 했던 클로드 뒤프렌느를 만났다. 그는 그때 막 마을의 사제관을 사서 수리 중이라고 나에게 말했다. 한창 수리 중인 그 집으로 들어설 때만 해도 나는 내 생애의 가장 빛나는 시절을 그곳에서 살게 될 줄은 꿈에도 생각하지 못했었다. 몇 달 뒤 과연 클로드 뒤프렌느는 내게 그 집을 산 것이 후회된다면서 딴 사람에게 넘길 수만 있다면 기꺼이 그러겠다고 말했다. 1957년부터 나는 점점 더 장기간 동안 그곳에 가서 지냈고 1962년 4월에는 파리 시내에 있는 아파트를 처분하여 결정적으로 그곳에 정착하게 되었다. 나는 오늘날까지 내가 발표한 모든 작품들을 다 이곳에서 썼다.

정원은 직사각형으로 약 3천 평방미터 가량 된다. 남쪽 끝은 성당과 묘지다. 서쪽에는 옛날에 경작하는 밭이 있어서 창가에서 나는 농부가 큰 소리로 말을 몰며 땅을 가는 모습을 볼 수 있었다. 그 광경은 중세시대의 세밀화처럼 참하고 정다웠다. 그후 그 땅에는 테니스 코트와 수영장을 갖춘 멋진 저택이 건축되었다.

백 년이 넘은 일곱 그루의 큰 나무들이 이 정원을 굽어보고 있다. 북쪽에 있는 세 그루의 보리수나무는 칠월이면 꽃을 피워 향기가 그윽하다. 길 쪽으로는 정교하고 뒤틀린 실루엣의 파라솔 같은 소나무 세 그루가 서서 이 일 드 프랑스 지방 한구석에 약간 아시아적이고 매우 의외인 분위기를 자아낸다. 끝으로 한 그루의 커다란 마로니에는 발그레한 촛대 같은 꽃을 피워 경이로운 봄을 마련하지만 여러 달 동안 그 나무 밑에 떨구는 마롱 열매들과 그 밖의 많은 쓰레기들로 인하여 엄청난 일거리를 제공한다.

나는 이 집에 오면서 나름대로 개인적인 생각과 일정한 취향을 지니고 있었으므로 그에 따라 실천해볼 참이었다. 나는 특히 전나무와 자작나무를 한데 어울리도록 하는 북방식 혼합을 좋아한다. 전나무의 씩씩하고 검고 대칭적인 힘과 자작나무의 가볍고 희고 약간 나긋나긋한 우아함이 매우 행복하게 어울릴 것 같은 것이다. 그래서 나는 그 나무들을 여기저기에 많이 심었다. 그때 이후 나는 우리가 늘 나무를 너무 욕심 내서 많이 심는 경향이 있다는 사실을 깨달았다. 심은 나무들이 자라서 서로 서로를 방해하게 된다는 것을 잊어버리는 것이다.

내 정원에서 전형적으로 '사제의 정원'다운 것이라면 무엇일까? 우선 마로니에 나무 밑에 괴상하게 자라면서 마치 그 커다란 덩치에 깔려버린 꼴이 된 작은 회양목을 들 수 있겠다. 회양목은 성지주일(聖枝主日)3)의 나뭇가지를 공급해 주기 위해서라도 사제관에서는 없어서 안 될 식물이다. 또한 영구와 영구대에 성수를 뿌릴 때도 회양목 가지를 사용한다. 회양목의 목질은 거의 흑단만큼이나 단단하다. 이 나무는 예외적이라 할 만큼 오래 산다. 이 나무가 공교롭게도 우리 집 정원의 그런 부적절한 장소에 자라고 있는 까닭도 거기에 있을 것 같다. 원래는 그곳에 오직 회양목뿐이었고 마로니에는 나중에 우연히 그곳에 심어졌을 것이다. 그런데 지금은 그 거대한 이웃 때문에 제대로 빛을 받지 못하여 변변치 않은 소관목의 몰골이 되어 있지만 그 불편한 상황에 잘 적응하며 꿋꿋하게 자라고 있는 인상이다.

우리 집 정원의 또 하나의 '사제적인' 식물은 백합이다. 나는 한 번도 정원에 백합을 심은 적이 없는데도 해마다 오십여 송이가 핀다. 그리하여 백합이야말로 우리 정원의 가장 아름다운 장식이 되어준다. 백합은 순수와 순결의 상징이다. 우리는 흔히 가슴에 한 아름의 백합을 안고 있는 '마리아의

---

3)성지주일:부활절 직전의 일요일.

지극히 순결한 남편' 성 요셉을 그려보곤 한다. 웬만해서는 꽃집에서 백합을 팔지 않는다는 것을 우리는 알고 있다. 아마도 그것이 수송과 판매의 과정을 견딜 수 있기에는 너무나 약하고 희귀한 꽃이기 때문일 것이다. 사실, 해마다 백합꽃을 구해내기 위해서는 그 꽃의 적들과 집요하게 싸우지 않으면 안 된다. 그 적으로는 우선 괄태충이 있다. 그러나 이것은 식물의 포기 밑 흙을 다스리면 쉽게 추방할 수 있다. 그보다 더 어려운 것은 아스파라거스 잎 벌레무리와 치러야 하는 전쟁이다. 그것은 감자잎 벌레와 같은 과의 작은 초시류 곤충이다. 이 벌레는 등이 붉은 벽돌색이고 배는 검다. 조금만 건드려도 이놈은 땅바닥에 등을 깔고 눕듯이 떨어진다. 그래서 웬만해서는 눈에 띄지 않게 된다. 벌레 자체가 반짝반짝 빛이 나고 말끔한 만큼 배설물에 싸인 그 애벌레는 그만큼 더 추악한 모습이다. 이 애벌레를 소탕하지 않으면 백합은 남아나지 않는다. 꽃이고 잎이고 줄기고 닥치는 대로 다 휩쓰는 것이다. 어쩌면 아스파라거스 잎 벌레무리는 인간과 더불어 스스로가 기생하는 식물을, 자신의 생존 자체가 달려 있는 식물을 완전히 요절내놓을 만큼 어리석은 유일한 동물일 듯하다.

나는 앞에서 전쟁 동안 뤼지니의 사제관 정원에서 우리가 관리했던 작은 동물우리 얘기를 한 바 있다. 그러나 슈와젤에서는 동물을 기르지 않는다. 그렇지만 자생하는 동물들이 없지 않다. 여러 해 여름을 연속하여 우리 집 전나무 밑에 바바리아 오리가 찾아와서 알을 낳아놓곤 했다. 처음 2년은 그 알에서 오리새끼 한 배가 부화하여 즐거운 여름을 선사했다. 그 깃털의 생김생김으로 미루어보아 그들의 어미가 넓적부리와 사랑을 속삭였다는 것을 분명히 알 수 있었다. 이는 같은 집안 내의 잡종 문제를 야기한다. 야생동물은 오직 동일한 품종 내에서만 번식하여 그들의 특질적인 정체성을 지킨다는 사실을 나는 알게 되었다. 예를 들어서 같은 종의 조그만 새들이 서로 아주 유사하게 생겼다는 점을 고려해보면 과연 그 법칙이 지켜진다는 사실은 신비스럽기 짝이 없다. 유럽산 울새와 깨새가, 혹은 나이팅게일과 할미새가 서로 교미하여 모든 품종들이 빠른 속도로 한데 뒤섞인 결과 마침내는 멸종되고 마는 일이 없도록 대체 그 새들은 어떻게 하는 것인가? 그런데 이같은 특질의 존중은 오로지 야생 상태에서만 존재할 수 있는 일이다. 인간과 자주 접촉하다 보면 그와 같은 특질의 존중 능력은 없어져버리고 말과 당나귀, 혹은 양과 염소 사이에서 생긴 온갖 종류의 잡종이 다 가능해지는데 대자연은 그 결과로 생긴 각종 괴물들을 불임 상태로 만들어 복수한다. 바로 그와 같은 일이 우리 집 정원의 아름다운 바바리아 오리에게 일어났다. 그러나 앞의 경우 못지않게 도덕적인, 그러나 다른 이유로 해서 그렇게 되었다. 그 오리는 제가 깐 수컷 새끼들 중 한 마리와 같이 사는 쪽을 선택하지 않았던가? 결국 오이디푸스와 결혼한 조카스트 격이 되고 만 것이다. 그런 상태가 여러 해를 거듭했다. 나는 그들이 정기적으로 우리 집 정원에 내려앉는 것을 본다. 그러나 여러 해가 지나도록 조카스트가 우리 집 전나무 밑에 낳아놓는 알에서는 결코 오리 새끼가 나오지 않는 것이다.

우리 집 정원의 다른 새들은 보다 순수하게 야생적인 새들이다. 그들에게 모이를 주노라면 그들의 힘과 공격성에 비례하여 성립되는 위계질서를 느긋이 관찰해볼 수가 있다. 그중에서 숯장이 깨새가 단연 군림하는 입장이고 다른 모든 새들은 그 새에게 우선권을 양보한다. 그렇지만 다른 새들이 어지간히도 무서워하는 듯한 동고비만은 예외다. 그러나 나는 동고비가 다른 새를 공격하는 것은 한 번도 보지 못했다. 동고비는 벌레를 잡아먹기 위하여 나무 기둥을 쪼는 길쭉하고 작은 새다. 이놈은 나무기둥의 위쪽에서 출발하여 머리를 밑으로 한 채 아래쪽으로 내려오는 특징을 가지고 있다. 다른 새들이 그놈을 함부로 못하는 것을 보면 그 부리로 쪼는 위력이 무시무시한 모양이다.

우리는 가끔 한 마리 왜가리의 그 특징적인 실루엣이 하늘을 가르고 지나가는 것을 보곤 한다. 이놈은 목을 S자 모양으로 꼬면서 날아가는 자태로 알아볼 수 있다. 카마르그 지방에서는 그와 반대로 목을 수평으로 뻗치고 나는 홍학과 이 왜가리를 쉽게 구분해볼 수 있다. 우리 지역의 왜가리는 무시무시한 약탈자여서 순식간에 정원 연못에 사는 금붕어의 씨를 말려놓는다.

우리 집에 오는 새들 중에서 가장 활발하고 대담하고 뻔뻔스러운 놈은 까치다. 나는 가끔 정육점 주인이 주는 고기 부스러기를 쟁반에 담아서 정원에 놓아두곤 한다. 고양이들은 이 추잡스러운 날고기를 보고 뒷걸음을 친다. 반면에 종달새가 가장 먼저 좋아라고 달려들고 그 뒤를 까치들이 따른다. 그러나 어디서 기별을 받았는지 문득 까마귀가 나타나면 모두가 자리를 피한다. 나는 새들이 어떻게 하여 이처럼 조그만 정원 한구석에 맛있는 것들을 담은 쟁반이 놓여 있다는 것을 알게 되는지 늘 궁금하다. 필시 이 경우에 후각은 아무런 작용도 할 수 없는 것이고 보면 그런 현상에 전제되어 있는 경계 태세의 치밀함에 놀라지 않을 수 없다.

어떤 여름날 아침에 – 분명 빛이 결정적인 역할을 하는 것이리라 – 나는 내 방 창유리를 성난 듯이 쪼는 소리에 잠이 깨곤 한다. 나는 미리부터 그게 까치라는 것을 알고 있다. 내가 가까이 다가가면 이놈은 금방 도망가버린다. 때로는 작은 새 한 마리가 창유리에 날아와 부딪쳐 박살난 듯 화단으로 떨어진다. 한참이 지나서야 정신을 차리고 다시 날아간다.

여름철에는 나무를 때는 벽난로를 합판으로 막아둔다. 어느 날 그 속에서 소란스러운 소리가 들린다. 나는 판때기를 연다. 이상하게도 벽난로 속에 떨어진 제비 한 마리가 튀어나와 방안에서 푸덕거린다.

우리 집에 개는 없다. 그렇지만 나는 끊임없이 개를 가졌으면 하고 꿈을 꾼다. 사제관의 개라는 것이 있는가? 물론 있다. 하나씩 제외시키는 방식으로 따져볼 필요가 있다. 살롱의 개란 제외해야 할 대상이다. 개는 시골에서 자라야 한다. 세퍼드와 집 지키는 개, 너무 공격적이다. 사냥개, 사제는 사냥을 하지 않는다. 어쩌면 생 베르나르 구명견은 그 박애정신의 명성으로 보아 좀 풍자적일 것 같다. 그렇다면 내가 꿈꾸는 개는 사실 푸른 눈을 가진 에스키모들의 개일 듯하다. 그 방면에 정통한 어떤 사람이 내게 알려준 바에 의하면 그 유명한 푸른 눈은 최근에 유전자 조작의 결과로 생겨난 것이라고 한다. 그런 색깔의 눈은 눈과 얼음에는 특히 부적절한 것이니까 말이다. 더군다나 그 개들은 지극히 제한된 정서밖에 갖추지 못하고 있어서 주인과도 아무런 애정이 없는 관계를 맺고 있는 것으로 알려져 있다.

그보다 더 심각한 문제가 한 가지 더 있다. 집과 정원에 개가 있다는 것은 완전히 집 안에만 틀어박힌 채 여행을 하거나 먼 곳에 가서 머무는 것을 포기한 생활을 의미하는 것이리라. 나는 아직 그 정도에까지 이르지는 않았다….

그와는 전혀 다른 것이 고양이다. 주인에 대해서 철저하게 독립적이고, 다정하지만 그 애정을 매우 간헐적으로 표시하며, 까닭 모르게 어디론가 사라졌다가는 신비스럽게 다시 나타나고, 책들과 잉크병 사이를 아무것도 건드리지 않고 걸어다닐 수 있는 고양이야말로 작가의 동반자가 될 수 있는 모든 자질을 골고루 갖추었다. 그 누구보다도 고양이에 관하여 탁월한 글을 쓴 사람은 바로 보들레르였다.

이곳에는 아주 많은 고양이들이 있었다. 그러나 나는 절대로 그들의 독립성을 해치지 않았다. 고양이는 그냥 있을 뿐이다. 먹고 자고 어디론가 간다. '사제관 고양이'라기보다는 '동네 고양이'다. 우리 집에서 밤을 지내는 법은 거의 없다. 그러나 아침이면 어김없이 와서 나와 아침식사를 한다. 한 번에 꼭 한 마리씩이다. 고양이는 개와 달리 패거리를 아주 싫어한다. 고양이를 불행하게 하고 싶으면 그에게 라이벌을 만들어주라. 당신의 고양이를 행복하게 하고 싶으면 그에게 친구를 만들어주라.

이들 장소의 종교적인 성격이 한창 발휘되는 때는 오월달의 어느 토요일이다. 우리 집 담장 저 밑으로 줄을 지어 가는 사람들의 엄청난 대이동 속에 걸어가는 발소리를 배경으로 메가폰으로 부르짖는 기도와 찬송과 기원의 목소리가 낭랑하게 들려오는 것이다. 샤르트르 대성당으로 가는 순례다. 여자들, 아이들, 불구자들(심지어 나는 하얀 지팡이를 짚은 장님도 보았다), 사제들, 수도자들로 구성된 만여 명이 파리로부터 온다. 그들은 다리힘으로 40킬로미터를 걸어온 것이다. 어떤 사람은 우리 집 울타리 앞에 주저앉고 더러는 정원에 쓰러진다. 그들은 다음과 같이 쓴 페기(péguy)의 자취를 따라 걷는다.

## 나는 보스에서 태어난 사람, 샤르트르는 나의 대성당이니!

그들은 우리 집에서 몇 미터 떨어진 곳에서 야영을 한다. 나는 꼭 그들의 거대한 캠프를 찾아가본다. 그 많은 텐트들, 피워놓은 모닥불, 풀밭에 차린 제단, 한 덩어리가 된 신앙의 열정으로 타오르는 군중.

사제의 정원을 얘기하면서 그 옆의 성당과 묘지가 던지는 그림자를 언급하지 않을 수 없다. 성당은 저기 정답고 우람하게, 마치 병아리떼 가운데 있는 암탉처럼 집들 한가운데 서 있다. 종탑에서는 낮과 밤의 시간을 지칠 줄 모른 채 쳐대고 하루에 두 번 — 정오와 19시 — 삼종기도 시간을 요란한 종소리로 알린다. 성당에는 우리 집 정원으로 난 작은 문이 하나 있고 그 문으로 들어가는 두 개의 계단 옆에는 진흙떨이가 달려 있다. 이렇게 하여 사제는 정원에서 밖으로 나가지 않고 곧바로 성당 안으로 들어갈 수가 있는 것이다. 그러나 유감스럽게도 누군가 그 안쪽으로 벽을 만들어놓았다! 내가 한밤중에 일어나 그 안으로 몰래 들어가서 수상한 미사라도 드릴까 봐 걱정되었던 것일까?

바로 옆에 공동묘지가 있다는 것은 정원으로서 상당한 부담이 되지 않을 수 없다. 내가 들은 바로는, 옛날에 이렇게 묘지 옆에 있으면 세금을 적게 내었다고 한다. 설상가상으로 우리 집 정원은 묘지에 비하여 거의 2미터나 낮다. 그 결과 담장을 유지 보수하는 책임은 지방 자치단체에 맡겨져 있다.

그 결과로 특히 비가 많이 오는 겨울철에는 벽이 갈라져서 무덤 파는 사람네 집의 담장 무너진 쓰레기며 무덤이며 뼛조 각까지 우리 집 쪽으로 쏟아진 일이 있다.

우리는 매우 의미심장한 생각을 불러일으키는 어떤 정원의 결의론(決疑論)을 상정해볼 수 있다. 정원은 '사제의 정원'이라는 표현이 말해주듯이 순진 무구함과 평화와 명상의 장소인가? 나는 앞에서 이미 정원 안에 둔 동물우리가 전혀 교훈적인 것이 못 된다는 것을 강조한 바 있다. 나무나 꽃들의 경우는 어떠한가? 우리는 물론 낙원을 상상해볼 수 있다. 원죄를 범하기 전에는 남자와 여자가 대자연이 주는 저 무상의 선물에 둘러싸여 벌거벗은 채 살았다. 그것은 바로 에밀 졸라가 『무레 신부의 과오』에서, 젊은 사제 세르주가 파라두 정원의 나무 아래서 신선한 알빈느를 사랑하는 모습을 보여주면서 다시 찾고자 했던 이미지이다. 졸라의 비전에 따르건대 모든 자연은 – 무엇보다 먼저 나무와 꽃은 – 인간 존재들이 아주 동물적인 순진함 속에서 짝짓기를 하라고 권한다는 것이다. 교회의 반육체적 도덕률은 순전히 반자연적인 것이다. 사실 그런 점에서 교회의 교부들은 졸라와 전적으로 의견이 일치할 것이다. 왜냐하면 그들은 원죄로 인하여 더럽혀진 자연은 초자연적인 은총에 의하여 구제되어야 한다고 가르치기 때문이다.

그렇지만 꽃과 신의 숭배를 긴밀하게 결합하는 – 오늘날에는 많이 잊혀진 – 종교의식이 한 가지 있다. 그것은 성찬 속에 신이 실제로 존재함을 찬미하는 유월달의 성체첨례다. 화려하게 꾸미고 차린 사제는 축성된 성체가 반짝이며 빛을 발하는 성체함을 흔들며 천개 밑으로 걸어간다. 그의 앞에는 꽃의 관을 쓴 아이들이 발 아래로 꽃잎을 뿌리며 간다. 사제는 야외에 세워놓은 거대한 꽃의 구조물인 제단 한가운데에 성체함을 내려놓는다.

이러한 꽃과 정원의 예찬 행사는 프랑스의 몇몇 시인들과 소설가들에게 영감을 주었다. 예를 들어서 샤를르 보들레르의 멋진 시 「저녁의 조화」에는 다음과 같은 세 개의 시행이 등장한다. 성체첨례의 신비스러운 분위기를 실감나게 겪어보지 못한 사람들 – 오늘날에는 이런 사람들이 점점 많아지고 있다 – 은 그 시가 환기하는 바를 제대로 느끼지 못한다.

> 한 송이 한 송이의 꽃은 향로처럼 피어오르네;
> (…)
> 하늘은 거대한 제단처럼 슬프고 아름다워라;
> (…)
> 너의 추억은 내 마음속에서 성체함처럼 빛난다!

그러나 성체함을 올려놓는 제단에 가장 아름다운 한 페이지를 바친 사람은 아마도 플로베르일 것이다. 그 글은 단편소설 『순박한 마음』에서 만날 수 있다. 나이 많고 단순하기 짝이 없는 하녀 펠리시테는 오직 한 가지 사랑밖에 맛본 것이 없으니 그것은 바로 그녀의 앵무새 룰루한테서 느낀 사랑이다. 새는 죽는다. 펠리시테는 새를 박제로 만든다. 자신이 임종을 맞게 되자 그녀는 신부에게 청하여 룰루를 성체첨례 때의 제단에 올려놓도록 허락받는다. 다음은 그 이야기의 마지막 몇 줄이다.

펠리시테의 방에서 푸르스레한 연기가 피어올랐다. 그녀는 신비스러운 쾌감과 더불어 그 냄새를 맡으면서 콧구멍을 벌름거렸다. 그리고는 눈을 감았다. 입술에는 미소가 어렸다. 심장의 박동이 점점 느려지면서 그때마다 샘물이 마르듯, 메아리가 사라지듯, 더욱 희미해지고 더욱 약해졌다. 그리하여 마지막 숨을 거둘 때 그녀는 살짝 열린 하늘에서 자기 머리 위로 떠가는 거대한 앵무새 한 마리를 본 것 같았다.

아마도 이 몇 줄의 글에서 우리는 졸라의 무레 신부의 유황 냄새 나는 듯한 황홀감에 대하여 앞질러 제시된 하나의 응답을 발견할 수 있을지도 모르겠다.

# 이런 곳, 저런 곳 2

브라질은 연약하고 오색영롱한 꿈이다.
브라질은 미풍을 따라 하늘 한복판에서 춤을 춘다.
그러나 그는 땅에 뿌리박을 버팀점이 필요하다.
그 어떤 나라도 이보다 더 악착같이 땅에 집착하는
나라는 없다.

## 우리 마을의 두 성관(城館)

우리 마을 슈와젤의 광장은 시골풍의 오페레타에서나 볼 수 있는 무대를 연상시킨다. 가령 에드몽 오드랑의 「마스코트」 같은 오페레타 말이다. 순박하고 어머니 같은 교회가 내려다보는 발 밑에 공동묘지의 입구, 학교 겸 면사무소 건물, 소방차 차고, 전몰장병 기념탑, 그리고 담배 가게를 겸한 여인숙 등이 배치되어 있다. 거기서 100미터쯤 더 올라가면 있는 라 페르테 마을로 가서 우리는 르콩트 농장에서 계란과 우유를, 레오 식료품점에서 비스킷을 구해왔고 지나는 길에 라 그랑주 오 무완의 집에 들러 인사를 하곤 했다. 그 집에는 이 지역의 귀부인인 잉그리드 버그만이 살고 있었다.

내가 처음 이 마을로 이사온 50년대만 해도 이런 모든 것들이 매우 순조롭게 이루어지고 있었다. 그러나 그 뒤 이른바 '진보'라는 것이 그 위력을 발휘했다. 비록 주민들의 수는 줄어들지 않았지만 잡화점은 사라졌고 학교의 종소리도 더 이상 들리지 않게 되었고 여인숙은 전업했으며 사람들이 친근하게 잉그리드 부인이라고 불렀던 귀부인은 이제 면사무소에 반신상이 되어 남아 있을 뿐이다.

　다행스럽게도 브르퇴이유가 그 철책, 정원, 성관과 함께
남아 있다. 성의 사정에 정통한 사람들이 자물쇠의 번호를
맞추어 누르면 무려 70헥타르에 이르는 광대한 정원을 향하
여 철책문이 열린다. 그러면 고방오리, 넓적부리, 흑부리오
리 등 특별히 수집한 각종 오리들과 가장 흔한 쇠물닭이 가
득히 노니는 저 우수에 잠긴 두 개의 연못 사이로 걸어들어
가게 된다. 그 사이로 난 길은 프랑스식 정원을 향하여 올라
간다. 산책객에게 정원은 우선 거대한 한 그루의 서양삼나무
로 시작되는데 그 나무 아래는 야생 시클라멘이 자욱이 피어
있다. 하얀 조각상들이 물거울에 비친다. 물 속에는 순결한
쾌속 범선 같은 두 마리의 백조가 물살을 밀고 있다.
　어느 날 나는 한 떼의 어린 소녀들이 신기한 듯 그 백조를
구경하는 모습을 목격할 수 있었다. 약간 짓궂어 보이는 여
선생님이 그 아이들을 인솔해온 것 같았다.
　－백조 가까이 가지 말아요! 하고 여선생님이 주의를 주었
다.
　－백조가 깨무나요?
　－깨물진 않지, 그렇지만 그보다 더 무서운 일이 생길 수
도 있지! 옛날에 레다라는 이름의 한 소녀가 있었대. 그 소녀
는 백조를 너무나 사랑했다지. 그래서 어떻게 됐는지 알아?
　문득 소녀들의 얼굴이 모두 다 의문부호로 변해버렸다.
　－어느 날 아침에 소녀는 침대에서 두 개의 커다란 알을
발견한 거야!

소녀들의 입이란 입은 모두 다 감탄부호로 변해버렸다.

—저런!

그러자 여선생님은 과연 선생님답게 결론을 맺었다.

—그 중 한 개의 알 속에는 이오스코레스, 카스토르, 폴록스가 들어 있었고 다른 한 개 속에는 헬레네와 클리타임네스트라가 들어 있었대.

그러나 그때부터 계집아이들은 백조들과 적당히 떨어져서 돌아다녔다.

이 앙리 4세식 성의 우아하고도 엄격한 정면에는 환상적이라고 할 만한 감상거리가 별로 없다. 브르퇴이유 가문은 프랑스 역사의 3세기에 걸쳐 외교관과 정치가들로 이어지는 가계를 이루고 있다. 가장 유명한 인물은 루이 오귀스트(1730～1807)로 루이 15세 치하에 여러 나라에 나가서 대사를 지냈고 네케르가 퇴임하자 1789년 '수상'이 된다. 그는 바스티유가 함락되자 국외로 망명한다. 그에 대한 기억은 프로이센과 오스트리아 사이의 전쟁을 종식시킨 회담에서 그가 맡았던 역할에 감사하는 뜻에서 오스트리아의 마리아 테레지아 여왕이 1779년에 그에게 보낸 '테셴 탁자'의 모습으로 성 안에 구체화되어 있다. 그 테이블은 금은 세공사 겸 광물학자인 J. C. 노이버의 작품으로 128개의 준보석과 나무화석판으로 짜 맞춘 것이다. 좀더 근세의 인물로는 앙리 드 브르퇴이유—마르셀 프루스트의 『잃어버린 시간을 찾아서』에 등장하는 '드 브레오테 백작'—는 장차 에드워드 7세가 될 웨일즈 공의 친구였으며 1904년 영불화친조약을 이끌어낸 공로자 중의 한 사람이다. 이 역사적 만남은 밀랍인형들로 재구성되어 이곳을 찾아오는 젊은 방문객들에게는 좋은 흥미거리가 되고 있다.

성주라는 직업은 결코 편안한 것이 못 된다. 젊은 앙리 프랑스와 드 브르퇴이유가 머지않아 그의 아내 세브린느와 더불어 1967년에 이 가족 영지를 상속받았을 때 그의 손 안으로 넘어온 것은 여러 해 동안 사람이 살지 않은 광대하고 퇴락한 거처였다. 지붕에서부터 지하실에 이르기까지 모두 보수하지 않으면 안 될 형편이었다. 이 어처구니없는 기업을 위한 자체 자금조달이라는 내기에 성공을 거두지 않으면 안 되었다. 이 과업은 성실하게 수행되었고 지금도 진행 중이다. 성의 한 테라스에 '왕자들의 정원'이 생겨났다. 그것은 장미넝쿨의 정자, 소사나무 가로수길, 초목의 살롱으로 구성되어 있는데 이는 싱싱하게 살아 숨쉬는 식물들과 유실수들에 의하여 성의 프랑스식 정원 특유의 너무나 엄격한 분위기에 균형을 맞추어준다.

매년 수천 명의 방문객들이 찾아와서 성관의 수많은 방들을 구경하고 나무 밑에서 휴식을 취한다. 성은 또한 전시회, 음악회 및 각종 공연장으로 활용된다. 때때로 브르퇴이유 쪽 밤하늘이 꿈틀거리는 것을 보게 된다. 그건 어쩌면 더운 밤의 번개일지도 모른다. 그러나 그보다 거대한 연못 저 위로 피어나는 어떤 결혼식의 불꽃놀이일 가능성이 더 높다. 자

축제의 막을 올려라!



우리 동네의 또 하나의 성은 모비에르라고 불린다.

우거진 나뭇잎들 속에서 그 성의 판암 지붕과 발그레한 정면을 찾아내자면 눈이 밝아야 된다. 모비에르 성은 숲 속에 그 모습을 감춘 채 보다 거창한 이웃인 브르퇴이유와 당피에르 성에 기꺼이 가려져 있고자 하니까 말이다. 이 성은 그 광대한 지붕과 17헥타르에 달하는 정원에도 불구하고 그 세 개의 성들 중에서 가장 작다.

그러나 1802년부터 그 성을 소유하고 있는 드 브리야 가문은 굴뚝과 처마의 홈통만 관리하는 것이 아니라 그 성의 해묵은 돌들을 에워싸고 있는 상상의 못까지도 잘 보살피고 있다.

까마득한 대홍수 시대까지 거슬러 올라가지 않더라도 우리는 가장 먼저 시라노 드 베르주락을 예로 들어볼 수 있을 것이다. 그러나 이렇게 되면 전설에 손을 대지 않을 수 없게 된다. 도르도뉴 지방의 베르주락 마을은 분명 철학자 멘 드 비랑[1]과 배우 무네 쉴리[2]의 고향이다. 그러나 용기를 내어 말하는 바이지만 시라노는 한 번도 그곳에 발을 들여놓은 적이 없다. 사비니엥 드 시라노 드 베르주락(Savinien de

Cyrano de Bergerac, 1619~1655)은 파리에서 태어났지만 유년 시절과 청소년기를 바로 여기 모비에르 성에서 보냈다. 이 성의 영지들 중 한 곳은 그 이름이 바로 베르주락이다. 적어도 1636년까지는 그랬다. 그 해에 '아벨 드 시라노가 그의 모비에르 영지를 왕의 시종인 앙트완느 발레스트리에에게 17,200리브르에 양도'한 것이다. 작가 에드몽 로스탕이 이 사실을 몰랐을 리 없다. 그러나 그는 1639년 시라노가 카르봉 드 카스텔잘루의 경비부대에 입대하여 1640년 아라스 공략에서 심하게 부상했다는 사실을 지어낸 것이 아니다. 그리고 또한 알렉상드르 뒤마의 영웅인 다르타냥이 있다. 진정한 가스코뉴 사람인 다르타냥은 로스탕의 극 속에 잠깐 출현한다. 시라노와 다르타냥의 혼합은 해볼 만한 정도가 아니라 거의 불가피한 것이라고 볼 수 있다. 전해지는 말에 따르면 로즈몽드 제라르가 젊은 시절에 한 번 모비에르를 찾아온 적이 있었고 후에 로스탕에게 그 이야기를 했다고 한다.

프랑스의 연극 레페르트와르 중에서 가장 유명한 극이 다른 기원을 가졌을 리 없다.

하나의 성을 살린다는 것. 이 현대의 모험에 자크 드 브리야는 촌사람 특유의 힘을 다하여 임하고 있다. 그는 트랙터

---

1)Maine de Biran : 1766년 베르주락에서 태어나 1824년 파리에서 사망한 프랑스의 철학자.
2)Mounet-Sully : 1841년 베르주락에서 태어나 1916년 파리에서 사망한 연극배우로 코메디 프랑세즈에서 고전비극의 주요 배역들을 맡았었다.

위에 올라앉으면 힘이 난다. 안느-처녀명 로앙 샤보-는 모든 시련에 대하여 불굴의 아이러니와 용기로 맞서면서도 일곱 아이들의 어머니 같지 않게 겉모습은 수줍은 처녀 같아 보인다. 어느 날 밤 그녀가 혼자서 성의 한쪽 날개에 위치한 자신의 처소에 있을 때 성만 골라서 터는 강도들이 들어와서 이삿짐 트럭을 정원에 갖다대어놓고서 큰 갤러리에 있던 가구들과 그림들뿐만 아니라 심지어는 대리석 벽난로까지 떼어갔다. 안느는 아무 소리도 듣지 못했다. 그녀를 위해서는 차라리 그 편이 더 나았는지도 모른다.

꿈의 성은 어떤 재원으로 유지되는 것일까? 그 재원 역시 꿈의 차원에 속한다. 패션 사진, 광고 필름, 텔레비전 연속극, 결혼 피로연 등이 그런 것이다. 이런 분야들 하나하나에는 뜻밖의 사건도 많고 시사하는 바도 많다. 예를 들어서 결혼 피로연의 경우 우리는 플로베르, 모파상, 에밀 졸라 같은 작가들에게 영감을 불어넣어주었던 저 해묵은 전통적 연회의 장면 속으로 안내된다. 신부의 가족과 신랑의 가족이 그 무슨 불만 때문인지 두 패로 갈라져가지고 똑같은 실내이긴 하지만 서로 다른 식탁에 자리잡고서 각기 자기네 쪽 손님들만 모셔다놓고 식사를 하는 경우도 있다는 것을 아는가? 또한 광고 전문 팀이 그 복잡한 장비들을 싣고 도착하여 한결같은 흰색을 배경으로 그 무슨 향수병을 사진 찍어대는 일도 있다. 그 사진 한 장을 찍자고 과연 그런 성을 통째로 빌리다니 말이나 되는 것인가?

텔레비전 연속극이라도 찍는 날이면 온통 야단법석이 일어나고 그것은 여러 주일 동안 계속되게 마련이다. 저 유명한 「샤토 발롱」도 무대는 모비에르 성이었다. 탤런트 샹탈 노벨이 입은 사고로 인하여 그렇게도 잘 어울리던 이 장소의 활용은 그만 중지되었다. 또 다른 연속극 「여름 소나기」 또한 모비에르 성이 무대였다. 성주 자크 드 브리야는 촬영이 진행되는 동안 배우 안니 코르디와 자크 뒤빌로를 알게 된 일을 신이 나서 이야기한다. 그 밖에도 이 성에서 있을 예정인 행사는 많다. 그러나 얼마나 귀찮은 사람들인가! 모비에르 성은 일반에 공개되어 구경하는 곳이 아니다. 그런데 구경 정도가 아니라 아예 점령한다는 말이 더 어울리겠다. 흔히 촬영 팀은 일단 도착하면 마치 점령군처럼 행동하는 법이다.

이 불가피하게 맞아야 하고 또한 이쪽도 원해서 찾아든 불청객들이 떠나고 나면 성주인 자크는 안도의 한숨을 쉬면서 다시 정원 손질하는 일에 매달린다. 정원의 가운뎃부분은 날씨가 맑을 때는 풀이 무성하여 초록빛이고 비가 올 때는 늪으로 변해버린다. 늪이 된 곳의 물을 빼고 나무를 심는 것은 항상 성주의 일이었다. 자크 드 브리야는 여기에 분수들을 갖춘 연못 정원을 계획했다. 브리야는 인내의 미덕이 무엇인지를 알고 있다.

## 디에프의 연

　국제 연날리기 대회 덕분에 디에프(Dieppe) 시는 해마다 26개국에서 찾아온 이 우아한 새들의 기치 아래 일주일을 보낸다.

　라틴 아메리카는 물론 이 경연대회에서 단연 으뜸가는 자리를 차지한다. 브라질이나 칠레를 여행해본 적이 없는 사람은 연이 한 사회 속에서 차지할 수 있는 위치가 어떤 것인지를 가늠하지 못한다. 그곳에서는 어린아이가 땅바닥에서 종이 한 조각과 실 한 토막만 줍게 되면 즉시 그의 손에서 예쁜 새 한 마리가 날아오른다.

　몇 년 전의 일이다. 열두 시간의 비행 끝에 나는 리오 땅에 착륙했다. 다섯 시간의 시차로 인하여 나는 완전히 제대로 정신을 차리지 못하는 상태였다. 나는 메리디엥 호텔 32층에 투숙했다. 그 드높은 타워식 건물에서는 유명한 코파카바나 해변이 내려다보였다. 모든 것이 다 가능하지만 밀려드는 거대한 멍석말이 파도 때문에 수영만은 불가능한 해변이었다.

　도착하는 즉시 기자 하나가 안락의자에 박혀 앉아서 녹음기를 작동시키더니 함정식 질문을 던진다. "브라질에 도착한 인상이 어떻습니까?"

　나는 절망감에 사로잡힌다. 나는 두 눈으로 어디 도망갈 곳이 없는지를 찾는다. 갑자기 내 눈에 보이는 것은 어떤 창문의 푸른 사각형 속에서 파닥거리는 아주 예쁜 종이나비다.

나는 천재적인 대답을 내놓는다. "브라질은 말입니다, 선생, 그건 다름이 아니라 한 마리의 날아다니는 사슴(cerf-volant)이죠!" 상대방은 무슨 말인지 알아듣지 못한다. 그의 프랑스 말 실력이 거기까지 미치지는 못하는 것이다. 어떻게 사슴이 날아다닌단 말인가? 영국 사람들이 소리개(kite)라고 부르고 독일 사람들이 용(drachen)이라고 부르는 물건, 즉 '연'에다가 그런 이상한 이름을 붙인 것은 우리 프랑스 사람들뿐이다. 나는 기자에게 창문을 가리켜 보인다. "아! 빠빠가이오 말이군요!" 하고 그가 소리친다. 앵무새(빠빠가이오)라고? 안 될 것도 없겠지? 나는 확실하게 말을 잇는다. 브라질은 연약하고 오색영롱한 꿈이다. 브라질은 미풍을 따라 하늘 한복판에서 춤을 춘다. 그러나 그는 땅에 뿌리박을 버팀점이 필요하다. 그 어떤 나라도 이보다 더 악착같이 땅에 집착하는 나라는 없다. 브라질 사람들은 본능적으로 이민을, 추방을 싫어한다. 빠빠가이오의 끊을 끊어보라, 그 연은 비극적으로 땅에 떨어져 처박히고 말 것이다.

나의 상대는 좋아서 싱글벙글이다. 그러나 아직 나의 고역이 끝난 것은 아니다. 이제 그는 사진기를 들이댄다. 해변으로 내려가서 빠빠가이오를 하나 빌려가지고 그걸 날릴 줄 아는 척하면서 멋진 한 컷을 찍기 위하여 열 번도 더 다시 시작하지 않으면 안 되는 것이다.

디에프 연날리기 대회에 구경 온 사람들은 타일랜드에 기이한 연싸움이란 것이 있다는 것을 알게 되었다. 다름이 아니라 저마다 상대방의 연줄을 끊으려고 애쓰는 게임인 것이다. 그들은 또한 연에는 암연과 숫연이 있어서 그 두 가지 연들이 환상적으로 날아다니면서 서로 교미한다는 사실 또한 알게 된다. 사람들은 구경꾼들에게 솔로몬 군도에 가면 연을 날려서 물고기를 잡는다는 이야기도 해주었다. 카누가 오십여 미터 가량 되는 줄 끝에 연을 매달고 천천히 날리며 나아간다. 그리고 카누에는 또한 같은 길이의 낚싯줄이 매달려 수면을 따라 끌려간다. 물고기가 낚시를 물면 연이 마치 하늘에 뜬 찌처럼 요동친다. 그러면 카누를 젓는 사람이 뒤로 돌아가서 낚시에 걸린 고기를 떼어내면 되는 것이다.

그러나 그런 아름다운 이야기들도 우리가 가슴속에 품고 있는 바캉스의 추억들만은 못하다. 바람 속에서 꿈틀거리는 그렇게도 단순하고 그렇게도 가벼운 거대한 새-골풀로 엮은 틀 위에 알록달록한 옷을 입힌-, 그 새의 돌연하고 억센 솟구침, 그리고 특히 저 가냘픈 괴물에게로 다가가기 위하여 우리들로부터 멀어져감에 따라 거의 눈에 보이지 않을 정도로 가늘어지는 저 연줄의 멋들어진 곡선, 그 모든 기억을 어찌 잊을 것인가. 우리는 연줄을 따라 온갖 '메시지'들을 하늘 높이 올려보낸다. 유지(油紙)를 꼬아 만든 그 메시지들은 바람 따라 하늘 끝까지 까마득히 떠올라 사라진다. 하늘 저 높은 곳에서 연은 대기의 모든 흐름에 반응해 급선회하는가 하면 곤두박질치다가 다시 로켓처럼 솟구친다.

연 날리는 아이는 분명히 깨닫는다. 바람이란 다름아닌 하늘의 생명 그 자체이며 바다의 숨결이며 구름의 위풍당당한 질주라는 것을, 그리고 바람이 없어 멎어버린 돛배보다, 잎이 흔들리지 않는 나무보다, 모래밭에 무기력하게 엎드린 빠빠가이오보다 더 처량한 것은 없다는 사실을.


## 플뢰리 혹은 감옥에 갇힌 페티시스트

감옥에 대하여 잘 아는 사람들은 나와 같은 의견일 것이다. 상테(Santé) 감옥은 영혼도 정신의 빛도 없는 토끼장이다. 프렌느(Fresnes) 감옥은 그 궁륭들과 회랑들과 층계들과 더불어 피라네즈[3]의 판화에서 착상을 얻고 있다. 이 베네치아 화가가 예상하지 못한 것이 있다면 계단들의 외벽에, 궁륭에 덮인 거대한 홀에, 이 통로에서 저 통로로, 절망에 빠진 어떤 죄수의 몸뚱이가 떨어져 으깨어지면서 깨끗하게 청소해놓은 타일바닥을 더럽힐 위험이 있는 곳이면 어디건 거대한 거미줄처럼 씌워놓은 그 굉장한 그물망들일 것이다. 빛을 흐릿하게 걸러주는 이 그물망들은 들큰하고 상당히 음산한 마음 쓱쓱이가 느껴지는 기묘한 분위기를 만들어내고 있다. 소설가 알퐁스 부다르(Alphonse Boudard)는 거대한 선

---

3) 피라네즈(Piranèse, 1720~1778): 이탈리아의 판화가, 건축가. 1745년 작 판화 「상상의 감옥」(파리 국립도서관 소장)이 유명하다.

박이 좌초하여 지린내를 풍기는 느낌이라고 감옥을 정의했
다. 거기에 한술 더 떠서 여기서는 아이슬랜드의 어부 같은
일면까지 곁들여 있다.

플뢰리(Fleury) 감옥은 그런 곳들과도 다른 곳이다. 나는
남성 전용동에서 수백 미터 떨어진 곳에 그 둥그스름하고 물
렁한 윤곽이 바라보이는 여성 전용동에는 들어가보지 못했
다. 이곳은 꼭 르와시 공항 같은 느낌을 준다. 거기에다가 방
대한 철책과 도처에 눈에 띄는 높은 쇠창살이 주는 가축사육
장, 혹은 고대 로마의 원형 경기장 같은 느낌이 추가된다. 담
당자는 총안(銃眼)을 통해서 내게 D4동 안뜰을 들여다보게
해준다. 1981년 2월 27일 마치 안드레아 델 사르토[4]를 해방
시키기 위해 내려온 천사처럼 헬리콥터 한 대가 내려앉아 죄
수 두 명을 싣고 사라진 유명한 장소다. 아마도 그런 기적 같
은 일은 다시 일어나지 않을 것이다. 이제는 성벽의 모퉁이
마다 감시탑이 세워지고 전기가 통하는 철망이 그 위에 가설
되어 있기 때문이다.

우리는 일련의 감압실들을 통과한다. 첫번째 창구에서부
터 나는 내 신분증을 맡긴다. 프렌느 감옥의 경우도 마찬가
지지만 신분증을 맡아두는 대신 커다란 토큰 하나를 주는데
이것이 출입을 위한 마법의 열쇠 구실을 한다. 플뢰리 감옥
에서는 아무것도 주는 것이 없다. 그래서 나중에 그곳을 나

---

4) 안드레아 델 사르토(Andrea Del Sarto, 1846~1530) : 이탈리아의 화가.

가려면 어떻게 해야 할지 궁금해진다. 모든 문들이 유리상자 속에 들어앉은 경비원의 조작에 의하여 자동으로 열리고 닫힌다. 위층으로 올라가면 우선 주방에서 풍기는 퀴퀴한 냄새, 다음에는 의무실에서 발산되는 약품 냄새가 확 끼친다. 오천삼백 명의 수인들, 그리고 거의 비슷한 수의 경비원, 요리사, 회계담당, 간호사 등등. 가령 랑부이예 같은 소도시와 맞먹는 인구다. 푸른색 작업복을 입고 작업장으로 가는 죄수들이 보인다. 마당에서는 햇빛에 그을린 얼굴에 반바지를 입은 사람들이 공놀이를 하고 있다. 오층에 올라가 복도를 따라가니 예배당이 나온다. 그곳은 극장으로도 사용된다. 거기에는 구닥다리 옷감으로 지은 비슷비슷한 옷을 입은 백 명 가까운 젊은 사람들이 들어차 있다. 그런데 충격적인 일이 벌어진다. 그 중 한 사람이 내게 달려들어 목을 껴안는 것이다. 그 낯이 익다. 우리 옆 마을에 사는 자그마한 사람이다. 나는 그의 가족들을 잘 안다. 사실 그는 몇 달 전부터 이상하게 자취를 감추고 보이질 않았던 것이다. 나는 그에게 아무 것도 묻지 않는다. 나중에 그의 부모를 만나도 나는 이렇게 그를 만났다는 이야기는 하지 않겠다. 그런데 생각나는 것은 언제나 똑같은 질문이다. 왜 그들이 여기 있고 나는 아닌가? 사실 작가란 언제나 주변적인 존재로 말썽을 일으키거나 방조하는 인물이 아니던가? 약간 우락부락한 정권이 들어서기만 해도 작가는….

　덧문들을 닫는다. 아침 열시니까 밖은 환하다. 그리고 무대의 풋라이트가 켜진다. 좌중에서 알제리아 사람이 분명한 조그만 사내가 손에 스포츠 백을 들고서 슬며시 나온다. 프로그램에 보면―이런 행사에도 프로그램이 따로 준비되어 있다―그의 이름이 하미드 하멜이라고 되어 있다. 그가 무대 위로 올라간다. 관중들을 향하여 전짓불을 켜서 들이댄다. 그의 독백이 시작된다. 80분 동안이나 계속되는 암흑의 터널이다.

여기 화려하신 분들이 오셨군! 잘 차려 입으셨어! 난 그런 게 좋아. 안심이 되거든. 점잖고. 친절하고. 부드럽고….

이같은 집단 속에서 이런 말을 하면 너무나도 광기가 느껴져서 웃음이 터져나오지 않을 수 없다. 웃음은 나의 '모노드라마' 「페티시스트」가 계속되는 동안 줄곧 그칠 줄 모른다. 이 극은 뉴욕에서 그 도시의 페티시스트 클럽 덕분에 성공을 거두었던 모양이다. 뉴욕에도 물론 그런 클럽이 존재하니까….

오늘 나를 에워싸고 있는 클럽은 전혀 다른 종류의 것이다. 형무소 소장은 내가 이 특이한 관객들 앞에서 갖는 그의 초연에 참석해주기를 바랬다. 사회 밖으로 밀려난 변두리에서 갖는 흥미진진한 만남인 것이다. 분명히 말해두지만 페티시스트는 비사교적인 사람들이 아니다. 그 반대다. 복장은 사회 질서를 상징한다. 온갖 훈장들을 주렁주렁 단 '제복'은 특히 그렇다. 그 질서에 대한 반항은 흔히 복장에 대한 훼손을 동반한다고 볼 수 있다. 일부 히피나 '녹색당원'들이 시위할 때 그러듯이 아나키스트는 벌거벗고 다니지는 않는다 해도 필연적으로 '옷차림이 단정치 못한' 법이다. 반사회적인 에로티시즘은 강간으로 귀착되고 우선 피해자의 옷을 벗기는 일로 시작된다. 이런 모든 것은 페티시스트의 감성과는 정반대되는 것이다. 페티시스트는 비사회적인 것이 아니라 초사회적이다. 그는 나체에 대하여 혐오감을 느낀다.

이곳에 모인 비행 청소년들은 처음에 이 점을 강하게 느꼈다. 멸시하는 듯한 비웃음이 터져나왔다. "한심한 게이 같으니라고!" 하고 내 옆에 있던 사람이 중얼거렸다. 사회 질서와 그 외적인 기호에 그토록 순순히 따르는 것이다! 그렇지만 그 한심한 게이도 설욕을 하게 마련이었다. 끝에 가서 그 배우가 가방에서 브래지어, 레이스로 짠 팬티, 가터 벨트, 그 밖의 온갖 야한 장신구들을 풀어놓자 관객들은 좋아서 낄낄댔다. 그 잡동사니들이 그들의 가슴을, 그리고 허리띠 아래를 직접 자극한 것이었다. 페티시스트는 간접적인 에로티시즘, 즉 의복의 에로티시즘밖에 알지 못한다. 그의 특징은 직접적인 에로티시즘, 즉 나체의 에로티시즘을 즐길 줄 모른다는 데 있다. 그런데 현실의 여자와 접촉하지 못한 채 상상의 여자들로 만족해야 하는 이 젊은이들은 구류 상태로 인해 그역시 간접적일 수밖에 없는 에로티시즘의 형을 받은 것이다. 그러므로 나의 주인공과 이토록 특이한 종류의 관중들 사이에 공감이 - 그것도 열광적으로 - 생겨난다는 것은 전혀 놀라울 것이 없다. 그 기회에 나는 감옥 안에서 여자 속옷의 활발한 거래가 이루어지고 있다는 사실까지 알게 되었다….

어떤 극작품이 성공을 거두기 위해서는 관중들 역시 - 극작가, 연출자 그리고 배우들뿐만이 아니라 - 재능이 있어야 한다는 말을 나는 연극인들로부터 자주 들어왔다. 그런데 플뢰리 감옥의 내 관중들은 재능 이상의 것을 갖추고 있었다. 그들은 감금의 조건과 그 조건에 필연적으로 따르게 마련인 감금의 심리학을, 다시 말해서 그 어떤 운명을 갖추고 있었다.

## 일본 기행수첩(1974년 4월 2일~19일)
사진작가 에두아르 부바와 더불어

1974년 4월 1일 월요일. 짐 싸기. 어려운 질문:무슨 책들을 넣어가지고 갈 것인가? 여행을 떠날 때는 흔히들 세심하게 골라서 가지고 가는 책들보다는 비행장이나 현지에서 구해서 읽는 책이 더 낫다고 생각하는 경향이 있다. 그렇게 하여 구한 책들이 장소 이동과 낯섦으로 인해 촉발된 정신과 취향의 변화에 더 잘 맞기 때문이다. 그런데 사실 일본에서 내가 읽을 줄 아는 유일한 언어인 프랑스 말과 독일어로 된 책들을 구할 수 있는 가능성은 거의 없다. 그래서 나는 볼테르의

『소설과 콩트』, 몽테스키외의 『로마인들의 위대함과 그들의 멸망의 원인에 대한 고찰』, 그리고 마그누스 브라운 남작의 『동프로이센에서 텍사스까지』(그의 아들인 현 프랑스 주재 독일 대사가 준 선물)를 넣어가지고 간다.

4월 2일 화요일. 16시 30분, 오를리 공항 이륙. 이 747기에 탄 우리 일행은 에두아르 부바, 도쿄 주재 프랑스 대사 부인이라고 자기 소개를 한 부인 그리고 나 이렇게 세 사람이다. 비행하는 동안 기장이 우리를 찾아온 것은 그 부인 덕분인 듯하다. 기장은 조르주 퐁피두 대통령이 서거했다는 소식을 라디오에서 이제 막 들었다고 한다. 나는 모로코에 가 있는 동안 드골 대통령의 서거 소식을 들었던 일을 기억한다. 아무리 생각해도 나의 여행이 프랑스 공화국 대통령들에게는 아무런 도움이 되지 못하는 것 같다.

수요일 새벽 2시. 앵커리지 공항 기착. 눈부신 태양이 천정점에 떠 있다. 우리가 현지 시간 17시 30분(내 시계로는 아침 9시 30분)에 착륙하게 되는 도쿄까지 이제 해는 우리 곁을 잠시도 떠나지 않을 것이다.

공항은 인간의 바다. 엄청나게 긴 줄들이 구불구불 이어지고 서로 얽힌다. 그 줄들의 맨 앞에는 여권검사 창구와 출구. 규율이 분명하고 똑같이 생긴—서양인인 내 눈에는 적어도—군중. 자신의 아내를 마중 나온 프랑스 대사 덕분에 우리는 어디나 신속하게 통과한다.

미리 들어서 알고 있는 일이다. 우리는 한창 춘투(春鬪)가

벌어지고 있는 기간에 도착한 것이다. 일정한 날짜로 예고된 매년 있는 파업에서는 아무런 무질서도 찾아볼 수 없으며 항상 그 결과가 만족스러운 편이라고 한다.

이번 여행의 경우, 우리들의 이동으로 인하여 해가 24시간 동안 지지 않게 되는 셈인데 이것은 계속적으로 빛이 비치는 아이슬랜드의 6월달 하루와 맞먹는다. 아이슬랜드에서는 전혀 움직이지 않은 채 볼 수 있는 현상을 우리는 움직여서 획득하는 것이다.

저녁에는 일본인 친구들이 바에서 우리를 기다린다. 사케 말고 무엇을 마시겠는가? 나는 처음 맛보는 술이다. "주의해요! 아주 독해요!" 하고 미리 경고하는 소리가 들린다. 한 모금을 마시니 금방 격렬한 취기에 몸이 흔들린다. 나는 바의 탁자를 꼭 붙잡는다. "아! 정말 독하긴 독하군요!" 하고 내가 말한다. "아니, 그게 아니에요. 당신이 술을 마시는 순간 지진이 있었어요!" 하고 친구들이 말한다. 도쿄에서는 가벼운 지진에 습관이 되지 않으면 안 된다. 집 안에 있을 때 길로 큰 트럭이 지나갈 때 느낄 수 있는 것과 비슷한 진동이다.

4월 4일 목요일. 나는 지금 내 소설 『유성(Les Météores, 流星)』의 일본과 관계된 장(章)을 쓰기 위하여 이곳에 와 있다는 사실을 잊지 않는다. 폴은 그의 쌍둥이 동생 장을 찾기 위해 세계일주 여행을 떠난다. 나는 일본에 대한 쌍둥이로서의 비전이 필요하다. 나는 사냥개에게 말하듯이 내 두뇌에게 말한다. "찾아, 찾으라고! 전형적인 쌍둥이 소설인 『유성』에서 알맞은 자리를 차지할 수 있는 쌍둥이 일본의 자취를 찾아!"

4월 5일 금요일. 오늘 아침 4시 30분, 가벼운 지진으로 인한 흔들림. 9시 30분에는 우박을 동반한 거센 소나기. 18시, 베르나르 프랑크가 원장으로 있는 불일학원에서 강연.

파리나 베니스의 그것들과 똑같은 비둘기들을 보다. 의문:비둘기들은 그런 나라들에서 다른 나라로 날아온 것일까, 아니면 까마득한 옛날부터 이 땅 위의 어디서나 비둘기는 똑같은 것이었다고 인정해야 하는 것일까?

우에노 구역으로 들어가면서 우리는 미술관과 동물원 중 어느 것을 구경할 것인가를 놓고 망설인다. 내가 부바에게 말한다 : "동물원이지! 코끼리가 렘브란트보다야 낫잖아."

부바는 신이 났다. 일본인들이 그들끼리 서로 사진 찍는 데 어찌나 정신없이 몰두하고 있는지 이쪽에서 일본 사람들을 사진 찍는 일이 아주 쉬워진 것이다. 부바는 아빠 사진사 뒤에 자리잡고서 그의 등뒤에서 저 멀리 코끼리를 배경으로 그들 가족들의 사진을 찍는다.

내 소설 『유성』의 인물들 중 하나는 도로 청소부다. 그래서 나는 어디를 가나 청소부들을 유심히 본다. 일본의 청소부들은 여자들이다. 그 여자들은 코와 입에 마스크를 쓰고 발에는 바싹 달라붙은 검은색의 가죽장화를 신고 있는데 장화에는 굵직한 엄지발가락이 들어가는 부분이 따로 달려 있다. 요컨대 발에 신는 벙어리장갑 같은 것이다. 좀 괴물 같은 인상을 준다. 마치 길을 청소하는 일에는 아주 특이한 여자들, 다시 말해서 두 갈래 난 발을 가진 여자들만을 쓴다는 듯한 느낌을 주는 것이다.

대사의 비서가 나를 저녁식사에 초대하려고 전화를 하면서 혹시 무슨 필요한 것이 없느냐고 묻기에 나는 "있어요. 도로 청소하는 여자들의 장화 한 켤레요!" 하고 대답한다. 그 여자는 한동안 무슨 말인지 알아듣지 못해 망설였다. 그러나 그녀는 프랑스 남자치고는 그리 크지 않지만 일본 여자로 치면 엄청나게 큰 내 발의 사이즈 때문에 신을 만한 장화가 있을지 걱정이라고 말했다. 저녁에 대사관에서 나는 완벽하게 준비된 꾸러미 하나를 받았다.

아침마다 여러 식당들 앞 인도 위에는 양철통 속에 피운 작은 모닥불에서 연기가 난다. 전날 사용한 나무젓가락들을 태우는 것이다. 이것이 일본식 설거지다.

4월 7일 일요일. 통역을 맡은 미츠 기쿠치 양과 바닷가로 소풍. 4층이나 되는 거대하고 멋진 식당에서 점심식사. 창유리를 때리는 물보라. 나는 플로베르의 소설을 연상한다. 『살람보』의 첫 부분에 나오는 이교도들의 향연과 『보바리 부인』에 나오는 결혼 피로연 중 어느 것에 가까운가를 생각하며 망설인다. 건물의 일층에서 구두를 벗고 엄청나게 큰 신발장에 들어 있는 실내화를 아무것이나 꺼내 신는다. 식당의 각 방 입구에서 다시 그 실내화를 벗고 양말 바람으로 다다미 위를 걷는다. 그냥 방바닥에 주저앉아 낮은 식탁에서 식사를 한다. 여자들은 색깔 있는 기모노를 입고 남자들은 검은색 양복, 아이들은 남학생 여학생 교복들을 입고 있다. 어떤 테이블들 주위에는 병풍이 둘러쳐 있고 결혼식 하객들이 모여 있다. 손뼉을 치며 노래를 부르고 춤을 춘다. 가장 자주 볼 수 있는 요리는 얼음덩어리들을 잔뜩 쌓아놓고 그 사이사이에 조개나 생선조각들을 담은 다음 맨 위에는 꼬리를 잘라낸 바닷가재를 올려놓은 것이다. 바닷가재는 아직도 살아 있어서 수염을 꿈틀거린다. 차, 쌀밥, 간장, 생선튀김. 아랍이나 근동 지역의 음식과는 반대로 단것들은 별로 없다. 가스 버너 위에는 두부를 네모나게 썰어넣은 수프가 냄비 속에서 낮은 불에 데워지고 있다.

4월 8일 월요일. 초고속 열차로 교토행. 마치 인도의 성스러운 소들처럼 도시 안을 자유롭게 돌아다니는 사슴들. 다이센-인이라는 절에는 열다섯 개의 이가 달린 쇠스랑으로 긁어서 고른 모래 정원들. 바윗덩어리들. 흐르고 파도치는 모래의 폭포들. 거북이나 황새 모양을 한 돌들. 그 모든 것들이 초보적이면서도 아주 섬세한 언어로 들려주는 이야기.

축제. 5월 5일이면 각 가정에서 사내아이들 수만큼의 헝겊 물고기들을 장대 끝에 달아매어 바람에 날리게 한다는 것을 알게 되었다. 장의행렬은 알록달록한 색깔과 금색의 종이로 만든 거대한 장미꽃 모양의 장식들을 보고 알 수 있다.

4월 10일 수요일. 도쿄의 남녀 공학 중학교 방문. 엄격한 모습의 학교 건물과 아이들의 검은색 교복-아마도 전쟁 전으로 거슬러 올라가는 인상의-은 이곳을 지배하는 자유방임의 분위기와 대조를 이룬다. 우리가 교장 선생님과 교실에 들어가자 아이들은 신이 나서 즐겁게 떠들고 소리친다. 부바가 사진을 찍자 아이들의 열광은 더욱 더해진다.

아시아적인 특징은 아마도 서구화 현상이 더욱 두드러진 성인들에서보다 아이들과 노인들에게서 더 뚜렷하게 드러나는 것 같다. 유연하면서도 근육질인 저 몸들이 고양이처럼 민첩하게 움직이는 것이 마음에 든다. 저 매끈매끈하고 금빛 나는 몸들, 어찌나 윤곽이 뚜렷한지 항상 화장을 한 것만 같아 보이는 저 눈들, 그리고 무엇보다도 그 질로 보나 양으로 보나 무엇과도 비길 수 없는 저 머리털, 너무나도 검어서 까마귀의 날개처럼 푸른빛이 도는 저 머리털이 마음에 든다.

4월 11일 목요일. 축소지향. 일본은 반(反)캐나다라고 할 수 있다. 캐나다에서는 모든 사람들이 과도한 공간, 광대함의 현기증에 시달린다. 일본에서는 공간 부족이 축소지향의 기술을 발전시킨다. 화분 속의 정원들. 난쟁이 나무들. 바다와 대륙들을 형상화한 선(禪)의 정원들. 심지어 일본인들은 골프에 열광하면서도 필드 없이 공을 친다. 일본인들은 이상적인 골프 선수의 유니폼을 차려 입고서 망을 친 일종의 새장 같은 공간 속에 틀어박혀서 골프를 즐긴다. 그래서 공들이 그들 주위에서 미친 듯이 다시 튀어오른다.

일본에서 볼 수 있는 집과 정원 사이의 특이하고도 내밀한 관계. 프랑스에서는 집과 정원의 단절이 전면적이다. 집은 마치 어떤 이물질처럼 정원 한가운데 놓인다. 종속적이고 길들여진 정원은 당연히 집을 중심으로 그 주위에, 집이 남겨 놓은 공간 속에서 조직된다. 일본에서는 그와 반대로 집과 정원이 서로 섞이고 연합한다. 어떤 부분들 - 가령 다다미가 깔린 회랑, 좁은 통로, 낭하 등 - 은 집인 동시에 정원이다.

나는 시골과 숲의 어떤 한구석을 바라본다. 이국적인 것은 전혀 없다. 열대수목도, 탑도, 절도 없다. 그런데도 뭐라고 형언할 수 없는 그 무엇이 있어 유럽에서는 절대로 이런 풍경이 있을 수 없다는 것, 그 풍경은 본질적으로 일본의 것임을 내게 말해준다. 그것이 무엇일까? 대답이 생각나지 않는다.

4월 17일 수요일. 기차로 교토 - 도쿄 여행. 파업으로 몇 번의 출발이 취소되었기 때문에 기차 안이 혼잡하다. 우리는 나고야까지 서서 간다. 그러나 서 있어야 하는 불편은 옆에 있는 두 늙은 부부 덕분에 상당히 덜어졌다. 깡마르고 키가 큰 남자는 아주 미남이다. 그렇지만 여자는… 부드러움과 총명함과 착한 마음씨로 빛나는 그 얼굴, 산전수전 다 겪고 다 깨닫고 다 용서한 여인의 그 회의주의적인 미소. 그같은 눈빛을 받으며 산다는 것! 부바가 손 닿을 만큼 가까운 거리에 서 있었다. 그는 세계에서 가장 빠른 기차의 흐린 불빛과 진동 속에서도 훌륭한 사진을 찍어낼 수 있을 만큼 실력자다. 나는 그에게 사진을 찍으라고 권할 생각을 미처 못했다. 아쉬워해야 할 것인가? 이런 경우 - 다시 말해서 내가 우연히 어떤 예외적인 존재의 광휘 속에 자리잡게 될 때 - 흔히 있는 일이지만 나는 어리둥절한 나머지 그 만남이 사라져버리기 쉬운 것이고 덧없으며 예측 불허의 것임을 깜빡 잊어버린다. 그래서 그 만남에서 뭔가를 건질 생각을 하지 못하고 마는 것이다. 그 두 늙은이는 기차가 나고야에 멈추자 영원히 사라져버렸다.


## 봄베이


오늘 1989년 12월 3일 일요일, 나는 봄베이에 도착한다. 프랑스와 비교해 4시간 반이 빠른 시차로 인해 상당히 어리둥절해진 상태다. 로만어문학 교수인 망갈라 시르데슈판드 씨의 영접을 받는다. 그는 나를 인도문(게이트 오브 인디아)이 우뚝 서 있는 광장 한 끝에 있는 이상한 건물로 인도한다. 세상에 이보다 더 찬란한 건물도 없을 것이고 이렇게 비참한 주거도 없을 것이다. 이른바 '로열 봄베이 요트 클럽'이라는 곳으로 영국 빅토리아조의 가장 감동적인 유물들 중 하나이다. 모든 가구들이 하나같이 엉성하여 건들거리지만 그 시대의 것이고 최고의 품질이었다. 도처에 멈추어버린 거대한 벽시계들, 이가 빠진 화려한 꽃병들, 쿠션이 주저앉는 로킹 체어들. 객실은 엄청나게 크고 모두가 게이트웨이에 면해 있다. 해안을 향해 접근하거나 닻을 내리고 있는 배들과 받들어총 자세를 취하고 있는 분견대의 모습이 보인다. 군악

대가 연주하는 취주악의 토막 난 가락들이 허공에 떠돈다.

개선문은 1911년 11월 17일 왕 조지 5세와 메리 왕비의 도착을 기리기 위하여 세운 것이다. 그 전경에는 17세기 마라트 왕조를 창건한 시바지 몬슬 왕자의 청동상이 당장이라도 뛰어나갈 듯한 자세로 서 있다. 그 광경은 영원하고 웅장하다.

그러나… 거대한 선풍기 하나가 삐걱거리며 침대 저 위에서 돌고 있어서 시시각각 생명의 위협을 느끼게 한다. 엄청나게 큰 욕실의 수도꼭지들은 때에 절어 회색이 된 욕조 속으로 물을 똑똑 떨어뜨리고 있고 전기 플러그는 어느 것 하나 제대로 작동하는 것이 없다. 이 '클럽'에 들어와 지내려면 등록이 되고 보증인이 있어야 된다. 두 사람의 영국 신사들에게 도움을 청한다. 보아하니 에드워드 7세 시대 사람들인 듯한 백발의 그 신사들은 얼굴이 볕에 타고 껑충거리는 걸음걸이다. 이제부터 나는 그들의 세계에 속하는 사람이 되었다.

날이 매우 덥지만 바다가 옆에 있다는 것이 느껴진다. 이곳은 아마도 인도에서 내가 살았으면 싶은 유일한 도시일 듯하다. 그런데 유감스럽게도 내게는 여전히 서양인 냄새가 나는 모양이다. 거지들이 떼를 지어 달려드니 말이다. 나는 그들이 하는 짓을 참을 수가 없다. 그들은 땅바닥에 엎드려 내 발을 만지는 것이다.[5]

내 프로그램에는 매일 오전에 몇몇 대학생들을 상대로 이러저러한 현대문학의 주제에 대하여 이야기를 하고 그들과 대화를 하는 것으로 예정되어 있다. 장소는 봄베이 대학교에 있는 빅토리아조 시대의 거대한 네오고딕식 교회다. 나는 목사의 자리를 차지한다. 내 앞에는 사리를 입고 머플러를 쓴 내 신도들이 다채로운 반점들을 찍어놓고 있다. 우선 오늘 아침에는 내가 즐겨 다루는 개념인 '악성변이(惡性變移)'에 대하여 이야기한다. "가령 마왕 뤼시페르(Lucifer)는 그 이름이 말해주듯이 '빛을 지닌 자'인데 지옥으로 달려가 암흑의 왕이 됩니다. 또 가령 안데르센의 동화 '백설공주'에서 마법의 거울의 경우 거기에 비치는 모든 아름다운 것은 추악해지지만 반대로 모든 추악한 것은 다 예뻐집니다."

더위가 유난히 무겁게 숨통을 조이는데 고딕식의 거대한 창문으로 한 떼의 새들이 날아들어 머리 위를 빙빙 돌았다. 내가 여기까지 이야기를 하고 난 참인데 북쪽에서 남쪽까지 인도의 하늘에 들끓는 그 조그만 회색 까마귀들―어쩌면 찌르레기 일종― 중의 한 마리가 바로 내 머리 위 저만큼에 내려와 앉는다. 그때부터 이놈은 내가 강연을 하는 도중에 그 요란하고도 귀에 거슬리는 '크라아!' 하고 우짖는 소리로 내 말을 토막내놓곤 했다. 아무리 해도 이놈을 쫓을 수가 없다. 인도인은 자신의 주위를 돌아다니는 짐승들에 대한 존중이

---

5) 인도식 구걸 행위의 주제는 「에트왈의 거지(Le Mendiant des Etoiles)」 (『사랑의 잔치 (Le Médianoche amoureux)』, 갈리마르, Folio 2290)에 잘 나타나 있다.

여간 아니다. 그러니 나도 그 점을 내 이야기 속에 포함시키는 수밖에 다른 도리가 없다. "이것이 바로 악성전이의 이상적인 예가 되겠군요. 설교자의 말에 영감을 불어넣어주기 위하여 찾아오는 성령의 흰 비둘기 대신에 나는 여러분들에게 오로지 설교자를 혼란케 하려고 보내온 악마의 검은 새를 소개하는 바입니다."

인도와 그 동물들… 바로 이 점에서 아마도 유럽인은 가장 미묘한 낯섦을 경험하게 되는 것이리라. 나는 약간 의례적인 인사를 위해 같은 대학교 총장을 방문했던 때의 일을 기억한다. 그 사무실에는 이국적인 것이라곤 하나도 없었다. 로마나 파리나 런던에 있는 어떤 사무실과 다를 것이 없었다. 다른 것이 있다면… 갑자기 총장 선생의 집무용 탁자 위로 쪼르르 달려가는 작은 생쥐 한 마리가 눈에 보였다는 사실뿐이다. 쥐는 서류와 책과 필기도구들 사이를 친숙한 거동으로 돌아다니고 있었다. 그런데도 총장은 쥐를 거들떠보지도 않는 듯했다. 반대로 내 눈은 오직 그 동물에게만 가 박혀 있었다. 그 어떤 유럽인이건 그걸 보았다면 틀림없이 혼란스런 느낌을 받지 않을 수 없었을 것이다. 그것은 이를테면 성스러운 암소의 축소판과도 같은 것이었다. 암소는 결코 지나간 과거의 전설이 아니다. 암소는 가장 끔찍한 병목 현상으로 차가 밀리는 대도시 속에서도 태연하고 얌전하게 어슬렁거리며 돌아다닌다. 혼잡 때문에 혹은 신호등에 걸려서 차를 멈추고 있을 때 암소가 창문으로 머리를 들이밀고서 손이나 얼굴이나 머리의 냄새를 맡으며 킁킁대는 것은 종종 있는 일이다.

인도의 동물들 가운데 또 한 가지 언급할 만한 것은 옅은 베이지색 털이 난 저 조그만 다람쥐들이다. 등에 난 석 줄의 검은색 무늬는 그 어떤 성스러운 기원을 지닌 것이라고 한다. 그리고 또 제비들처럼 전깃줄 위에 올라앉아 있는 저 귀여운 초록색의 앵무새들이 있다.

그러나 봄베이의 강박적인 새는 단연 독수리다. 이놈은 마치 무슨 운명을 감시하는 음산한 천사처럼 머리 위로 떠다닐 때는 그 거동이 조화로운 만큼이나 땅 위를 걸어다닐 때는 그 모습이 추하다. 독수리들은 인도의 하늘에 거대한 망을 형성한다. 그들 중 한 마리가 어떤 시체 위로 달려들면 그 옆에 있던 놈들이 마치 단 한 개의 점으로 모이는 그물처럼 한데 모여든다.

봄베이의 독수리 얘기를 하자면 자연히 '침묵의 탑'들을 생각하지 않을 수 없다. 봄베이는 지극히 소수만으로 구성된 종파인 파르시⁶⁾의 수도다. 이 종파는 그 종파 외의 배우자와 결혼한 파르시는 즉시 축출한다는 규칙 때문에 점점 그 수가 줄어들고 있다. 이 조로아스터(니체의 『차라투스트라』) 숭배자들은 그러나 매우 활동적이고 진보된 공동체를

---

6) 파르시 : 이슬람교도의 박해 때문에 인도로 피한 조로아스터교도를 뜻한다.

구성하고 있다. 매우 방대한 기업체들과 상업망을 소유하고 있는 저 유명한 타타 가문은 바로 이 공동체에 속한다.

파르시들은 죽은 뒤에 매장도 화장도 하면 안 된다. 그들의 묘지는 나무들이 무성한 어떤 공원의 담장 저 너머로 보이는 일군의 '침묵의 탑'들이다. 이 탑들은 그 안에 망을 설치한 일종의 열린 사일로 같은 것들이다. 사자의 시신은 그 망 위에 안치된다. 그러면 즉시 나뭇가지들 위에 앉아서 기다리고 있던 크고 살진 붉은색의 독수리들이 먹이를 찾아 허둥지둥 달려든다. "그것이 당신네들의 구더기들보다 더 나쁠 것도 없지요." 하고 설명을 마치고 난 참한 파르시 여학생이 내게 말한다.

## 팔미라의 개들

돌을 던져서 말하라

돌은 가난한 사람들의 무기지만 또한 사막문명의 한 요소다. 돌은 흔히 어떤 위협 혹은 위협적인 몸짓의 소도구에 불과하다. 몇 년 전 사하라 사막을 자동차로 통과하면서 나는 저 멀리에 검은 덩어리처럼 찍혀 있는 베두인족의 텐트들을 보았다. 나는 차를 멈추고서 그들을 향해 몇 걸음 다가간다. 내가 그들에게서 한 50미터쯤 떨어진 곳까지 가자 얼굴을 가린 어떤 사람이 텐트에서 나오는 것이 보인다. 나는 친구라는 표시를 한다. 그는 꼼짝도 않고 서 있다. 내가 계속 다가 간다. 내가 목소리가 들릴 만한 거리에 이르자 그는 허리를 구부리고는 돌을 하나 집어든다. 그 몸짓의 의미는 충분히 뚜렷한 것이다. 나는 발길을 돌린다.

그후에 나는 그와 반대되는 상황에 놓이게 된다. 시리아에 있는 팔미라에서였다. 나는 그곳에 막 도착하는 즉시 석양을 받아 붉고 푸르게 빛나는 폐허의 한가운데로 용기를 내어 혼 자서 걸어나갔다. 나는 그렇게 화려하게 연극적인 무대 장치 를 접해본 적이 별로 없었던 것이다. 그런데 나는 곧 어떤 개 한 마리가 내 뒤를 따라오고 있다는 것을 깨닫는다. 그런데 어떤 무덤에서 또 다른 개 두 마리가 나온다. 그러더니 도처 에서 개가 불쑥불쑥 나타난다. 그리하여 머지않아 내 앞에는 한 떼거리의 비쩍 마른 몰로스 개들이 전혀 안심이 되지 않 는 몰골로 모여든다. 그러자 나는 의례적인 행동을 실천에 옮긴다. 나는 허리를 굽히고 돌을 한 개 집어든다. 즉시 개들 은 사방으로 정신없이 도망친다. 세상에 태어나 첫발을 떼어 놓으면서부터 돌 던지기를 배우는 사막 아이들의 무서운 솜 씨를 개들은 나보다 더 잘 알고 있는 것이다. 나는 그곳 아이 들이 돌을 던져서 날아다니는 새를 맞히는 것을 보았다.

돌을 던지기 전에 그보다 먼저 돌을 고를 줄 알아야 한다. 몸을 굽혀서 본능적으로 그 무게와 생김새가 던지기에 가장 적당한 돌을 집어드는 것, 그것이야말로 여러 해의 훈련을 요구하는 것이다.

예수가 신의 아들임을 자처하자 '유태인들은 그를 쳐죽이기 위하여 돌을 집어들었다.'(「요한복음」, 10장 31절) 나는 늘 '쳐죽이기 위하여'라고 구체적으로 밝힌 것은 나중에 추가한 대목이라고 생각해왔다. 그들은 정말로 그를 돌로 쳐죽이려 했던 것일까? 그보다는 손찌검을 할 의도는 전혀 없이 그저 주먹을 불끈 쥐어 보이는 것처럼 단순한 적대적 제스처가 아니었을까?

돌로 쳐죽이는 것은 사형 중에서 가장 오래된 형식들 중 하나이다. 성서에는 거짓 예언자들과 간음한 여자들의 경우에 특히 이 방법을 사용하도록 명하고 있다. 이 방법은 인간의 얼굴에서 생명의 빛을 꺼버렸다는 그 끔찍한 의식을 오직 한 사람의 형리에게만 짐 지우는 대신 합법적인 살인에 주민 모두가 참가하도록 한다는 장점을 갖고 있다. 사람을 죽인 돌을 던진 사람이 누구인지 아무도 알지 못한다. 사형제도를 부활시키자고 주장하는 사람들은 돌로 쳐죽이는 방법을 선택하는 것이 옳을 것이다. 그렇지 않다면 그런 주장을 하는 사람들 자신이 형을 집행하는 역할을 맡는 것이 좋겠다.

그러나 날아다니는 돌들만 있는 것은 아니다. 평화의 과업을 시작하기 위해 가져다놓은 돌들도 있다. '인간이 된다는 것은 자신의 돌을 갖다놓으면서 세계를 건설하는 데 기여하고 있다고 느끼는 것이다'라고 생텍쥐페리는 말한다.

가령 이스라엘과 팔레스타인의 공동체가 그런 것이다.

## 독일 인민공화국을 위한 진혼곡

프로이센의 나이는 246세 1개월 1주일로 계산하는 것이 옳을 것이다. 왜냐하면 이 왕국은 1701년 1월 18일 브란덴부르크 선제후가 왕으로 즉위함으로써 성립되어 1947년 2월 25일 46년 연합국 감독위원회법에 의하여 소멸되었기 때문이다. 독일 인민공화국(동독)에 대해서도 그와 마찬가지로 명확한 한계를 설정할 수 있다. 1949년 10월 7일에 건국된 이 공화국은 1990년 10월 3일 독일 연방공화국에 합병되었으니 건국 후 만 40년 11개월 3일 뒤의 일이다. 여러 가지 면에서 유사한 점이 많은 이 두 국가는 어지간히도 인위적인 역사의 산물이어서 출현할 때와 마찬가지로 돌연히 사라질 가능성이 있다는 공통점을 지니고 있다.

그렇긴 하지만 그래도 동독의 여러 지방들은 어떤 서독 사람들―우선 라인 강 연안 지방 사람인 콘라트 아데나우어부터―은 무시 못 할 정도로 독특하고 매우 분리된 지역을 형성하고 있다. 통일은 그 단층을 메우기에 충분하지 못했다. 사람들은 인구가 많고 살기가 넉넉한 서독이 동쪽의 배고프고 텅 빈 공간을 대대적으로 차지하여 부유하게 만들어줄 것으로 기대했을지도 모른다. 통일 후 5년이 지나 확인된 것은 전혀 그렇지 않다는 사실이다. 최근의 통계에 따르건대 이 새로운 지역은 가장 활동적인 주민들이 비워놓고 떠나가버린 나머지 지속적으로 원조를 받는 저개발 지역으로 전락해가는 중이어서 서독 국민 일인당 생산성의 삼분의 일에도 미치지 못하는 독일의 문제 지역이 되어 있다.

이와 같은 것이 마지막 6개월 동안 독일 인민공화국의 운명을 주재했던 로타르 드 메지르의 결론이다. 그와의 대담을 기록한 최근의 한 서적은 사실 어느 모로 보나 그런 역할을 담당할 운명을 타고난 것 같아 보이지 않는, 프랑스 위그노 후손인 이 프로이센 사람의 인물 됨됨이와 기막힌 운명을 잘 말해주고 있다.

1940년 하르츠 지방의 노르트하우젠 - 그 지역의 도라 기지에서는 비밀리에 V2 로켓이 생산되고 있었다 - 에서 태어난 그는 청교도적인 엄격함이 전통적 음악의 교양과 결합된 분위기의 가정에서 성장했다. 언제나 그에게는 그의 기독교적 신앙과 현악 사중주단의 비올라 연주자로서의 자신의 자리가 외부세계의 공격을 막아주는 피난처가 될 것으로 여겨졌다.

외부세계란 동독의 비밀경찰과 베를린 장벽을 의미한다. 그의 이야기는 그같은 정치체제하의 일상생활이 어떤 것인가를 짐작케 해준다. "나는 매년 내 생일날이 되면 20여 명의 친구들을 집으로 초대하곤 했다. 그런데 그들은 모두 나의 친구들이지만 그 중 한 사람이 나중에 그날 저녁 모임에 대한 보고서를 작성하리라는 것을 나는 확실히 알고 있었다. 본래 그런 식이었던 것이다. 베를린 장벽이 무너지고 나서 나에 대한 스타지(Stasi : 국가안전부)의 서류 일부를 열람할 수 있게 되었을 때 그 보고서의 작성자는 내가 짐작했던 사람이 아니라 다른 친구, 꿈에도 생각지 못했던 다른 친구였다는 사실을 알고 나는 너무나 놀랐다. 정말이지 그것은 나에게 엄청난 충격이었다."

변호사가 된 그는 서독으로 불법 탈출하려다가 검거된 동독인들의 변호를 전문으로 맡았다. 재판부 뒤에는 절대권력을 가진 스타지(정치경찰)가 있었으므로 형량을 가장 적게 줄이려면 그들을 교묘하게 속이지 않으면 안 되었다. 최선의 경우래야 서독으로의 추방으로 끝난다. 그러나 변호사는 가끔 자신의 전의뢰인으로부터 스타지와 '결탁'했다는 비난을 받는 쓴맛도 경험한다. 정말이지 상황은 너무나도 복잡하게 얽혀 있는 것이다.

가장 비극적인 케이스는 동독의 감옥에 갇힌 정치범들을 서독에 '파는' 일이 전문이었던 변호사 볼프강 보겔의 경우였다. 오늘날 그의 평판은 바닥으로 떨어지고 말았다. 드 메지르의 말: "그가 맡고 있었던 역할은 필요 불가결한 것이었어요. 생각해보세요. 하수도가 터지면 배관공이 희생정신을 발휘하여 시궁창 속으로 내려가 수리를 하지 않으면 안 되지요. 그런데 일을 다하고 나서 밖으로 나오면 모두들 '아이 냄새!' 하며 피하는 거예요."

'재통일'의 과정은 1995년 10월 3일 통일 5주년을 맞는 기회에 다시 한 번 엄숙하게 확인되었다. 1989년 10월 18일 에곤 크렌츠가 에리히 호네커의 후임으로 공산당 총서기로 취임한다. 12월 16일 로타르 드 메지르가 동독의 새로운 기민당 당수로 당선되어 재통일을 선포한다. 1990년 3월 18일 그가 이끄는 당이 최초의 자유선거에서 유효표의 41%을 획득했으므로 그는 정부를 구성하는 책임을 맡았다. 이제부터 그의 책무는 헬무트 콜과 재통일 조약을 협의하는 일이 될 것이다. 그는 특히 서독의 DM에 대한 동독 마르크화의 평가를 1대 1이라는 예상 밖의 수준으로 정하는 데 성공했다. 10월 3일 통합이 기정사실화되고 로타르 드 메지르는 본(Bonn) 정부의 무임소장관이 된다. 12월 2일 통일된 독일에서 총선거가 실시되었다.

그에 뒤따르는 상황은 옛 국경의 이쪽과 저쪽 주민들의 마음을 다스려주는 방향으로 진행되지 못했다. 여러 지역에서 '베시스(Wessies : 서독인들)'는 새로운 지역들에서 마치 점령국인 양 행동한다. 그들은 위선적인 도덕성을 내세우면서 '숙청'의 이름으로 이 고장 사람들을 휘두르고 거칠게 다룬다. 공직자는 누구나 자신의 자리를 잃어버리지 않으려면 조사를 거쳐서 '청결증명서(Persilschein)'를 발부받지 않으면 안 된다. 고등교육을 담당하는 모든 교사들은 동독에서 낙하산식으로 임명된 교사들로 교체되었다. '오스티(Ostie : 동독인)'의 역량은 이유를 따지기 전에 형편없는 것으로 간주된다. 드 메지르는 변호사 일을 계속하기 위하여 서독 시험관들 앞에서 법률시험을 다시 치지 않으면 안 되었다. 재통일의 비용을 치른 사람들의 거만함은 동독 지방에 있어서 항구적인 원한의 근거가 될 것이다. 그러나 귄터 그라스가 그의 소설 『광야(Ein weites Feld)』에서 기록한 저 기막힌 고발장의 내용을 다시 되풀이해서 무엇 하겠는가?

독일의 국민의식은 당장에 독일 인민공화국이라는 현상을 동화시킬 것 같지 않다. 프랑스 국민이 4년간에 걸친 비쉬 정권의 경험을 소화시키지 못하는 것과 마찬가지다. 역사가들이 각각의 책임을 규명할 것이다. 그러나 소비에트에 점령되었던 지역은 스탈린의 뜻에 반기를 들고 주권국으로 독립했다는 사실을 상기하자. 실제로 스탈린은 핀란드와 오스트리아의 모델에 따라 중립화한다는 조건으로 독일 전체를 통일하기를 원했고 또 그렇게 제안했다. 이 세 나라는 이렇게 하여 동과 서 양대체제 사이의 거대한 비무장 지역을 형성할 수도 있었을 것이고 그 지역의 번영과 파급 효과는 서구 전체에 확대되는 결과를 가져왔을지도 모른다.

해가 거듭될수록 역사가들에게 그 지혜로움을 깨우쳐줄 이같은 관점은 물론 콘라트 아데나우어가 독일 연방공화국의 건국 당시부터 그 지향점으로 삼았던 저 만병통치의 미국화에는 배치되는 것이었다. 두 국가 사이에 점점 더 깊이 팬 골, 혹은 베를린 장벽에 대하여 책임을 져야 할 아데나우어는 금세기의 가장 해로운 정치 지도자들 중 하나로 손꼽힐 것이다.

## 캘리포니아

### 노년층의 유목민들

나는 미국 서해안에서 아주 흥미로운 현상을 발견한 바 있다. 캘리포니아에서—이런 일에는 햇빛이 근본적인 역할을 하는 것이므로, 햇빛이 강하게 비치는 다른 지역에서도 마찬가지겠지만—노년층의 사람들은 은퇴하면서 떠돌이로 변해 버린다. 이야말로 우리네의 전통과는 정반대로 나가는 현상이 아닐 수 없다. 우리 유럽인들에게 있어서 은퇴한다는 것은 바로 가꾸어야 할 작은 정원과 크지 않은 집을 갖춘 시골로 물러나 앉아서 편히 쉬는 것이 아니던가? 그리고 무엇보다도 매일같이 직장으로 일하러 나가는 대신 똑같은 풍경 위로 계절이 바뀌는 모습을 창문 밖으로 내다보는 것이 아니던가?

그런데 수많은 미국인들에게 있어서는 전혀 그렇지 않은 것 같다. 벌써 대서양 건너편 쪽 친구들의 여행벽은 유럽인 저마다의 내면에 도사리고 있는 마음 편한 농부를 놀라게 하기에 충분한 것이다. 수천 킬로미터에 걸친 이동과 관련된 통계수치는 놀라운 것이다. 거기에 미친 듯한 직업의 전환이 추가된다. 수의사가 부동산 중개인이 되고 이발사가 회계사로 변하고 석공이 교사로 변신한다. 그러나 공간상의 기동성과 직업적인 적응의 유연성은 실업을 없애는 데 있어서 최선의 수단임을 인정하지 않을 수 없다.

그리하여 바야흐로 노년층은 방황의 마귀에 사로잡힌다. 은퇴할 나이에 도달한 미국인은 점점 더 많은 경우 집, 땅, 가구, 심지어 자동차 같은 모든 부동산을 팔아버린다. 그 대신 그는 캠핑카를 구입하여 그것을 집 삼아 들어앉는다. 그런데 그 캠핑카라는 것이 보통이 아니다. 길 위를 굴러다니는 이 집 속에는 없는 것이 없다. 욕실, 텔레비전을 즐기는 살롱, 침실, 심지어 장보기를 하는 데 없어서는 안 될 소형 전동수레까지 있는 것이다. 그리고는 될 대로 되라는 듯 떠난다! FM으로 연결되어 있어서 통신도 자유로운지라 며칠 동안 혹은 몇 주일 동안 완벽한 설비를 갖춘, 특히 수도와 전기가 연결되고 쓰레기 치우는 일과 쇼핑이 걱정 없는 거대한 주차장에서 서로 만날 약속을 한다.

떠돌이가 되어 살면서 깜짝 놀랄 정도로 큰 물건을 운전하고 다니는 수고를 자청하는 50세 이상 된 사람들의 이같은 결심은 정말이지 입이 딱 벌어질 지경이다. 물론 우리는 포장마차를 타고 서부를 정복하기 위하여 떠나던 저 영웅적인 모험가들을 생각하게 된다. 그런데 우리를 결정적으로 놀라 자빠지게 하는 것이 한 가지 더 있다. 그런데 이번에는 그다지 경탄스러운 느낌을 동반한 놀라움이 아니다. 나는 앞에서 FM의 도움을 받아서 캠핑카들의 엄청난 모임이 이루어진다는 말을 했다. 그렇다면 이 방랑하는 커플들이 어떤 기준에 따라서 서로 만나기로 결정하는가 하는 의문이 생길 수 있다. 고전음악에 대한 취미, 같은 종교집단에 속하는 소속감,

정치적 색채? 전혀 그런 것이 아니다. 사람들은 캠핑카의 마크와 등급에 따라 한데 모인다. 그 마크와 등급이 일정한 사회적 수준을 규정하기 때문이다. 가장 중요한 것은 자기보다 사회적으로 낮은 수준의 사람들과 어울리지 않는 것이다. 겉보기에는 가장 혁신적인 태도 표명 속에 그토록 속속들이 보수적인 오! 기이한 미국인이여!

## 1998년 12월 21일
### 베시에르 다리에서의 크리스마스

그들은 모두 일곱 명으로 로잔느의 베시에르 다리 위에서 열닷새 밤과 낮을 보낼 참이다. 롤랑, 에스테르, 또 다른 에스테르, 아킴, 크리스티앙, 미셸과 윌리가 그들이다. 보통 때 롤랑은 지체부자유자들을 위한 앰뷸런스를 운전한다. 그들 모두가 넘치도록 가진 것은 용기와 미소다. 그 다리 위에서의 겨울은, 특히 아침 2시에서 7시까지는 날씨가 좋지 않으니까 말이다. 다리 한가운데다가 그들은 바라크 두 채를 세워놓았고 그 사이에는 소시지와 메르게즈를 구울 화로가 벌겋게 피워져 있다. 차와 커피도 마찬가지로 거기에 데운다.

로잔느의 은행가 샤를르 베시에르(Charles Bessières, 1826~1901)가 플롱 계곡 위로 화려한 몽 르포 거리와 생피에르 아 라 시테를 연결하는 다리를 건설하도록 50만 프랑이라는 거금을 시에 기부했을 때 자신이 하는 일이 어떤 결과를 가져올지 전혀 예측하지 못했다. 다리는 1910년 10월 24일에 준공되었다. 다리의 양쪽 끝에 세워진 두 개의 오벨리스크는 그 후원자가 프리메이슨 단원이었음을 말해준다.

베시에르는 그러나 스위스가 세계에서 가장 높은 자살률을 기록하는 나라들 중의 하나라는 사실을 몰랐을 리가 없다. 그런데 자살자가 가장 많은 시기는 다름아닌 연말이다. 우울한 총결산, 음산한 미래, 그리고 자신만 소외된 느낌이 드는 저 가족적인 축제. 이런 판에 다시 새해를 맞는다? 그리하여 또다시 일월달의 싸늘한 추위와 어두운 사막 속을 정처 없이 헤매고 다닌다? 그러느니 차라리 끝장을 내고 말지.

로잔느 출신의 소설가 자크 셰섹스(Jacques Chessex)－1973년 소설 『식인귀(Ogre)』로 공쿠르 상 수상－의 소설은 송두리째 1956년 4월 14일 아버지의 자살로 엄청난 무게가 더해진 이 주제를 다루고 있다.

나의 아버지는 끔찍하게 다쳤고 끝내 의식을 되찾지 못한 채 나흘 뒤에 돌아가셨고 20일에 화장했다.

그 죽음이 오늘의 나를 만들었다.

나에게 그 고장을 보여준 것은, 나를 보(Vaud) 사람으로 만든 것은 그 죽음이다.

그 처음 몇 해째부터 베시에르 다리는 로잔느 사람들의 눈에 음산한 장소로만 비쳐졌다. 그곳이 금방 고의적인 죽음의 명소들 중 하나로 변했기 때문이다. 그곳에서 자살하는 사람이 매년 십여 명에 이른다. 사람들은 그곳을 '침묵의 아치'라고 부른다. 그 다리가 내려다보이는 곳에 있는 차고 안에는 항상 들것과 담요가 잔뜩 비축되어 있다는 말도 들린다. 한동안 다리 기둥들에는 조그만 광고쪽이 나붙는다. 거기에는 어떤 사람이 두 다리를 허공에 쳐들고 거꾸로 떨어지는 그림과 함께 이런 경고문이 적혀 있다: '주의! 희망의 끝!'

롤랑 바이스바움과 그의 친구들은 바로 이 저주를 쫓아내려는 것이다. 그들의 행동은 특별한 육체적 헌신만을 요구하는 것이 아니다. 거기에는 극도로 고통스러운 실패의 위험부담까지 포함되어 있다. 가령 1997년 12월 24일에 일어난 일의 다음과 같은 이야기가 그런 것이다.

10시 50분 에스테르 스페니와 다니엘 로드는 다리 위에 있었다. 평소와 다름없이 사람들이 이쪽 저쪽 방향으로 지나가고 있었다. 이렇게 뒤섞인 행인들 속에 마치 자전거 경기 선수 같은 복장을 한 한 청년이 다른 사람들과 마찬가지로 다리로 접어들었다. 에스테르와 다니엘은 바빴다. 여자 쪽은 사람들과 이야기를 나누고 있고 남자 쪽은 땔나무를 준비하고 있다. 그런데 일이 터진다. 다니엘은 철제 난간 너머 대성당 쪽에 위치한 오두막집 쪽으로 사람의 머리 하나가 넘어가는 것을 본다. 그는 무슨 일인가 싶어 달려간다. 그러나 그 젊은 자전거 선수는 이미 난간을 넘어섰다. 다니엘이 그의

**252**

팔을 잡는다. 젊은이는 몸을 지탱하려는 노력을 전혀 하지 않는다. 인도 위에서 에스테르는 그의 두 눈이 텅 비어 있는 것을 발견한다. 다니엘은 그를 붙잡지 못했다. 긴 침묵, 그리고 24미터 저 아래에서 몸이 으깨지는 둔탁한 소리.

그러니 그같은 충격을 극복하고 고집스럽게 견디어내지 않으면 안 된다. 롤랑과 그의 친구들은 모든 사람들에게 다리는 매듭이며 연결선이며 만남과 교환과 약속의 장소이며 삶의 도구라는 것을 상기시키기 위해 그곳에 있는 것이다. 그들의 작은 그룹은 계속 행인들의 주목을 끌어 발걸음을 멈추게 한다. 그들은 말하고 함께 먹고 마신다. 31일 자정, 군중들이 한데 모여 대성당에 불이 환하게 켜지는 모습과 더불어 찾아오는 새해의 첫 순간을 맞이한다.

그러므로 삶은 죽음과의 대면으로부터 더욱 강하고 빛나는 모습이 되어 나온다. 자크 셰섹스 또한 그러하다.


1956년 4월 말일, 유골을 묻고 나서 나는 어느 날 아침, 베시에르 다리를 건너 대성당 쪽으로 걸어가던 일을 기억한다. 바람이 불고 대기는 푸르고 신선했다. 퀴르타 거리의 집들 뒤로 동글동글하고 푸른 작은 나무들과 붉은 지붕들을 수놓고 있는 새들이 보였다. 문득, 나는 자신이 그 모든 공포를 씻어내고 신선한 모습이 되어 색채와 형태들이 빛을 발하는 이 섬세하고 신선한 아침 속으로 퉁겨져나온 느낌이었다. 나는 어떤 시의 첫 연을 큰소리로 암송했다. 그 시는 나를 상쾌

함과 만물에 대한 애정으로 솟구쳐오르게 했다. 화해가 가능
해진 것이었다!

# 계절과 성자들 1

기독교 예술 속의 나체들에는 모두 육체적인
냉기가 서려 있다. 이는 아마도 고의적인 것일 터이다.
아담과 이브와 세례자 요한이 그렇고 특히
세례받은 예수, 십자가에 박힌 예수가 그렇다.

## 신의 궁수 세바스티아누스

세바스티아누스 성인의 경우 놀라운 점은 우리가 그의 출생, 어린 시절, 지나온 이력, 개종, 수난, 그리고 그가 실제로 존재했던 인물이 아니라는 것까지 포함하여 모두 다 알고 있고 그런 모든 것이 순전히 『성인전(La Légende dorée)』[1]에서 유래한다는 사실이다. 성인전 작가들인 자크 드 보라진느와 앙젤뤼스 슈와즐뤼스는 그들의 글을 통하여 이 성인의 이야기를 그린 채색 삽화의 출현에 크게 기여했다. 요컨대 그 성인은 신과는 정반대다. 성 앙셀름[2]의 존재론적인 논증은 우리들에게 신의 존재를 가르쳐주지만 신의 삶이라든가 작품에 대해서는 자세한 것을 전혀 제시하지 않고 있으니 말이다.

그러니까 세바스티아누스 성인은 서력기원 256년 나르본느의 한 평범한 가정에서 태어났다. 그의 부모는 로마에 자리잡았고 그는 그곳에서 성장하여 잘생긴 용모와 대담한 성

---

1) 13세기 자크 드 보라진느(Jacques de Voragine)가 쓴 성인들의 이야기.
2) 성 앙셀름(Saint Anselme, 1033~1109): 기독교 신앙을 합리적으로 해석하려고 노력한 신학자 대주교.

격 덕분에 일찍부터 그 사회의 가장 부유하고 부패한 계층 속으로 진출했다. 상류 사회의 인기인이 된 그는 모든 축제, 모든 통음난무의 장소에 빠질 수 없는 마스코트 노릇을 도맡았다. 통통하게 살찐 엉덩이 위에서 털럭거리는 화살통만을 입은 옷의 전부인 듯 둘러메고 다니는 이 작은 큐피드가 빠진 로마의 뜨거운 밤이란 상상하기 어려울 지경이었다. 전하는 이야기에 따르건대 흔히 그의 화살에는 편지와 데이트 약속 메시지가 매달려 있었고 그는 정원으로 테라스로 심지어는 집 안으로까지 그런 화살을 수없이 쏘아보내어 사랑의 전령과 간통을 주선하는 뚜쟁이 노릇을 했다고 한다.

이 시기의 세바스티아누스는 어디로 보나 악마적이고 지각 없는 인물이어서 우리는 페늘롱[3]의 『텔레마크』에 나오는 다음과 같은 몇 줄의 글을 생각하게 된다. '그와 동시에 나는 큐피드를 알아볼 수 있었는데… 그 아이는 제 어머니인 비너스 주위를 날아다니고 있었다. 비록 그의 얼굴에는 어린아이다운 다정함과 우아함과 쾌활함이 서려 있었지만 그의 찌르는 듯한 눈빛에는 공포를 자아내는 그 무엇이 느껴졌다.' 실제로 그는 매력적이면서도 견딜 수 없고 애매한 인물인 지품천사 케루빔을 미리 예고하고 있으며 보마르셰의 『피가로의 결혼』의 온갖 간계에 맛을 들인 청소년의 모습을

---

[3] 페늘롱(Fénelon, 1651~1715): 프랑스의 성직자, 작가. 『역자교육론』『산문우화』『텔레마크의 모험』등의 저서를 남겼다.

연상케 한다.

그는 웃음을 자아내지만 그의 화살들은 상처를 준다. 그가 이 사람 저 사람 - 그들의 지위 고하를 가리지 않고 - 에게 저지르는 장난은 너무나도 악질적인 것이어서 그의 윗사람들은 결국 그를 멀리하기 위해 강제로 군대에 집어넣는다. 그는 분노하고 반항으로 가득 찬 마음으로 입대한다. 황금시대를 지난 뒤 이제 그에게는 철의 시대가 시작된다. 그는 강행군과 병영 생활과 복종을 경험한다. 그는 전투에 참가하여 부상을 당하지만 활 쏘는 궁수로서 뛰어난 그의 자질 덕분에 범용한 인간의 운명에서 벗어난다. 그는 활쏘기의 명인이 되고 거기서 최초의 철학을 도출해내는데 그것은 세월을 거듭하는 동안 날로 풍부한 것이 되어 마침내는 일본 선종에 와서 활짝 피어난다.

일련의 무기들 중에서 활은 투창과 소총의 중간쯤 된다. 투창에 있어서 에너지는 인간에 의하여 공급되고 그 에너지가 직접 발사물에 전달된다. 소총의 경우 에너지는 화약에서 오는 것으로 그 에너지는 약포 속에 무한정한 기간 동안 축적되어 있게 된다. 활의 경우 에너지는 투창처럼 인간에 의하여 공급되지만 그 에너지는 오직 활을 매개로 하여 약간의 시차를 두고 화살에 전달될 뿐이다. 여기서 용어의 의미를 분명히 해둘 필요가 있다. 활을 맨다는 것은 활줄을 제자리에 연결하는 일이다. 다음으로 활을 당기고 그리고 활을 쏜다. 그러므로 당기고 쏘는 것은 활의 사용에 있어서 가장 근본적인 두 단계다. 일본의 선은 활을 폐에 비교한다. 당기는 것은 숨을 들이쉬는 것이고 활을 쏘는 것은 숨을 내쉬는 것이다. 선종의 스승은 또한 이렇게 쓰고 있다. '궁수는 활을 쏠 때마다 죽는다. 화살이 과녁에 맞을 때마다 그는 다시 태어난다.' 당기기와 쏘기에 있어서 화살은 우선 뒤로 물러났다가 더욱 힘차게 앞으로 내닫는다. 그러나 이것은 쏘는 사람의 심장의 호흡과 박동에 필연적으로 연계된 생명 리듬인 것이다.

로마로 돌아온 세바스티아누스는 로마군에서 승진하지만 세습귀족 여자인 파비올라 – 와이즈맨 추기경[4]은 그녀가 카타콤 교회에서 개종한 과정을 이야기한 바 있다 – 와 만나게 됨으로써 그의 운명이 결정되고 만다. 그는 자신의 영혼을 바쳐 귀의한 기독교 공동체와 자신을 궁수부 대장으로 임명한 디오클레티아누스 황제[5] 사이에서 어느 쪽을 택해야 할지 몰라 고민한다. 너무나도 다른 나머지 서로 정반대가 되는 이 두 가지 사회 속에서 세바스티아누스의 아름다움은 검은 태양처럼 빛난다. 그 찬란하게 빛나는 아름다움은 어떤 사람들의 눈에는 멋진 것이었고 또 어떤 사람들에게는 스캔들이었다. 기독교도들에게 있어서 인간의 몸은 욕된 것으로 간주되어 오직 수난의 영광을 통해서만 비로소 정당성을 얻

---

4) 와이즈맨(Nicholas patrick Wiseman, 1802~1865): 영국의 가톨릭 성직자로 나중에 추기경이 되었다. 여러 가지 종교 옹호의 저술과 소설을 남겼다. 그의 작품 『파비올라』는 1854년의 작품이다.

을 수 있는 것인 데 비하여 세바스티아누스의 몸 속에서는 그리스 청년 조각상의 육체적 광휘가 되살아나는 것만 같았다. 수난자 세바스티아누스는 그 육체적 광휘를 진심으로 갈망하고 있어서 그의 고해신부인 교황 마르슬렝의 권위로도 그의 관심을 다른 곳으로 돌릴 수가 없었다. 그는 이 젊은이와 장시간 동안 이야기를 나누고 나서 작은 판때기에다가 그를 깊은 사색 속으로 빠뜨리게 되는 다음과 같은 등식을 새겨놓았다.

'세바스티엥 = 큐피드 + 예수'

한편 디오클레티아누스 황제는 백오십 년 전에 죽은 하드리아누스 황제에 대하여 진정한 숭배의 마음을 지니고 있었다. 그는 제국을 재정비한 위업 때문에 그 황제를 존경해 마지않았다. 디오클레티아누스가 늘 머리맡에 두고 읽던 책은 하드리아누스 황제의 말년에 한 천재적인 여자 – 마르그리트 유르스나르[6] – 에 의하여 씌어졌다. 이 여성 작가는 늙어가는 황제의 회고를 받아적었다. 디오클레티아누스를 무엇보다도 감동시킨 것은 하드리아누스가 한 젊은 비티니아 노예인 안티노위스와 맺게 된 관계였다. 그는 그 노예가 자살

---

5) 디오클레티아누스 황제(245~313) : 284~305년 사이의 로마황제로 303년 이후 기독교도들을 잔혹하게 처형하였다.

6) 유르스나르(Marguerite Yourcenar, 1903~1987) : 프랑스와 미국의 이중 국적인 여류 작가로 『하드리아누스 황제의 회고록』은 1951년에 발표되었다.

한 뒤 그를 신격화했던 것이다.

디오클레티아누스는 하드리아누스와 안티노위스 사이의 그 기막힌 모험을 세바스티아누스와 더불어 재현하기를 꿈꾸었다. 그것은 세바스티아누스의 신앙심을 계산에 넣지 않은 꿈이었다. 그에게 있어서 황제와의 친밀한 관계는 오직 한 가지 의미뿐이었으니 그것은 바로 황제를 그 새로운 종교로 개종시키고 그와 동시에 기독교인들에 대한 박해를 중지시키는 것이었다. 여전히 활과 화살의 상징에서 벗어나지 못하고 있는 그가 이제부터 제기하는 가장 근본적인 질문은 하나뿐이었다. 즉 궁수인 나는, 활과 화살인 나는 어떻게 하면 동시에 그 화살의 과녁도 될 수 있는 것일까? 하는 질문이 그것이었다. 기독교 정신이 내놓는 대답은 다름아닌 내면화로서 이로 인해 세바스티아누스는 자기가 지휘하는 병사들의 과녁이 되고 만다.

자신이 가장 총애하는 신하의 체포 소식을 들었을 때 디오클레티아누스 황제의 슬픔과 분노가 어떠했겠는가! 나무로 새긴 이교도 신의 거친 조각상에 경배드릴 것을 강요당하자 세바스티아누스는 대답 대신 두 개의 화살을 쏘았는데 화살은 각기 우상의 두 눈에 가서 박혔다. 이것은 우상의 맹목을 의미하는 것이었다. 그는 황제 앞에 나아가 모든 궁정 사람들의 면전에서 기독교의 진리를 선포한다. 디오클레티아누스는 그를 사형에 처하는 도리밖에 없었다. 그는 자신이 지휘하던 부대의 병사들에 의해 화살을 맞는다.

다눈치오는 클로드 드뷔시가 1911년 음악으로 작곡하게 될 그의 멋진 프랑스 말 시에서 세바스티아누스의 순교와 그의 병사들과의 열정적인 관계를 찬양했다. 그는 베로니크 강바라(Véronique Gambara)의 다음과 같은 인용을 그 시의 제사로 삼았다. '나를 가장 사랑하는 이가 나에게 가장 깊은 상처를 주나니.' 거기에는 불타는 불등걸 위에서 추는 세바스티아누스의 춤, 세바스티아누스가 쏜 화살이 하늘로 날아가서 다시 떨어지지 않고 사라져버리는 기적, 그리고 무엇보다도 형장의 증인이 다음과 같이 내뱉는 절규가 있다. '그대는 숱한 상처로 빛을 발하고 그대의 전신에는 수많은 별들이 박혀 있도다!' 그리고 세바스티아누스가 궁수들에게 보내는 격려의 말: '저마다 사신의 사랑을 죽여서 일곱 배나 더 뜨겁게 거듭나야 하느니. 오 궁수들이여, 혹시 그대들이 나를 사랑한다면, 내가 찌르는 쇠붙이의 아픔으로 그 사랑을 알게 해다오! 내 그대들에게 말하노니, 나에게 더 깊은 상처를 주는 자가 나를 더 깊이 사랑하는 것임을!'

온몸에 화살을 맞아 구멍이 나고 버려져서 죽음에 이른 그를 성녀 이레나가 거두어 살려놓았다. 그가 궁정으로 돌아가자 모두들 그가 유령이라고 생각하여 도망쳤다. 그는 황제 앞에 일어서서 마지막으로 한 번 더 그를 개종시키려 한다. 이건 도가 지나치다! 화살들은 그의 아름다움을 존중해주었었다. 아니 존중한 정도가 아니라 그의 무릎, 어깨, 배의 형상을 손가락으로 가리켜 보이고 찬상하여 그 아름다움을 더욱 강조해 보였다. 그러나 두번째 형벌은 첫번 것과는 다른 것이 될 터이다. 몽둥이로 그의 빛나던 얼굴과 매력적인 몸을 짓이겼고 재기와 육감적인 매혹의 빛을 핏덩어리로 만들어 로마의 거대한 시궁창인 라 클로아카 막시마(La Cloaca maxima)에 버렸다.

세바스티아누스는 빛나는 모습으로 부활했고 그의 부활은 수세기에 걸친 그림과 조각들을 통해서 영원한 것이 되었다. 그는 기독교 예술 속에 부활한 단 하나의 그리스 에로티시즘의 예로 남아 있다. 기독교 예술 속의 나체들에는 모두 육체적인 냉기가 서려 있다. 이는 아마도 고의적인 것일 터이다. 아담과 이브와 세례자 요한이 그렇고 특히 세례받은 예수, 십자가에 박힌 예수가 그렇다. 세바스티아누스는 이 엄숙한 전통 속에서 뜨거운 예외라고 할 수 있다.

활, 특히 화살은 분명 미술사의 이 장에서 핵심적인 열쇠들 중 하나다. 그렇지만 그 열쇠를 제대로 쓸 줄 알아야 한다. 여러 미술관을 섭렵하면서 세바스티아누스의 육체에 박힌 화살 효과의 위상에 대한 기초를 마련해야 할 것이다. 왜 조르주 드 라 투르[7]와 베르넹[8]의 그림에서는 배 한복판에 한 개의 화살이 박혀 있는 것일까? 왜 크리벨리[9], 만테냐[10], 그뤼네발트[11]의 그림에서는 언제나 화살들이 아주 가벼운 상처(화살의 끝이 몸 밖으로 다시 빠져나오고 있는 것을 볼 수 있다)를 내고 있는 것이 고작일까? 왜 뒤러[12]의 경우에는 단 한 개의 화살이 이마 한복판에 마치 일각수의 뿔처럼 박혀 있는 것일까? 왜 미켈란젤로, 퓌제[13], 귀스타브 모로[14]의 그림에서는 화살의 자취도 찾아볼 수 없는 것일까?

그런 것을 두고 우연이라고 한다면 그것은 우리의 무지를 드러내는 결과밖에 되지 않는다. 찬란한 양피지와도 같은 세바스티아누스의 피부 위에 난 상처들을 통해서 우리는 거기에 새겨진 기호를 판독하는 방법을 배우지 않으면 안 될 것이다.


## 어떤 천사의 해부


폴 발레리는 만년에 쓴 한 텍스트에서 나르시스 신화와 천사들의 신비를 멋지게 겹쳐놓은 바 있다. 그는 샘가에 앉아서 물거울에 비친 자신의 모습을 들여다보고 있는 어떤 천사를 우리에게 보여준다. 그런데 그는 얼마나 놀랐는지 모른다! 물 속에 비친 것은 눈물을 흘리고 있는 한 남자인 것이다. '그리하여 그는 드러난 물결 위에 자신이 무한한 슬픔에

---

7) 조르주 드 라 투르(Georges de La Tour, 1593~1652): 프랑스의 화가.

8) 르 베르넹(Le Bernin, 1598~1680): 이탈리아의 조각가, 화가 겸 건축가.

9) 크리벨리(Carlo Crivelli, 1439~1493): 이탈리아의 화가.

10) 만테냐(Anerea Mantegna, 1431~1506): 이탈리아의 화가.

11) 그뤼네발트(Matthias Grunewald, 1460~1528): 독일의 화가.

12) 뒤러(Albrecht Dürer, 1471~1528): 독일의 화가.

13) 퓌제(Pierre Puget, 1620~1694): 프랑스의 화가, 조각가 및 건축가.

14) 모로(Gustave Moreau, 1826~1898): 프랑스의 화가.

사로잡혀 있는 모습으로 나타난 것을 보고 말할 수 없이 놀란다.' 순수한 정신의 소유자는 슬픔을 알지 못하므로 천사는 샘물이라는 매개를 통해서만 비로소 눈물을 흘릴 수가 있는 것이다.

천사들이 그들에게 결핍되어 있는 것에 의해서 비로소 인간들과 구별될 수 있다는 사실은 주목할 만한 것이다. 나의 오래된 한 여자친구가 들려준 이야기에 의하면 그녀는 아홉 살 때 수녀님들이 운영하는 어떤 기숙학교에 들어갔다고 한다. 어느 날 그녀는 욕실을 이용한 적이 있는데 옷을 벗고 몸을 씻고 몸의 물기를 닦고 다시 옷을 입을 때는 언제나 생마포로 만든 소매 없는 망토를 덮어쓰고 그 속에서 해야 한다는 것을 깜빡 잊었다. 감독수녀가 그 거침없는 행동을 보자 깜짝 놀라서 소리쳤다. '이 한심한 애야! 넌 너의 수호천사가 젊은 남자라는 것을 모른단 말이냐!'

이것은 천사들의 성이 무엇일까라는 해묵은 문제에 좀 성급한 답을 내놓은 것이라고 할 수 있다. 성서는 이 미묘한 문제에 대하여 매우 철저한 태도를 취한다. 두 번이나 천사들과 인간들 사이에 생긴 사랑의 관계는 여호와의 무서운 분노를 불러일으켰다. 특히 저 무서운 대홍수의 원인을 기억하지 못하는 사람은 없을 것이다. 우리는 항상 노아의 방주를 상기하고 그 방주의 현창으로 노아의 수염, 사자의 갈기 혹은 기린의 목이 지나가는 것을 본다. 그러나 여호와가 비를 내리게 하여 그 물결에 쓸려 인간들이 모두 다 몰살당하도록 결정하게 된 동기는 바로 몇몇 천사들이 '인간의 딸들'과 사랑을 하여 무서운 거인족을 낳았기 때문이었다.

얼마 후에는 소돔의 주민들이 롯<sup>15)</sup>의 집으로 내려온 두 천사들에게 군침을 흘린다. '그런데 그 무리들 속에는 어린 아이들과 늙은이들이 있었다'고 성서의 텍스트는 무섭다는 듯이 밝히고 있다. 그 벌로 불비가 쏟아져서 그 도시와 주민들은 잿더미로 변하게 된다.

이처럼 천사들과의 이성애는 물의 대홍수를 불러오고 동성애는 하늘의 불을 자초한다. 이런 경우 성의 회피, 나아가서는 무성(無性)이 가장 건전한 예방책이 될 것이다. 사실 영원한 생명을 누릴 수 있다면야 자손을 만들 필요가 없지 않겠는가? 성과 죽음은 서로 밀접한 관계가 있는 것이다.

그뿐만이 아니다. 인간에게는 두 팔이 있지만 날개는 없다. 새는 날개가 있지만 팔이 없다. 전자는 일을 하고 후자는 날아다닌다. 천사는 팔과 날개를 다 가지고 있다. 그래서 천사는 포유류처럼 네 개의 수족을 지닌 것이 아니라 곤충들처럼 여섯 개의 수족을 지닌 것이다. 과연 몇몇 성모영보(聖母領報) 그림들에서 보면 창백한 얼굴로 어쩔 줄 몰라 하는 어린 마리아 앞에 거대한 황금빛 풍뎅이처럼 깃털과 시초와 침이 삐죽삐죽 나온 가브리엘 천사장이 서 있는 모습을 볼 수 있다.

---

15) 롯(Lot) : 아브라함의 조카.

그것은 아름답지만 부서지기 쉽다. 그렇게 화려한 장치를 갖추고 있을 때는 심하게 나대지 않는 것이 좋다. 체스터튼 16)은 아주 적절하게 다음과 같이 말했다. '천사들은 자신들을 경솔하게 여기기 때문에 나는 것이다.'

천사는 그냥 날아다니는 정도로 만족하는 것이 신중한 태도일 것 같다. 그것이 바로 마왕 뤼시페르의 비극이다. 그의 이름은 빛을 지고 다니는 자라는 뜻이다. 뭔가를 지고 다니는 천사라니 정말일까? 빛은 확실히 너무나 무거운 짐이다. 사탄 뤼시페르는 그 빛을 두 팔 안에 가득 안고 있다가 떨어졌다. 그는 아는 것이 너무 많아서 탈인 천사다. 그는 두 팔, 날개, 심지어 두 다리까지도 모두 잃고서 지혜의 나뭇가지들 속으로 떨어졌다. 몸통만 남은 천사, 그러니까 뱀이 된 것이다.

천사들의 모든 기능들 중에서 음악이야말로 틀림없이 그들의 천성에 가장 잘 어울리는 것이다. 그렇지만 어떤 음악이 어울릴까? 신비주의자 앙젤뤼스 슈와즐뤼스는 이렇게 썼다. '음악가 천사들은 신을 위해 의식을 집행할 때면 바흐를 연주한다. 그러나 천사들끼리 있을 때는 모차르트를 연주한다. 그러면 신이 문간에 와서 엿듣는다.'

---

16) 체스터튼 : (Gilbert Keith Chesterton, 1870~1936) : 영국의 작가.

## 식인귀들의 후견자 성인 크리스토포로스

식인귀들은 실제로 존재하고 그들은 나름대로의 전설을 지니고 있다. 신화 속에는 폴리페모스[17], 콜렝 마이야르, 엄지동자(Petit Poucet)의 식인귀 등이 등장한다. 문학 속에는 가르강튀아와 팡타그뤼엘[18], 폴스타프[19], 포르토스, 두라킨 장군 등이 있다. 식인귀는 엄청난 식욕을 억제하지 못하여 때로는 사람을 잡아먹기도 한다. 그 식인귀가 특히 어린 여자아이들을 잡아먹을 때는 그것을 요귀(croque - mitaine, 이때 mitaine는 어린 여자아이라는 뜻이다)라고 부른다. 그는 너그럽고 허풍이 심하고 게으르지만 용기 있는 인물이다. 그는 꼭 필요할 경우에만 죽인다. 그는 시력이 나쁜 대신 그 것을 예외적인 후각으로 만회한다. ('그는 신선한 살 냄새를 용케도 맡는다'고 페로의 식인귀는 말한다.)

식인귀는 신화나 문학작품 속에만 등장하는 것이 아니다.

---

17) 그리스 신화에 나온는 식인종 큐크로페스의 추장으로 외눈의 거인이다.

18) 라블레(Rablais)의 소설에 등장하는 두 인물로 가르강튀아는 거인 그랑구지에와 가르가멜 사이에서 태어나 노트르담 사원의 거대한 종을 떼어 자신이 타고 다니는 나귀의 목에 걸 정도인 거인이다. 팡타그뤼엘은 아버지 가르강튀아의 명령을 받아 파뉘르주와 함께 딥소드 족을 쳐부순다.

19) 폴스타프(Sir John Falstaff, 1379~1459): 셰익스피어의 극 「윈저의 즐거운 아낙네들」과 「헨리 4세」에 등장하는 군인으로 허풍쟁이 인물.

우리는 실제 삶 속에서도 그들을 만나고 심지어는 거울 속에서 우리 자신의 모습을 비춰볼 때도 그들을 만난다. 식인귀는 남성만이 아니라 여성도 있다.

식인귀들에게는 그들만의 성인이 있는데 그가 바로 크리스토포로스로 8월 21일이 그 축일이다. 그 이야기는 자크 드 보라진느의 『성인전』에 나온다.

그러니까 크리스토포로스는 유례없는 힘과 식욕을 지닌 거인이었다. 그는 보잘것없는 신분이었으므로 주인을 찾고자 했다. 그러나 주인은 그 누구도 당할 수 없을 만큼 위대한 인물이기를 원했다. 우선 그는 대단한 귀인이신 자기 나라의 왕이 바로 그런 인물이라고 생각했다. 그러나 크리스토포로스는 어느 날 자신의 면전에서 어떤 사람이 사탄을 부르자 왕이 가슴에 십자가를 긋는 모습을 목격하게 되었다. 그 때문에 그는 곧 사탄이 왕보다 더 위력 있는 존재라고 결론지었다. 열심히 찾은 결과 크리스토포로스는 마침내 사탄을 찾아냈고 그의 시중을 드는 자리를 구했다. 그런데 어느 날 그 새로운 주인이 그리스도가 못 박힌 십자가상을 피하기 위하여 일부러 돌아가는 것을 보았다. 사탄이 그에게 설명해주었다. '그리스도라고 하는 사람이 십자가에 못 박혔다. 그래서 나는 그의 십자가 모양만 보면 몹시 겁을 집어먹게 되므로 소름이 끼쳐 도망을 친단다.' 그래서 크리스토포로스는 사탄보다도 더 힘센 나으리가 존재한다는 사실을 깨닫게 되었다. 그리하여 그분을 모시기 위해 찾아 나섰다. 마침내 찾아낸 어떤 은자가 그에게 기독교의 신앙을 가르쳐주었다. 그리고 은자는 '네가 모시고자 하는 왕이신 예수께서는 네가 스스로 단식을 하기를 원하신다'고 말을 맺었다. 그러자 크리스토포로스가 대답했다. '저는 거인이라서 너무나 배가 고프기 때문에 굶는다는 것은 불가능합니다.' 은자가 그에게 말했다. '그렇다면 너는 기골이 장대하고 힘이 엄청나게 세니 냇가에 가서 자리잡고 있다가 나그네들이 냇물을 건너는 것을 도와주도록 하라.' 크리스토포로스는 오랜 세월 동안 이 일을 해냈다. 어느 날 그가 물가에 있으려니까 어떤 작은 아이가 물을 건네달라고 했다. 그는 아이를 어깨 위에 올려놓고 물 속으로 들어갔다. 그런데 이게 웬일인가. 어깨 위에 올려놓은 아이가 엄청나게 큰 납덩어리처럼 무거운 것이 아닌가. 그래서 거인은 너무나 힘이 들고 괴로워서 금방이라도 숨이 끊어질 것만 같았다. 그는 간신히 위기를 모면했다. 마침내 어린아이를 맞은편 강기슭에 내려놓고 나자 그는 아이에게 말했다. '네가 얼마나 무거웠는지 이 세상 전체를 다 내 어깨에 짊어지고 있는 줄 알았다.' 그러자 어린아이가 말했다. '놀라울 것 없지, 크리스토포로스, 너는 이 세상만 어깨에 짊어진 것이 아니고 이 세상의 모든 죄를 떠안은 아기를 짊어진 것이었단다. 내가 바로 너의 왕인 예수니까 말이다.'

역사상 가장 유명한 크리스토포로스는 아마도 아메리카 대륙을 발견한 그 사람일 터이다. 레옹 블르와는 크리스토퍼 콜럼버스에 대한 진정한 숭배의 마음을 지니고 있었다. 그는 그의 위대함을 기리고 그를 성인품에 올리기 위하여 책 한 권을 썼다. 레옹 블르와에 따르면 크리스토퍼 콜럼버스의 운명과 위대함은 송두리째 그의 성과 이름에 다 새겨져 있다는 것이다. 왜냐하면 그 크리스토포로스는 콜롱브, 즉 비둘기, 성령의 비둘기이기 때문이다. 그 비둘기는 동시에 그리스도를 업은 자(크리스토포로스)였다. 크리스토퍼 콜럼버스는 그러므로 수많은 바다들을 건너 아메리카의 여러 민족들에게 복음을 전하는 소명을 지니고 있었던 것이다. 그는 그 소명에 따랐고 그래서 성인품에 들 자격이 있는 것이다.


## 어린 아이를 업다

출애굽에서 「마왕」까지


별의 안내를 받아 동방박사들은 우선 예루살렘 궁정으로 찾아갔다. 무모하게도 그들은 헤로데 왕에게 유다인의 새로운 왕이 태어나신다는 예고를 받고서 그 왕을 찾아왔다고 사실대로 말했다. 그 말에 지대한 관심을 나타내며 헤로데 왕은 그들에게 이렇게 말한다. '자 그럼 가서 그 아기를 잘 찾아보시오. 그리하여 나도 가서 경배할 터이니 그 아기를 찾거든 내게도 알려주시오.' 그렇지만 왕은 한편 무고한 사람들의 대학살을 위하여 칼을 갈고 있었다.

별은 동방박사들을 베들레헴으로 인도한다. 왕이 나신 외양간을 찾아낸 그들은 지니고 온 보물상자를 열어 황금과 유향과 몰약을 예물로 드렸다. 그러나 꿈에 어떤 천사가 나타나 그들에게 이 사실을 헤로데 왕에게 알리지 말 것을 권한다. 그리하여 그들은 다른 길을 택해서 자기들 나라로 돌아간다.

같은 천사가 요셉의 꿈에도 나타나 말한다. '어머니와 아이를 데리고 이집트를 떠나라. 헤로데 왕이 아기를 찾게 하여 죽이게 하리라.'

아이를 그 부모에게서 빼앗아 죽이려 하는 폭군을 피하여 말과 나귀를 타고 이렇게 도망하는 모습은 괴테의 저 유명한 발라드 「마왕」 속에 그대로 나온다. 아버지는 어린 아들을 품에 안고 어둠과 바람 속으로 도망친다. 아이는 일종의 공기 식인귀에게 추격당하고 있는 셈이다. 식인귀는 온갖 다짐을 한 끝에 그를 이렇게 위협하기에 이른다. '네가 내 말을 듣지 않으면 폭력을 행사하겠다.' 결국 아이는 아버지의 품에서 죽는다.

그러니까 아이를 업고 가는 사람에는 두 종류가 있는 셈이다. 아이를 구해주는 착한 사람들과 아이를 죽이는 나쁜 사람들이 그것이다. 아이를 업어주는 착한 사람의 전형은 다름 아닌 크리스토포로스 성인이다. 그의 이름은 바로 그리스도를 업은 사람이라는 뜻인 것이다. 그는 아이를 왼쪽 팔로 안거나 — 오른쪽 팔로는 장대를 밀어 배를 나아가게 해야 하니까 - 아니면 벨리니의 그림에서 보듯이 아이를 왼쪽 어깨 위에 앉히든가 걸터앉힌다.

박식한 사람들의 말을 들어보면 아이를 업는다는 그리스 말 pédophore는 꼭 한 번밖에 쓰이지 않았다고 한다. 기원전 2세기경 시리아에 살았던 멜레아그르 드 가다라에게서 쓰인 것을 찾아볼 수 있다. 멜레아그르에 따르면 '페도포르'는 바람을 뜻한다. 아마도 어른들보다 훨씬 더 몸이 가벼운 어린아이들은 큰 바람이 불면 날려갈 위험이 더 많기 때문일 것이다.

어린아이들을 훔쳐가는 식인귀의 주제는 역사 속에 자주 등장하고 또 실제 사실을 나타내는 경우가 종종 있다. 질 드 레[20]는 아마도 페로의 콩트 「엄지동자」(흔히 생각하듯이 「바르브 블뢰」[21]가 아니라)에 힌트를 주었던 것 같다. 나폴레옹은 '코르시카의 식인귀'라는 별명으로 불리곤 했다. 스위스 베른에 가면 어린아이들을 잡아먹고 있는 동상이 서 있는 '식인귀(Kindlifresser)'라는 이름의 분수를 볼 수 있다. 이것은 용병으로 데려가기 위해 시골로 다니면서 젊은이들을 모집하는 사람들에 대해 항의하기 위해 스위스 사람들이

---

20) 질 드 레(Gilles de Rais, 1404~1440) : 프랑스 대원수 자리에 올랐던 인물로 잔느 다르크의 동지. 그러나 마술에 걸려 수많은 어린아이들을 살해하여 교수형과 화형에 처해졌다.
21) 「바르브 블뢰(Barbe - bleue)」 : 페로의 콩트로 이 주인공은 6명의 처를 죽이고 일곱번째 처를 살해하려다가 오히려 피살된다.

세운 분수다.

　　그러나 좋은 '아이 업기'도 없지 않다. 앙드레 르루와 구랑 [22]은 그의 저서 『인간과 질료』에서 그가 '아이 업기'라고 이름붙인 것에 한 장을 할애하고 있다. 유럽인들은 오른쪽 손을 자유롭게 사용할 수 있도록 어린아이를 왼팔에 안는다. 인도나 극동 지역에서는 어머니나 큰누나가 아기를 포대기에 싸서 업거나 두 다리를 벌리게 하여 엉덩이 위에 올려놓고 업는다. 프랑스에서는 마치 캥거루 어미의 육아낭처럼 아기를 가슴 쪽으로 비끄러매어 떠안고 다니는 어머니들을 점점 더 많이 볼 수 있다. 흑인 아프리카 지역에서는 일을 해야 하는 어머니가 보다 편하도록 아기를 등에 비끄러맨다. 이렇게 되면 어머니가 땅을 파거나 곡식을 절구에 넣고 빻을 때 아기는 심하게 흔들리지만 그런 환경에 잘 적응하는 것 같다. 이마에 끈을 둘러 지탱하며 등짐을 지는 민족들은 아이도 그렇게 등에 진다. 일본 열도의 아이누족과 브라질의 보토쿠도스족이 그렇다. 아기를 엉덩이 위에 올려놓고 어깨에서 허리 쪽으로 비스듬히 끈을 매어 둘러메는 방식은 남서태평양 지역, 말레이시아, 인도 남부 그리고 사하라 사막의 투아레그족에게서 볼 수 있다. 노르웨이, 아이슬란드, 그리

---

22) 르루와 구랑(André Leroi-Gouran, 1911~1986): 프랑스의 인류학자. 선사시대 연구가. 주로 산업화 이전 사회들에 있어서의 기술의 의미 연구로 널리 알려졌으며, 『순록의 문명』(1936) 『인간과 질료』(1943) 『역사 쓰기』(1974) 등의 저서를 남겼다.

고 북극 지방 전체에서 볼 수 있듯이 가벼운 아기를 요람 바구니 속에 매어서 들고 다니는 경우는 아기를 땅바닥에 내려 놓기 좋다는 장점이 있다.

아마도 남쪽 지역의 아기 업기와 가장 뚜렷하게 구별되는 것은 북쪽 지방의 아기 업기 방식일 것이다. 서구의 여러 나라들에서는 꼭 필요할 때 아기를 안고 다니지만 그렇지 않을 때는 요람 속에 눕혀둔다. 조제프 펭숑의 『깍도요』라는 앨범은 지난날 브르타뉴의 풍속을 담은 것인데 거기 보면 어린아이를 포대기에 싸서 마치 사진틀처럼 벽에 박은 못에 걸어놓은 사진이 있다. 반면에 흑인 아프리카 지역, 인도 남부 그리고 라틴 아메리카에서는 어린아이가 밤이나 낮이나 어머니의 몸과 푸근하게 접촉한 채로 지낸다.

아마도 그런 이유 때문에 경제적으로 어려운 그쪽 제3세계에서는 어린아이가 우는 소리가 들리지 않는 것인지도 모른다. 혼자 지내도록 방치된 채 그 실존적 고통을 울음으로 호소하는 어린아이는 서구의 한 슬픈 특산물이 되어 있다.


## 산타클로스는 동방박사인가?


우리들의 이미저리 속에 새겨져 있는 성탄절에는 기독교의 지리학적 전개 과정에서 생긴 역설이 지워지지 않고 남아 있다. 지중해안의 오리엔트에서 출발한 그 새로운 종교는 북서방향의 길을 따라 전파되어 그리스, 이탈리아, 그리고 서유럽 전체에 이르렀다. 폴 발레리는 밖에서 들어오는 이국적 박래품으로서밖에는 빵과 포도주를 맛보지 못하고 살아온 나라들에서 과연 그 종교의 장래가 어떻게 될 것인지 의문이라고 했다. 우리는 기후와 계절의 면에서 같은 질문을 던져볼 수 있을 것이다. 나는 개인적으로 열대지방에서 맞이했던 기이한 크리스마스 이브를 머릿속에 떠올리게 된다. 우리는 전나무와 살레와 스키 타는 사람들, 썰매 등이 그려진 눈 덮인 풍경으로 벽을 장식하고 냉방 시설이 된 방안에 차려놓은 식탁에 둘러앉아 크리스마스를 맞았던 것이다. 기독교는 수세기에 걸쳐서 북쪽으로 올라오는 동안 필연적으로 여러 가지 변화를, 심지어 모종의 단절을 겪지 않을 수 없었다. 러시아와 앵글로색슨 제국들은 로마 카톨릭의 정신과 중앙집권주의에 끝내 적응하지 못하고 말았다. 그리스 정교회, 다음으로 개신교의 분리는 비지중해적인 기독교, 때로는 대양적인, 더러는 대륙적인 기독교의 탄생을 말해주는 것이었다.

각각의 민족과 심지어 각각의 개인은 특별히 복음서의 이런저런 기록에서 자유롭게 자신의 정체성, 혹은 경향을 확인하게 된다. 스페인 사람들은 특유의 새디스틱한 뉘앙스를 내포한 고통 예찬의 경향이 있어서 십자가의 수난을 유별나게 중요시하였는 데 비하여 북구의 여러 나라들은 무엇보다도 아기 예수의 탄생 쪽에 더 많은 관심을 가졌다. 그래서 성탄절은 무엇보다도 북구의 축제라고 할 수 있다. 그리하여 여름과 겨울의 대조가 아주 뚜렷한 나라들 쪽으로 복음전도운동이 북상함에 따라 성탄절의 중요성은 점점 더 커졌다. 우리들의 경우 성탄절은 겨울의 한가운데가 아니라 겨울의 문턱에 불과하다. 이를테면 겨울의 엄숙한 시작이라고 하겠다. 그래서 사실 눈이 하얗게 쌓인 가운데 성탄절을 맞는 일은 매우 드물다는 점을 인정하지 않을 수 없다. 그렇지만 성탄절은 우리들의 달력 속에서 낮이 가장 짧고 밤이 가장 긴 때에 위치하고 있다. 아마도 이 점이 더 중요한 것인지도 모른다. 성탄절은 밤의 축제가 되어야 마땅하다. 구세주의 탄생이 동짓날에 자리잡게 된 것은 사실 북구 여러 나라들의 영향이다. 우선 그 시점은 태양의 죽음과 즉각적인 소생을 의미하기 때문이다. 교회는 또한 이를 통하여 태양 숭배를 예수 숭배로 대체할 생각을 한 것이다. 여러 가지 점에서 해묵은 이교도 정신이 복음서의 채색 삽화 속으로 침투해 들어옴으로써 그 뜻을 왜곡할 위험이 없지는 않지만, 어쨌든 교회는 그 목적을 어느 정도 달성한 것이 사실이다. 사실 구세주의 개념과 태양의 개념의 이같은 접근 현상은 복음서의 경우에나(마태복음은 타보르 산상에서 그리스도의 현성용이 예수의 얼굴을 '태양처럼 찬란하게 빛나게' 했다고 말하고 있다) 예컨대 신자들이 경배할 수 있도록 성체의 빵을 내놓는 성체현 시대(혹은 성체합)의 형상에서나 뚜렷이 나타나 있다.

그렇긴 하지만 예수 탄생의 이미저리—구유, 소와 당나귀,

목자들, 그리고 헤로데 왕의 위협을 피하기 위한 출애굽 — 와 북구 성탄절의 이미저리 — 붉은 망토를 입고 순록이 끄는 썰매에 선물을 가득 싣고 달리는 수염이 허연 노인 — , 그렇다, 이 두 가지 이미저리는 아무래도 서로 어울리지 않고 양립할 수 없는 것 같아 보일지도 모른다. 내가 여기서 일부러 가정법을 쓰는 것은 마찬가지로 마법적인 이 두 가지 무대 장치를 서로 이어주는 가교가 분명 있기 때문이다. 아니 가교 정도가 아니라 화려하게 설계된 튼튼한 다리가 있는 것이다. 그 다리가 바로 동방박사들이다. 그렇다. 우리는 이 문제를 제기하지 않으면 안 된다. 산타클로스가 과연 동방박사들 중의 한 사람인가 하는 의문은 그 파급 효과가 매우 큰 문제인 것이다.

동방박사들의 이야기는 단 한 군데의 복음서, 즉 마태복음에만 언급되어 있다. 박사들은 역사와 회화 속에서 엄청난 성공을 거두었다. 장 푸케에서 보티첼리, 뒤러에서 루벤스나 푸셍에 이르기까지 동방박사들의 경배라는 테마는 회화 공부에 있어서 거의 필수적인 연습과제라고 해도 과언이 아니다. 사실 행복한 아라비아에서 온 왕들의 동방적인 화려함과 성가족의 헐벗음 사이의 대조, 성령의 빛을 받고 있는 연약함 앞에 무릎꿇은 지상의 권세보다 더 '회화적'인 것은 없을 것이다. 예수 탄생이라는 이 감동적이고 멋진 에피소드는 전통적인 두 가지 교훈을 담고 있다.

첫번째 교훈은 기독교 통합운동(oecuménisme)과 관련이 있다. '에쿠멘(écoumène)'이란 인간이 살고 있는 땅 전체를 가리키는 말이다. 일상어 속에 도입할 가치가 있는 아름답고 정다운 말이다. 동방박사들은 외국 사람들이다. 그들은 머나먼 곳에서 왔다. 전통적으로 그들 가운데는 아프리카 흑인이 한 사람 포함되어 있다. 신세계를 정복하는 즉시 인디언 추장이 끼여 있는 아메리카인들의 '아기 예수 경배' 그림들이 나타났었다. 그것만 보더라도 기독교가 종족과 출신을 초월하여 만인에게 개방된 종교임을 충분히 알 수 있다. 세례만 받으면 누구나 기독교인이 될 수 있는 것이다. 이처럼 기독교는 하나의 폐쇄적인 종파에만 개방된 종교로서의 유태교와 대립된다.

동방박사들의 경배가 주는 두번째 교훈은, 어떤 전통에서 주장하는 것처럼 기독교가 비참한 삶을 그리는 것을 즐기는 종교라는 생각을 불식시켜준다. 예수가 외양간에서 태어난 것도, 그의 부모가 떠돌이처럼 헤매고 다닌 것도 사실이다. 그러나 동방의 귀인들이 그들을 찾아 달려온 것이다. '그들은 보물상자를 열어 황금과 유향과 몰약을 예물로 드렸다.' 목자들은 아마도 우유, 치즈, 양털 같은 먹을 것이나 다른 유용한 선물을 가지고 왔을 것이다. 그런데 동방박사들이 가져온 것은 순전히 사치품들뿐이다. 그렇다면 성가족이 이런 황금, 유향, 몰약을 무엇에 쓴단 말인가? 바로 아무데도 쓸 데가 없다는 데 그 선물의 특징이 있다. 크리스마스 선물이란 모름지기 무용한 것이어야 하지 않을까? 어린아이에게 있어서 성탄절 선물로 양말이나 목도리나 학교에서 쓰는 공책 따위를 선물받는다는 것보다 더 슬프고 딱한 일이 있을까? 예수는 그토록 어린 나이에 동방박사들이 그에게 주었던 그 사심 없는 사치의 교훈을 결코 잊어버리지 못했을 것이다. 문둥병자 시몬의 집에서 막달라 마리아가 그에게 값비싼 향수를 뿌려주자 제자들은 낭비라고 성을 낸다. 그러느니 차라리 가난한 사람들에게 적선하는 것이 낫지 않겠느냐는 것이었다. 예수는 그들을 몹시 꾸짖는다. 그들이 적선할 가난한 사람들은 나중에도 얼마든지 만날 수 있다. 그러나 예수는 그들 가운데 얼마 동안이나 있을 것인가? 마태오가 분명히 말했듯이 진정한 기독교인은 들에 핀 백합보다 자신의 옷을 더 걱정하지 않는다. 그렇지만 하느님의 뜻이 그러한지라 그보다 더 화려하게 옷 입은 자가 없다.(마태복음, VI, 28)

동방박사들은 모두 몇 사람이었을까? 마태복음은 그 점을 분명하게 밝히지 않고 있다. 그들이 셋이라고 보는 전통은 황금, 유향, 몰약 이 세 가지 예물에 근거를 둔 것이다. 그러나 우리가 앞에서 인용한 텍스트는 결코 선물 하나에 한 사람의 왕이 해당된다고 못박아 말한 적이 없다. 그리고 그 수는 이야기와 사정에 따라 달라진다. 독일 소설가 에자르트 샤퍼는 『네번째의 동방박사』라는 제목의 소설을 쓴 바 있다. 나는 그에게 어떤 잘 알려진 전설이 있어서 그걸 근거로 그 같은 제목을 붙인 것인지를 물어보았다. 러시아의 전설에 따른 것이라고 그는 나에게 대답해주었다. 러시아 정교회는 자기들의 대표를 베들레헴에 보내지 못한 것을 수치스럽게 생각했다. 그래서 전설에 따르면, 러시아의 한 왕자가 선물을 잔뜩 가지고 길을 떠났다고 한다. 그러나 다른 사람들보다 더 먼 곳에서 출발한 데다가 길을 가는 동안 어쩔 수 없이 여러 번 적선을 하게 되어 끊임없이 지체되는 바람에 그는 너무나 늦게, 그것도 수중에 가진 것이 아무것도 없이 베들레헴에 도착한 것이었다. 그후 그는 33년 동안 예수를 찾아 헤매고 난 다음, 그는 바칠 예물이라고는 오직 자신의 영혼뿐 가진 것이 없는 빈손이 되어 결국 성 금요일 날 십자가 아래서 겨우 예수를 찾아냈다. 이 멋진 이야기는 에자르트 샤퍼 이전에 미국의 목사 헨리 L. 반 다이크(1852~1933)가 들려준 바 있다. 나는 내 소설 『가스파르, 멜쉬오르 그리고 발타자르』를 쓸 때 거기서 착상을 얻었었다.

러시아의 눈 덮인 스텝 지대를 거쳐 순록이 끄는 썰매에 선물을 가득 싣고 길을 가면서 만나는 사람들마다 선물을 나누어주는 사람…. 동방 정교회의 신화가 만들어낸 이 네번째 동방박사의 초상, 이것이 바로 우리가 찾는 산타클로스가 아닐까? 그가 이천 년 동안이나 아기 예수를 찾는 것을 포기하고서 그저 자신이 만나는 모든 어린아이들에게 선물을 잔뜩 나누어주는 것으로 만족하고 있다는 사실을 지적하면 그것으로 그 인물 확인은 충분할 것 같다. 그리고 그의 허연 수염으로 말하자면 그것은 그의 그 기나긴 탐색, 오랜 세월에 걸친 썰매 여행을 증거해주는 것이 아니고 무엇이겠는가. 어쩌면 우리의 어린아이 같은 마음에 다같이 귀중한 무게로 다가오는 이 두 가지 이미저리를 서로 이어주는 황금의 끈은 바로 이런 것인지도 모른다.


## 12월 25일 베들레헴에서 태어나다?
운명에 관한 몇 가지 성찰


운명이라는 이 어둡고 신비스러운 한 마디 말은 한 사람의 일생이 흘러가는 동안 그 생을 뒤흔들고 그것에 어떤 의미를 부여하는 어떤 초월적인 힘의 개입을 느끼게 한다. 그 운명의 당사자는 처음에 오직 자신을 짓누르는 격동과 혼란을 감지하는 것이 고작이다. 세월이 흘러가면서 어느 정도 거리를 두고 되돌아봄으로써 비로소 그는 막연하게나마 그 운명의 논리와 필연성을 깨닫게 되는 것이다.

우리는 이때 구약성서에서 하느님의 입으로 자신들의 이름을 부르는 소리를 듣고서 깜짝 놀라는 예언자들을 머리에 떠올리게 된다. 모세는 자신이 말을 더듬는다는 점을 내세워 책임을 회피하려 한다. 그러자 '너의 형제인 아론이 네 대신 말하리라!'고 타오르는 덤불숲이 준엄하게 대답한다. 니니브를 개종시키라는 명령을 받자 요나는 반대편으로 도망친다. 그는 고래 뱃속으로 숨어보지만 아무 소용이 없다. 그래도 그는 니니브에게로 가게 될 것이다.

그러나 운명이란 또한 역사이기도 하다. 그래서 역사 또한 신과 거의 다름없이 거친 손길로 자잘한 개인의 삶들을 뒤흔들어놓는다. 이때 우리는 1940년 6월 18일의 드골 장군을 생각하게 된다. 운명이 무엇인지도 모른 채 수백만 명의 프랑스인들이 길바닥으로 나와 허둥지둥 도주하던 그날의 드골을 말이다.

지난날 한낱 보잘것없는 내의 장수였던 해리 트루먼은 1945년 이제 매듭지어야 할 전쟁, 히로시마 나가사키에 투하한 원자폭탄의 책임, 그리고 얼마 뒤에는 처리해야 할 한국 전쟁의 중책을 떠안은 채 프랭클린 루즈벨트의 후임이 되어야 했을 때 전임자의 그림자 속으로 납작 엎드리면서 이렇게 소리쳤다 : '하늘이 머리 위로 떨어졌구나!'

아무런 아우라도 야심도 없이 다만 그 무슨 운명의 장난으로 엄청난 책임의 무게에 짓눌리게 된 몇몇 사람들의 행동을 살펴볼 때 실로 놀라운 점은 그들이 때로는 그들의 양식 한 가지만에 의지하여 적어도 역사적으로 위대한 인물들 못지않게 난관을 잘 헤쳐나가기도 한다는 사실이다. 동시대 사람들은 그들을 보잘것없는 인물이라고 매도하지만 후세 사람들은 그들을 정당하게 평가하는 것이다. 선량하고 덩치 큰 헬무트 콜 수상은 16년간의 집권 초기에 있어서 조롱의 대상이었지만 머지않아 베를린 장벽의 붕괴, 독일의 통일과 더불어 두터운 신임을 얻었다.

그와 반대로 말로의 표현처럼 삶이라는 '부끄러운 비밀들

의 보잘것없는 작은 무더기'를 숙명적인 황금덩어리로 변형
시킬 모범적인 모험을 일생 동안 찾아 헤매다가 결국은 허사
로 끝나버리는 사람들도 있다. 클라라 말로는 그에게 이렇게
말했다. '여보, 당신은 결국 당신 세대의 다눈치오 정도로
끝나고 말았군요.' 이 말은 진정한 모험가요 위대한 시인이
었지만 이탈리아인으로 태어난 것이 잘못이었던 다눈치오에
게는 부당한 표현이라고 해야 옳다. 말로로 말할 것 같으면
그는 런던 시절의 드골 장군의 대변인이 되지 못했다는 회한
을 일생 동안 끌고 다녔다. 가혹하게도 그 역할을 모리스 슈
만23)에게 도둑맞은 것이다. 훗날 프랑스 사람들은 그를 위
로하기 위하여 위대한 사람들을 안치하는 팡테옹24) 안에 폴
펭르베와 루이 브라이유의 자리 사이에 있는 한 귀퉁이를 할
애했다.

---

23) 모리스 슈만(Maurrice Schumann, 1911~ ) : 프랑스의 정치인. 1940년
   런던 망명정부의 드골과 합류, B.B.C.에서 자유프랑스의 대변인으로
   활동. 1950년대 초반과 1970년대 초 두 번에 걸쳐 외무부장관. 1974
   년 이후 아카데미 프랑세즈 회원.
24) 팡테옹(Panthéon) : 파리에 있는 거대한 역사적 기념관. 주느비에브 성
   녀에게 바치는 교회로 1764년 착공되어 1812년에 완공되었다. 1780년
   헌법제정의회가 이 기념물을 역사적 위인들이 유해를 안치하는 팡테옹
   으로 사용하도록 결정. 그후 나폴레옹 치하인 1806년 다시 교회로 변
   하였다가 1830년 또다시 위인들이 팡테옹으로 사용하도록 결정했다.
   그러나 그 본래의 기능으로 쓰이기 시작한 것은 1885년 대시인 빅토르
   위고의 유해가 이곳에 안치되면서부터였다. 앙드레 말로의 유해는
   1998년에 이곳으로 옮겨졌다.

　운명은 한 인생의 끝에 이르러 서명 끝의 장식글자를 황금과 붉은색으로 곱게 칠하여 매듭지어준다. 그렇지만 운명이 착한 요정 혹은 악한 요정이 되어 한 인간의 탄생을 굽어보는 일도 없지는 않다. 세습왕조가 사라지면서 처음부터 왕이 될 아기로 태어나는 경우가 드물어진 것은 사실이다. 그러나 행복한 예외들도 있다.

　1992년 12월에 나는 베들레헴에 있었다. 나는 놀랍게도 그곳 몰타 교단이 운영하는 성가족 병원에 산부인과가 존재한다는 사실을 알게 되었다. 단순하면서도 궁금하기 짝이 없는 질문이 나오지 않을 수 없었다. "25일날 출산 예정인 산모가 있습니까?" "가능성은 충분히 있지요." "그럼 제게 꼭 좀 그 소식을 알려주십시오. 부탁입니다."

　이렇게 하여 나는 1993년 1월 9일자의 금박무늬로 찍은 카드 한 장을 받게 되었다. 거기에는 3킬로 120그램의 팔레스타인 남자 아기 바샤르가 1992년 12월 25일 아침 9시 20분 이웃 마을 베이트 사후르에 사는 니달 아부 씨와 아와테프 쇼말리 부인 사이에서 태어났음을 알린다고 적혀 있었다.

　어린 바샤르여, 너는 이제 글자를 읽을 줄 알게 되었으니 너의 호적부에 네가 12월 25일 베들레헴에서 출생하였다고 기록되어 있다는 것을 안다. 한 번쯤 운명은 이렇게 살랑거리는 유머와 더불어 가볍고 미소가 깃들인 글자들로 찍혀서 스스로의 모습을 나타내기도 하는 것이다.

# 계절과 성자들 2

사계절은 두 가지 범주로 나누어진다.
한편으로는 하늘에 큰 요동과 변화가 일어나는 봄과
가을 같은 과도기적 계절들이 있는가 하면
다른 한편에는 불안할 만큼 요지부동으로 고정되어 있는
여름과 겨울처럼 불변의 계절들이 있는 것이다.

계절과 성자들 2

# 노아

　사계절은 두 가지 범주로 나누어진다. 한편으로는 하늘에 큰 요동과 변화가 일어나는 봄과 가을 같은 과도기적 계절들이 있는가 하면 다른 한편에는 불안할 만큼 요지부동으로 고정되어 있는 여름과 겨울처럼 불변의 계절들이 있는 것이다.

　가을과 더불어 음울한 시절이 시작되면서 밤은 길어지고 태양은 빛을 잃고 창백해지며 여름 동안 줄곧 신비스럽게 숲으로만 이동해갔던 울새들이 정원에 다시 나타난다. 정원사가 치르는 최종 마무리 작업들―낙엽 쓸어내기, 옥외 수도관의 불순물 제거, 정원의 의자와 테이블 거두기―은 시신을 매장하기 전에 하는 염습(殮襲) 과정과 많이 닮아 보인다. 다음에 올 봄의 희망을 말해주는 것은 오직 튤립, 수선화 그리고 히야신스의 구근을 묻는 일뿐이다.

　가을 밤의 고요하고 매서운 비를 맞아들일 만반의 준비가 완료되었다. 이제 모든 침수와 범람의 수호성인인 노아의 시간이다. 노아의 방주는 엄밀한 의미에서 항해하는 배가 아니라는 사실을 기억할 필요가 있다. 방주는 보통의 배처럼 물에 띄워진 것이 아니라 물이 방주에게로 온 것이다. 여러 날

동안 비가 그치지 않았으므로 돌연 방주가 땅바닥에서 위로 떠올라버린 것이다. 방주에는 돛도 없고 노도 없다. 그 배는 어디를 향해서 떠나는 것이 아니다. 오직 물 위에 떠서 표류할 뿐이다. 그 이상 어떻게 하기를 바라지도 않는다. 배의 현창을 통해서 수염이 텁수룩한 노아의 얼굴, 멧돼지의 머리, 기린의 목, 그리고 인상을 쓰는 침팬지가 보인다.

　거의 환경 친화적이라 할 만한 노아의 역할만큼 호감을 자아내는 것은 없다. 그는 큰 홍수로 인하여 멸종될 위기에 처해 있는 그 모든 동물들을 구하지 않으면 안 되는 것이다. 당신 스스로의 분노 때문에 멸망할 처지에 놓인 피조물들 중 가장 중요한 부분을 구해내고자 하는 여호와의 뜻이 고맙다! 창세기의 이 에피소드들 가운데는 또한 신이 담당한 기상학적 역할, 혹은 다른 말로 표현하여, 기상학에 할애된 신성한 차원이 돋보인다고 하겠다. 뇌우는 신의 분노요 비는 신의 슬픔이니 신이 땅과 화해하게 되면 무지개가 떠서 땅과 하늘의 두 가지 지평을 결합시켜줄 것이다. 그 무시무시한 여호와가 끝에 가서는 마음이 누그러져서 다시는 그러지 않을 것을 맹세한다. '나는 이제 다시는 땅을 저주하지 않으리라. (…) 그리고 다시는 지난번처럼 살아 있는 존재들을 후려치지 않으리라. 이제부터 땅이 존속하는 한 파종과 수확, 추위와 더위, 여름과 겨울, 낮과 밤이 그치지 않으리라.' 이것이 바로 사계절의 순환을 통한 저 위대한 전원의 리드미컬한 평화, 요컨대 역사의 격동과는 반대되는 것 혹은 그 광란하는 역사의 해독제인 것이다.

그렇다고는 하지만, 그렇게 오랜 동안 제자리에 발이 묶인 채 흔들리기만 하는 방주 속에 갇혀서, 지붕을 때리고 어린 떡갈나무 숲에서 노래하는 빗소리에 귀를 기울이는 그 노아는 과연 무엇을 할 수 있었던가? 어쩌면 잠을 자고 있었던 것이 아닐까? 누구나 잘 알다시피 사람들은 여름보다 겨울에 더 많이 잔다. 그 결과 약간 살도 찐다. 그리하여 봄이 되면 체중감량 요법이 필요해진다. 사람은 겨울을 나면서 어느 정도 동면하는 설치류나 마르모트를 흉내낸다.

그렇긴 하다. 그러나 이것으로 앞서의 의문에 대한 답이 되지는 못한다. 그 자신 못지않게 나른한 졸음에 빠져 있는 동물들의 무리 한가운데서 노아는 과연 무엇을 하고 있었을까? 이 의문은 소설가들의 붓을 자극하기에 충분한 것이다. 솔직히 말해서, 그렇다, 나는 이미 노아의 '항해 일지'를 써볼 생각을 해보았었다. 그러다가 마르셀 프루스트의 『기쁨과 세월(Plaisirs et les Jours)』(그 제목만 보아도 벌써 알 수 있는 일이었을 테지만) 속에서 기막힌 한 구절을 발견하고서 새삼스레 그럴 필요가 없다는 것을 깨달았다. 프루스트의 그 글은 다음과 같다.


내가 아주 어렸을 때, 성서 이야기 속에 등장하는 인물들 중에서 내게는 노아보다 더 비참한 운명을 타고난 인물은 없다는 생각이 들었다. 그것은 바로 사십 일 동안이나 그를 방주 속에 가두어놓았던 큰 홍수 때문이었다. 훗날 나는 너무나도 자주 몸이 아팠다. 그래서 나 역시 여러 날 동안 '방주' 속에 갇혀 지내지 않으면 안 되었다. 그때 나는 그 방주가 비록 밀폐된 공간이었고 땅 위는 캄캄한 어둠이었다 할지라도 노아는 바로 그 방주에서 세상을 가장 잘 바라볼 수는 있었다는 사실을 깨달았다.

대답은 분명하다. 출렁거리는 방주의 어둠침침한 빛 속에서 어깨 위에 올빼미 한 마리를 올려놓은 채 글쓰는 판때기를 단봉낙타의 혹 위에 받쳐놓고서 노아는 바로 그 위대한 소설 『잃어버린 시간을 찾아서』를 집필하고 있었던 것이다.


## 하지 동지와 춘분 추분

프랑스가 북극과 적도의 정확한 중간 지점 - 오천 킬로미터 거리 - 에 위치하고 있다는 사실을 사람들은 확실히 알고 있는 것일까? 그 결과 천문학적 법칙들에 대한 기상학의 끊임없는 반란이 야기되고 있는 것이다. 더 구체적으로 말해보자면, 하늘이 끊임없이 달력과 어긋나고 있는 것이다. 천문학과 기상학은 서로 자매와도 같은 학문이지만 전자는 지체 높은 귀부인이고 후자는 남루한 차림의 변덕 많은 하녀다.

그것은 바로 필라스 포그(Phileas Fogg)가 고심했던 가장 큰 문제였다. 그는 전세계의 열차와 선박의 시간표를 바탕으로 한 선험적 추리에 의하여 80일 만에 지구를 한 바퀴 돌 수 있다는 결론에 도달한 바 있다. 그러나 그 세계일주 여행은 문자 그대로 '바람과 물결을 무릅쓰고', 다시 말해서 예측 불허의 기상학적 변덕을 무릅쓰고 해야 하는 여행이었다. 말이 났으니 말이지만, 우리는 이 편집광적으로 정확성을 신봉하는 인물의 이름이 '안개'를 뜻하는 '포그'라는 사실을 짚고 넘어가도 좋겠다.

하지와 동지는 낮과 밤 사이의 최대 편차를 말해주는 것인데 이 편차는 남쪽으로 내려갈수록 점점 줄어들고 적도상에서는 완전히 사라진다. 나는 영원한 춘추분의 고장인 가봉에 가서 살아본 적이 있다. 그곳에서 일 년 열두 달 매일같이 똑같은 시간에 해가 뜨는 것을 보고 있노라면 한심한 기분을 가눌 길이 없다. 나를 리브르빌[1]로 초대해준 친구는 내게 미리부터 예고한 바 있었다. "두고 보게, 정말 신기해! 우리 집은 정확하게 적도의 양쪽에 걸쳐서 세워져 있다네. 부엌은 남반구에 있어서 개수대의 물이 빠질 때는 시곗바늘 방향으로 돌지. 반대로 욕실은 북반구에 위치하고 있어서 세면대의 물이 빠질 때는 그 반대방향으로 도는 거야."

솔직히 말해서 나는 그 반대로 하지 동지가 절정에 달하는 고장들이 한결 더 좋다. 그렇다면 일월과 유월에 아이슬랜드

---

1) 리브르빌(Libreville) : 가봉의 수도.

북부에 있는 아쿠레이리(Akureyri)로 가볼 필요가 있다. 한겨울이면 태양은 13시경에야 지평선을 불그레하게 물들이면서 땅바닥에 거대한 그늘을 드리우는 것으로 만족한다. 그 직후 이상하게도 오팔 빛이 감도는 단백광의 북극 하늘에서 북극광의 찬란한 휘장이 소용돌이치면서 내려온다.

유월달에 사람들은 해가 환하게 떠 있는 21시경에 영화관으로 들어간다. 영화를 보고 자정쯤 밖으로 나와보면 해가 여전히 빛나고 있다. 그래도 시간은 밤이다. 대낮처럼 밝은 밤이다. 그래서 지나다니는 차 한 대 없고 지저귀는 새소리 하나 들리지 않는다. 모두가 자고 있는 것이다. 혹은 예의상 자고 있는 척하고 있다. 잠은 빛을 싫어하니까 말이다. 그런데 햇빛을 너무나도 좋아하는 아이슬랜드 사람들은 덧문도 커튼도 치는 법이 없다.

몇 년 전, 유럽의 여러 지도자들은 겨울이면 프랑스 사람들이 독일 시간에 따라 생활하고 여름이면 폴란드 시간에 따라 생활하도록 하는 결정을 보았다. 비정상적인 느낌은 서쪽으로 갈수록 더 심해진다. 가장 서쪽인 브레스트의 주민들은 가장 동쪽인 스트라스부르의 주민들보다 훨씬 더한 고통을 느낀다. 그 고통은 바로 시계와 우리들의 일상생활 사이에 인위적으로 조성되는 어긋남에서 온다. 앙리 베르그송은 시계의 추상적인 시간과 우리들 삶의 바탕 그 자체인 체험적 시간 사이에서 만들어지는 이같은 편차에 대하여 하고 싶은 말이 많았을 것이다. 그러나 그는 추상적인 시간을 자연발생

적인 일상생활에 순응시킬 줄 알았던 한 어린이가 이제 막
내게 보여준 모범을 매우 높이 평가했을 것이다.

그 어린이는 다섯 살인데 왼쪽 팔목에—왼손잡이니까—아
주 자랑스럽다는 듯이 시계를 차고 다닌다. 감탄하는 눈으로
그 멋있는 물건을 들여다본 나는 시계의 문자판에 숫자가 하
나도 찍혀 있지 않다는 사실을 확인한다. 아무런 표시도 없
는 민짜의 둥근 판에 시계침들이 거침없이 돌아가고 있는 것
이다. '벙어리' 문자판 위에 걸려 있는 시계침의 위치를 확인
하는 것으로 시간을 읽는다는 것은 그야말로 고등한 세련미
의 표시가 아니겠는가?

아이는 그런 것이 아니라고 귀띔해준다. "이건 글을 읽을
줄 모르는 사람들을 위한 시계예요. 내년에는 숫자가 찍힌
시계를 가질 작정이에요." 그렇다면 이 아이는 글자를 읽을
줄 모르므로 자기 시계의 시간을 '읽을 줄' 모른다는 말이다.
그럼 무엇 하자고 시계를 차고 다니는 것일까?

나는 그 아이를 시험해본다. "지금 몇 시지?" 아이는 아주
진지하게 시계를 들여다본다. 그리고 "누나가 운동하고 곧
돌아올 시간이에요." 하고 결론짓듯이 말한다. 잠시 후 아이
는 또 이렇게 말할 것이다. "밥 먹으러 갈 시간이에요." 이런
식이다. 요컨대 그는 숫자를 통한 우회는 생략한다. 그는 시
곗바늘의 위치와 낮 혹은 밤의 여러 가지 단계들을 직접 관
련짓는다. 다만 그는 낮이나 밤의 그 시간들을 5시 5분, 8시
5분 전과 같은 숫자로가 아니라 그 시간에 일어나는 일상적

사건들로 가리켜 보이지 않으면 안 된다. 이렇게 하여 옛적에는 십일월 1일이니 이월 2일이니 하는 식으로 말하는 것이 아니라 만성절(萬聖節)2)이나 성촉절(聖燭節)3)이라고 말했다. 숫자로 된 달력의 빈칸들은 구체적인 내용으로 가득 차 있었다. 따뜻한 것일 수도 있고 위협적일 수도 있는 그 내용 속에서 계절과 여러 가지 풍습들이 긴밀하게 얽혀 있었다. 우리는 우리의 노동과 흘러가는 세월을 에워싸고 있던 전통의 화려한 수식을 잘 보존하지 못한 채 많은 것을 잃어버리고 말았다.

그렇지만 글자를 읽을 줄 모르는 이 어린 친구에게 있어서 자신이 차고 다니는 시계의 문자판은 어떤 사람의 얼굴과도 같은 것이어서 그 위로 돌고 있는 바늘은 윤곽선이 되어 다양한 표정들을 만들어 보여주는 셈이다. 이리하여 아침에 자리에서 일어날 때의 찡그린 얼굴, 유치원으로 갈 때의 싫증 난 표정이 있는가 하면 노는 시간과 집으로 돌아오는 시간의 미소가 있다.

그러나 하루 시간의 전개와 관련짓지 않고서도 시곗바늘들은 문자판 위에서 표현하는 그 자체의 언어를 지닌다. 가

---

2) 만성절:11월 1일로 프랑스 카톨릭의 4대 축일 가운데 하나이다. 모든 성자들을 기리는 날로 알려져 있으며 그 이튿날은 가까운 망자들을 위한 하루, 제성첨례라고도 한다.
3) 성촉절:그리스도 봉헌축일 및 성모의 취결례(取潔禮)를 기리는 축제일로 2월 2일이다.

령 시계를 선전하는 모든 광고들에서 바늘은 항상 10시 10분을 가리키고 있다는 사실을 주목해볼 수 있다. 왜 8시 20분이 아니고 10시 10분일까? 왜냐하면 10시 10분은 벽시계 문자판이 짓는 미소인 반면, 8시 20분에 시계는 슬픈 얼굴로 울먹이며 입을 늘어뜨리기 때문이다.


## 바캉스


"직업이 작가라면 일 년 내내 바캉스나 마찬가지겠네요, 안 그래요?" 우리 동네 정육점 주인은 머지않아 연중 정기 휴가로 가게를 닫는다고 예고하면서 '일해서 먹고 사는 사람들'에게 바캉스가 얼마나 필요한 것인지에 대해서 말을 이어갔다. 그러니까 요컨대 작가인 나는 그런 '일해서 먹고 사는 사람들' 축에 들지 못한다는 뜻이었다. 그 말을 듣자 이제 막 은퇴한 내 친구 – 나보다 훨씬 젊은 – 의 말이 생각났다. "당신은 일생 동안 한 번도 일을 해본 적이 없으니 물론 은퇴 같은 것도 없겠네요." 요컨대 내겐 바캉스도 은퇴도 없다는 뜻이었다. 그러니 물론 몸이 아플 때 얻는 병가 같은 것도 없다. 휴가도 없고 병도 없는 것이다. 하기야 따지고 보면 이야말로 이상적인 삶이 아니고 무엇인가? 이런 문제를 롤랑 바르트가 간과했을 리 없다. '작가의 기막힌 특성을 증명해주는 것은 바로 문제의 그 바캉스 때에도 (…) 그는 일을 중단

할지는 모르지만 하여간 생산을 중단하지는 않는다는 사실
이다. 그는 가짜 노동자이니 따라서 가짜 휴가족이기도 하
다.'

　바캉스(vacance). 단수로 쓰면 공(空), 부재, 속이 비어
있음을 의미한다. 그래서 정권의 바캉스는 정권 공백을 뜻한
다. 복수로 쓴 바캉스(vacances)는 학생들이 놀이, 운동, 여
행 및 기타 재미있는 여가활동에 바치는 시간을 뜻한다. 그러
니 비어 있는 것이 아니라 가득 차 있는 시간임이 분명하다.
1936년 마티뇽 협약에 따라 '유급휴가'가 생겨나면서부터
그 '가득 찬' 활동은 모든 성인 노동자들에게로 확대되었다.
　옛날의 수공업자들과 농민들에게는 바캉스가 없었다. 그
들은 바캉스 같은 것은 생각해본 일도 없었고 결론적으로 바
캉스를 필요로 하지도 않았다. 그들은 계절과 동시에 자기
자신들의 리듬에 맞추어 노동했다. 나막신 만드는 사람은 일
년 동안 수요와 자신의 생산 능력에 비례하여 일정한 숫자의
나막신을 만들었다. 농사꾼은 어떤 시기에는ー밭갈이와 추
수ー바쁘게 일했지만 또 여러 달 동안은 거의 쉬다시피 하는
때도 있었다. 노동자들의 불행ー그리고 또한 휴식에 대한 그
들의 치열한 욕구ー은 공업화 및 대도시의 출현과 더불어 시
작된 것이다. 이렇게 되면서 노동의 리듬을 지배하는 것은
이제 더 이상 개인과 그의 일상생활이 아니라 최고 생산성의
법칙으로 변했다. 그때부터 주말의 휴식과 연가는 노동자 세
계의 가장 핵심적인 요구 사항이 되었다.

그러나 바캉스는 결코 이상적인 해결책이 될 수가 없다. 바캉스는 모든 습관들의 갑작스러운 단절이며 정상적인 환경의 낯선 변화와 파괴다. 그것이 바로 사람들이 기대하는 바가 아니냐고 반문하는 사람들이 있을지도 모른다. 그럴지도 모른다. 그러나 왜? 트리스탕 베르나르는 이렇게 말했다. '인간은 노동하라고 태어난 존재가 아니다. 일을 하면 피로해지는 것이 바로 그 증거다.' 사실 고되게 일하는 생활은 좋은 생활이 아니고 좋지 못한 환경, 매일매일 반복되는 습관은 구토를 자아낸다. 그렇기 때문에 떠남과 도피와 변화에 대한 억누를 수 없는 욕구가 생겨나는 것이다.

그러나 바캉스에서 행복이 보장된 것이 아니다. 기분 전환을 위해서 하는 행동들은 그것이 평소에 잘 준비된 것이 아니면 아무런 가치가 없다. 그저 며칠간 운동을 한다고 해서 커다란 만족을 얻는 것도 아니고 건강이 썩 좋아지는 것도 아니다. 우리는 흔히 바캉스를 즐기는 사람이 '해독한다'고 하는 말을 듣는다. 그러나 해독에 앞서 우선 중독되지 않으려고 노력하는 일부터 시작하는 것이 낫지 않을까?

우리는 꿈을 꾸어보아도 좋을 것이다. 아니 꿈을 꿔보아야 한다. 어쩌면 바캉스는 우리들의 풍속 진화의 한 단계에 불과한 것인지도 모른다. 그리고 이 단계—필요하고 유익한—를 우리는 언젠가 넘어서게 될 것이다. 우리들의 심장을 생각해보자. 우리는 항상 심장에 대해서 생각해보아야 한다. 우리 몸의 근육들은 휴식하기 위하여 하루 평균 여덟 시간 동안 잠을 자지 않으면 안 된다. 그중 단 한 가지 근육만이 이 불연속성의 법칙에서 제외되는데 그것이 바로 심장근이다. 이 근육은 일생 동안 쉬지 않고 박동한다. 그렇다면 이 근육이 절대로 휴식을 취하지 않는다는 말인가? 천만의 말씀이다. 그것은 아마도 다른 근육들보다 더 많이, 그리고 더 잘 휴식할 것이다. 심장의 비밀은 그것이 두 번의 박동 사이의 아주 짧은 한 순간 동안 휴식한다는 사실에 있다. 다시 말해서 심장의 휴식, 잠, 바캉스는 분산되어가지고 그것의 노동과 긴밀하게 뒤섞여 있는 것이다.

심장처럼 노동하라. 너무나도 재미있고 창조적이며 다양한, 그리고 특히 일상생활에 너무나도 잘 편입되어 있고, 노력과 성숙의 국면들이 너무나도 리드미컬하게 교차하는지라 그 자체 속에 휴식과 바캉스를 내포하는 그런 노동을 하라.

우리 동네 정육점 주인이 나를 관찰하면서 눈여겨본 점은 바로 그런 것인지도 모른다. 정말 그랬으면 얼마나 좋을까!

## 프랑스의 아름다운 길들에 대하여
광란의 한 쌍 : 경주 선수와 그의 공주

프랑스 일주 자전거 경기[4]의 선수들, 우리는 지루한 줄도 모르고 그들의 경기 광경을 정신없이 구경한다. 그들은 얼마나 아름다운가. 그들은 얼마나 멋지게 고생하는가! 이보다 더 길고 이보다 더 괴로운 시련은 없을 테니까 말이다. 자신이 열렬한 자전거 경기 선수였던 알프레드 자리(Alfred Jarry)[5]는 자전거 크로스컨트리 경기를 십자가의 길에 비교한 바 있다. 그리스도가 십자가를 짊어지고 비틀거리다 쓰러지고 다시 일어나 걷듯이 자전거 경기 선수도 자신의 자전거를 어깨에 메고 가기 때문이라는 것이다. 하기야 다른 형태의 수난에서는 수레바퀴같이 훨씬 더 잔혹한 형벌이 사용되기도 한 것이 사실이다.

그렇긴 하지만 생 브리외에서 초장부터 쓰러져 탈락한 영국 선수 크리스 보드만[6]의 대실패보다 더 감동적인 장면이 어디에 있었던가? 그러나 이 세계에서는 모든 것이 죽음과 부활로 이루어져 있다. 바로 전년에 끔찍하게 쓰러졌다가 꼭 일 년 뒤에 승리를 거둔 로랑 잘라베르의 경우는 이 사실을 웅변으로 증명해준다. 프랑스 일주 자전거 경기를 평가하는 평론가들도 그 점을 인정한다. 그가 1995년의 화려한 영광

---

4) 프랑스 일주 자전거 경기(Le Tour de France):『오토(Auto)』지의 주간 앙리 데그랑주(Henri Desgrange:1865~1940)가 창설한 경기로 매년 7월 전세계 최고의 프로 선수들이 경쟁하여 오랜 시간에 걸쳐 프랑스 전국을 돌아 파리로 돌아오도록 되어 있다.
5) 알프레드 자리(1873~1907):다다이즘, 초현실주의, 부조리극을 예고한 프랑스의 시인. 극작가로『밤과 낮』(1897),『위비 왕』(1896) 같은 작품들을 남겼다.
6) 1995년 프랑스 일주 자전거 경기.

을 맛보기 위해서는 1994년 아르망티에르의 포도 위에서 피를 흘리며 쓰러지지 않으면 안 되었다는 것이었다.

　그러나 그런 해석은 모든 것을 어쩌면 지나치게 외적인 시각에서 보는 견해일지도 모른다. 자전거 경기 선수와 자전거라는 뗄 수 없는 한 쌍은 보다 내밀한 사랑의 관계 속에 놓고 보아야 하는 것이니까 말이다. 사실 경기용 자전거만큼 섬세하고 여성적인 것도 없다. 그러나 얼마나 가공할 피조물인가! 새털처럼 가볍고 벌레처럼 뽀송뽀송한 그것은 오로지 2차원 속에서만 존재하고자 하면서 일체의 육체적인 두께를 거부하는 듯한 인상이다. 그리고, 보라! 자전거의 핸들은 한 쌍의 뿔로 장식되어 있어서 마치 기도라도 하려는 듯 두 손을 모아 잡도록 만든다! 그리고 그 반대편 한 끝에 위치한 안장은 전혀 안락함의 여지를 허락하지 않는다. 그것은 의자보다는 칼날에 더 가까운 인상이어서 경기 선수의 가장 내밀하고 가장 연약한 부분에 상처를 내기 위하여 만들어진 것 같은 인상을 준다.

　경기 선수가 알프스 지방의 꼬불꼬불한 언덕길을 올라가며 그 조그만 여왕을 부둥켜안고 몸부림치거나 혹은 그 반대로 그 여왕의 몸 위에 실려 자살적인 내리막길을 마구 달려 내려가는 모습을 보고 있노라면 광란하는 남녀 한 쌍의 이미지가 머리에 그려진다. 콜레트의 돈 주앙이 외치는 소리가 귓전에 들리는 것만 같다. "아이구, 망할년들! 껴안지 않고 그냥 넘어가줄 년 하나 없으니!" 혹은 펠리니 영화에 나오는 카사노바가 만족을 모른 채 줄지어 있는 암컷들 위에 몸을 싣고 미친 듯이 채찍질하며 달리는 모습이 연상된다. 선수와 자전거가 서로 부둥켜안고 있는 그 그림 속에는 아마도 섹스가 있고 분명 넘치는 힘도 있는 것 같지만 부드러운 애정의 흔적은 도무지 보이지 않는다.

부드러운 애정은 우리들이 어린 시절을 보낸 정다운 나라, 정다운 프랑스와 더불어 전국일주 자전거 경기의 내밀함 속에서 찾아볼 수 있다. 대부분의 스포츠 경기들은 그 경기를 위해 인공적으로 만들어놓은 환경 속에서 진행된다. 육상 경기를 위해서는 운동장의 트랙이 있고 수영을 위해서는 수영장의 풀이 있고 그 밖에 축구 경기장, 테니스 코트 등이 따로 있다. 그러나 몇몇 예외적인 경우를 제외하고 인간은 산악 등반이나 조정 경기에서처럼 있는 그대로의 자연과 대결한다. 그러나 그 어떤 경기 종목도 자전거 경기만큼 풍경과 한 몸이 되는 경우는 없다. 프랑스 일주 자전거 경기는 감동적일 만큼 충실하게 프랑스 본토의 깊이 및 형상과 일체를 이룬다. 그래서 심지어 어떤 유명한 '경관'들 중에는 전국일주 자전거 경기 덕분에 비로소 명소가 된 곳도 있다. 가령 당피에르의 17개 구빗길이나 북프랑스의 옛 포도들, 갈리비에 고개 등은 바로 그런 경우에 속한다. 프랑스 방방곡곡의 기복이 경기 선수들의 근육 속에 새겨지고 다른 한편 매일같이 이어지는 경기와 그 코스를 따라가며 구경하는 관람객들은 온갖 색깔의 선수 그룹이 달리고 있는 고향 땅 한 모퉁이를 다시 만나게 된다. 프랑스 일주 자전거 경기에 색채와 열기를 부여하는 것은 바로 이처럼 정답고 신선한 한 폭의 그림이다.

그리고 또 프랑스는 그 어느 나라보다도 더 문학적인 나라가 아니던가. 그리하여 1903년은 프랑스 전국일주 자전거 경기와 공쿠르상이라는 쌍둥이가 태어난 위대한 해로 기억되고 있는 것이다.


## 햇볕에 그을린 사람들의 영광


9월이 되면 8월달의 피서객들이 대거 일터로 돌아오기 시작한다. 그들은 전리품으로 자신들의 피부를 가지고 돌아온다. 그들은 거리에서, 사무실에서 혹은 침대에서 만나는 창백한 얼굴들의 코앞에다가 그 피부를 자랑스럽게 펼쳐 전시한다. 황금빛으로 물든 내 등을 보았나요? 청동빛이 도는 내 허벅지를, 잘 구운 빵과도 같은 내 두 팔을 보았나요? 내 것보다 더 구릿빛으로 번쩍이는 가슴은 없을 거예요! 이런 식이다.

의사들이 해마다 이구동성으로 태양 광선에 피부를 태우는 유행을 비판하고 피부암이라는 유령의 위협을 들먹여도 도무지 소용이 없다. 대중들은 여전히 벌거벗은 채 저 신성한 태양의 불같이 뜨거운 키스에 자신의 몸을 내맡긴다. 이 괴롭고 위험한 제물 바치기 행동에는 종교적인 고행과 시련을 연상시키는 그 무엇이 있다. 이것은 윤리의 문제다. 여름에는 살갗을 태워야 한다는 것이다. 해변의 모래밭에서 창백한 살을 드러내는 사람은 부끄러워할지어다!

해변(plage)이란 말이 나왔으니 말이지만, 이 말의 의미론적 진화 과정은 자못 흥미로울 뿐만 아니라 어떤 설명의 가능성으로 인도해준다. 바로 얼마 전까지만 해도 이 말에는 노골적인 경멸이 섞인 의미가 함축되어 있었다. 뱃사람들이 쓰는 말에서 '해변'이란 배가 뭍에 올라앉아 버릴 위험을 각오하지 않고서는 다가갈 수 없는 완만한 경사의 기슭을 가리키는 것이었다. 그런 지역은 뱃사람들이 질색하는 곳으로 소위 '아코르(accore)', 즉 물이 깊어서 접안이 가능한 저 이상적인 '절벽 해안'과는 정반대되는 곳이다. 그런데 반세기가 채 안 되어서 그 말은 어떤 상징적인 가치를 내포하게 되어 그 황홀한 상징성은 1968년 학생혁명 때의 저 유명한 슬로건이었던, '포석 밑에는 해변의 모래밭'[7]이란 구호 속에 그대로 나타났다. 왜냐하면 해변이란 바로 전형적인 일광욕의

---

7) 'Sous les pavés, la plage'라는 이 슬로건은 '전쟁은 말고 사랑을!'이라는 구호와 더불어 당시 이상주의적인 학생혁명의 상징이었다. 파리의 시가는 원래 돌을 네모나게 다듬은 포석으로 덮은 도로가 주종을 이루고 있었고 지금도 아스팔트로 교체되지 않은 채 옛 모습 그대로 남아 있는 길들이 없지 않다. '68년 학생 데모대는 투석과 바리케이드 설치를 위하여 그 포석들을 걷어내어 던지거나 쌓아놓았다. 따라서 포석은 인위적으로 건설된 도시적 이미지나 권력, 구속, 지배, 억압의 상징인 반면에 포석을 걷어낸 그 밑의 흙과 모래는 해변으로 상징되는 자연성, 자유, 해방의 상징이었다.

장소이기 때문이다.

그렇다면 햇볕과 우리 인간의 피부와의 관계는 어떤 것인가? 우리는 농사짓는 농부들의 모습을 묘사한 라 브뤼예르[8]의 글을 기억한다. '사나운 몰골의 암컷 수컷의 짐승들이 햇볕에 온통 타버린 시커멓고 핏기 없는 모습으로 들판에 여기저기 흩어져 땅바닥에 납작하게 매달려가지고 악착같이 땅을 파고 갈아엎는 광경을 볼 수 있었다.' 과연 그리 멀지 않은 과거에 여자들은 그처럼 햇볕에 검게 타는 일이 없도록 자신들의 피부를 보호하기 위하여 너도나도 양산과 챙 넓은 모자를 쓰고 다녔다. 그런데 최근에 와서 일대 혁명이 일어난 것이다. 이제 태양은 피부를 꺼멓게 태우는 것이 아니라 구릿빛, 황금빛으로 물들여준다는 것이다. 이제 태양은 얼굴과 몸의 아름다움을 파괴하는 것이 아니라 반대로 그 아름다움을 북돋아준다. 얼마나 신비스러운 전도 현상인가!

1881년 작품인 모파상의 단편소설 「들놀이(Une partie de campagne)」는 우리에게 이런 현상에 대한 열쇠를 제공한다. 그 작품에는 쿠르브브와[9]에서 보트 놀이를 하는 두 인물이 등장한다. 아마도 작자 자신을 연상시킬 법한 그런 인

---

8) 라 브뤼예르(Jean de La Bruyère : 1645~1696) : 프랑스의 작가, 부르봉 공작의 문학 공부를 지도한 사부. 『성격론』의 저자로 생생한 형태와 외관을 포착하는 회화적 사실주의의 대가.

9) 쿠르브브와(Courbevoie) : 파리 근교의 세느 강변에 있는 유원지 마을. 19세기 말에서 20세기 초엽까지 사람들이 찾아와 뱃놀이를 하곤 했다.

물들이다. '그들은 거의 드러눕듯이 장의자에 기대어 앉아 있었다. 얼굴은 햇볕에 검게 타고 가슴을 덮는 것은 오직 흰색의 얇은 수영복뿐이어서 마치 대장장이의 그것처럼 건장한 팔뚝이 그대로 드러나 보였다. 그들은 체격이 좋은 호탕한 사내들로 왕성한 정력을 어지간히도 뽐내고 있었지만 동작 하나하나에 있어서 운동을 통해서만 얻어낼 수 있는 저 탄력 있는 사지의 우아함을 보여주는 것이었다. 그런 우아함은 언제나 똑같은 고된 노동의 반복으로 인해 노동자의 몸에 나타나는 변형 현상과는 전혀 다른 것이었다.'

그러니까 육체적인 노력은 그것이 유용하고 노동에 의해 요구되는 것일 때는 몸을 추하게 만들고 반면에 그것이 무용하고 스포츠에 속하는 것일 때는 몸을 아름답게 한다고 말할 수 있다. 이 점은 새로운 발견이지만 그 단초는 고대로 거슬러 올라간다. 그 옛날 사람들은 운동선수의 고상한 몸짓과 노예의 작업이 보여주는 추한 모습을 대립적으로 생각했다. 그렇지만 운동선수의 몸이 햇볕에 쪼여서 황금빛으로 그을린 모습을 찬양하는 고대의 텍스트는 아무리 찾아보아도 눈에 띄지 않는다.

모파상도 이 마지막 한 걸음은 넘어서지 못했다. 왜냐하면 그의 작품 속에 등장하는 뱃놀이꾼들의 몸이 햇볕에 '검게 탔다'니까 말이다. 왜 황금빛으로 물든 것이 아니라 검게 탄 것일까? 역시 그 이유는 같다. 즉 그들은 의도적으로가 아니라 우연히 햇볕에 몸을 노출시켰을 뿐이기 때문에 검게 탄 것이다. 그들은 일종의 봉헌 행위인 진정한 일광욕을 한 것이 아니었다. 오늘의 남자와 여자는 일광욕을 통해 저 거룩한 태양에 자신들의 몸을 봉헌하는 것이다. 그리하여 그 신령한 별은 청동상의 광휘를 그들에게 하사함으로써 그들을 축복하여준다.

이런 모든 것은 비록 살갗의 문제이긴 하지만 결코 경박하거나 피상적인 것이 아니다. 폴 발레리는 이렇게 말했다. '인간에게 있어서 가장 심오한 것은 살갗이다.'


## 찬란함과 공포의 날 8월 6일


신학적인 동시에 윤리적인 어떤 개념 하나가 내 머릿속을 떠나지 않은 채 집요하게 남아서 가장 예기치 않은 모습으로 내 눈에 불쑥불쑥 나타나곤 한다. 그것은 바로 악성변이(惡性變異, inversion maligne)라는 개념이다. 나는 신앙심 깊은 어린 시절에 그 개념을 처음 만났다. 천사들 중에서도 가장 아름다운 마왕인 사탄(Lucifer)은 그 이름 자체의 뜻으로 보면 '빛을 지닌 자'인데 그만 암흑의 왕자로 변한 것이다. 이 경악할 역설은 내 마음속에 지울 수 없는 자취를 남겼다. 그때부터 나는 언제나 이같은 마법적이고 무시무시한 현상이 나타날 때마다 그것에 각별히 주목하지 않을 수 없었다.

나는 훗날 안데르센의 동화 『백설공주』에서 그 현상을 발견했다. 거기에는 거울이 하나 등장하는데 그것이 바로 사탄의 거울이다. 사탄이 그 거울을 만들었기 때문에 그렇게 부르는 것이다. 물론 사물의 모습을 반대로 비추는 거울이다. 모든 거울이 다 그렇듯이 그 거울에서는 오른쪽이 왼쪽으로 나타날 뿐만 아니라 낮이 밤으로 변하고 아름다운 것이 추한 것으로, 젊은 것이 늙은 것으로 변한다.

사탄은 오랫동안 그 무시무시한 장난감을 가지고 놀았다. 그러다가 문득 더할 수 없이 악랄한 아이디어가 한 가지 그의 머리에 떠올랐다. 그 고약한 거울을 다름아닌 신의 코밑에 들이밀어보겠다는 생각이 그것이었다! 그는 그 물건을 옆구리에 끼고 하늘로 올라간다. 그러나 그가 지고한 존재자에게 가까이 가면 갈수록 거울은 구불거리고 경련을 일으키고 뒤틀리다가 마침내는 폭발하듯이 깨어져버린다. 거울은 산산조각이 나서 유릿가루가 되고 만다. 그같은 폭발이 일어나는 바로 그 순간, 어린 케이와 제르다는 꽃들과 새들이 가득한 어떤 그림책을 들여다보고 있었다. 교회의 시계탑에서 다섯시를 알리는 소리가 들리는 순간 케이는 돌연 아픔을 참지 못하여 몸을 떨었다. 그의 눈에 무엇인가 들어가 박힌 것이었다. 아픔이 가슴속 저 깊은 곳까지 사무쳤다. 그런데 잠시 후에는 아무 고통도 느껴지지 않게 되었지만 이제는 쓰레기로 가득 찬 그 책과 마녀보다도 더 추악해 보이는 그 여자아이 제르다가 싫어서 멀리 밀쳐버렸다. 이제 막 가루가 되어 흩어진 그 크고 고약한 거울의 작은 조각 하나가 케이의 눈 속에 날아와 박혀버린 것이었다. 이때부터 사람들은 이 아이의 기지와 재능에 탄복하게 되지만 인간들과 사물들에서 추악함, 어리석음, 절망 등을 간파해내는 그의 능력을 두려워하게 될 것이다.

이 동화가 예시해주는 악성전이는 가장 거룩한 책들과 가장 널리 알려진 역사적 사건들, 다시 말해서 다른 사람들은 다행스럽게 전혀 아무것도 보지 못하는 그런 곳에서, 내게는 그 어떤 찌푸린 얼굴을 드러내 보여주는 것이다. 가령 복음서가 그런 예에 속한다.

최후의 만찬은 신약성서의 절정이다. 왜냐하면 예수가 성찬식의 토대를 마련하는 것은 바로 그 대목에서이기 때문이다. 적어도 마태오, 루가, 마르코의 복음서에서는 그렇다. 예수는 빵과 포도주를 그의 제자들과 나누면서 그들에게 이렇게 말한다. '먹고 마시어라. 이것은 내 몸이고 이것은 내 피이니라.' 네번째 복음서인 요한의 복음서에는 성찬식이 없다는 사실을 사람들은 충분히 유의하였는가? 스스로 그렇게 말했듯이 '예수가 사랑했던 자'인 요한은 바로 통찰력 있는 복음주의자요 형이상학자이다. 묵시록은 바로 그가 기술한 것이라고 사람들은 믿는다. 그래서 최후의 만찬에 대한 그의 이야기에는 성체가 없다. 그 점 확실한 것일까? 거기에는 혹시 그 어떤 전도된 성체가, 성체의 악성전이가 숨어 있는 것은 아닐까? 차라리 성서의 그 대목을 읽어보는 편이 낫겠다.

　예수께서 이 말씀을 하시고 나서 몹시 번민하시며 '정말 잘 들어두어라. 너희 가운데 나를 팔아 넘길 사람이 하나 있다.' 하고 내놓고 말씀하셨다. 제자들은 누구를 가리켜서 하시는 말씀인지를 몰라 서로 쳐다보았다. 그때 제자 한 사람이 바로 예수 곁에 앉아 있었는데 그는 예수의 사랑을 받던 제자였다. 그래서 시몬 베드로가 그에게 눈짓을 하며 누구를 두고 하시는 말씀인지 여쭈어보라고 하였다. 그 제자가 예수께 바싹 다가 앉으며 '주님, 그게 누굽니까?' 하고 묻자 예수께서는 '내가 빵을 적셔서 줄 사람이 바로 그 사람이다.' 하셨다. 그리고는 빵을 적셔서 가리옷 사람 시몬의 아들 유다에게 주셨다. 유다가 그 빵을 받아먹자마자 사탄이 그에게 들어갔다. 그때 예수께서는 유다에게 '네가 할 일을 어서 하여라.' 하고 이르셨다. 그러나 그 자리에 앉아 있던 사람들은 예수께서 왜 그에게 이런 말씀을 하셨는지 아무도 몰랐다. 유다가 돈 주머니를 맡아보고 있었기 때문에 더러는 예수께서 유다에게 명절에 쓸 물건을 사오라고 하셨거나 가난한 사람들에게 무엇을 주라고 하신 줄로만 알았다. 유다는 빵을 받은 뒤에 곧 밖으로 나갔 다. 때는 밤이었다.(요한복음, 13장 21∼30절)

　이 대목은 무서운 내용이다. 예수의 손에서 문자 그대로 독을 받아먹고 나서 어둠 속으로 내던져진 이 유다를 어찌 가련히 여기지 않을 수 있겠는가? 그 어떤 화가도 아직까지 이 반(反) 최후의 만찬을, 이 악랄한 성찬식을 감히 그림으로 그려 보인 적이 없다. 그래서 나는 목사의 아들이면서 악성전이의 화가로 널리 알려진 게오르그 바젤리츠(Georg Baselitz)[10]에게 최근에 이 악마적인 작품을 한번 시도해보라고 권해보았다.

그러나 내가 예수의 삶 가운데 유난히 좋아하는 또 다른 에피소드가 하나 있다. 그것은 다름아닌 예수 현성용(顯聖容)의 에피소드이다. 예수가 자신이 아끼는 제자들인 베드로, 야고보, 요한과 함께 타보르 산으로 올라갔다. 그러자 지금까지 자신의 모습을 숨겨주고 있던 인간의 헌 옷을 벗어버리고 그들 앞에 현성용된 모습을 드러냈다. 그의 얼굴은 태양처럼 빛을 발했고 그의 옷은 빛 그 자체와 같이 흰 것이 되었다고 마태오는 우리에게 전한다. 그처럼 신령한 광채를 발하는 아름다움 앞에서 제자들은 행복에 넘쳤다. 심지어 베드로는 순진하게도 텐트를 치고 영원히 그곳에 머물자고 제안하기까지 한다.

나는 신의 육체적인 아름다움에 대한 이 열광이 더할 수 없이 좋다. 나는 오랫동안 예수 현성용 축제일날을 박수로

---

10) 바젤리츠: 독일의 생존 화가로 사람이나 물체를 화폭 속에 거꾸로 그리는 것으로 유명하다.

맞았다. 그 8월 6일은 우리들에게 있어서 벌거벗은 육체가 해변 모래밭과 바닷바람의 순진무구함을 다시 찾는 태양의 계절이다. 그런데 끝내… 악성전이의 그 흉측스러운 가면이 내게 나타남으로써 기쁨은 끝장나고 말았다. 1945년 8월 6일은 히로시마에 원자폭탄이 떨어진 날이니 말이다. 하늘에서 떨어져 수많은 얼굴들과 몸들을 찢어발기는 그 불, 그 강렬함으로 모든 것을 파괴하는 수천 개 태양들의 빛과도 같은 그 빛이 예수 현성용 이야기의 한 마디 한 마디에 참을 수 없는 잔혹함의 의미를 부여하는 것이다. 거기에 더하여 다음과 같은 한마디를 추가하는 것이 좋을 것 같다. 원자폭탄은 기독교를 믿는 백성들에 의하여 기독교를 믿지 않는 백성에게 던져진 것이다.

## 에이즈와 오존, 묵시록의 천사들

묵시록에는 이렇게 씌어 있다 :

나는 또 한 천사가 끝없이 깊은 구렁의 열쇠와 큰 사슬을 손에 들고 하늘로부터 내려오는 것을 보았습니다. 그는 늙은 뱀이며 악마이며 사탄인 그 용을 잡아 천 년 동안 결박하여 끝없이 깊은 구렁에 던져 가둔 다음 그 위에다 봉인을 하여 천 년이 끝나기까지는 나라들을 현혹시키지 못하게 했습니

다. 사탄은 그 뒤에 풀려나오게 되어 있습니다.(20장 1~3절)

천 년이 지난 다음에 이 지옥의 용을 해방시키겠다는 위협은 서기 992년의 우리 조상들을 공포에 떨게 했었다. 최악의 대재난들 - 전염병, 대지진 - 이 머지않아 일어날 것이기 때문이었다.

그런데 이제 2000년이 우리들의 코앞에 다가와 있다. 또다시 하늘이 캄캄해지고 대지진과 역병의 위협이 우리들의 머리 위에서 압박한다. 벌써 크레타의 왕 멜리소스의 딸이요 주피터의 유모인 저 무시무시한 이다(Ida)가 서로 사랑하는 연인들을 치유할 길 없는 치명적 병으로 후려친다. 그러나 에이즈는 인간의 문제, 개인적인 문제인 채로 남아 있었다. 그 질병에는 우주적인 차원이 결여되어 있었던 것이다.

그런데 바야흐로 하늘과 땅이 그들의 분노를 한데 합쳐서 그 질병에 우주적인 차원을 부여하려고 한다. 전세계의 천체물리학자들이 한데 모여서 오존(ozone)의 홀(구멍)에 대하여 함께 상상의 이야기를 꾸며내고 함께 꿈꾼다. 이 새로운 재앙과 에이즈 사이의 인척성(姻戚性)은 명백하다. 오존이란 그리스어의 ozein에서 온 것으로 그 말은 냄새(일반적으로 나쁜)를 퍼뜨린다는 뜻이다. O자를 두 개씩이나 포함하고 있는 단어들 '소돔(Sodome)' '고모라(Gomorrhe)' '수간 (獸姦, zoophilie)' 등등은 항상 에로틱한 함의를 강하게 담고 있다. 왜냐하면 첫번째 O자는 입과 관련된 성질의 것이고 나중의 O자는 항문과 관련된 성질의 것이기 때문이다. 한편 오존의 구멍으로 말하자면, 그것이 북극 – 지구의 입이 있는 극 – 의 저 하늘 위에 위치하는 것이 아니라 지구의 항문이 있는 남극 쪽에 위치해야 한다는 것은 말할 필요도 없는 일이다.

천체물리학자들의 진지함과 고뇌를 의심하는 사람들도 없지는 않다. 두번째 밀레니엄의 신드롬은 에이즈와 오존을 한데 결합시킴으로서 그 양자에게 신학적이고 에로틱한 차원을 부여하고 나아가서 그 양자를 공고히 하고 자극하고 있다.

# 이미지

현실은 본래부터 천연색이 아니라 흑백,
다시 말해서 근본적으로 회색인 것이다. 현실에다가
색깔을 부여하는 것은 우리들의 눈이다.
왜냐하면 우리들의 눈은 회화에 의하여 이런 방향으로
교육받았기 때문이다.

## 기하학과 미로

그리스 신화를 살펴보노라면 우리의 마음을 끌면서도 동시에 그리 달갑지 않은 느낌의 미묘한 대상 한 가지를 만나게 된다. 그것은 다름아닌 미로(迷路)다. 전통적으로 미로에는 두 가지가 있다. 헤로도토스는 파윰 입구에 자리잡고 있는 이집트의 미로를 찾아가 보고서 그 모습을 그려 보인 바 있다. 그것은 열두 개의 거대한 홀들과 그 앞에 거석으로 다듬은 스물일곱 개의 돌기둥 주랑으로 이루어진 기념물이었다. 그 많은 홀들 이외에 거기에는 여러 왕들과 성스러운 악어상을 모신 삼천 개의 방이 있었다. 그 한쪽 끝에 세워놓은 피라미드 안에는 그 기념물을 건설한 이망데스의 미이라가 안치되어 있었다.

신화와 그것을 이어받은 연극 덕분에 더 널리 알려진 크레타의 미로는 다이달로스가 건설한 것으로, 파지파에 여왕과 흰 황소 사이의 사랑에서 생겨난 괴물 미노타우로스가 숨어 사는 굴이었다. 사람들은 9년마다 한 번씩 그 괴물에게 한 무리의 그리스 젊은이들과 처녀들을 제물로 바쳤다. 뿔 달린 짐승이 육식을 하는 것이 어제오늘의 일이 아님이 이로써 증명된 셈이다. 이 미로를 방문하는 사람들이 마주치게 되는 가장 큰 문제는 그곳에 들어갔다가 다시 나오는 출구를 찾아내는 일이었다.

우리는 장차 아테네의 왕이 될 테세우스의 쾌거를 잘 알고 있는 터이다. 그는 미노타우로스를 죽이고서 저 유명한 아리아드네의 실 덕분에 미로를 빠져나온 것이었다. 그 실로 인하여 많은 잉크가 소비되었고 이제는 그 이야기를 모르는 사람이 없게 되었다. 그러나 앙드레 지드의 조그만 저서 『테세우스』가 발표된 1946년이 되어서야 비로소 그 신화가 야기하는 딜레마가 확실하게 노출되었다. 실이 있으면 실꾸리가 있게 마련이다. 누가 실꾸리를 붙잡고 있을 것인가? 문간에 서 있는 아리아드네인가 아니면 위험을 무릅쓰고 미로의 안으로 들어가는 테세우스인가? 지드의 작품을 보면 이 문제를 에워싸고 테세우스와 아리아드네 사이에 거친 토론이 벌어지는 것을 알 수 있다. 테세우스는 곧 이 미노스 왕의 장녀가 무서운 발톱을 가진 암컷임을 깨달았다. 만약에 그녀가 실꾸리를 잡는 날에는 그는 그녀의 손아귀에 들어가고 말 것이다. 이리하여 아리아드네의 실은 페이도(Feydeau)[1]의 「발목 잡는 실(Un fil à la patte)」[2]의 조상 격이 된 셈이다.

---

[1] 조르주 페이도(Georges Feydeau, 1862~1921): 프랑스의 극작가. 프랑스 국내뿐만 아니라 유럽, 나아가서는 미국에까지 널리 알려진 그의 극작품들 중 하나가 1894년 작인 「발목 잡는 실」이다.

그래서 테세우스는 아리아드네 덕분에 미로에서 빠져나오기는 하지만 서슴지 않고 그녀를 낙소스의 바닷가에 버려두고 그녀의 여동생 페드라와 여행을 계속하게 될 것이다. 페드라는 테세우스가 혼자서 위험천만한 미로 속으로 들어가도록 버려둔 자기 언니의 비겁한 행동을 나무랐다. 만약 그녀가 그런 입장이었다면 테세우스와 함께 미로 속으로 들어갔을 것이다.

　　페드라가 그대와 같이 미로 속으로 내려갔다면
　　그대와 함께 길을 찾았거나 그대와 함께 길을 잃었으리니.


　　미로 속으로 들어갔다가 미노타우로스를 죽이고 나서 실을 잡고 다시 빠져나온다는 것은 거칠고 초보적인 해결방법이다. 이는 저 유명한 고르디오스의 매듭을 칼로 쳐서 끊는 알렉산도로스를 연상시키는 방식이다. 지능적인 해결책은 아마도 미로의 지도를 입수하는 쪽일 것이다.
　　미로의 인간은 갔던 길을 되짚어 나올 줄 알고, 맞는 길인 줄 알았던 것에 과감하게 등을 돌릴 줄 아는 인간이다. 동물에 대한 지능 테스트에 있어서 되돌아오기 시험은 기본적인

---

2)「발목 잡는 실(Un fil à la patte)」은 조르주 페이도의 희곡작품. 프랑스 말에서 '발목 잡는 실에 매인다(avoir un fil à la patte)'는 표현은 여자 때문에 꼼짝달싹 못한다는 뜻이다.

것이다. 세 면이 창살 칸막이로 둘러싸인 방안에 동물을 집어넣고 창살 저쪽 너머에 매우 좋아하는 물건이 보이도록 놓아둔다. 그 물건에 접근하기 위해서 동물은 우선 그 대상에서 멀어져 그 옆의 벽을 우회할 줄 알아야 한다. 모든 네발짐승들은 그 점을 즉시 깨닫지만 닭과 오리는 그 지혜에 이르지 못한다.

미로가 제시하는 여러 가지 선택들은 인생의 여러 가지 길을 훌륭하게 요약해 보여준다. 사실 미로가 우리에게 그토록 생생한 인상을 주는 것은 아마도 인간이 수많은 미로들을 겹쳐놓은 것 같은 존재이기 때문일 것이다. 가장 밑바닥에는 구불구불하게 이어진 수많은 내장들이 있고 꼭대기에는 끝없이 회전하는 대뇌가 있다. 그 두 가지 사이에는 무한하게 뒤얽힌 망을 형성하는 동맥과 정맥이 뻗어 있다. 미로가 복잡하면 복잡할수록 더욱 인간다운 것이다.

미로의 가장 빛나는 상징은 다이달로스의 아들인 이카루스다. 그는 아버지의 도움을 받아 미궁의 저 꼭대기로 탈출할 수 있는 한 쌍의 날개를 만들 수 있었다. 그런데 불행하게도 높이 오르는 것에 도취한 그는 태양에 너무 가까이 다가간 끝에 날개의 깃털을 지탱하는 밀납이 녹아버렸다. 그래서 추락하고 만다. 이 혈기왕성하고 낭만적인 젊은이의 종말로 인해 그는 신화 속의 영웅들 중에서도 가장 사랑받는 존재가 된다.

머리 저 위 하늘로의 탈출이라는 이 교훈은 일상 속에 얽

매여 꼼짝달싹하지 못하는 평범한 우리 인간들을 감동시키
고 몽상에 잠기게 한다.

## 위대한 두 인물 — 레오나르도와 요한 세바스찬

앙드레 말로가 탐구했던 이른바 '상상의 미술관'이라는
것은 아주 오래 전부터 우리에게 낯익은 것으로 여겨져왔던
작품의 원화를 미술관에 가서 처음으로 보게 될 때 느끼는
저 가벼운 충격을 통해서 실감할 수 있다. 그 만남은 약간의
실망을 동반하기도 한다. 루브르 미술관에 가서 「조콘다」(모
나리자) 앞에 발걸음을 멈추고 있노라면 거의 예외 없이 어
떤 관광객이 의외라는 듯이 이렇게 내뱉는 소리를 듣게 된
다. 아니, 그렇게 유명한 작품의 사이즈가 이렇게도 작은 것
이었단 말인가? 난 이보다 훨씬 더 큰 것인 줄 알았는데!

그와 유사한 개념으로 위인들을 모신 '상상의 팡테옹'은
아마도 그보다 더한 의외의 놀라움을 제공할지도 모른다.
만약 우리가 숭배하는 성인이나 유명한 왕을 만나게 된다면
얼마나 크게 실망할 것인가? 그때도 필경 우리는 이런 감탄
사를 발할 것이다. 이보다는 훨씬 더 위대한 인물일 줄 알았
는데!

내 친구들 중에 문학 선생님이 한 사람 있는데 그의 멋진
아이디어는 다른 사람들도 모방해볼 만한 것으로 생각된다.

그는 학생들에게 다음과 같은 질문에 솔직하게 대답해보라
고 했다. 역사상 가장 위대한 인물은 누구라고 생각하는가?
문제의 위대한 인물을 선택한 학생들 각자는 그 인물에 대
하여 자세하게 조사한 다음 학우들 앞에서 자신의 생각을
피력해 친구들을 설득시키도록 노력해야 한다. 학년말이 되
면 반 전체 학생들이 선거를 통해 단 한 사람만의 위인을 확
정한다.

　나는 학생들이 제시한 수많은 답안들을 훑어보았다. 대다
수가 충분히 예상했던 대로였다. 그것은 율리우스 케사르에
서 셰익스피어, 잔 다르크에서 샤를르 드골, 루이 파스퇴르에
서 알버트 아인슈타인에 이르는 여러 인물들이었다. 그 밖의
다른 인물들은 뜻밖의 이름들로 어떤 젊은이들의 머릿속에
들어 있는 상상의 팡테옹에 대한 새로운 지평－혹은 심연－
을 열어 보이는 것이었다. 과연 우리는 쿠스토[3], 트레네[4],
마이클 잭슨, 펠레 혹은 페렉[5] 같은 이름들이 여기저기에서
돌출하는 것을 볼 수 있는 것이다. 그러나 결과는 만족스러
우면서도 동시에 설득력이 있는 것이었다. '위대한 인물'의
경쟁에서 결승에 오른 두 선수는 레오나르도 다 빈치와 요한

---

3) 쿠스토 선장(Jacques-Yves Cousteau, 1910~1999): 프랑스의 해군장교,
　해양학자, 영화인. 그는 1933년에 기술자 가냥(Gagnan)과 더불어 유명
　한 자동 잠수구를 제작하여 수많은 해양탐사 영화를 찍었고 수많은 해양
　학 관련 저서를 냈다. 1988년에는 아카데미 프랑세즈 회원이 되었다.
4) 샤를르 트레네(Charles Trenet, 1913~ ): 프랑스의 유명한 샹송 가수.

세바스찬 바흐였기 때문이다.

흥미로운 것은 학교 교실에서의 이와 같은 연습이 인간정신을 크게 자극하는 어떤 평행선에 이른다는 점이다. 따지고 보면 이것은 지난 세기에 흔히 볼 수 있었던, 저승에 간 이솝과 라 퐁텐, 혹은 키케로와 미라보가 서로 주고받는 대화를 상상해보는 전통보다 못할 것이 없다.

사람들은 광범하고 풍부한 호기심을 높이 평가하여 레오나르도를 찬미한다. 회화, 건축, 기술, 해부학, 미학 등 모든 분야에 있어서 그는 강한 지식욕과 창의적 천재성을 발휘하며 전진한다. 우리는 그의 여러 가지 노트들 속에서 잠수함, 헬리콥터, 심지어 전동 체인과 크랭크 장치를 갖춘 자전거의 설계도를 발견할 수 있다. 그러나 이처럼 억누를 수 없는 창의와 혁신의 정열로 인해 레오나르도는 - 그리고 덩달아 우리도 - 비싼 대가를 치렀다. 그의 대부분의 작품이 주로 그가 상상하고 실현했던 여러 가지 혁명적인 기술들 때문에 사라져버리고 말았으니 말이다. 그가 미완성인 채 남겨놓은 1481년의 「동방박사들의 경배」, 프란체스코 스포르자의 거대한 기마상, 산타 마리아 델라 그라치아 수도원의 기념비적인 「최후의 만찬」, 레다의 조각, 팔라조 베키오의 「앙기아리 전

---

5) 조르주 페렉(Georges Pérec, 1936~1982): 프랑스의 작가. 『사물들(Les Choses)』(1965), 『인생의 용법(La Vie, mode d'emploie)』(1978)과 같은 독보적인 작품들의 형태적 실험을 통하여 '기술체의 영도'를 탐구한 소설가.

투」, 그가 수년간의 귀중한 시간을 바쳤으나 사라지고 없는 그 밖의 수많은 작품들이 그런 예에 속한다. 그리고 물론 우리는 전투용 무기나 폰티네 습지[6]를 건조시키는 방법을 상상하느라고 허송한 시간에 대해서도 애석해하지 않을 수 없다. 그 기나긴 생애 — 당시로서 65세라면 상당한 장수라고 할 수 있다 — 로부터 남은 것은 겨우 절대적으로 확실한 그림 열 점과 그의 작품으로 추정되는 다른 여덟 점뿐이다. 그러나 그것들은 회화사 전체에 있어서 가장 아름다운 작품들에 속한다.

폴 발레리는 자기 나름대로 이 엄청난 낭비를 설명하고 또한 이해했다. 이 작품들 — 같은 사람의 손으로 이루어진 노트들과 시안들이나 마찬가지로 — 은 초인적인 정신이 고안해낸 기막히고 비밀스러운 어떤 유희의 별로 중요할 것이 없는 쓰레기에 불과한 것이다. 레오나르도의 노트들을 살펴본다든가 그의 그림들을 바라보는 것은, 폴 발레리의 의견에 따르면, 공룡의 척추뼈 한 토막을 발견하고서 그것을 기초로 하여 그 동물의 해부학적 구조와 생태를 재구성하는 고생물학자의 그것과 흡사한 노력이라는 것이다.

여기서 우리는 『테스트 씨(Monsieur Teste)』[7]의 주된 생각을 상기해볼 필요가 있다. 유명한 사람들은 자신을 널리 알린다는 약점을 지닌 이류 천재들에 불과하다. 일류의 천재

---

들은 자신의 존재를 드러내지 않고 죽는다. 이러한 것이 발레리의 생각이다. 발레리가 앙드레 지드에게 바친 헌사에서 자신의 시「젊은 파르크」[8]는 일개 '연습'에 불과하다고 했을 때 그 연습의 개념은 바로 그런 의미에서 이해하지 않으면 안 된다.

천재라고 하는 말은 요한 세바스찬 바흐에게 가장 어울리지 않는 말이다. 아마도 그의 사전에 이 말은 존재하지 않을 것이다. 그는 자신이 소나타건 칸타타건 미사곡이건, 자신에게 주문하는 고객들을 만족시키기 위해 최선을 다하는 지극히 꼼꼼한 장인이라고 생각했다. "누구든 나와 마찬가지로 열심히 한다면 나 못지않게 할 수 있다"고 그는 말하곤 했다. 그렇다, 모든 것이 직업적 숙련과 성의의 문제에 불과하다는 것이었다. 그러나 세속음악과 종교음악의 가장 깊은 통일성을 가장 먼저 발견한 그를 생각할 때 우리는 천재라는 말을 사용하지 않을 수 없다.

---

7)『테스트 씨(Monsieur Teste)』: 발레리가 1929년에 발표한 산문 모음으로 일종의 철학적 콩트나 지적 자서전에 속한다. 「테스트 씨와의 저녁」 「어떤 친구의 편지」 「E. 테스트 부인의 편지」 「테스트 씨의 항해일지 발췌」 등으로 구성되어 있다.

8)『젊은 파르크(La Jeune Parque)』:『테스트 씨』 이후 오랫동안 계속되어 온 발레리의 침묵을 깨뜨린 유명한 시집으로 1917년에 발표되었다. 발표 즉시 프랑스어로 씌어진 당대의 가장 위대한 시로 받아들여지고 초판 600부가 빠른 시간 동안에 매진되었다. 그리고 '순수시'에 대한 논쟁의 계기가 되었다.

　레오나르도와 요한 세바스찬은 둘 다 감옥생활을 경험해본 적이 있다. 그들 역시 프랑수아 비용에서 세르반테스와 오스카 와일드를 거쳐 솔제니친에 이르기까지 수많은 위대한 사람들을 축성했던 감옥의 세례를 받은 것이었다. 스물두 살에 레오나르도는 남색의 죄목으로 형을 받았다. 요한 세바스찬 바흐로 말할 것 같으면, 그는 1717년 바이마르를 떠나서 쾨텐으로 가려고 하다가 철창신세를 지게 된다. 빌헬름 대공은 그가 떠나지 못하도록 붙잡기 위해서 이런 최후의 수단을 동원할 수밖에 다른 도리가 없었던 것이다. 바흐는 감옥 속에 있는 한 달 동안 그 기회를 이용하여 파이프오르간을 위한 교과서인 『오르겔뷔크라인』을 집필했다.

　이 두 위인이 겪은 사적 모험과 불상사에 관한 이야기가 나왔으니 요한 세바스찬에게 아내가 둘이었다는 사실을 상기하는 것도 좋겠다. 첫번째 아내 마리아 바르바라는 그의 일곱번째 아이를 낳다가 사망했다. 두번째 아내 안나 막달레나는 아이를 열셋이나 낳았다. 도합 스물이나 되는 아이들 중 아홉이 어린 나이에 죽었다. 어머니의 것과 함께 그 수많은 작은 관들이 들려나가는 장면은 상상만 해도 끔찍하다. 그러나 살아남은 아이들 중 셋은 작곡가가 되었다. 그들은 너무나도 유명해 한동안 아버지의 명성을 가릴 정도였다. 빌헬름 프리드만, 카를 필립 에마누엘, 그리고 특히 모차르트에게 영향을 준 '런던의 바흐' 요한 크리스찬이 그들이다.

　이 대단한 가문에 비할 때 레오나르도가 내세울 것은 지아

코모 살라이(Giacomo Salai)라는 단 하나의 이름뿐이다. 그는 자신의 노트에 이렇게 적고 있다. '지아코모는 열 살 때인 1490년 산타 마리아 막달레나의 날에 나와 함께 살게 되었다. 도둑놈, 거짓말쟁이, 식충이!' 그 다음에 그는 그 말썽꾸러기가 저지른 비행들과 그 자신이 입은 피해를 꼼꼼하게 열거한다. 그러나 그는 결코 그 아이와 헤어지지 않은 채 1519년 죽는 날까지 무려 29년 동안이나 그를 데리고 있었다. 레오나르도는 살라이를 나체로 가장하거나 말을 탄 모습으로, 혹은 천사, 신화의 인물로, 여자로 수없이 그렸고 그의 노트의 여백 여기저기에 뒤덮인 수많은 에스키스들에서 손이 빠른 곱슬머리 개구쟁이의 모습을 알아보는 것은 어려운 일이 아니다.

그러나 살라이의 개가는 시카고의 역사학자 모리스 H. 골드블래트(Maurice H. Goldblatt)의 연구 대상으로 변한다. 그는 1926년에 자신의 연구 결과를 발표했다. 그는 유럽의 여러 미술관에 걸려 있는 53점의 그림들이 바로 살라이의 것이라고 단정했다. 그런데 그 작품들은 흔히 거장 화가의 유명한 작품들(가령 「성녀 안느」 「성모와 아기 예수」 「세례 요한」 「조콘다」 등)의 변형들이다. 더군다나 살라이의 몇몇 그림들은 레오나르도가 다시 손질한 것임을 알고 보면 이처럼 밀접한 융합의 관계 앞에서 현기증을 느낄 지경이다.

하기야 골드블래트는 레오나르도만의 솜씨인 것을 증명하기 위해 기이하고 거의 요술방망이 같은 기준에 대부분

의존하고 있는 것이 사실이다. 실제로 레오나르도는 왼손으로 글을 쓰고 그림을 그리고 데생을 했다는 것이 밝혀져 있다. 그러므로 그가 그림을 그릴 때 그은 빗금들은 왼쪽에서 오른쪽으로 그어져 있어야 마땅한 반면 오른손잡이인 살라이의 작품들은 그렇지 않은 것이다. 따라서 골드블래트의 주장에 의하면 루브르의 「바커스」와 슐리히팅 소장품인 「성모와 아기 예수」는 살라이의 작품으로 보아야 한다는 것이다.

이 합작 작품들이야 어떠하든 간에 우리로서는 레오나르도가 그린 저 두 사람 초상화들의 잔혹한 인상을 기억에서 지우기가 어렵다. 그 그림 속에서 우리는 신선한 젊음으로 빛나는 살라이를 매부리코와 주걱턱에 이가 다 빠진 노인이 마주보고 있는 그 천재적인 한 쌍의 가차없는 풍자를 만나게 되니 말이다.

레오나르도와 요한 세바스찬은 그들 시대와의 관계에 있어서 서로 대립적인 것 같다. 인생과 사상에 있어서 모험가인 레오나르도는 항상 새로운 땅을 악착같이 개척한다. 그는 발견의 악마에게 사로잡힌 인물이다. 시대에 뒤떨어지고 낡은 것이다 싶은 것이면 무엇이나 그에게는 혐오감의 대상이다. 지루한 것이면 무엇이나 그를 짜증나게 한다. 그의 내면에는 파우스트가, 아니 어쩌면 메피스토가 도사리고 있는 것이다.

요한 세바스찬은 자신이 계승한 음악전통을 비길 데 없을 만큼 활짝 피어나게 한다. 그는 파이프오르간과 하프시코드와 바이올린과 첼로를 마스터하고 그 하나 하나의 악기들을 위해 기막힌 걸작들을 작곡한다. 그는 자기 시대의 음악을—그리고 모든 시대의 음악을—그 누구도 따를 수 없을 만큼 완벽한 경지로 끌어올린다.

두 사람 다 우리들에게 하늘을 열어 보인다. 레오나르도의 세례 요한은 그의 손과 위로 쳐든 손가락으로, 그리고 숨겨진 그의 미소를 통해서 하늘을 열어 보인다. 한편 요한 세바스찬에 대해서는 시오랑(Cioran)[9]이 다음과 같이 재미있는 말을 한 적이 있다. "요한 세바스찬에게 모든 것을 다 신세진 존재가 있다면 그는 다름아닌 신 그 자신이다!"


## 우리들 주변의 문맹들


아름다운 가죽 장정본들이 벽을 온통 뒤덮고 있는 스리지라 살 성의 도서관에서 독서에 관한 연구발표회가 개최되었을 때의 한 장면이다. 작가, 언어학자, 문헌학자, 기자, 번역

---

9) 시오랑(Emil Michel Cioran, 1911~1995) : 루마니아 출신의 불어 사용 작가. 에세이스트, 모랄리스트. 명징하고 금욕적 정신의 지식인으로 파괴적 쾌락, 싸늘한 분노로 특징지어진다. 『해체론(Décomposition)』(1949), 『존재의 유혹(La Tentation d'exister)』(1956), 『태어났음의 불편함(L'Inconvénient d'être né』(1973) 등의 저서를 남겼다.

가들이 한데 모여서 독서와 글쓰기의 미덕에 관하여 토론을 벌인다. 그 중 한 사람이 말한다.

"사실 여기 모인 우리들은 무수한 문맹들의 바다에 둘러싸인 독자들의 작은 섬에 불과합니다. 나는 어느 날 아프리카에서 만난 어떤 어린이가 아주 자랑스럽게 '난 학생이라구요!' 하는 말을 듣고 놀랐던 기억이 있습니다. 한 열 살쯤 먹어 보이는 어린이였습니다. 학생이란 게 뭐 그리 별난 일이라고! 하는 생각이 들더군요. 그런데 나는 그 어린이가 특혜받은 존재라는 사실을 알게 되었습니다. 아프리카에서는 어린이들 전체의 삼분의 일만이 학교에 들어가니까 말입니다. 그 열악한 취학률이 인도와 아시아의 경우에는 더욱 빈약합니다. 대다수의 주민들은 정보를 말과 이미지, 다시 말해서 대화와 라디오와 TV를 통해서 얻는 것입니다. 심지어 프랑스에서조차도 글로 쓰인 정보매체는 라디오와 텔레비전의 대양 한가운데 격리된 작은 섬―점점 더 침식당하고 있는―에 불과하다고 말할 수 있지 않을까요?"

그럼에도 불구하고 우리가 몸담고 있는 환경은 문자로 된 기호들로 안내되어 있고 문맹자들은 그 속에서 힘겹게 길을 찾아가고 있는 것이 현실이다. 실독증(失讀症)에 걸린 사람은 운전면허 시험에 합격할 수 없게 되어 있다. 그가 어떻게 교통표지와 기호를 이해할 수 있겠는가?

나는 최근에 아를르에 갔다가 아주 별난 사람을 만나게 되었다. 그는 글을 읽을 줄 모른 채 글을 쓰는 사람이었다. 나는 알퐁스 도데의 「풍차간에서 보낸 편지」에 나오는 마을 퐁비에이유에서 돌아오다가 우연히 어떤 무료 편승자 한 사람을 내 차에 태우게 되었다. 집에 돌아오자 나는 그에게 내 책한 권을 서명하여 선물했다. 그는 대리석 가공 공장에서 '묘비명을 새기는 장인'으로 일한다고 말했다. 다시 말해서 그는 비석에다가 사자의 이름과 생몰 연대를 새기는 일을 한다는 말이었다. 그 직업이 지닌 음산한 낭만성이 내 마음을 끌었던 것이다.

그런데 이튿날, 그가 우리 집에 찾아와서 초인종을 눌렀다. 그는 내가 선물한 책을 되돌려주려고 왔다고 했다. 집에책을 가지고 갔더니 식구들이 모두들 자기를 놀려대기만 하더라는 것이었다. 왜냐하면 그는 글을 읽을 줄 모르는 사람이었으니 말이다.

그렇다면 어떻게 '묘비명을 새기는 장인'으로 일을 하느냐고 나는 그에게 물어보았다.

"아이구 참, 묘비명 본을 주면 그대로 베껴서 새기면 되니까요! 글을 읽을 줄은 모르지만 볼 줄은 알아요."

그제서야 나는 그와 유사한 숱한 비밀들을 숨기고 있는 그도시 아를르의 작은 신비를 이해할 수 있게 되었다. 가엾은반 고흐가 입원하고 있었던 지난날의 시립병원이 지금은 현대미술을 전시하는 장소로 변해 있다. 그런데 그 건물 안으로 들어가는 사람은 오른편 위쪽 문설주의 석판에 새겨진 명문을 보고 기이한 인상을 받게 마련이다. 그 석판에는 1774

년 2월 8일 83세 2개월 12일 동안 선행을 베풀다가 세상을 떠난 피에르 바델이라는 사람을 기려 그 건물을 세웠다고 새겨져 있다.

그런데 거기에 새겨진 글은 온통 오자투성이일 뿐만 아니라 어떤 틀린 글자들은 아주 거칠게 수정되어 있고 그 수정된 모양이 아주 세심하게 그대로 돌에 새겨져 있는 것이다. 그러니까 이것은 어떤 문서의 맹랑한 사본이나 마찬가지인 것이다. 당시의 묘비명 새기는 장인 역시 "나는 글을 읽을 줄은 모르지만 볼 줄은 알아요." 하고 말했을 법하다.

나는 아를르 박물관장인 장 모리스 루케트가 있는 데서 이 기이한 명문에 대한 이야기를 꺼내보았다. 그의 설명에 따르면 묘비명 새기는 장인과 무덤 파는 사람은 너무나 비천한 계층에 속하는 사람들이어서 글을 배울 수가 없었다고 한다. 그런데도 그들은 글을 썼고 그들이 쓴 텍스트는 계속하여 우리들을 놀라게 하는 것이다. 반면에 활판 인쇄공, 인쇄소 감독, 식자공, 교정사원같이 책을 만드는 근로자들의 경우는 그와 정반대다. 그들은 모두가 다 장인세계의 진정한 귀족인 '먹물들'인 것이다.


## 한밤의 방문객


내가 생전 처음으로 돈을 벌어본 것은 1946년이었다. 나는 당시의 표현으로 국영 라디오 방송이라는 것을 위해서 손에 마이크를 들고 작가, 과학자, 철학자, 신학자 등을 찾아다니며 인터뷰하는 일을 했다. 나의 그 일은 1954년까지 계속되었다. 그때 마침 일대 혁명이 일어난 것이다. 우리 사회의 변화를 살펴 연대기를 기록하는 사람들은 어찌 된 일인지 이 혁명에 대해서 별로 언급하는 일이 없다. 자르 지방[10]에 새로운 프랑스어 방송인 유럽제일방송(Europe No 1)이 창설된 것이 그것이다. 만약 미디어 세계에 일대 지진이 발생하는 것과 동시에 세 가지 혁신적 기술이 등장하지 않았다면 그 사건은 별것이 아니었을지도 모른다.

그 지진이란 다름이 아니라 유럽에 처음으로 텔레비전이 등장하여 그 도도한 물결이 모든 가정으로 밀려들기 시작했다는 사실을 말한다. 유럽제일방송과 같은 상업 라디오 방송으로서는 지극히 심각한 사태가 아닐 수 없었다. 막대한 숫자의 청취자들이 라디오를 떠난다는 것은 상업적인 측면에서 여간 중대한 결과를 가져오는 것이 아니었다. 최고 시청시간대는 20시였다. 나는 방송국이 설립된 처음 4년(1954-58년) 동안 이 성스러운 시간대에 청취자들을 잡아두기 위한 치열한 싸움에 매달렸다. 청취자를 끌어들이고 붙잡아두는 일이라면 그 어떤 대가라도 치러야만 했다. 저녁마다 세

---

10) 1947년 경제적으로 프랑스에 귀속되었다가 1957년 국민투표에 의하여 다시 독일로 환원된 특수지역으로 자르브뤼켄이 수도이다.

계적인 대스타들을 동원한 최고의 프로그램이 저녁 식탁에 둘러앉은 가족들에게 제공되었다.

오호라! 그렇지만 그것은 오직 귀를 만족시키는 방송에 불과했다. 사람들의 눈은 딴 데 가 있었다. 눈은 작은 스크린만을 찾아다녔고 결국은 그 스크린을 찾아내고 마는 것이었다. 20시의 전쟁에서 라디오가 승자가 될 수는 없는 일이었다. 그 유명한 '신성한 시간'은 여지없이 텔레비전의 차지였다. 그렇다면 라디오는 끝장인가?

바로 그 시점에 세 가지 기술혁명이 문제의 여건을 뒤흔들면서 라디오라는 귀부인을 치명적인 상황에서 간신히 구해주었다.

그 첫번째 혁명이 휴대용 녹음기였다. 스위스에서 제작된 '나그라'라는 이 기계는 라디오 방송국 기자들에게 그야말로 비상한 자유와 유연성을 제공해주었다. 그 앞서의 여러 해 동안 나는 줄곧 연성 디스크를 위한 두 대의 취입대를 실내에 장착한 '녹음용 버스'를 끌고 다니면서 구식 기술로 취재활동을 했었다. 그러자니 녹음 장소와 근접한 곳에 그 기계를 설치해놓고 마이크의 선을 끌어와서 둥근 갈라리트 판에 음성을 새겨야 했는데 그 판의 한쪽 면에 녹음할 수 있는 분량이 겨우 3분에 불과했다. 판과 판을 바꾸어 잇는 이른바 '싱크로'는 기술자에게 그야말로 신기에 가까운 솜씨를 요구하는 일이었다.

'나그라'의 등장과 더불어 이제는 모든 것이 가능해졌다.

그 무거운 기계를 어깨에 둘러메고 기자는 온 사방을 돌아다니면서 반 시간 길이의 텍스트를 담을 수 있는 테이프에 녹음을 했다. 그는 비길 데 없는 자유와 기동성을 가질 수 있었다. 이 미디어 혁명이 1955년에 이미 유럽제일방송 기자들에 의해 완수되었다는 사실을 지적해두는 것은 훗날의 역사를 위하여 무의미하지는 않을 것이다.

두번째 혁명은 라디오 방송 청취와 관련된 것이다. 그것은 바로 자동차 안에 장착하는 라디오 수신기의 등장과 그 빠른 보급이다. 이야말로 텔레비전이 찾아와서 라디오를 추방할 위험이 전혀 없는 분야였다! 자동차 안에 갇힌 채 눈은 운전에 열중하지만 귀는 특별히 할 일이 없는 운전자란 얼마나 이상적인 라디오의 청취자인가!

그러나 그와 더불어 저 신성한 20시의 청취문제가 재검토의 대상이 되었다. 20시에는 사람들이 텔레비전을 시청할지 모르지만 18시에는 하루 일을 마치고 돌아오다가 교통 혼잡에 발목이 잡힌 채 라디오를 듣지 않을 수 없는 것이다.

세번째 혁명은 라디오에 대대적인 충격을 몰고 오면서 마침내 구세주가 된다. 바로 휴대용 트랜지스터 수신기의 등장이 그것이다. 물론 배터리로 작동하는 램프 달린 수신기가 오래 전부터 있어 온 것은 사실이다. 그러나 램프가 엄청난 양의 전기를 소모하여 두 시간마다 전지를 바꾸어야 했으므로 그 기계는 사실상 사용이 불가능했다. 수백 시간 동안 지속되는 배터리를 장착한 트랜지스터는 그 장애를 제거해주었다.

이제부터는 고독과 침묵을 강요당하는 무수한 근로자들 - 실험실 근무자, 요리사, 한밤중에 빵 굽는 사람, 페인트공, 야간 당직자 등 - 은 재미있고 유익한 인간적 친구가 되어주는 그 작은 트랜지스터를 반드시 휴대하고 다니게 된다.

이리하여 20시에 대한 맹목적 집착에는 종지부가 찍혔다. 라디오 방송의 편성 담당자들은 이 시간대는 잃어버린 것으로 간주했다. '저녁시간'은 텔레비전의 독점적인 영역이 되었다. 그러나 다른 시간 - 아침에서 밤까지 - 은, 다시 말해서 전에는 '한산한' 때라고 여겨졌던 시간대가 이제는 당당하게 라디오의 차지가 되었다.

지금까지는 '역사적'인 고찰을 해보았으니 이제는 나 자신의 이야기를 좀 해야겠다. 오랫동안 라디오의 성실한 근로자로 일하고 나서 나는 가장 성실한, 그리고 나와 유사한 인종이 널리 퍼져 있을 것으로 여겨지는 만큼 어쩌면 가장 개성적인 청취자들 중 하나가 되었다.

나는 한적한 시골에 있는 외딴 집, 즉 교회와 공동묘지 옆에 있는 사제관에 살고 있다. 낮에는 항상 문이 열려 있으니 때로는 많은 방문객들이 찾아온다. 그리하여 어떤 때는 여러 대의 버스가 와서 스트라스부르 혹은 렌느에서 온 초등학교의 여러 반을 통째로 부려놓기도 한다.

그러나 밤은 죽은 사람들의 것이다. 물론 집 옆의 묘지에 누워 있는 사람들을 말하는 것이 아니다. 그들은 매시간 내가 자기들에게 가까이 다가가고 있다는 것을 알고 있는지라 참을성 있게 나를 기다리고 있다. 그러니까 그게 아니라 나를 찾아오는 밤손님들은 내 지나온 삶을 풍부하게 해주었고 따뜻하게 감싸주었던 나의 익숙한 고인들 - 친구들과 친지들 - 인데 날이 갈수록 그 숫자가 늘어나 대가족을 이루었다.

그들은 내 불면의 기나긴 밤 동안 노란 불을 켜고 지키는 내 라디오의 입을 통하여 내게 말을 한다. 잠 못 이루는 불면의 사람들은 행복하도다! 솔직히 말해서 잠을 자느라고 저 사랑스러운 유령들의 방문을 받지 못하는 사람들을 나는 진심으로 동정해 마지않는 바이다. 그 방문객들 덕분에 나의 밤들은 대낮보다도 더 인기척이 잦은 편이니 말이다. 귀에 익숙해 쉬 알아들을 수 있는 목소리보다 더 실재하는 힘을 가진 - 거의 고통스러울 정도로 - 것은 없는 것이다.

그런 면에서 프랑스 사람들은 '프랑스 퀼튀르(France Culture)' 라디오 방송 덕분에 유별난 혜택을 입고 있다는 사실을 인정하지 않으면 안 되겠다. 나는 다른 어떤 나라에서도 이와 맞먹는 방송을 들어본 적이 없다. 밤새도록 이 방송은 때로 십 년 이십 년 삼십 년씩 지난 옛날의 목소리들만 다시 내보낸다. 최근, 나는 희뿌연 새벽시간에, 첫마디부터 그 목청과 어조가 귀에 익숙한 장 발(Jean Wahl)의 목소리를 들었다. 그가 소르본느에서 철학 강의를 하는 것이었다. 너무나도 기가 막히는 점은 내가 바로 지금부터 40년 전에 그 강의를 들었었는데 그 강의가 과거로부터, 나의 과거로부터 불쑥 다시 나타났다는 점이었다.

나는 몇몇 문장들, 몇몇 논리의 전개를 다시 기억할 수 있었다. 그런데 나의 반응은 철학과 학생이었던 당시의 그것과 다름이 없었다.

장 발은 어지간히도 도전적이며 섬세한 정신의 소유자였다. 그는 철학사 전체에서도 가장 다루기 난감한 작품들 중의 하나인 플라톤의 『파르메니드(Parménide)』에 대하여 과감하게 한 권의 책을 저술한 바 있다. 그는 『헤겔 철학에 있어서의 의식의 불행』이란 제목의 연구서를 내놓음으로써 프랑스에서 헤겔 해석의 혁명을 가져온 장본인이었다. 그는 특히 『키에르케고르 연구』로 널리 알려져 있는데 거기서 그는 그 덴마크 철학자와 진정한 친화력을 증명해보였다.

그런데 장 발의 니체 해석에 있어서 바로 그런 키에르케고르적인 일면 — 철학자의 개인적이고 거의 감정적인 운명과 그의 독트린을 한데 섞어서 생각하는 — 이 나에게는 당시에도 논의의 여지가 있어 보였고 40년이 지난 오늘에도 여전히 그렇게 느껴졌다.

매15 분마다 내 귀에 소르본느 안뜰 벽시계의 그 너무나도 익숙한 종소리가 강의하는 교수의 목소리 저 뒤에서 들려왔다. 시계가 6시를 치자 장 발은 강의를 중단했다. 내 머리맡에 놓인 야광 자명종에 눈길을 던져보니 과연 6시였다.

드레퓌스 사건[11]

　사진작가들의 창조적 자유는 오랫동안 그들이 사용하는 표현매체의 감광도에 비례하는 것이었다. 최초로 거리에서 찍은 사진들에는 기념물들과 집들은 보이지만 지나가는 행인은 단 한 사람도 찾아볼 수가 없다. 왜냐하면 몇 분 동안이나 노출시켜야 하는 감광판이 움직이는 대상의 이미지는 잡을 수 없기 때문이었다. 1880년에는 벌써 콜로디온 브로마이드 감광지가 결정적인 발전을 가져와서 노출을 몇 초 단위로 축소시킬 수 있게 해주었다. 그러나 그것으로는 아직 진정한 '스냅'사진을 찍을 수 있기에는 과도한 시간이었고 또한 사진기는 용서 없이 삼각대(이것을 독일어로 '드라이푸스(dreifuss)'라고 부른다)에 고정시켜놓아야만 했다. 사진기를 만져본 사람이면 누구나 50분의 1초 이하에서 사진기를 손에 들고 찍기는 상당히 어렵다는 것을 알 수 있다.

　젤라틴 브로마이드 감광지로 삼각대를 제거하는 혁명을 가져온 사람은 영국인 챨스 E. 베네트(Charles E. Benett)였

---

11) 사진 찍을 때 사용하는 '삼각대'는 영어로 'tripod'라고 하지만 작자가 굳이 독일어 'Dreifuss'를 사용한 것은 20세기 초엽 프랑스를 뒤흔든 유명한 정치적 지성적 '사건'의 주인공 '드레퓌스(Dreyfus)'와 프랑스어식 발음으로는 동음이의어가 되기 때문이다. 사진의 역사에 있어서 삼각대로부터의 해방은 중요한 지표가 된다고 볼 수 있으므로 일종의 드레퓌스 사건인 것이다.

다. 그 덕분에 콜로디온 감광판의 그것보다 열 배 이상 높은 감광도를 지니고 있으며 무한정 오래 보관할 수 있는 건판을 제조할 수 있게 된 것이다. 그 바람에 사진기는 마치 새가 올라앉아 있던 횃대를 떠나듯이 삼각대에서 자유롭게 날아올랐다. 사진기는 이리하여 가장 놀라운 혁신이 가능한, '휴대용 기계'로 변했다. 심지어 넥타이 뒤에 숨길 수 있을 만큼 아주 작은 사진기도 만들어졌다. 바닷가의 아름다운 반라의 여인들을 몰래 사진 찍기 위해서 사진기에 망원렌즈를 장착하기도 했다. 극단적인 경우로 공중에서 내려다보는 사진을 찍으려고 비둘기의 목에 사진기를 매달아 날리는 일까지 있었다. 권총식, 모자식, 지팡이식 등 온갖 사진기들이 등장했다. 자동차도 마찬가지 속도로 발전해 어떤 포스터에서는 빠른 속도로(시속 25km) 질주하는 자동차의 보닛 위에 누워서 열심히 셔터를 눌러대는 사진사의 모습을 볼 수도 있었다. 유리판이 필름으로 대체되면서 촬영술의 이 같은 자유는 완료되었다.

그러나 스냅의 이 같은 유행은 머지않아 베네트가 가져온 발전의 한계를 넘어섰다. 사람들의 촬영속도가 어찌나 빠른지 젤라틴 브로마이드가 더 이상 그 속도를 따를 수가 없게 되었다. 그 결과 흐릿한 사진이 등장했고 이것이 곧 사진예술의 극치로 받아들여졌다. 사람들은 이런 사진들이 생명과 우연성의 감각을 살려주기를 기대했다.

아마도 이 같은 '흐릿하게 만든 예술사진'의 과도한 유행이 '삼각대'를 사용하자는 반작용과 정확성 내지는 '세부의 선명도'를 중시하는 미학으로의 회귀를 유발한 것 같다. 독일의 아우구스트 잔더(August Sander), 룩셈부르크의 에드워드 슈타이켄(Edward Steichen), 그러나 특히 미국의 에드워드 웨스턴(Edward Weston)은 삼각대 사진의 부흥을 가져왔다. 진정성, 나아가서는 엄격성을 찾자는 정신에서 그들은 '현장 포착'의 안이한 효과를 포기한다. 웨스턴은 이미지의 금욕주의자들을 규합하여 'f/64 그룹'(최대의 세부 선명도를 얻을 수 있도록 조리개를 최대로 조이는 기술을 활용)을 만든다. 그들은 오로지 커다란 사진기(8×10인치)만을 사용한다. 안이한 확대를 거부하고 모든 사진은 밀착 인화로 뽑겠다는 것이다. 한편 피사체는 날이 갈수록 작아지는 것을 볼 수 있다. 초상과 누드를 거쳐 이제는 배춧잎, 고추, 클로즈업시킨 판자, 넘실거리는 모래 언덕 등으로 옮겨간다.

이 두 가지 유파는 서로 평행을 이루면서 발전하되 결코 서로 섞이지 않는다. '삼각대냐 아니냐?' 감동적이지만 점차 사라져버리는 움직이는 삶의 현장 쪽에는 카르티에 브레송(Cartier-Bresson), 드와노(Doineau), 부바(Boubat)가 있고 오랫동안 천착하여 만들어낸 깊이 있는 비전 쪽에는 디에터 아펠트(Dieter Appelt), 드니 브리아(Denis Brihat), 얀 수우덱(Jan Saudek)이 있다.

## 너의 손을 보여라!

베티나 렝스(Bettina Rheims)가 찍은 자크 시라크 대통령의 공식적인 초상사진은 그 특유의 제약 때문에 지극히 어려워지게 마련인 이 장르에서 분명 크게 성공한 경우라고 하겠다. 이 경우 사진 찍히는 주인공에게 물구나무를 서라든가 심지어 활짝 웃어 보이라고 요구하는 것은 생각도 못할 일이다. 이 사진이 만들어지기까지 수많은 연습촬영을 했으리라는 것은 충분히 짐작할 수 있다. 시라크 대통령의 미소를 위해서뿐만 아니라 그의 얼굴 오른편에 그 세 가지 색깔을 자랑스럽게 보여주면서 엘리제궁의 지붕 위에 꽂혀 있는 신성한 작은 국기를 위해서도 그렇다. 자랑스럽게? 과연! 우선 그 국기는 방향이 잘못되어 청－백－적이 아니라 오히려 적－백－청의 순서로 잡혀 있는 것이다. 그리고 마침 날씨가 바람 한 점 없이 고요해서 국기가 깃대를 따라 힘없이 축 늘어져 있었다면 어떨까? 그러나 그날은 실제로 날씨가 그랬을지도 모른다. 그래서 교묘하게 숨겨서 설치한 선풍기로 꼭 필요한 만큼만 깃발이 펄럭이게 만들었다면? 그러나 이건 직업적인 비밀!

드골 대통령의 공식사진은 철학자 가브리엘 마르셀의 양자인 장마리 마르셀이 찍은 것이다. 그 사진을 찍은 덕분에 그에게는 이제 막 권좌에 올라 그와 유사한 사진을 원하는 아프리카 국가원수들의 주문이 쇄도했었다. 특히 튀니지아의 부르기바 대통령의 경우가 그랬다. 1960년 파트리스 루뭄바는 그 사진을 모방해 자신의 사진을 만들게 했고 축구공에 한 손을 짚고 있는 자신의 아들 사진도 그런 모습으로 찍게 했다.

손에 관한 이야기가 나왔으니 말이지만, 얼굴 모습 이외에 그의 개성의 부가적인 일면으로 손이 보이도록 찍었느냐 아니냐에 따라 초상사진을 분류해보는 것도 흥미로울 것 같다. 뱅상 오리올 대통령도 지스카르 데스텡 대통령도 공식사진에서 손을 보여주지 않고 있다. 반면에 르네 코티, 드골, 프랑수아 미테랑 대통령－지젤 프로인트가 그 사진을 찍었다－의 사진에는 손이 보인다. 지난날 직업적인 초상화가들은 고객이 손이 없이, 한쪽 손만 보이게, 혹은 양쪽 손이 다 보이게 그려지기를 원하느냐에 따라 점차로 높아지는 세 가지의 요금을 요구했었다. 왜냐하면 화가가 손을 그리자면 매우 오랜 시간이 요구되는 미묘한 작업과정을 거쳐야 하기 때문이었다.

초상화의 역사를 살펴보면 인물은 두 손을 기도하듯이 한데 모으기도 하고 칼, 꽃다발, 부채, 활, 악기를 들고 있기도 하고 안락의자의 팔걸이를 꼭 붙잡고 있기도 하고 아니면 손으로 저주나 축복의 몸짓을 나타내 보이기도 한다.

레오나르도 다 빈치는 모나리자가 약간 말랑말랑해 보이는 두 손을 얌전하게 포개어놓은 모습으로 초상화를 그렸다. 그의 세례 요한은 검지를 하늘로 쳐들고 있다. 조르주 드 라 투르의 그림 「속임수를 쓰는 사람(Le Tricheur)」은 요술을 부리는 듯 섬세하고 민첩한 여덟 개 손들의 일대 잔치를 보여준다.

손을 숨기고 있는 사람은 천박하게 손을 주머니에 넣고 있거나 흐뭇하다는 듯이 옷소매 속에 집어넣고 있을 수 있다. 베티나 렝스가 찍은 사진 속에서 시라크 대통령은 양손을 등 뒤에 감추고 있다. 이는 몰리에르의 극 「수전노」에 나오는 저 수수께끼 같은 대화를 연상시킨다.

아르파공:네 손 좀 보자!
라 플레슈:여기 있소!
아르파공:다른 손도 좀 보자!
라 플레슈:다른 손?
아르파공:그래!
라 플레슈:여기 있소.

정치 지도자들이란 언제나 이중인격자들임을 아는지라 프랑스 사람들은 대통령의 이 멋진 모습을 보면서 이렇게 말할 수도 있을 터이다. "손 좀 봅시다! 그 손말고! 다른 손 말입니다."

시네마, 시네마…

조각, 데생, 음악의 기원은 까마득한 옛날로 거슬러 올라
간다. 반면에 영화는 너무나도 최근에 생긴 너무나도 젊은
예술 장르여서 오늘날의 사람들은 -그들이 어느 정도의 나
이만 든 경우라면 -자신이 영화라는 장르와 동시대를 살았
다고 느낄 수 있다. 영화는 마치 자신들과 함께 자라고 함께
늙은 어린 시절의 친구, 고등학교 동창 같은 것이다. 영화와
'우리'-동창생-사이에는 같은 세대의 사람들, 즉 같은 나
이에 같은 시대, 같은 사건, 같은 부침을 함께 겪은 사람들을
한데 결속시켜 주는 그 무엇으로도 바꿀 수 없는 공모의식
같은 것이 존재한다.

그리고 또 이것도 있다. 영화의 역사는 너무나 짧아서 기
이하게도 거의 육체적인 여러 가지 성장의 아픔들, 즉 변성
기, 사춘기, 아름다운 젊음의 개화, 그리고 성숙한 나이에 이
르러 처음 맛보는 실망 등과 흡사한 변혁의 자취들을 간직하
고 있다.

이리하여 영화의 역사에는 우선 카메라의 유동성이 등장
했다. 어느 날 문득 카메라는 비끌어매여 있던 삼각대에서
풀려나서 이리저리 돌아다니고 회전하면서, 움직이는 인물
을 따라다니기 시작했다. 이제 더 이상 스크린은 배우들이
오고 가고 들어오고 나가는 연극무대의 대용이 아니게 되었
다. 카메라의 이동에 종속된 관객은 여기저기로 돌아다니는

이 인물 저 인물의 뒤를 따라다니게 되면서 동시에 그 인물과 자신을 동일시하지 않을 수 없게 된다. 이것이 바로 자신이 구경하는 광경의 내면화라는 것이다.

두번째 혁신은 물론 유성영화의 발명이다. '환자가 마침내 벙어리 신세를 면하고 다시 말을 사용할 수 있게 되었다.'고 어떤 역사가는 말한 바 있다. 그런데 사실은 그렇게 즐거운 일만은 아니었다. 무성영화가 일종의 완벽성을 획득한 것이다. 많은 영화감독들, 특히 배우들은 유성영화의 등장을 어떤 대재난 같은 폭발로 받아들였다. 채플린은 그 재난을 극복하는 데 애를 먹었다. 무언극 예술을 절정에까지 끌어올렸던 그였으니 충분히 이해가 가는 일이다. 두 편의 유명한 영화가 이 혁명을 상기시킨다. 그 하나는 글로리아 스완슨이 출연하여 그 극적 진실을 보여준 「선셋 불르바드(Sunset Boulevard)」(1950)였고, 다른 하나는 진 켈리 출연의 뮤지컬 코미디 「빗속의 노래(Chantons sous la pluie)」(1952)였다. 그리고 우리는 자크 타티(Jacques Tati)[12]의 작품을 초기 채플린의 무성영화로 복귀하기 위한 시도로 간주해도 좋을 것 같다.

---

12) 자크 타티(Jacques Tati 1907~1982) : 프랑스의 영화감독 겸 배우. 시인다운 엄격성을 가지고 일상생활의 관찰 내용을 희극적으로 옮겨놓는 데 있어서 발군의 실력을 자랑했다. 「축제날(Jour de fête)」(1949), 「윌로 씨의 휴가(Les vacances de M. Hulot)」(1953), 「우리 아저씨(M-on Oncle)」(1958) 같은 걸작을 남겼다.

13) 토키 : 발성영화를 줄여 이르는 말.

필름에 있어서 토키[13]의 역할은 근본적인 미학의 문제를 제기한다. 토키는 우선 아주 거칠고 충격적인 방식으로 나타났다. 양식 있는 영화애호가들은 마르셀 파뇰과 사샤 기트리가 그들의 영화 속에서 다이얼로그와 그것을 정당화하는 시나리오에 가장 중요한 비중을 둔 것을 용서하지 못했다. 전하는 말에 의하면 마르셀 파뇰은 영화를 촬영하는 동안 음향실에만 틀어박혀서 오직 텍스트에만 신경을 쓸 뿐 카메라 앞에 보이는 것에는 별로 신경을 쓰지 않았다고 한다. 이런 관점에서 페데리코 펠리니의 변화는 흥미롭다. 그의 초기 영화들―「비텔로니」(1953), 「길」(1954)―은 주로 시나리오와 다이얼로그에 가장 큰 비중을 둔 것이었다. 그후 필름에 필름을 거듭하는 동안 그 두 가지 요소들은 점차 뒷전으로 물러나다가 마침내 「로마」(1971), 「아마르코르드」(1973), 「카사노바」(1976)에 오면 아주 지워져버린다. 이 영화들은 그저 와글거리는 목소리들과 그 속에서 잘 알아들을 수도 없는 몇 마디 말들이 간혹 섞여들 뿐, 엉뚱한 아름다움으로 압도하는 눈부신 이미지들의 연속에 불과하다. 그렇지만 고질적인 문학중독자인 나는 이런 진화현상을 유감스럽게 생각하는 터여서 영화 속의 그림이 아무리 아름답다 해도 따라갈 이야기가 없으면 금방 따분해진다.

영화예술이 피해자가 된 세번째 혁신은 천연색의 등장이었다. 이런 관점에서 영화와 사진을 비교해보면 흥미롭다. 위대한 사진작가들은 천연색을 관광객이나 집안 사진사에게 맡겨놓고 고집스럽게 흑백을 선호한다. 아르노 민키넨(Arno Minkkinen)은 한 번도 천연색 사진을 찍은 일이 없고 얀 수우덱(Jan Saudek)은 지금부터 백 년 전 천연색 필름이 나오지 않았을 때 그랬듯이 흑백사진에 손으로 색칠을 한다. 여기서 우리는 사진예술이 경제적으로 아무런 보상을 약속해주지 않고 그 위대한 창조자들에게 부나 명성을 가져다주지 않는다는 사실을 상기할 필요가 있다. 이름도 없이 가난하기만 한 이 직업의 반대급부는 천문학적인 예산과 짐스러운 설비를 갖춘 영화가 누리지 못하는 저 기막힌 자유와 가벼움이다. 색채를 도입함으로써 영화가 현실에 더욱 가까이 접근하게 되었다고 주장하는 것은 거짓이다. 그런 주장은 흑백 필름들의 가차없는 리얼리즘을 망각한 생각이다. 그 누가 과연 마르셀 카르네의 「안개 낀 부두」나 오손 웰스의 「시민 케인」이 만약 '천연색'이었다면 현실과 더 가까워졌을 것이라고 주장할 수 있겠는가? 오히려 그 반대가 더 진실이라고 할 수 있다. 영화가 한사코 색채를 혐오하는 것은 바로 그것이 리얼리스트 예술이기 때문이다. 그렇다, 색채는 만화영화나 「천국의 아이들」 혹은 「오르페」와 같은 환상적 영감으로부터 출발한 아주 드문 작품들에나 어울리는 것이다. 우리는 단연코 이렇게 주장하고 싶다. 현실은 본래부터 천연색이 아니라 흑백, 다시 말해서 근본적으로 회색인 것이다. 현실에다가 색깔을 부여하는 것은 우리들의 눈이다. 왜냐하면 우리들의 눈은 회화에 의하여 이런 방향으로 교육받았기 때문이다. 그러나 이건 또 다른 이야기에 속하는 것이니….

영화에 대재난처럼 밀어닥친 네번째의 변화는 텔레비전과의 저 거역할 수 없는 경쟁이었다. 침울해진 사람들은 물론 어느 날 문득 무성영화가 유성영화로 대체된 것을, 흑백 필름이 어느 날 문득 알록달록한 옷을 입고 나타난 것을 아쉬워하지만 텔레비전이 가져온 저 우상 파괴적인 혁명에 이르러서는 뭐라고 해야 좋단 말인가! 오 세월이여! 오 좋았던 시절이여!

오늘의 젊은이들이여, 시골구석에 있는 형편없는 영화관의 어둠 속에서 설레임을 주체하지 못하며 보낸 저 일요일 오후들을 알지 못하는 그대들을 나는 진정으로 동정해 마지 않노라! 내게 그것은 파리 교외의 생 제르멩 앙 레였다. 그곳에는 '르 마제스틱'과 '르 르와얄', 두 군데의 영화관이 있었다. 오후 2시에 입장하여 여러 가지 뉴스와 기록영화와 만화영화 한 편씩을 곁들인 두 편의 장편영화를 몸 속으로 빨아들이듯이 감상하고 난 다음 완전히 얼떨떨해진 얼굴로 저녁 7시에 밖으로 나온다. 물론 막간이 없지 않다. 그 시간에는 다시 들어올 수 있도록 표딱지를 받아들고 우리는 옆에 있는 빵집으로 가서 에클레르 과자를 사먹곤 했다.

전쟁 중에는 환경이 더욱 열악했다. 우리에게는 사실상 아무런 도피의 수단이 없었고 빵집은 닫혀버렸다. 뉴스는 독일 점령당국의 '프로파간다슈타펠'에서 제공하는 것으로 우리들에게 제3제국의 영광과 승리를 자랑해댔다. 우리는 '드골

만세'를 외치고 짐승소리를 내질러대며 야유했다. 그것이 심해지자 곧 경찰청에서 문제의 뉴스가 상영되는 동안에는 영화관 안의 조명을 끄지 말고 경찰이 감시하도록 명령했다. 사정이 이렇게 되었으니 어쩔 것인가? 불이 켜져 있는 것을 이용하여 우리는 책과 공책을 꺼내가지고 다시 불이 꺼질 때까지 보라는 듯이 거기에 코를 처박고 있었다. 그것이 우리들 나름대로의 유치한 '레지스탕스'의 방식이었다.

그러나 방안이 어두워졌다가 다시 화면이 서서히 밝아오면서 그 속에서 크기로 보나 자자한 명성으로 보나 가히 초인적이라 할 만한 인물들이 숭고한 삶을 영위해나갈 때 맛보는 그 성스러운 전율을 경험하지 못한 사람은 언제나 그 무엇인가가 빠진 것만 같은 느낌을 지우기 어려울 것이다. 그토록 대단한 장엄미에 압도당한 채 관객들은 허무와 다를 것이 없는 어둠 속으로 빠져든다. 왜소한 스크린과 집 안에 들어앉아서 소비하는 필름의 한심한 범속화는 부끄러운 것이다! 텔레비전 시청자들은 제 집 속에서 한 발자국도 나서지 않으니까 말이다. 그는 경건하게 영화의 성전을 찾아가기 위한 최소한의 수고도 하지 않는 것이다. 그는 자기 집 안락의자에 몸을 묻고서 잘 교육된 손님처럼 찾아오는 텔레비전 기자들과 진행자들을 맞아들인다. 사실 영화배우와 텔레비전 출연자의 행동을 서로 비교 연구하는 것은 흥미로울 것이다. 영화배우가 카메라를 똑바로 쳐다보는 것은 절대 금물이다. 카메라가 그에게 억누를 수 없는 매혹을 끼칠 위험이 있으므로 어떤 스튜디오에 가 보면 카메라의 최면을 거는 듯한 매혹을 상쇄하기 위해 실내의 다른 쪽 모퉁이에다가 거대한 유리눈을 만들어 장치해놓은 것을 볼 수 있다.

그런데 텔레비전은 그와 전혀 다르다. 기자나 진행자는 시청자의 눈을 똑바로 쳐다본다. 붉은 색 표지등이 현재 작동하고 있는 카메라를 표시해주고 있어서 그는 그 방향을 바라보지 않으면 안 된다. 그가 잘못 생각해 다른 지점을 골똘하게 쳐다보게 되면 그 효과는 참담해진다. 그렇게 되면 마치 그가 당신의 거실로 들어서면서 당신을 쳐다보지도 않는 것이나 마찬가지가 되는 것이다. 실제로 그는 당신의 거실로 들어오고 있으니 예의상 당신 쪽을 향해 바라보면서 당신에게 인사를 해야 마땅한 것이다.

영화와 텔레비전 사이에 가로놓인 심연은 너무나 깊은 것이어서 사실 나는 도대체 무엇이 잘못되었기에 큰 필름을 작은 스크린에 비춘다는 것인지 잘 이해가 되지 않는다. 아마도 이것은 나이 탓이요 동시에 그로 인해 오늘날의 세계에 적응하지 못하는 탓인지도 모른다.

나의 쌍둥이 형제나 다름없는 영화여, 우리는 같이 태어나서 같은 시대에 함께 자랐으며 둘 다 같이 늙어가고 있다. 솔직히 말해서 나는 내가 사라진 뒤에도 그대가 계속 살아남게 된다고 생각할 수가 없다.

## 장 르누아르

　장 르누아르(Jean Renoir)가 살았다면 1994년 9월 15일
에 백 살이 되었을 것이다. 우리는 그를 영화사상 가장 위대
한 사람들 중의 하나로 평가하여 그가 세상에 내놓은 십여
편의 걸작들에 나타난 미학을 분석해볼 수도 있을 것이다.
그의 첫 작품 『물의 딸(La Fille de l'eau)』은 1924년으로
거슬러 올라간다. 두번째 작품 『나나(Nana)』 역시 무성영화
였다. 그러나 르누아르라는 인물은 그의 가족적 기원 덕분에
연예계라는 좁은 세계를 훨씬 초월하여 비길 데 없을 만큼
풍요로운 의미를 갖는다. 영화의 아버지라고 불러도 좋을 여
러 선구자들, 가령 멜리에스(Méliès)[1], 키튼(Keaton)[2], 채
플린(Chaplin)[3] 등은 한결같이 극장이나 뮤직홀의 무대 출

---

1) 조르주 멜리에스(Georges Méliès, 1861~1838): 프랑스의 시나리오작가
　겸 감독. 『신데렐라』『천일야화의 궁전』『불가능의 세계로의 여행』
　『바다밑 이만리』『극지 정복』『드레퓌스 사건』 등 500여 편의 영화를
　연출했다.
2) 키튼(Buster Keaton, 1895~1966): 미국의 배우, 시나리오작가 겸 감독.
　곡예사 부부의 아들로 태어나 세 살 때 뮤직홀에 데뷔했다. 1912~1918
　년 동안 맥 세네트의 코미디에 출연하였고 그후 찰리 채플린과 더불어
　무성영화시대 최고의 스타 자리를 지켰다. 유성영화의 출현은 그의 몰
　락을 재촉했지만 1962년 이후 뒤늦게 그는 영화예술의 가장 독창적인
　창조자로 인정받게 되었다. 감독으로서 그는 『The Week』(1920), 『Our
　Hospitality』(1923), 『The Navigator』(1924), 『The General』(1926),
　『Steamboat Bill Jr.』(1928) 등의 작품을 남겼다.

신이다. 그런데 르누아르는 인상파 회화의 거장들 중 한 사람이었던 아버지 오귀스트 르누아르의 아틀리에에서 성장했다. 그는 둘째아들이었다. 형 피에르 르누아르는 장차 배우로 입신하게 되는데 자신의 동생인 장의 필름에도 자주 출연했다.

물론 너무 안이한 족보 따지기의 유혹에 함부로 넘어가서는 안 된다. 그렇다고는 해도! 오귀스트 르누아르는 에밀 졸라와 모파상 및 그 밖의 많은 사람들의 친구였다. 장 르누아르는 바로 이같은 비등하는 문화의 심장부에서 태어나서 성장했다. 인상주의 + 자연주의. 그의 가장 훌륭한 영화작품들의 화학적 공식은 바로 이렇게 표현될 수 있지 않을까?

그의 작품에서는 과연 예를 들어서 『놀이의 규칙(La Régle du jeu)』이나 『인간 짐승(La Bête humaine)』 같은 작품에서처럼 거의 잔혹성에 가까운 리얼리즘을 발견할 수 있다. 그는 또한 1936년대의 '인민전선' 분위기가 농후한 『빈민(Les Bas-fonds)』이나 『라 마르세예즈(La Marseillaise)』에서처럼 사회적 의미가 담긴 역사적 대벽화를 정면으로 다룰 줄도 알았다.

그러나 장 르누아르는 인생을 긍정할 줄 아는 인물이었고

---

3) 채플린(Charles Spencer Chaplin, 일명 Charlie, 1889~1977): 영국 출신의 미국 작가, 배우 및 감독. 가난한 뮤직홀 가수 부부의 아들로 태어나 형 시드니와 함께 어린 나이에 런던의 무대에 섰다. 순회공연 중 미국에서 맥 세네트와 계약을 맺고 할리우드에 진출했다(1913). 『모험가』『개의 삶』『선사이드』『순례자』『파리 여자』『서커스』『모던 타임즈』『독재자』 등의 걸작을 남겼다.

그의 작품 한 편 한 편은 언제나 육체와 짐승과 나무들에 대한 예찬이었다. 인상주의와 그 유파 특유의 생명에 넘치는 서정성을 가장 확실하게 물려받은 작품은 『황금마차(La Carrosse d'or)』『프렌치 캉캉(French Cancan)』혹은『풀밭에서의 식사(Le Déjeuner sur l'herbe)』라고 할 수 있다.

그러나 이 두 가지 뿌리 – 인상주의와 자연주의 – 는 서로 확연히 구별되거나 대립되는 것이 아니다. 진정한 창조는 마땅히 이 두 가지를 한데 녹여서 완결된 작품 속에서는 그 두 가지를 서로 구별할 수 없을 정도로 만들어놓지 않으면 안 된다. 그것이 바로 르누아르의 걸작인 『위대한 환상(La Grande Illusion)』(1937)의 경우일 것이다. 그 주제 자체로 볼 때 스테레오타입에 빠질 위험에 그대로 노출되어 있는 이야기를 다루면서 감히 1914년~18년 1차 세계대전 당시의 애국적이고 민족주의적인 흑백논리를 무너뜨리자면 상당한 용기가 필요했다. 그 점 르누아르는 그의 의지가 구현될 수 있었던 독립적인 상황으로부터 크게 도움을 받았다고 할 수 있다. 아니 일종의 폭력에 의해 강요당했다고 해도 과언이 아닐 것이다. 에릭 폰 슈트로하임이 연기한 인물인 프로이센 시골 귀족 역은 원래 루이 주베가 맡기로 되어 있었다. 쥘 로멩의 『크노크 박사(Docteur Knock)』에서 잊지 못할 명연기를 선보였던 그 배우가 그 역을 맡았다면 얼마나 희화적인 거동을 보여주었을지 상상하기가 어렵지 않다. 그런데 주베는 다른 일 때문에 그 역을 맡을 수가 없었다. 오랜 망설임 끝에 물망에 오른 배우가 에릭 폰 스트로하임이었다. 그는 시나리오를 읽어보고 나서 서둘러 그 내용을 수정 보완했다. 물론 그 프로이센 출신의 인물을 보다 더 실감나게 부각시키기 위한 작업이었다. 적중률이 높은 감각을 지닌 그는 이야말로 일생일대의 중요한 배역임을 직감했던 것이다. 이리하여 프랑스 대 독일이라는 대립관계는 서서히 지워지고 그 대신 귀족(프레네 + 스트로하임) 대 평민(장 가뱅 + 달리오)의 대립구도가 우세하게 되었다. 서민들에게 전쟁은 예기치 않은 재난이요 고생이지만 귀족들은 전쟁에서 자기들의 진정한 사명을 발견한다. 한 쌍의 고뇌하는 평화주의자들인 가뱅 – 디타 파를로(프랑스 탈옥수를 거두어들여 사랑한 그 정다운 독일 여인)에 스트로하임 – 프레네의 쌍이 대립구도를 이루는 것이다. 스트로하임은 권총을 쏘아서 프레네를 쓰러뜨리지만 그후 그를 치료하고 보살피고 그의 무덤에 바치기 위해 그가 지키고 있는 그 한심한 요새 안의 한 송이밖에 없는 꽃을 꺾는다.

이 작은 한 송이 꽃이야말로 아마도 이 암울한 자연주의적 이야기 속에서 인상주의로부터 물려받은 하나의 표시일지도 모른다.

나는 여기서 내가 단 한 번 장 르누아르와 마주치게 되었던 상황을 잠깐 언급해두고 싶다. 내가 살고 있는 슈브뢰즈 골짜기의 한 작은 마을 슈와젤에는 아주 우연하게도 배우 잉그리드 버그만이 25년 동안이나 살았었다. 1956년에 버그만은『엘레나와 사람들』이라는 영화에 출연한 바 있었다. 어느 겨울날 저녁 누가 찾아와서 내 집 대문의 초인종을 울렸다. 나는 곧 그가 장 르누아르라는 것을 알아보았다. 그는 어둠 속에서 잉그리드 버그만의 집을 찾는 중인데 도무지 찾을 수가 없다는 것이었다. 나는 이 두 저명인사들 사이에서 보잘것없는 한 중개자 노릇을 한다는 기분으로 그를 문제의 집으로 안내했다.


## 레오 페레


그 무슨 알 수 없는 운명의 장난이었던가, 레오 페레(Léo Ferré)는 몬테 카를로의 카지노를 관리하는 지배인의 아들로 태어났다. 앙드레 브르통, 사샤 기트리 혹은 트리스탕 베르나르가 알았더라면 어지간히도 솔깃해했을 유익하고 로마네스크한 요행으로 가득한 가계가 아닐 수 없다.

그는 보르디게라에서 신부들이 경영하는 생 샤를르 기숙학교에서 어린 시절을 보냈다. 모나코 왕국에서 25킬로미터 떨어진 이탈리아 해안의 작은 도시였다. 거기서 그는 머리를 짧게 깎고 교복과 교모를 착용하고서 하루에도 여러 시간을 기도와 예배로 보내는 생활을 하지 않을 수 없었다. 그런 생활이 8년간 계속되었다.

그 어둡고 긴 터널에서 빠져나온 것은 1933년 모나코 고등학교 철학학급 4)에 진급하면서였다. 그는 행운아였다. 그의 선생님은 1926년 르노도 문학상을 받은 아르망 뤼넬(Armand Lunel)로 밀라노의 스칼라좌를 위해 오페라 각본을 쓴 작가였다. 긴 어둠 끝에 만난 햇빛이다. 레오의 자질은 활짝 피어나지만 그의 내면에는 반항적인 소년의 기질이 살아남아 있다. 그 결과는 바로 20세기 초엽 러시아 아나키스트와 같은 실루엣을 지닌 가수의 모습으로 나타난다. 깊숙한 동굴 속에 파묻힌 것만 같은 두 눈, 가시덤불 같은 눈썹, 선골갑(仙骨岬)이 억센 턱, 어느 모로 보나 그의 얼굴은 모나코의 바윗덩어리를 모델로 삼아 만들어진 인상이다. 살아 있는 바윗덩어리 같지만 동시에 그것은 솟아나는 샘이기도 했던 것 같다. 왜냐하면 거기에서는 기이한 트레몰로와 맑은 여운을 지닌 언어의 물결이 뿜어나와서 고독과 우정과 정다움과 치열함을 휘저으며 한데 섞어 실어나르니까 말이다.

그가 즐겨 어울리는 세계는 알프스 산중의 덩치 크고 과묵하며 눈물 많은 세인트 버나드종 개떼들이었다. 그 개들은 너무나 그를 닮은 것이다.

그의 뜨겁게 소용돌이치는 작품들 가운데 정답고도 가벼운 에로티시즘이 일품인 「예쁜 계집애(Jolie Môme)」의 가사를 인용해보기로 하자.

---

4) 프랑스 교육제도상 바칼로레아(대학입학 자격시험)를 준비하는 고등학교 마지막 학년을 철학학급(Classe de philo)이라고 한다.

너는 스웨터 속에

아무것도 안 입은

알몸인데

길바닥에서

돌아버렸나

예쁜 계집애야

네 가슴을

목에 걸고

행복은

그 속에

예쁜 계집애야

마스카라가

녹아내린다

연인들의 해빙기다

예쁜 계집애야

너의 풀밭은

냄새도 좋다

정다운 친구들에게

선물하면 어떠랴

예쁜 계집애야…

## 마이클 잭슨과 초상화현상

1996년 5월 5일 월요일 나는 세상에서 거처하기에 가장 감미로운 장소라고 할 수 있는 모나코의 '파리 호텔'에서 묵게 되었다. 나는 푸른색 기차[5]에서 밤을 지내고 아침 8시 15분 모나코공국의 역에 내렸었다. 방에 짐을 푸는 즉시 나는 전화를 걸어서 '콩플레' 아침식사[6] 룸서비스를 부탁했다. 샤워를 하고 있으려니까 보이가 쟁반을 받쳐들고 들어왔다. 나는 머리만 쑥 내밀고서 보이에게 아침식사 쟁반을 발코니의 테이블 위에 갖다놓으라고 시켰다. 아름다운 항구와 거기에 정박한 요트들과 돛배들, 그리고 그 배경을 이루는 모나코 왕궁을 바라보며 하는 아침식사보다 더 화려한 것이 어디 있겠는가? 그런데 보이는 왠지 머뭇거리는 것이었다. 나는 아랑곳하지 않은 채 욕실 안으로 들어가버렸다. 한 3분 뒤— 어쩌면 최대 4분 정도 되었는지도 모른다—김이 무럭무럭 나는 몸으로 시장기를 느끼며 밖으로 나온 나는 곧 테라스로 걸어간다. 큼지막한 갈매기 두 마리가 쟁반을 타고 앉아서 빵바구니에 부리를 처박고 쪼아대는 것이 아닌가. 더욱 어이

---

5) 푸른색 기차(train Bleu): 파리에서 니스, 모나코를 거쳐 로마로 가는 기차를 이르는 말. 푸른색 길(route bleue)은 파리-니스 사이의 고속도로를 가리킨다.

6) 콩플레 아침식사(Petit déjeuner complet): 빵, 버터, 잼, 커피로 구성된 식사.

없는 것은 내가 가까이 가도 이 친구들은 도무지 달아날 생각을 하지 않는다는 점이었다. 그들은 겨우 몇 걸음 물러나 난간 위에 올라앉아서 그 멍청하고 심술사나운 작은 눈으로 나를 끊임없이 노려보기만 하는 것이었다.

저녁에는 또 다른 예기치 않은 일이 바로 같은 발코니에서 나를 기다리고 있었다. 늦은 시간이었고 그날은 일정이 꽉 찼던 하루였다. 나는 자리에 누워 잠을 청한다. 한 시간쯤 지나서 나는 고함치는 소리, 사람을 부르는 소리, 박수치는 소리 따위에 놀라 잠이 깨었다. 그 중에 이름 부르는 소리가 귀에 들어왔다. 내 이름이었다. "마이클! 마이클!"[7] 나는 자리에서 일어나 가운을 걸친다. 내 방 발코니 아래에 일단의 젊은이들이 떼를 지어 몰려와서 수건을 흔들어대면서 내게 열렬한 환영의 인사를 보내고 있는 것이었다. 아이구! 정말이지 내가 이 정도로 유명인사가 되어 있는 줄은 몰랐었다! 나는 그들에게 답례를 하고 방안으로 돌아온다. 그런데도 함성은 그치질 않는다. 나는 다시 밖으로 나간다. 그런데 자세히 보니까 그 얼굴들이 쳐다보고 있는 방향이 정확하게 내 발코니 쪽이 아니라는 사실을 확인할 수 있었다. 나는 프런트에 전화를 걸었다. "내 방 창문 아래 무슨 일이 벌어지고 있는 겁니까?" 그리고 대답. "다름이 아니라 마이클 잭슨과 그 일

---

7) 마이클(Michael)은 미셸 투르니에의 이름 '미셸(Michel)'의 다른 음이다.

행이 그 위층 전체에 들어 있기 때문입니다." 그 망할 놈의 가수와 그 팬들이라니 제발 좀 꺼져주었으면! 그 법석은 밤이 깊도록 계속되었다.

그 이튿날 아침, 나는 아주 흥미롭고 교훈적인 광경을 목격할 수 있었다. 군중들이 파리 호텔 중앙의 대계단 아래 운집해 있었다. 맨 앞줄은 바퀴 달린 의자에 앉은 장애자들이었다. 마침내 한덩어리가 된 함성의 합창이 터져나왔다. 그들의 우상이 마침내 밖으로 나와서 계단을 내려오는 것이었다. 그러나 그 광경은 얼마나 기이한가! 그는 그의 몸에 바싹 붙어 경호하는 보디가드들에 온통 에워싸여 있다. '밀착방어'라는 말이 이보다 더 실감날 수가 없다. 한편 당사자는 챙이 넓은 검정색 모자, 선글라스, 그리고 얼굴 아랫부분을 가리는 검정색 마스크를 착용하고 있다. 그는 거대한 메르세데스 자동차에 올라탔다. 차의 창문들은 한결같이 수건으로 가려져 있다. 자동차는 사람을 깔아뭉개지 않도록 조심스럽게 출발한다.

그 마이클 잭슨이 나의 의견을 구하기만 했더라면 좋았을 것을! 그러면 나는 내 아이디어 뱅크에서 기발한 착상 하나를 꺼내보였을 터이고 그 덕분에 그 날은 그에게 영원히 기억될 하루가 되었을지도 모른다. 나는 그에게 그곳의 장애자들 중 한 사람을 손으로 건드려보라고 충고했을 것이고, 그 장애인은 그 자리에서 기쁨의 환성을 지르면서 벌떡 일어나 텔레비전 카메라가 지켜보는 가운데 춤을 추었을 테니 말이다. 그랬더라면 얼마나 효과적인 광고가 되었을 것인가!

　나는 마이클 잭슨의 소년시절 사진을 본 적이 있다. 상냥하고 쾌활한 흑인 아이의 참한 얼굴이다. 그후 우리는 끔찍함과 경탄의 전율을 아울러 맛보며 그가 점차로 '만들어지는' 과정을 지켜보았다. 그 하나 하나의 단계마다 그는 자기 자신의 일부를, 그리고 우리들 자신의 일부를 버렸다. 그는 나이도 인종도 심지어 섹스도 구별할 수 없는 인물이 되었다. 그는 이스마일라(이집트)에서 와서 한창 젊은 나이에 벌거벗은 몸으로 목욕탕에서 감전되어 죽은 금발의 천사 클로드 프랑스와(Claude François)와 같은 종류의 외부원형질을 갖춘 인물이다. 찬양자들이여, 지지자들이여, 어서 달려가서 마이클 잭슨을 만나보라, 이제 그에겐 시간이 많지 않다. 이 다음번 변신은 지금의 그의 모습을 영원히 다시 볼 수 없도록 만들어버릴 것이다.

　이같은 현상은 자세히 분석해볼 가치가 있다. 이것은 일종의 '들림' 현상에 속한다. 군중이 그의 우상을 사로잡아 파괴해버린다. 그를 파괴하는 소화액은 '이미지'다. 거기에 적절한 표현이 무엇일지 찾아볼 필요가 있다. 나는 초상화현상(肖像化現像, Iconisation)이라는 표현을 제안하고자 한다.

　오늘날은 사진이 너무나도 널리 보급되어 있어서 관광객, 다시 말해서 즐거움을 위한 여행객은 사진기 없이는 상상되지 않을 정도다. 어떤 장소들은 그야말로 사진 찍고 싶은 광적인 욕구를 자극하기 위해 만들어진 것만 같아 보인다. 베니스에 있는 눈물의 다리, 파리의 에펠탑, 나이아가라 폭포, 아그라의 타지마할이 아마도 아주 오래된 옛날에는 실제로 진정한 그 무엇으로 존재했을 것이다. 그런데 우리는 그 진정한 것에 대해서는 아무것도 아는 것이 없다. 왜냐하면 수천만 번 수억만 번 사진 찍힌 나머지 그 장소들이나 기념물들은 모든 현실성을 상실한 채 두께도 실감도 없는 그 자체의 스테레오타입으로 변해버렸기 때문이다.

사물들에 대한 사진의 이같은 파괴효과는 남녀를 막론한 인간들에게도 마찬가지로 나타난다. 잡지, 영화, 텔레비전의 스타들은 이미지에 의해 속속들이 파괴된다. 그들은 빠른 속도로 살도 뼈도 없는 존재로 변하고 만다. 스크린 속이나 우리들의 눈앞에서 계속 살아 움직이는 것은 외부원형질일 뿐이다. 그러나 그들은 인간답게 살지도 즐기지도 괴로워하지도 못한다. 가끔 그들 중 어떤 존재는 완전히 사라지기 전에 기계에 의해 다시 토해내어진다. 그렇게 되면 그는 본의 아니게 주어진 그 반쪽짜리 삶을 고통스럽게 감내하지 않으면 안 된다. 그것이 바로 흘러간 시절의 스타가 겪는 지옥이다.

그러나 가장 흔한 운명은 이미지에 의한 죽음, 즉 초상화 현상이다. 이것은 동물이 박제로 만들어지는 것과 매우 유사한 현상이다. 앞에서 언급했던 마이클 잭슨 이야기로 다시 돌아와보자. 그 역시 여러 번 경련하듯이 꿈틀거려본다. 그는 추문도 생기고, 파란만장하며 뜨거운 사랑도 있는 사생활을 가져보려고 무진 애를 쓴다. 우리는 단말마의 고통과도

같은 그런 무용한 시도들을 한두 번 목격한 것이 아니다. 마
릴린 먼로(서른여섯 살에 죽었다)가 그랬고 그에 앞서 루돌
프 발렌티노(서른한 살에 죽었다)가 그랬다. 마이클 잭슨은
아직도 경련하듯 몸을 파닥거리고 있지만 사실은 밀랍 얼굴
을 가진 속이 텅 빈 인형에 불과하다. 이제 머지않아 그는
쓰러질 것이고 사람들은 그를 꺼져버린 별들을 안치하는 신
전에 갖다놓을 것이다. 이미지에 의해 속이 파먹히고 가루
가 되어 흩어지고 흡수되고 마는 것 그것이 바로 초상화현
상이다.


## 다이애너와 지지


그것은 이날까지 내가 참석해본 중에서 가장 아름다운 야
회였다. 미테랑 대통령은 1988년 11월 11일 제1차 세계대전
휴전기념식에 찰스 왕자를 초대했었다. 당시 문화부장관이
었던 자크 랑은 11월 9일 그들 왕자 부부를 샹보르성[8])에 모
시고 향응을 베풀었다.
　가을빛으로 인해 안개가 서린 듯 황금빛으로 물든 숲의 한
가운데서 그 유명한 성의 정면은 조명을 받아 마치 한밤에

---

8) 프랑스 중부 르와르 강변 솔로뉴 지방에 위치한 고성으로 1519년부터
　프랑스와 1세를 위해 건축되기 시작했으며 초기 르네상스의 최대 걸작
　으로 꼽히는 꿈같은 성곽이다.

꾸는 꿈속에 나타난 정경 같아 보인다. 의장대가 팡파르로 귀빈들에게 인사한다. 벽난로 속에서는 거대한 나무등걸들이 통째로 타오르면서 불꽃이 일렁거린다. 기이한 우연으로 나는 다이애너 왕자비와 지지 장메르(Zizi Jeanmaire) 사이에 찰스 왕자와 마주보며 자리잡게 되었다. 왕자는 프랑스 말이 유창하고 기지에 넘치고 아주 재미있는 이야기로 좌중을 휘어잡는다. 그는 그 무렵 런던 시에 영국의 건축가들이 루프트바페9)보다 더한 피해를 끼쳤다는 발언으로 큰 충격을 불러일으킨 바 있었다. 그는 자크 랑 장관에게 말했다. "이처럼 멋진 곳에 나를 초대하는 것이 과연 신중한 처사라고 생각하십니까? 런던으로 돌아가면 나는 입을 봉하고 말한 마디 못하게 되었습니다!"

다이애너와 지지만큼 뚜렷한 대조를 이루는 경우는 상상하기 어렵다. 한쪽은 짙은 금발이고 다른 한쪽은 반짝이는 갈색머리다. 다이애너는 말할 수 없이 아름답고 더할 수 없이 우아하지만 촛불처럼 슬프고 길고 말이 없다. 이 추방당한 왕자비에게 무슨 말을 할 수 있으랴. 나는 생각다 못해 제르멘 드 스탈 부인10)의 유명한 말을 왕자비에게 인용하여 들려준다. "영광은 행복의 빛나는 상(喪)이랍니다." 그녀가 대답한다. "나는 한 번도 영광을 맛본 적이 없습니다." 나는 스탈 부인의 같은 말을 지지에게 던져본다. 그녀가 대답한

---

9) 루프트바페(Luftwaffe): 1935년 이래 독일 공군을 지칭하는 표현.

다. "모르겠어요. 나는 상을 한 번도 당해본 적이 없어서." 과연 두 시간 뒤, 그녀는 드넓은 귀빈홀의 궁륭 밑으로 뛰어나가서 그녀 특유의 높은 목소리와 함께 전신을 분수처럼 뿜어올린다.

지지에 대한 나의 첫 이미지는 1949년 샹젤리제 극장 무대 뒤로 거슬러 올라간다. 당시 그녀는 르네(Renée)라는 이름으로 불려지고 있었고 머리털은 허리까지 치렁치렁 쏟아져 있었다. 그녀는 고전적인 짧은 무용복 치마를 입고 있었다. 내게 키스를 해주기 위해 발끝으로 일어서던 그녀의 모습이 지금도 눈에 선하다. 그 당시 나는 스무 살이었다. 그녀의 나이는?

그후 믿을 수 없는 변신을 거쳐 그녀는 오늘의 결정적인 모습으로 굳혀졌다. 1955년 알함브라. 이제부터 그녀는 영원히 그 꽉 눌러 붙인 짧은 머리, 불량배 같은 입, 비웃는 듯한 목소리, 그리고 단단하고 발목이 가는 두 다리로 변함없는 이미지를 갖춘다. 드레자크의 무도용 샹송「문신(文身)」으로 그녀는 일대 스캔들을 불러일으켰다. 그녀는 중절모자를 쓴 수염 나고 뚱뚱한 남자를 떠밀면서 무대로 걸어나온

---

10) 제르멘 드 스탈 부인(Germaine de Staël, 1766~1817): 프랑스의 작가. 루이 16세의 재상인 네케르의 딸로 대혁명 초기에 유명한 살롱을 열고 있다가 나폴레옹에게 미움을 받아 코페로 망명, 유럽을 두루 여행하였다. 프랑스 낭만주의에 큰 영향을 끼친 소설『델핀느』『코린느』와 『독일론』을 남겼다.

다. 그리고 남자의 주위를 빙빙 돌고 떠밀어젖히며 그의 옷을 하나 하나 벗긴다. 그러면서 노래부른다. "우리 뚱뚱이 따뚜, 우리 뚱뚱이 따뚜, 귀엽기 그지없네, 우리 뚱뚱이 문신덩어리!" 그러면 옷을 다 벗은 남자는 곧 큼직큼직한 문신이 수놓인 핑크색 타이즈 차림이 된다. 이 특이한 장르의 스트립 쇼에 어떤 사람들은 눈살을 찌푸렸다.

나는 얼마 전에 그녀가 깃털과 더듬이와 도가머리로 장식한 기막힌 잠자리가 되어 세찬 조명을 받으면서 걸어나와 가브로슈 같은 불량배의 목소리로 세르주 겡스부르(Serge Gainsbourg)[11]의 혼을 불러내는 모습을 보았다. 그들의 쌍은 그녀가 다이애너 왕자비와 이루는 쌍만큼이나 기이한 것이다. 초라하고 남의 놀림감이나 되기 쉽고 병약하며 비관적인 동시에 한사코 난파물 부스러기가 되어 자신을 파괴하고자 하는 세르주 겡스부르. 반면에 결코 부서지지 않고 녹슬지 않는 그녀는 금속성 목소리에 강철 같은 다리로 언제나 힘과 사랑과 생명이 폭발할 듯 넘쳐난다.

처음에 미스텡게트(Mistinguett)가 있었고 다음에 조제핀 베이커(Joshine Baker)가, 그 다음에 지지가 나왔다. 두 다리로 노래하는 여자들의 계보에서 지지는 과연 마지막을 장식할 것인가?

---

11) 겡스부르(Serge Gainsbourg, 1928~1991): 프랑스의 가수, 작사작곡가 겸 영화인. 「리라꽃 구멍 뚫는 사람(Le Poinçonneur des Lilas)」「나도 너를 사랑해(Je t'aime moi non plus)」 등 수많은 곡을 남겼다.

## 미래의 텔레비전?
아무 일도 일어나지 않는 세계로 열린 창문

내가 지금 이 글을 쓰고 있는 방에는 두 개의 창문으로 빛이 들어오고 있다. 그 중 하나는 정원으로 향해 있고 다른 하나는 거리로 열려 있다. 내가 눈을 들면 내 정원의 한구석이 보인다. 거기에서는 아무 일도 일어나지 않는다. 가을인 것이다. 약간 헝클어진 풀들 위에 보리수 잎사귀들이 여기저기 떨어져 있다. 티티새 한 마리가 벌레를 쪼아먹으면서 이리저리 뛰어다닌다. 자작나무 밑에는 통통하고 신비스런 큰 버섯들이 돋아나 있다.

반대쪽으로 고개를 돌리면 길의 한 끝이 보인다. 아무도 지나가는 사람이 없다. 잠시 전에 노란색 우편배달 자동차가 멈추었다가 광고지 인쇄물을 던져넣고는 지나갔다. 좀 있으면 학교가 파하여 어린아이들이 떠들썩하게 밀치며 쏟아져나올 것이다. 바로 거기에 단순하고 한가한 모습의 삶이 있다.

나는 세번째의 또 다른 창문 하나를 몽상해본다. 내가 그 카메라 촬영을 멋지게 지휘하고 싶은 미래의 텔레비전이 그것이다. 나는 그 카메라를 투링게의 작은 마을 벤덴하우젠의 광장에, 그 다음에는 아이슬랜드의 투암 들판에서 풀을 뜯는 암소들 한가운데, 튀니지아의 수스(Sousse) 시에 있는 중국인 잡화가게에, 캘리포니아의 산 버나디도 롱 비치 고속도로 변의 어느 주유소에, 가봉의 리브르빌 그 나무등걸 흩어진 해변에, 시베리아 숲 한구석에 설치해놓겠다.

정신이 얼떨떨해질 정도로 쏟아내놓는 스펙터클로서의 텔레비전 프로그램 속에서도 가끔 지금 내가 말한 그런 진실로서의 텔레비전, 다시 말해서 이 땅과 거기 사는 인간들의 단순한 증언인 프로그램들이 언뜻언뜻 비친다. 미국판 시리즈물들을 볼 때면 나는 곧 배우들의 천편일률적인 얼굴과 그들이 보여주는 시나리오의 갖가지 행동을 까맣게 잊어버리고 그 배경을 이루는 집들이며 상점들, 행동이 전개되는 변두리로 지나가는 자동차들을 유심히 바라본다.

육상경기를 생중계하는 프로그램은 그런 종류의 희귀한 오아시스를 만나는 좋은 기회다. 어느 날 아침 카메라는 그 경기장에 잊혀진 듯 놓여 있었다. 아직 그 어떤 경기도 시작되지 않았다. 몇 안 되는 선수들이 아직 유니폼 겉옷을 걸친 채 풀밭에서 잡담을 하고 있다. 어떤 선수는 바닥에 털썩 주저앉아서 한가하게 신발을 갈아신는다. 그리고 그들은 벌렁 드러누워서 하늘을 쳐다본다. 진지한 일들은 잠시 뒤에야 있을 것이다. 그러나 삶에 있어서 가장 진지한 순간들이란 바로 아무 일도 일어나지 않는 그때가 아닌가?

나와 같은 불면증 환자들은 밤 2시와 5시 사이에 텔레비전을 본다. 위성 안테나를 갖추고 있는 경우 그들은 아주 기이한 발견을 할 수 있다. 수많은 외국 방송국들이 그 시간에도 계속 영상을 보내고 있다. 그러나 그건 이를테면 아무것도 아닌 무의 영상들이다. 예를 들어서 물고기들이 노니는 수족관, 구름이 지나가는 하늘, 장작이 활활 타고 있는 벽난로의 불 같은 것이다. 그렇지 않으면 카메라가 어떤 자동차의 좌석에 설치되어 있어서 이렇다 할 특징도 없는 풍경이 휙휙 지나가는 것이 보이고 끝없이 트럭 뒤를 따라가다가 정지신호에 걸려서 멈춰 선다. 사실 따지고 보면 이보다 더 휴식에 도움되는 것이 없다.

전세계 신문사들의 편집국을 절망하게 만들 가능성이 있는 한 가지 진실을 입 밖에 내는 용기가 필요하다. 즉 제2차 세계대전이 끝나고 난 이후 진정한 사건들은 점점 더 드물어지고 있고 점점 더 그 충격적 감동을 잃고 있다. 제3세계의 인구는 이제 별로 증가하지 않는다. 그러나 혹자들이 말하는 것과는 달리 인구가 늘면 늘수록 그들은 점점 더 가난해지고 점점 덜 공격적이 된다. 공격과 침범은 조직적이고 역동적인 국가들이 하는 짓이다. 제3세계는 이웃 국가들에게는 아무런 위험이 되지 않은 채 공격을 단념해버린 밋밋한 인간군상으로 발전되어간다.

그러면 베를린 장벽의 붕괴와 더불어 이루어진 공산주의 제국의 몰락은? 하고 내게 반문하는 사람이 있으리라. "그거야말로 중요한 사건이 아닌가?" 아마 그럴지도 모른다. 그러나 그거야말로 사건의 네거티브요 침체되고 무기력한 정치적 상황으로 인도하는 반(反) 사건이다. 결과적으로 국경을 지워버리는 것이 고작인 통일 유럽의 탄생과 마찬가지로.

1998년 미디어상에 나타난 가장 큰 사건은 틀림없이 월드컵 결승 게임이라고 할 수 있다. 그날 저녁 텔레비전을 시청한 사람들의 수는 수십억에 이른다. 그러나 이것은 처음부터 끝까지 완전히 만들어낸 합성적 사건이라는 사실을, 더군다나 오로지 텔레비전에 의해서 기막히게 부풀린 지극히 조그만 사건이라는 사실을 어찌 눈여겨보지 않을 수 있단 말인가?

여기서는 아무 일도 일어나지 않고 있다고? 아니다. 자세히 보라. 시들어 쭈그러진 열매 몇 알이 아직도 매달려 있는 내 사과나무 가지에 이제 막 다람쥐 한 마리가 나타났다. 오늘 아침으로선 이만하면 충분하지 아니한가?

나는 2000년 미래의 텔레비전을 켠다. 나는 앵커리지의 골목길을 어슬렁어슬렁 걸어다니고 밴쿠버의 해변에서 조가비 한 개를 줍고 아마존 밀림 속으로 한 마리 벌새가 지나가는 것을 바라본다. 그리고 그 어느 곳에서도 아무 일이 일어나지 않고 있다는 것을 확인하고 안도감을 느끼며 다시 일을 시작한다.

# 인물들

그대들이 거기서 나를 기다리고 있다는 것을
나는 잘 알고 있다. 친구들이여, 잠깐만 기다려라, 곧 간다,
곧 간다니까!

인물들

## 지도자와 그의 부하

　정치지도자들은 그들의 마력적인 명성에는 출처를 알 수 없는 신비의 몫이 반드시 끼여든다는 사실을 잘 알고 있다. 드골은 그 사실을 뚜렷하게 글로 적어놓았다. 그의 어조에는 약간의 냉소가 깃들여 있는 것 같기도 하지만. 신비와 위선의 거리는 그리 멀지 않으니까. 우두머리는 '스핑크스' 같은 일면을 유지하면서 이중적인 의미를 지닌 알쏭달쏭한 말을 잘 활용해야 한다. 솔직한 말은 그와 어울리지 않는다. 손 안의 패를 공개하고 정정당당하게 행동했다가는 반드시 그 대가를 치르게 되어 있다.

　그러나 패는 실제로 존재한다. 그걸 들여다보는 것은 우리들의 일이다. 왕의 수수께끼 같은 얼굴 주변에는 하인들, 귀부인들, 에이스, 조커 따위의 놀이가 백일하에 펼쳐져 있는 것이다. 우두머리는 자신의 표정을 관리하고 입 밖에 내는 말 한 마디 한 마디를 깊이 생각해서 할 수 있다. 그는 상대를 안심시키는 가면을 쓰고 마음을 진정시켜주는 말만 골라서 쓸 수 있다. 그를 에워싸고 있는 다른 얼굴들이 그 대신 기탄없이 속을 털어놓고, 심지어 입을 다물고 아무 말 하지

않을 때조차도 그들의 얼굴이 이미 웅변적으로 속을 보여준
다. 주위에 데리고 있는 사람들만큼 지도자의 인물 됨됨이를
잘 드러내는 것은 없다.

　물론 주변에 지지자 집단을 만들어 가지는 것을 좋아하지
않는 사람들도 있다. 그러나 그것이 반드시 좋은 징조는 아
니다. '보스'와 모험가 사이의 차이는 바로 모험가의 고독이
다. 보스는 그 어느 것도 자기가 손수 하는 법이 없다. 그것
은 그가 맡은 역할이 아니다. 그의 역할은 자신의 권위를 위
임할 2인자 집단을 찾아내는 것, 혹은 그들이 자연스럽게 주
변에 모여들게 하는 일이다. 우두머리가 자기 협력자들의 무
능을 불평하는 것은 자신의 무덤을 파는 것이나 다름없다.
그렇다면 그는 자기 부하들의 선발이라고 하는 가장 중요한
일에 실패한 것이다. 만약 그가 모든 것을 손수 하지 않으면
안 된다고 생각한다면 그는 스스로 모험가임을 자인한 것이
된다.

　과거의 위인들을 잘 관찰해보자. 나폴레옹이 어떤 인물이
었는지 궁금한가? 그를 보위한 장군들을 보라. 그들은 각기
나름대로 나폴레옹의 인격의 한 국면을 반영하고 있었다. 그
장군들에다가 탈레랑(Talleyrand)[1]과 푸셰(Fouché)[2]를
추가해보라. 그리고 나폴레옹의 가족 또한 잊어서는 안 된
다. 자신의 형제자매를 요직에 앉히는 보스는 이름이 따로
있다. 그를 마피아 두목이라고 부른다. 코르시카 출신의 이
두목에게는 그런 기질이 없지 않다.

다음과 같은 법칙이 성립될 수 있다. 즉 두목이 큰인물일수록 그 주변인물들은 서로 이질적이어서 그들은 두목과도 더욱 다르고 그들 서로간에도 더욱 다르다. 수많은 귀부인들은 말할 것도 없거니와 콜베르와 륄리, 보쉬에와 몰리에르, 라 레니와 망사르를 한데 모아놓자면 태양왕이 아니고서는 안 된다. 그런데 이런 이름들 —그 밖에 약간의 다른 이름들도— 을 한데 합쳐놓고 보면 루이 14세에 대하여 상상할 수 있는 최상의 초상화를 만들어낼 수 있다.

우리들과 더 가깝게는 드골이 있다. 그는 자신의 주변에 앙드레 말로와 미셸 드브레를 데리고 있다. 이 두 사람 사이에 무슨 공통점이 있는가? 바로 드골 자신 이외에는 아무런 공통점이 없다. 그러나 그들 두 사람의 얼굴을 —그리고 물론 몇몇 다른 사람들도— 겹쳐놓아 보면 드골의 인물 됨됨이를 더 잘 알아볼 수 있다.

---

1) 탈레랑(Charles Maurice de Talleyrand, 1754~1838): 프랑스의 정치가. 오텅 교구의 주교(1788), 삼부회와 입헌의회에서는 의회의원(1789)이었다가 성직을 떠났다. 영국과 미국으로 망명(1792~1796)했다가 집정내각 및 나폴레옹 제국시절 외무장관(1797~1807)으로 탁월한 외교적 역량을 발휘하였다. 1814년 4월 1일 임시정부 수반, 왕정복고시절 외무장관으로 비엔나 회의에서 핵심적 역할을 수행, 7월 정부에서 1815년 9월까지 다시 정부수반을 지내고 루이 필립시대 런던 대사(1830~1834)를 역임하였다.

2) 푸셰(Fouché 1759~1820): 프랑스의 정치가. 집정내각과 나폴레옹 제국, 그리고 백일천하시 경찰담당장관을 지냈다.

반대로 부하들이 서로 분명한 유사점을 가진 경우 그 시험은 당사자에게 무서운 결과로 작용한다. 이런 경우를 두고 사람들은 '패거리' 혹은 '무리'라고 부른다. 특히 후자의 경우는 동물적 집단의 어감을 다분히 내포하고 있다. 또 다른 경우에는 '지지자 그룹'이라는 말이 머리에 떠오른다. 이 경우 '단골손님' 특유의 부패하는 냄새를 지우기 어렵다. 히틀러의 경우는 매우 노골적이다. 그의 무리들-괴벨, 괴링, 힘믈러, 헤스, 보어만-은 너무나도 가시적이어서 히틀러 자신에 대해서는 별로 할말이 없어진다. 히틀러는 다른 위인들과 비교해볼 때 상대적으로 보잘것없는 인물이어서 상당히 추상적인 상징에 불과하다. '심지어 그는 얼굴도 없었다'고 어떤 증인은 놀라운 듯이 말한 바 있다. 그 때문에 그는 그의 친구 무솔리니처럼 가면을 쓸 필요가 없었다.

그대의 주변을 맴도는 사람들이 누구인지 말해보라. 그러면 나는 그대가 누구인지 말해주리라. 권력자들의 인격을 해독하는 이같은 테스트 방식은 신체 내부의 여러 기관들을 찍은 X선 사진보다도 더 많은 것을 시사해준다.


### '너'와 '당신'[3]


앙리 고티에 빌라르-일명 빌리-가 콜레트(Colette)[4]를 만나기 위해 그녀가 사는 마을 생 소뵈르 앙 퓌제로 찾아왔을 때 이 열아홉 살의 시골 처녀는 그보다 열네 살 아래였다. 물론 그는 장차 그녀를 이용하고 그녀 혼자서 쓴 책들에다가 자신의 이름을 함께 서명한다. 그러나 그는 또한 그녀에게 파리를 알게 해주었고 문단을 소개해주었다. 그가 없었다면 그녀는 오늘날 우리가 사랑하는 그 훌륭한 작가가 되지 못했으리라는 것은 분명하다.

그런데 그녀의 회고록 『나의 수업시대(Mes apprentiss-ages)』를 읽다가 보면 어느 한 페이지에서 다음과 같은 놀라운 한 구절을 만나게 된다. 〔그이는 이상하게도 내게 늘 '당신(vous)'이라고 불렀고, 나는 늘 그를 '너(tu)'라고 불렀다.〕 이 무슨 역설인가. 오히려 부르고뉴 지방의 사투리가 심한 이 시골 처녀에게 나이 든 파리 남자가 반말을 쓰고 처녀 쪽에서 차라리 그 남자에게 '당신'이라고 부를 법한데 말이다!

그러나 그렇게까지 멀리 가지 않아도 그 못지않게 놀라운

---

3) 프랑스 말의 사용에 있어서 예의를 갖추어야 하는 사이에는 2인칭 대명사 'vous'를 사용하고 격의 없이 친근한 사이에는 또 다른 2인칭 대명사 'tu'를 사용하는 것이 보통이다. 엄밀하게 따지자면 한국어의 높임말 '당신'과 낮춤말 '너'(친근한 표현으로서의 '그대')의 관계와는 반드시 일치하지 않지만 여기서는 편의상 'vous'를 '당신'으로, 'tu'를 '너'로 번역하기로 한다. 투르니에의 이 글은 바로 불어에서 이 두 가지 인칭대명사가 사용되는 여러 가지 특별한 상황들을 소개하고 있다.

4) 콜레트(Sidinie Gabrielle Colette, 1873~1954): 프랑스 작가. 『바가봉드』 『싹이 트는 밀』 『클로딘느』 같은 소설을 통해서 여성의 혼과 낯익은 자연을 그렸다.

경우들을 찾아볼 수 있다. 사르트르와 시몬 드 보브와르−전후의 상징이라 할 만큼 현대적이며 '자유로운' 한 쌍인−는 언제나 예외 없이 서로 '당신'이라는 존칭을 사용했다. 더욱 놀라운 예로, 서로 친근한 관계의 전형이라 할 수 있는 연극인들 세계에서 장 빌라르는 연극 연출을 할 때 배우 제라르 필립에게 마찬가지로 '당신'이라 불렀다.

물론 '귀족적'인 태도를 갖추기 위하여, 혹은 '서민적' 정신을 발휘하여 고의적으로 부부 사이에, 혹은 부자 사이에 'vous(당신)'나 'tu(너)'를 골라서 사용할 수가 있다. 말하자면 예의를 갖추는 '당신'을 사용하면 귀족 냄새가 나고 격의 없는 '너'를 사용하면 서민적인 분위기가 살아난다고 할 수 있다. 내가 아는 어떤 부부는 일상생활에서 누구보다도 정상적으로 '너'를 사용하는데 비해 서로 상대방에 대해 화가 났다든가 부부싸움을 할 때만 꼭 '당신'이라는 호칭을 사용한다. 그렇게 함으로써 그들은 두 사람 사이에 서리는 냉랭한 공기를 표현하는 것이지만 특히 그들은 서로간에 일정한 거리와 예의규범이 생겨나게 함으로써 일체의 상스러움으로부터 스스로를 방어하고자 하는 것이다. 이 방법에는 우아한 면이 없지 않다. 매우 예의바른 표현들로 비난과 욕설을 퍼붓는다고 해서 그 신랄한 맛이 더하면 더했지 경감되는 것이 아니고 보면 더욱 우아해 보이는 것이 그 방법이다.

그러나 호칭의 선택은 더욱 깊은 의미에서 어떤 성격적 특징을 나타낸다. 어떤 사람들은 '당신'이라는 예의 차리는 표현을 절대적으로 싫어한다. 그들은 처음 인사를 한 사람에게 기껏 삼 분 정도 '당신'이란 표현으로 간신히 예의를 갖추고 나면 이젠 더 이상 참을 수 없다는 듯이 '너'라는 표현으로 바싹 다가드는 것이다. 그럴 때 이쪽에서도 마찬가지로 '너'라는 표현으로 받을 것인가 아닌가를 정하자면 일정한 심리학이 필요하게 된다. 마르셀 파뇰은 그런 부류의 인물이었다. 그는 처음 만나자마자 내게 '너'라는 반말부터 쓰기 시작했다. 나는 그에게 끝까지 '당신'이라는 높임말 사용을 고집했는데 지금도 그게 그의 마음에 들었는지 그 반대인지 알 길이 없다.

극히 드문 경우이긴 하지만 그 어느 쪽도 사용할 수 없는 상황이 있다. 이런 때는 제3의 방법을 동원하는 수밖에 없다. 어린 시절 내가 우리 조부모가 사시는 시골 마을에 처음 찾아갔을 때 그 마을의 몇몇 시골사람들은 그 어린애한테 '당신'이라고 하기가 아무래도 좀 망설여졌던 것 같다. 그렇지만 나는 파리에서 온 사람이었다. 이건 무시할 수 없는 특권이었다. 사정이 이렇게 되자 그들은 3인칭을 사용하기로 마음먹은 모양이었다. '그는 먼길을 오느라고 힘들지 않았던가? 그는 시골의 좋은 공기를 마시니 좋은가?' 이런 식의 질문이 내게 날아왔다.

그런데 우리는 '당신(vous)'이라는 대명사에는 그 본래의 복수적(複數的) 의미가 결코 완전히 없어지지 않고 있다는 사실을 주목해볼 필요가 있다.[5] 내가 어떤 사람에게 '당신

(vous)'이라고 할 때 나는 그를 통해서 암암리에 그의 가족, 그의 씨족, 그의 민족에게 동시에 말을 걸고 있는 것이다. '당신'은 항상 얼마만큼은 '당신네들'인 것이다. 가장 눈에 띄는 경우는 바로 쌍둥이의 경우이다. 그들은 항상 함께 불리워지는 것이지 한 번도 따로 분리되어 지칭되는 법이 없다. 쌍둥이 중 한 사람이 내게 말한 적이 있다. "내 동생과 뗄 수 없는 관계이기 때문에 나는 15년이 지나서야 비로소 가족들 사이에서 '너(tu)'라고 불릴 수 있게 되었다."

서양의 다양한 언어들에 있어서 이 두 가지가 사용되는 방식은 깊이 연구해볼 가치가 있는 대상이며 그 연구결과는 대단히 흥미로울 것 같다. 예를 들어서 교사는 자신이 가르치는 아동들에게 몇 살 때까지 '너'라고 부를 수 있는가? 그 대답은 나라에 따라 달라진다. 스페인에서는 열 살, 독일에서는 열여덟 살, 프랑스에서는 열다섯 살 정도라는 것이 통념이다. '너'의 호칭은 다른 어떤 나라에서보다도 독일에서 더 많이 사용된다. 독일의 광고문안들을 보면 불특정의 고객들을 거리낌없이 '너'라고 부르고 있다. 프랑스에서라면 결코 생각할 수 없는 일이다.

물론 영어의 경우는 예외다. 영어에서는 '너'나 '당신'의 경우에 다같이 'you'를 사용하기 때문이다. 그러나 영어에

---

5) 프랑스 말에서 인칭대명사 'vous'는 2인칭 단수('당신', '선생님')인 동시에 2인칭 복수('당신들', '여러분', '제군', '너희들')로도 쓰인다.

서도 수세기 동안 'thou(tu)'와 'thee(toi)'의 형태가 널리 사용되었다. 그후 'you'가 그 두 가지를 대신하게 되었다. 17세기 이후 그 두 가지 형태를 버리지 않고 사용하기로 결정한 퀘이커교도들의 경우만이 예외다. 그와 유사한 이유로 오늘날에도 많은 기독교도들의 경우 하나님을 가리킬 때는 'thou'와 'thee'가 여전히 사용되고 있다.

앵글로색슨 민족은 그들 언어의 이같은 표현부족을 보완하기 위해 적당한 순간에 상대방의 이름을 부른다. 어떤 사람들은 서로 알게 되는 즉시 이름을 부른다. 이럴 경우 다른 언어를 쓴다면 그는 이름 대신에 '너'라는 인칭대명사를 사용했을 것이다.

발레리 지스카르데스텡과 헬무트 슈미트는 대통령 시절 친숙한 우정관계를 유지하고 있었다. 그래서 그들은 서로간에 '너'라는 표현을 사용한다고 자처했다. 그런데 재미있는 점은, 전자는 독일어를 할 줄 몰랐고 후자는 프랑스어를 할 줄 몰랐다는 사실이다. '그 사람들은 아마 영어로 반말을 한 모양이야.' 하고 재치 있는 정치가 미셸 조베르는 비꼬았다.


## 마르그리트 뒤라스의 여러 얼굴들

우리가 마르그리트 뒤라스(Marguerite Duras)에 대하여 알고 있는 몇 가지 안 되는 것들 가운데서 가장 먼저 머리에 떠오르는 것은 다름아닌 그 얼굴이다. 그녀 자신, 소설『연인 (L'Amant)』의 첫머리에서부터 벌써 그 얼굴에 대한 이야기를 꺼내고 있다. '열여덟 살부터 스물다섯 살 사이에 내 얼굴은 예측할 수 없는 방향으로 나아갔다… 내 얼굴은 메마르고 깊은 주름살들로 금이 갔고 살갖은 갈라졌다. 모습이 섬세한 어떤 얼굴들처럼 꺼져내리지 않고 본래의 윤곽은 그대로 지니고 있지만 그 질료가 파괴되어버린 것이다. 나는 파괴된 얼굴을 가지고 있었다.' 사실 이 표현은 매우 부당한 것이다. 자세히 들여다보면 그 얼굴은 오히려 어떤 과일을 연상시킨다. 정상적으로 익어가지고 맛있는 즙이 가득 차서 팽팽해지고 세월이 갈수록 점점 더 풍부해지고, 선량함으로, 총명한 선량함으로 가득 찬, 그 무슨 이국적인 아시아의 과일 말이다. 이에 대해서는 뒤에 다시 이야기하겠다.

우리는 그녀가 프랑스령 인도차이나의 옛 코친친에 있는 지아 딘(Gia Dinh)에서 1914년 4월 4일에 태어났다는 것을 알고 있다. 그의 부모는 양쪽 다 프랑스의 엄격한 북부지방에서 교사로 일하고 있었는데 이국풍정과 아울러 식민통치가 선전하는 약속에 솔깃해진 나머지 베트남의 어떤 원주민 학교에서 아이들을 가르치기로 하는 계약을 맺었다. 그곳에 도착하자 곧 아버지는 죽고 아이들(둘 혹은 셋?)을 거느린 어머니만 홀로 남았다. 어머니는 지나 해변에 위치한 땅을 불하받는 데 저축한 모든 돈을 쏟아부었다. 여러 헥타르에 달하는 이 황무지를 논으로 만들 생각이었다. 그녀는 아무런 경험도 없으면서 이 일에 혼신의 정력을 다 바친다. 그러나 태평양의 거대한 해일이 밀려오면서 바닷물이 불하받은 땅을 휩쓸었고 그 거대한 농장은 파괴되었다. 그녀는 지적국 직원들을 매수하지 못했기 때문에 당국은 그녀에게 농사지을 수 없는 땅을 넘긴 것이었다. 그래도 그녀는 악착같이 이 일에 매달린다. 이웃의 농부들을 모아 그들과 함께 그녀는 농장을 보호할 수 있는 둑을 쌓는다. 그러나 이 어마어마한 노력은 보잘것없는 것이었다. 짠 바닷물이 둑을 휩쓸고 심어놓은 모는 타죽어버린다. 파산해 빚투성이가 되고 남은 재산은 모두 저당 잡힌 이 과부의 사정은 절박하기 짝이 없다.

이 이야기는 과연 실화일까? 이것은 과연 마르그리트 뒤라스가 사실 그대로 옮겨적은 진정한 '삶의 한 단면'일까? 아마도 우리는 그 답을 끝내 알지 못할 것 같다. 마르그리트 뒤라스는 소설가이니까, 다시 말해서 직업적인 거짓말쟁이이니까 말이다. 확실한 것은, 이 이야기가 34년 간격으로 발표된 두 편의 훌륭한 소설, 즉 『태평양을 막는 둑(Un barrage contre le Pacifique)』(1950)과 『연인』(1984)의 공통된 출발점으로 활용되었다는 사실이다. 왜 두 권의 소설이 나왔을까? 왜냐하면 그 공통된 출발점 이후의 이야기는 완전히 달라지기 때문이다. 『태평양을 막는 둑』, 여기에는 두 아이가 등장한다. 열여덟 살 먹은 딸 쉬잔느와 스무 살인 오빠 조제프가 그들이다. 그 조제프는 숲 속의 짐승들을 사냥하는 데만 열심이다. 그는 거칠고 상스럽고 무식하지만 힘세고 용감한 인물로 그의 어머니와 누이동생을 열정적으로 사랑한다. 한편 어떤 부유한 프랑스 남자가 쉬잔느를 좋아하여 따라다닌다. 조씨(M. Jo)라고 불리는 이 남자는 호화로운 검정색 리무진을 타고 그녀를 만나러 찾아온다. 그는 자신의 아버지가 이 가난한 처녀와의 결혼을 반대하지만 않는다면 기꺼이 그녀와 결혼하고 싶은 것이다. 그는 그녀에게 많은 선물을 사준다. 말하자면 그녀를 돈으로 사려는 것이다. 처음에는 축음기, 나중에는 다이아몬드 공세다. 그러나 그는 너무나 추남이다. 쉬잔느는 육체적으로 그가 곁에 있는 것을 참을 수가 없다. 결국 그녀는 다이아몬드만 받고 조씨를 쫓아버린다. 그리고 그녀 못지않게 가난한 어떤 남자에게 아무 까닭도 없이 자신의 몸을 바친다.

이 두 편의 소설을 갈라놓는 34년 동안에 무슨 일이 일어난 것일까? 그동안 마르그리트는 열두 편의 다른 소설, 열다섯 편의 희곡, 다섯 편의 시나리오를 썼고 그 자신이 네 편의 영화를 연출했다. 그리고 나서 그녀는 급전직하, 알코올에 푹 빠져버리고 말았다. 죽음의 문턱에 이르러 결정적인 경계를 건너뛰려는 순간, 생에 대한 깊은 애착을 지닌 여자 특유의 반사작용에 의해 그녀는 알코올 중독 치료를 위해 병원에 입원했다. 거기서 그녀가 만난 것은 죽음이 아니라 그보다 더한 것, 즉 지옥이었다. 스무날 낮 스무날 밤의 지옥. 그녀는 이렇게 말한다. "나는 글을 한 편 쓰겠어. 알코올 중독 치료라는 것이 얼마나 무시무시한 것인지를 말하겠어. 난 그

치료를 받은 것을 후회해… 그건 너무나 끔찍해. 그건 마치 누가 내 몸 속에 다이너마이트를 장치해놓았는데 도무지 터지질 않고 있는 것만 같은 그런 거야."[6] 그때의 환각들 가운데서 그녀는 자기를 쫓아다니고 자기를 못살게 구는 한 중국 남자를 보게 된다. 이제야 그녀는 자신이 늘 알코올 중독자였음을, 심지어 술을 먹지 않았을 때도 알코올 중독자였음을, 술을 전혀 입에 대지 않더라도 영원히 알코올 중독자일 것임을 알게 된다. 왜냐하면 알코올 중독이란 다름아닌 신의 부재인 것이기 때문이다….

1983년 초부터 마르그리트 뒤라스는 다시 삶으로, 즉 글쓰기로 되돌아왔다. 1984년 11월 그녀가 석 달 만에 쓴 짤막한 소설 『연인』이 출간된다. 그 성공은 엄청난 것이다. 공쿠르상 수상이 결정되고 난 뒤 발행부수는 100만 부에까지 치솟는다.

우리가 이미 앞에서 말했듯이 그것은 『태평양을 막는 둑』과 동일한 출발점에서 시작된 것이다. 어머니는 파산해 반쯤 미치광이가 되어버렸다. 그러나 이번에는 제3의 아이가 추가된다. 연약하고 병적인, 그래서 일찍 죽게 되는 남동생 말이다. 한편 오빠는 장롱 속이나 뒤지고 서랍 속에 감추어둔 돈이나 털어가는 음울한 건달이다. 그는 방탕한 생활을 위해

---

6) 원주: 얀 안드레아(Yann Andréa), 『마르그리트 뒤라스 M. D.』, Editions de Minuit.

서 오직 얼마 남지 않은 어머니의 돈을 훔치려는 생각뿐이다. 그리고 이 소설에는 프랑스에서 전개되는 제2부가 있다. 고국으로 돌아온 어머니는 양계를 해보려 하지만 그것마저 논농사와 마찬가지로 대실패로 끝난다.

그러나 가장 중요한 것은 그것이 아니다. 핵심은 잊을 수 없는 어떤 아름다움의 이미지에 있다. 작중의 여성화자는 열다섯 살이다. 그녀는 금박의 높은 굽이 달리고 작은 스트라스 무늬가 있는 구두를 신고 있다. 머리에는 검은색 넓은 챙이 달린 장미나무색 남자용 모자를 쓰고 있다. 이런 어이없고 이상한 차림을 하고 그녀는 수녀들이 경영하는 유럽계 여학생들을 위한 학교에 가는 것이다. 그보다 더한 일도 있다. 학교가 끝나면 교문 앞에 제복을 입은 운전사와 함께 유리창이 꺼멓게 썬팅된 커다란 검정색 리무진 한 대가 와 서 있다. 그 안에는 어떤 중국인 남자가 비스듬히 앉아서 기다리고 있다. 그는 부자고 젊다. 그는 이 알로까진 여고생을 정열적으로 사랑한다. 그는 1984년에 다시 나타나서 병원에 입원한 마르그리트 뒤라스의 머릿속을 떠나지 않았던 바로 그 중국 남자일까? 그 불행한 남자는 그 나름대로의 까닭이 있을 것이다. 그 어린 서양여자가 그에게 몸을 주었지만 그것은 오직 그의 사랑을 멸시하기 위해 돈을 보고 그랬던 것이니 말이다. 그녀는 남자를 자기 집안 식구들에게 데리고 와서 소개한다. 그러나 백인 식구들은 그 남자를 모욕적으로 대한다. 그가 주는 여러 가지 선물들이나 고급식당으로의 초대는 받으면서도 그에게 말 한마디 건네지 않는 것이다.

이제 다시 마르그리트 뒤라스의 얼굴 이야기로 돌아와보자. 우리는 항상 작가들의 얼굴에 대해서 다시 생각해볼 필요가 있다. 어떤 얼굴이 수많은 시간 동안 백지 위로 수그리고서 한 손이 거짓말로 가득 찬 글자들로 그 백지를 뒤덮고 있는 광경을 줄곧 바라보고 나서도 무사할 수는 없는 법이다. 베트남의 저 궁벽한 곳에서 다 죽어가는 아버지와 약간 정신이 돌아버린 어머니 사이에서 태어나고도 무사할 수는 없는 법이다. 나는 앞에서 그 어떤 이국적인 아시아의 과일 이야기를 했었다. 과연 그녀는 째진 눈에 광대뼈가 튀어나오고 광동과 쳉투사이 지방에서 많이 볼 수 있는 각이 진 이마를 가졌다. 반면에 그녀가 지극히 싫어하는 오빠는 백 퍼센트 서양사람의 얼굴이다. 나는 앞에서 마르그리트의 두 소설, 즉 『태평양을 막는 둑』과 『연인』의 두 가지 '주제'를 간단하게 설명했다. 그런데 우리가 지금 이야기하고 있는 것은 픽션이다. 픽션 속에서는 모든 것이 다 허용된다. 나 자신 소설가이므로 나는 앞서 설명한 두 가지 주제에 세번째 주제, 즉 이 이야기에 대한 나 자신의 주제를 추가해보고 싶다.

그러니까 마르그리트 뒤라스 편에서 보면 자식으로서 지켜야 할 도리에서 생기는 반사작용으로 인해 한 세대 정도의 편차 같은 것이 생긴다고 가정해볼 수 있다. 그 경우, 검은 리무진을 타고 온 중국남자가 사실은 그보다 15년 일찍 찾아온 것이라고 가정해볼 수 있고, 그는 열다섯 살의 나이 어린 처녀가 아니라 젊은 엄마를, 남편이 끊임없이 병석에 누워 앓기만 하고 도무지 죽지도 않은 상태인지라 항상 마음이 약간 흐트러져 있고 외로움을 많이 타는 엄마를, 기다리는 것이라고 가정해볼 수 있다. 그렇게 될 경우 이 짤막하고 가슴을 찢는 듯한 소설의 제목은 『연인』이 아니라 『아버지』가 되었을 것이다. 황인종이기 때문에, '몸을 버린' 어머니에게는 표면에 드러내고 싶지 않은 존재이기에, 유럽인과 아시아인 사이의 혼혈인 얼굴에 그 혈통의 수치를 간직하고 있는 딸에게는 결코 표면에 드러내고 싶지 않은 존재이기에 더욱더 미운 그 아버지….

이런 가정은 또 하나의 거짓일까? 아니면 제3의 또 다른 소설일까? 거의 손대지 않은 채 다시 읽어본 똑같은 소설.


## 아쩨딘 알라이아 혹은 승화된 주름

태초에 바느질이 있었나니라. 성서의 첫 페이지에 나오는 말이 바로 그것이다.

여자가 그 나무를 쳐다보니 과연 먹음직하고 보기에 탐스러울 뿐더러 사람을 영리하게 해줄 것 같아서, 그 열매를 따 먹고 같이 사는 남편 아담에게도 따주었다. 남편도 받아먹었다.

그러자 두 사람은 눈이 밝아져 자기들이 알몸인 것을 알고 무화과나무 잎을 꿰매어 앞을 가렸다.

그러니까 이 같은 꿰매기, 즉 바느질이 생겨나게 만든 것은 다름아닌 뱀이라고 할 수 있다. 뱀을 자세히 관찰해보라. 분명 뱀의 전신을 뒤덮고 있는 비늘들은 완벽할 정도로 몸에 꼭 맞게 표면처리되어 있어서 흔한 표현처럼 '주름살 하나 잡히지 않은' 재단 실력을 보여주는 것이 사실이다. 그러나 구불구불하게 감긴 그 원통형 몸체는 엉큼한 천성과 간사한 넋과 교활한 정신을 상기시킨다. 낙원의 한복판에서도 뱀은 바느질의 기원과 뗄 수 없는 관계를 가진 '주름'이라는 위대한 혁명을 준비하고 있는 것이다.

이 혁명은 수천 년 동안 가장 극단적인 한 스타일에서 그 반대의 스타일로, 다시 말해서 몸에 꼭 끼는 스타일에서 헐렁한 스타일로 옮아가는 오랜 변증법을 거쳐서 생겨난 것이다.

우리는 여기서 그 역사적인 예 한 가지만 들어보기로 한다. 율리우스 카이사르는 물론 갈리아를 정복하고 나서 로마군에 반기를 든 베스생제토릭스를 묶어 그 행진 대열 속에 끌고 다니면서 자신의 승리를 과시한다. 그렇긴 하지만 로마인들의 전통적 복장인 펑퍼짐한 토가나 오른쪽 어깨 훅으로 잠그는 망토인 클라미드를 물리치고 정작 이탈리아 전역에 널리 퍼진 옷은 갈리아 사람들이 입던 저고리와 바지였다. 패배한 쪽이 이처럼 복장전선에서 반격을 가하는 일은 예외적인 것이 아니다. 그것은 패배하거나 승리한 전투의 시답잖은 후일담보다 훨씬 더 지속적으로 세상의 풍속에 그 흔적을 남기는 것이다. '진지한' 일이란 반드시 사람들이 흔히 생각하는 쪽의 전유물이 아닌 법이다.

몸에 꼭 끼는 스타일과 헐렁한 스타일 사이의 근본적인 대립관계의 이야기로 다시 돌아와보자. 옷은 제2의 피부인 양 몸에 꼭 달라붙어서 신체의 들어가고 나온 모양을 그대로 드러내는 것이어야 하는가, 아니면 그 반대로 옷 자체의 실루엣을 가진 넉넉하고 운동성 있는 것이어야 하는가? 동물의 세계 그 자체는 이 두 가지 양식 사이를 오가고 있다. 우리가 앞에서 말한 뱀의 비늘은 꼭 끼는 스타일의 모델인 반면 새의 깃털 - 그 곤두선 정도는 각기 다르겠지만 - 은 가볍고 동적이고 공기가 잘 통하는 덩어리를 이루어 새의 몸을 감싸고 있으니 말이다.

꼭 끼는 스타일과 헐렁한 스타일은 두 가지의 미학, 두 가지의 관능, 나아가서는 두 가지의 철학을 규정한다.

꼭 끼는 스타일은 몸의 요철 어느 한 군데도 모른 체하고 넘어가지 않는다. 그 스타일은 몸의 결핍과 과도함을 가차없이 백일하에 드러낸다. 20세기 초, 무용계에는 다음과 같은 이야기가 돌아다녔다. 어떤 프랑스 발레단이 생트 페테르스부르크 오페라좌에서 공연을 하게 되어 있었다. 그때 무용단 단장은 오페라좌의 여성 책임자로부터 점잖은 황실에서 남자 무용수들이 몸에 꼭 끼는 타이츠 때문에 너무나 눈에 드러나게 돌출한 남성특징을 가리도록 짧은 치마를 걸치라고 요구한다는 말을 들었다.

"아니, 부인, 이건 우리 남자들의 젖가슴이라고 할 수 있는 부분인데요!" 하고 프랑스 쪽 단장이 항변했다.

무용에서 몸에 꼭 끼는 타이츠를 선택하는 것은 그 예술이 동작에 의해 아주 정확하게 구성되고 해체되는 몸의 기하학에 의존하고 있기 때문이다. 그렇지만 두 가지의 예외를 지적해둘 필요가 있겠다. 첫째는 낭만적인 튀튀[1]가 그것이고 다음으로는 미국의 여성 무용가 로이 풀러(Loie Fuller)의 프로그램에서 다소 영감을 받은 베일이 그것이다. 이 여성 무용가는 굽이치는 베일을 몸에 감고 여러 가지 조명효과를 활용함으로써 유명해졌었다.

타이츠는 스스로를 부정하고 순수한 나체를 이상으로 삼아 그쪽을 지향하는 의상이다. 실크나 나일론 스타킹은 그것이 정말 존재하는 것인지 아니면 고르고 따뜻한 살색이 환상을 불러일으키는 것은 아닌지 알 수 없을 정도로 그 이상에 거의 완벽하게 다다르고 있다. 전쟁 때 파리 여성들은 다리에 파운데이션을 발라서 색깔을 내거나 심지어 발목에 선을 그어 재봉한 선이 드러나 보이는 것처럼 하고 다녔다는 사실을 상기할 필요가 있다. 사실 몸에 꼭 끼는 옷에는 환상에 대

---

1) 고전적인 여성 무용복 튀튀(tutu)는 가볍고 투명한 천을 여러 겹으로 겹쳐서 만든 의상으로 투르니에는 이미 이 의상에 관해 별도의 글을 쓴바 있다.(『짧은 글, 긴 침묵』, 현대문학사, 1998. p.99 참조).

한 거부 같은 것, 다시 말해서 특유의 엄격함과 준엄함이 있어서 주름이나 장신구나 그 밖의 자락장식, 주름장식을 좋아하는 사람들을 절망시킨다.

넉넉하게 펄럭이는 옷은 어떤 신비스러운 꿈의 공간을 만들어내는 것이다. 그 옷 속에서 몸은 은밀하게 살아 움직이면서 푸근한 그늘 속에 깃들일 수가 있다. 펄럭이는 옷은 그 자체의 생명을 지니고서 몸의 메마르고 검박한 선들을 끊임없이 새로워지는 달변의 주석으로 감싼다고 하겠다.

사실 대다수의 전통적인 의상들은 한결같이 넉넉하고 펄럭이는 옷이라는 점을 덧붙여 지적해둘 필요가 있다. 앞에서 이미 언급한, 로마인들의 전통적 복장인 펑퍼짐한 토가는 벌써 아랍인들이 즐겨 입는 두건 달린 긴 소매옷이나 베일과 같은 계통이다. 다음으로 그 전통의상이 '현대화'하는 과정을 살펴보면 그 선들이 점점 안으로 조여들면서 타이츠 계통의 스타일 쪽으로 나아가고 있음을 알 수 있다. 이런 과정을 거쳐서 토인들의 허리에 두르는 옷은 트렁크 팬츠로 변했다가 마침내 삼각팬티에 이른 것이다.

튀니지아 출신의 아쩨딘 알라이아(Azzé dine Alaia)는 처음에 회교도 특유의 흰색 아프리카 의상을 입고 지냈다. 그러니까 어린 시절부터 그에게 익숙했던 것은 주름잡힌 의복의 미학이었다. 그러나 조숙한 창조적 천재성이 재단과 재봉의 수공업과 접목되어 그는 하이패션의 창조 쪽으로 진로를 정하게 되었다. 그의 발전과정을 차례로 따라가보면 우리는 한 가지 근본적이고 역설적인, 그러면서도 놀라울 만큼 풍부한 한 가지 개념이 정신과 시선에 다가드는 것을 알 수 있다. 그것은 바로 그 세 글자가 지닌 단순 소박함이 거의 도전적으로 느껴질 정도인 ‘주름(pli)’이라는 개념이다.

우리는 이제 막 ‘단순함(simplicité)’이라는 말을 사용했다. 그 말 속에는 그것의 반대말인 ‘복잡함(complication)’과 마찬가지로 ‘pli(주름)’라는 말이 포함되어 있다. 그리고 외국어, 특히 독일어에 있어서 ‘순진함, 어리석음, 노망’ 등을 뜻하는 단어 ‘Einfalt’와 ‘다수, 풍부, 다양성’을 뜻하는 단어 ‘Vielfaltigkeit’에 주름을 의미하는 ‘falt’가 포함되어 있다는 사실을 알 수 있다. 어린아이는 신선함과 순진함의 상징인 둥글고 매끈한 얼굴을 지니고 있다. 피부의 접힌 자리인 주름살은 나이 들고 피폐해졌음을 나타내지만 동시에 지혜와 지식을 의미한다.

이와 같이 주름은 때로는 가치 있는 것으로 때로는 가치 없는 것으로 평가되고 있다. 단순한 사람은 현자일까 아니면 바보일까? 복잡한 사람은 섬세한 사람일까 아니면 꼬인 사람일까? 그런데 실제에 있어서 주름은 인간 그 자체라고 할 수 있다. 왜냐하면 인간을 다른 동물들과 구별지어주는 것은 두뇌와 그 회전, 다시 말해서 뇌의 수많은 주름이기 때문이다. 동물들은 주름이 잡히거나 접혀지는 것과 별 관계가 없다. 오직 개의 한 종자로, 너무 큰 가죽옷 속에서 헤엄치고 있는 것만 같은 인상의 샤르－페이(char-pei)만이 예외라고 하겠는데 이 동물은 인간에 의한 변태적 유전자 조작으로 생겨난 것이다.

결국 가장 인간적인 오브제들은 부채, 병풍, 낙하산, 텐트, 그리고 특히 책—사실 이건 일련의 '접은' 종잇장들이라고 하겠는데 대뇌 회전을 무한히 연장하고 있는 것이다—과 같이 접히는 오브제들이다.

그렇다면 주름, 구김살, 접은 자리를 뜻하는 'pli'란 무엇인가? 사전들을 펼쳐보면 옷, 천, 종이 등이 접혀진 겹이라고 정의되어 있다. 그러나 이런 정의에는 가장 중요한 부분이 빠져 있다. 다시 말해서 이 겹치기는 하나의 표면을 가지고 조작된다는 사실이 빠져 있는 것이다. 옷, 천, 종이는 그 자체 위로 반전되어 접힌 단 하나의 조각에 불과하다. 그 결과 외부 표면의 일부가 내부 표면으로 변한다. 그러므로 주름은 외부 표면의 내면화로 귀결된다. 즉 외부 표면이 내부 표면으로 바뀐 것이다. 이 내부 표면이라는 개념은 역설적이고 나아가서는 모순된 것이다. 실제로 '표면'이란 '위쪽 면', 즉 겉쪽 면을 의미한다. 주름의 형성에는 자연을 거스르는, 어느 면 악마적인 그 무엇이 있다고 볼 수 있다. 다시 말해서 무죄의 세계, 즉 주름살 없는 세계인 낙원의 상실이 바로 이것이라고 하겠다.

아쩨딘 알라이아가 결정적으로 가담한 하이패션상의 혁명은 꼭 끼는 형식과 헐렁한 형식이 서로 대립하는 딜레마에서 벗어날 수 있게 해주었다. 그와 동시에 그는 바느질에서 결코 빼놓을 수 없는 주름의 개념 그 자체를 훼손하는 부정적 함의에서 벗어날 수 있게 되었다. 그 혁명은 어떤 마법적인 천의 등장으로 가능해졌는데 그것이 바로 스트레치(stretch)라는 이름의 신축가공직물이다. 이탈리아에서 만들어진 이 스트레치는 무한한 변화가 가능하면서도 아주 단순한 인상의 천이다. 그러나 이것은 주름진, 그러나 매우 깊이 주름진 천이다. 이 천은 아주 신비하게 주름이 잡혀 있어서 단순한 표면과 구별이 잘 되지 않는다. 역설적이게도 이 스트레치 덕분에 주름과 표면, 꼭 끼는 스타일과 헐렁한 스타일의 통합이 실현되었다. 지난날의 몸에 꼭 끼는 속옷인 시드 드레스는 자유로운 활동을 가로막는다는 점에서 풀 길 없는 문제를 제기했었다. 통이 좁은 의상은 여자들이 몸을 움직일 수 있도록 하기 위해 눈에 보이지 않는 어떤 부분을 반드시 도려내어 입도록 하지 않으면 안 되었다. 그 반대로 60년대에 유행한 미니스커트는 옷자락이 넓게 펄럭거려서 벌거벗은 허벅지가 드러났고 상당히 도발적인 인상을 주었는데 단 한 가지 아쉬운 점은 그 도발이 본의가 아니라는 점이었다.

결국 여자들의 이상은 몸을 최대한으로 조이면서도 자유롭게 움직일 수 있는 옷이라 하겠다. 아쩨딘 알라이아는 바로 이 모순된 환상을 기막히게 만족시켜주었다. 그것이 바로 몸에 꼭 달라붙는 미니스커트이다. 이 옷은 골반과 허벅지를 꼭 조여 감싸서 몸매를 완벽하게 드러내면서도 쉽게 입을 수 있고 또 일단 입고 나면 그 어떤 동작에든 지장이 없는 것이다.

스트레치 천으로 만든 옷들은 모든 천재적인 창의가 다 그렇듯이 한갓 물질적 오브제의 외양을 갖추고 있을 뿐이지만 놀라운 심리적 정신적 차원을 가진 것이다.


## 한 여인의 이야기


11월 2일[2]. 나의 이웃 사람들, 다시 말해서 공동묘지에 누워 있는 사자들이 들썩거린다.[3] 사람들이 그들에게 꽃을 가져다준다. 그들의 작은 정원을 삽으로 판다. 그것도 이날 하루뿐, 그 밖의 날은 일 년 내내 조용하다.

바로 옆에 묘지가 있지만 찾아가서 성묘할 친척이나 친구의 무덤이 없다는 것이 섭섭하다. 이곳에 있는 어떤 지하 가족묘는 누구네 것인지는 알 수 없지만 몽상글랑(Monsan-glant)이라는 이름[4]이 여간 특이하지 않다. 소설의 주인공에게도 이토록 과도하게 소설적인 이름을 붙여주는 것은 불가능할 것이다. 유감스러운 일이다. 저질의 문학으로 전락할

---

2) 11월 2일은 가톨릭에서 추사이망첨례라고 부르는 위령의 날이다. 프랑스에서는 이날 고인의 묘지를 찾아가 흔히 국화꽃을 바친다.

3) 작가 미셸 투르니에는 슈와젤 마을 교회의 부속 사제관에서 살고 있다. 그러므로 그의 집 정원과는 담 하나를 사이에 두고 바로 옆에 교회의 공동묘지가 있는 것이다.

정도로 현실이 문학으로 변하는 흔한 예 중의 하나다. 사실 그 저질 문학에도 이론의 여지가 없는 논지가 한 가지 있다. 즉 그 사실이 실제로 존재한다는 점이 그것이다. 지는 해가 그려보이는 진부한 풍경화의 경우가 그것이다. 그 진부한 그림의 핑계라는 것이 바로 실제로 지는 해 바로 그 자체라는 사실이다.

내 집 옆의 묘지에 우리 외할머니를 모시지 못한 것을 나는 매우 아쉽게 생각한다. 해가 거듭할수록 나는 어떤 공모자 같은 기분과 정다움을 느끼며 할머니를 생각하게 된다. 할머니가 살아 계셨다면 이런 나를 보고 웃었을 것이다. 아닌게아니라 좀 이상한 사람인 할머니는 아무리 봐도 별로 운이 좋았던 분 같지는 않다. 처녀 때 이름이 미셰아(Michéa)[5]였는데 그녀의 어머니 이름은 한 술 더 떠서 아뉘스(Anus)[6]였다.

이런 기이한 이름들은 원래 유태계의 것이 아닌가 한다. 아뉘스라는 이름은 법에 따라 유태인들이 더 이상 야곱의 아들 사무엘이라든가 레위의 아들 다윗과 같은 식의 이름을 사

---

4) Monsanglant이라는 이름을 구태여 번역해보자면 '나의 피투성이가 된 사람'이라는 뜻이 된다. 비극적 죽음을 함축한 불길한 이름이라고 하겠다.

5) 미셰아(Michéa)라는 특이한 이름은 유사한 발음의 미셰(Miché : 속이기 쉬운 상대, 봉이라는 뜻)를 상기시키므로 그리 좋은 인상을 준다고 할수 없다.

6) 아뉘스(anus)는 원래 '항문'을 뜻한다.

용할 수 없게 되자 호적담당 관리들이 자기네 담당구역의 유태인들에 대한 반감 때문에 강제로 붙여준 불명예스러운 성임이 분명하다. 그리하여 스위스에서는 널리 알려진 유태인 집안 가운데는 슈베펠게슈탕크(유황에서 나는 악취라는 뜻) 혹은 아셀슈바이스(겨드랑이의 땀이라는 뜻) 같은 이름을 가진 사람들이 있는 것이다. 심지어 나는 이름이 아뉘스(Agnus)인 어떤 유태인이 자식들에게 이런 말을 했다는 이야기도 들은 적이 있다. "얘들아! 이름에 g자를 하나 끼워넣느라고 돈이 얼마나 들었는지 알기나 하느냐!"[7]

그리하여 잔느 미셰아는 파리 여자가 되어 그녀의 부모, 그리고 세 형제들과 함께 보쥬 광장에서 살았다. 그의 아버지는 법원의 서기로 부르고뉴 지방의 퐁드파니에 멋진 별장을 가지고 있었다. 그런데 그만 첫번째 불운이 닥쳤다. 아버지가 서른네 살에 폐병으로 세상을 떠나고 젊은 아내와 네 자녀들만이 동그마니 남게 된 것이다. 어머니는 퐁드파니로 물러나 앉았다. 바로 거기서 잔느는 불행하게도 이웃 마을에 사는 젊은 약제사와 스무 살에 결혼했다. 결국 파리에서 자란 이 처녀는 인구 칠백 명 남짓한 블리니쉬르우슈 마을의 약사 마누라가 되고 만 것이다. 이런 처지는 물론 용빌라베이라는 소읍에서 권태와 도회지에 대한 그리움을 이기지 못

---

7) Agnus는 앞서의 Anus(항문)와 발음은 같지만 사이에 g자가 삽입되어 있어서 간신히 항문이라는 의미와는 무관해졌다. 그러나 글씨로 쓰지 않고 소리만으로 지칭될 경우에는 여전히 '항문'과 구별이 불가능하다.

하여 눈물로 지새는 엠마 보바리를 상기시킨다. 그러나 여기서도 현실은 소설보다 더 지독하다. 엠마 보바리는 노르망디 농가집 딸이었다는 사실을 우리는 상기할 필요가 있다. 그플로베르도 그녀를 시골구석으로 밀려간 파산한 파리 여자로 만들어놓을 만큼 가혹하지는 않았다. 잔느는 그 마을에서 결혼식을 올렸다. 그후 1921년 나의 아버지 어머니도 바로 그 마을에서 결혼하게 된다. 약제사 에두아르와 잔느는 그야말로 최악의 가정을 이룬다. 잔느가 일주일 동안 줄곧 자기 방에 처박힌 채 아래층으로 내려오지 않는 일까지 있었다. 쾌활하고 너그럽지만 별로 섬세하지도 못하고 별로 용감하지도 못한 에두아르가 그녀에겐 조금도 마음에 들지 않았던 것이다. 나의 어머니가 생 클로드에 있는 기숙학교에 들어가자 그녀의 여동생(그러니까 나의 이모)이 규칙적으로 편지를 보내어 블리니 마을 소식을 전해왔다. 편지는 집안 식구들이 함께 의논하여 썼으므로 당연히 목가적인 내용이었다. 그러나 그 편지에는 두 자매가 비밀리에 약속해둔 코드에 따라 찍어놓은 여러 개의 곱하기 표들에 의해 부모들 사이에 벌어진 부부싸움의 횟수가 정확하게 계산 보고되어 있었다.

잔느는 한동안 몰핀 중독자가 되어 약국의 마약상자에서 필요한 약을 빼돌리곤 했다. 더군다나 그녀는 육체적인 고통을 믿을 수 없을 만큼 잘 견뎌냈다.

그리고 불행은 계속되었다. 1915년 그녀의 아들이 열여덟 살에 죽었다. 딸들 중 하나는 아주 수치스러운 결혼 – 그녀의 남편은 그녀와 결혼하기 위해 전처와 이혼을 했지만 전처는 중국사람들처럼 이들 부부와 같이 살았다 — 을 했다가 그만 헤어지고 말았다. 또 하나의 딸은 잔느가 혼신의 힘을 다해 권한 결혼을 하고 나서 자살해버렸다. 솔직히 말해서 그 사위라는 사람이 여자들 눈에 너무 매력적인 사내였다. 그가 디종 시의 번화가에 가지고 있는 인쇄소는 성업중이었다. 그는 화려한 카브리올레형 무개차를 몰고 부르고뉴 지방을 누비고 다녔고 야수와 같은 냄새를 풍기느라고 체모에는 파출리 향수를 진하게 뿌렸다. 과연 옆모습부터 그의 야성은 대단했다. 뾰족한 두 귀가 그런 인상을 주는데다가 파괴적인 위력의 성욕은 어느 누구도 따를 수 없는 것이었다. 그는 자신의 장모와 잠자리를 같이 했었다고 자랑하고 다녔다. 사실 터무니없는 말은 아닌 것 같았다. 그리하여 요컨대 불쌍한 나의 고모는 우리집 식구들과 함께 바캉스를 보내는 도중에 목숨을 끊고 말았다. 알렉상드르라는 엉망진창의 댄디가 온갖 추문을 몰고 다니며 분탕질을 하는 내용의 소설 『유성 Météores』을 발표하고 난 뒤에 나는 아마도 어느 가정에나 '추문을 몰고 다니는 삼촌'이 한 사람쯤 있었을 것이라고 말한 적이 있다. 나의 경우에 그 삼촌은 바로 디종의 그 '벨아미'[8] 였고 그의 인쇄소는 내 어린 시절에 있어서 가장 강력한 마법이 깃들인 장소였다.

1966년, 첫 소설을 발표하기 직전에 나는 필명을 하나 만들어서 사용할까 하는 생각을 해보았다. 내가 아뉘스(Anus)

와 미셰아(Michéa) 두 가지 이름 중 어느것을 쓸지 망설여
진다고 말하자 가족들은 거세게 반대했다. 잔느는 집안의 수
치였다. 그녀에 대한 평가는 한결같이 부정적이었다. 그녀는
책 한 권 펴보는 일이 없고 음악에도, 연극에도, 미술에도 관
심이 없다. 그녀는 매일같이 남편과 아이들에게 못할 짓만
했다. 대개 이런 식이었다. 그런데도 나는 나대로의 까닭이
있었다. 아주 이기적으로 생각하여 나는 내가 사분의 일은
그녀의 혈통을 이어받은 것을 기쁘게 생각하고 있다. 왜냐하
면 나머지 사분의 삼 - 이십오 퍼센트는 에두아르 집안의 혈
통이고 오십 퍼센트는 투르니에 집안의 혈통이다 - 은 물론
양질의 것이다. 너그럽고 친절하고 따뜻하다. 그러나 톡 쏘
는 맛이 전혀 없다. 공격적인 기질, 끈기, 나아가서 약간의
투지와 심통마저 없으면 늘상 물에 물 탄 꼴이 된다. 내게 그
런 기질이 없지 않은 것은 잔느 덕분이다. 그래서 내가 그녀
에게 감사하는 것은 당연한 일이다.

그녀는 아무것도 좋아하는 것이 없다고들 한다. 그러나 나
는 그렇게 생각하지 않는다. 그렇지 않다는 증거가 있다. 나
는 그녀가 죽기 얼마 전 우리 집에서 어느 날 저녁에 그걸 깨
닫게 되었다. 구십 살이 거의 다 되어가는 그녀는 백내장 때

---

8)『벨 아미(Bel-Ami)』는 모파상이 1885년에 발표한 장편소설로, 주인공
　 조르주 뒤루와는 일명 '벨 아미'라는 별명의 사내로서, 무일푼이지만 잘
　 생긴 외모를 백분 활용해 여자들과 사귀며 사회적 출세에 광분한다. 흔
　 히 이 같은 바람둥이를 이 소설에 비추어 '벨 아미'라고 부르기도 한다.

문에 거의 앞을 보지 못했고 걸음도 간신히 걸었다. 할머니는 나의 맞은편에, 그러니까 지금 내가 이 글을 쓰고 있는 바로 이 자리에 앉아서 텔레비전을 바라보고 있었다. 그러므로 나 자신은 텔레비전을 등지고 앉아서 책을 읽고 있었다. 어느 한 순간 내가 눈을 들었다. 그 광경은 너무나 놀라웠다. 어떤 행복의 광채 같은 것이 할머니를 휩싸고 있는 것이었다. 털 뽑은 새 같은 찡그린 그녀의 작은 머리가 우아한 미소의 후광에 싸여 있었다. 이렇게 딴사람같이 되다니 대체 그 조그만 텔레비전의 스크린에 무엇이 비친 것일까? 할머니는 힘들게 자리에서 일어나 마치 그 무슨 거역할 수 없는 마력에 이끌린 듯 영상에 매혹되어 텔레비전 수상기 쪽으로 비틀거리며 몇 걸음을 옮겨놓았다. 나는 자리에서 벌떡 일어나 마치 무슨 막대기로 만든 허수아비처럼 가볍게 무너지면서 쓰러지는 할머니를 두 팔로 받아 안았다. 그때서야 나는 그녀로 하여금 그토록 억센 기쁨을 맛보게 한 것이 무엇인지를 보았다. 전쟁 전 어떤 영화에 문득 등장하여 미국판 '소녀'의 모델 그 자체가 되었던 셜리 템플(Shirley Temple)이었다. 그때서야 나는 여덟 명이나 되는 손자손녀들 중에 계집아이는 겨우 하나뿐이라고 몇 번이나 탄식하던 할머니의 말을 기억해냈다. 새로 어린아이가 태어날 때마다 할머니는 화를 내면서 또 사내구나! 하고 소리쳤다. 루이스 캐롤의 말을 본따서 할머니는 이렇게 말하고 싶었을 것이다. "난 손주들이 너무도 사랑스러워. 단 사내놈들만 빼고." 그런데 참으로 불행한 일은 그 가엾은 할머니가 하나밖에 없는 손녀에게서 별 재미를 보지 못했다는 사실이다. 할머니가 애지중지했던 내 누이는 기껏 매정한 거절과 적의에 찬 무관심으로 보답했을 뿐이었다. 하기야 그건 집안 식구 모두가 느끼고 있었던 감정과 일치하는 것이었다. 누구에게도 사랑받지 못한 가엾은 잔느에게 있어서 사람을 끄는 매력이 장기라고 할 수는 없었다. 그러나 어린 여자아이들에 대한 그녀의 사랑, 그녀의 삶에 있어서 유일하게 진한 감정이었다고 여겨지는 그 기이하고 서투른 열정 뒤에는 대체 무엇이 잠복하고 있었던 것일까? 내가 보기에 그것은 그녀 자신의 어린 소녀시절로 소급되는 저 치유할 길 없는 애정 결핍의 표현이 아닐까 한다. 다시 말해서 그녀가 다른 어린아이들에게서 만족시키고자 했던, 어린 잔느 미셰아에 대한 회고적 사랑과 연민 말이다. 그러나 릴케가 말했듯이 어린 시절의 아픔을 온전히 다 치유받은 사람이 어디 있겠는가?

외할머니에 대해 내가 쓴 위의 글을 읽고 나서 나의 누이 자닌느가 내게 보낸 편지에서 다음과 같은 내용을 여기에 덧붙여서 옮겨놓고자 한다.

오빠는 할머니가 어린 소녀아이들만 사랑했다고 썼는데 그것은 전혀 사실이 아니야. 실제로 할머니는 인형들밖에 좋아하지 않았어. 할머니는 젊은 여자, 젊은 엄마였을 때 항상 '작은 다락방'으로 가서 처박혀가지고는 자기가 퐁드파니를 떠날 때 혼수 보따리 속에 슬쩍 숨겨가지고 온 인형들을 가지고 한 시간이 넘도록 노는 사치를 누렸다고 내게 몇 번이나 말하곤 했어.

내가 세 살 때 엄마는 나를 블리니 마을에 보내서 오랫동안 머물게 했는데 그때 나는 마침내 할머니 곁에서 진정한 애정을 맛보았었어. 왜냐하면 나는 할머니의 어린 손녀 이상으로 쉰 살이 된 부인께 바칠 수 있는, 할머니 혼자만 가지고 놀 수 있는 인형이었으니까. 할머니는 나를 곱게 옷 입히고 머리를 빗긴 다음 작은 생마포 양산을 씌운 수레 위에 앉혀 가지고 블리니 마을을 이리 저리 돌아다니곤 했어. 나는 사랑과 찬미와 귀여움을 독차지했으니 나를 위해서는 아까운 것이 없었어.

할머니와 마찬가지로 나도 인형을 좋아해서 우리는 같이 인형을 골랐어. 그리고 내게 뜨개질 하는 것도 가르쳐주었어… 물론 인형에게 입히는 옷을 뜨는 일이었어. 내가 할머니의 발치에 놓인 작은 등나무 의자에 앉아서 뜨개질에 골몰하고 있으면 할머니는 내게 자신의 어린 시절, 자신의 어머니와 언니 사이에서 지냈던 행복한 생활, 몽바르의 기숙학교에서 지내던 시절, 그리고 남자들이 없는 그 세계에 대하여 지니고 있는 향수 같은 것을 이야기해주곤 했어.

그렇지만 할머니는 곧잘 웃었고 어렸을 때 당해야만 했던 온갖 수모 따위는 우습게 여겼어. 그때의 에피소드 한 가지를 자주 이야기 했지. 여섯 살 때였는데 그녀의 아버지가 막 돌아가셔서 온통 까만 옷을 입고 보주 광장의 아케이드를 따라 벽을 쓸듯이 딱 붙어서 집으로 돌아오고 있었는데 누가 자기를 알아보면 어쩌나 하는 생각에 온통 질려 있었다는 거야. 왜냐하면 재봉수업을 맡은 수녀 선생이 짜깁기를 제대로 못하는 그녀에게 벌을 주느라고 새처럼 작은 그 머리통 위에다가 짜깁기를 하다 만 헝겊조각을 딱 붙여놓았기 때문이었대. 그런데도 왜 사람들은 수녀들을 가리킬 때 늘 '착한' 수녀라고 하는 걸까?

결국 잘 생각해보면 할머니가 인형을 그렇게도 좋아한 것을 이해할 것 같아. 진짜 어린 계집아이들은 그만 커버려가지고 옛날 이야기에 나오는 쌍둥이 아기들 보다도 더 뾰족하고 사나운 팔꿈치로 덤벼들기나 하니까 말야.


## 마르텡과 칼 플렝커


마르텡 플렝커(Martin Flinker)는 출판사와 문학 살롱과 새책 헌책을 파는 서점 노릇을 구별 없이 도맡아 하는 옛날식 서점의 주인이었다. 그는 1929년 비엔나의 케르트너 링에서 처음 개업했다. 그의 상점에 가면 자콥 바써만, 조젭 로트, 로베르트 무질, 헤르만 블로흐, 프로이트 그리고 그 열에 들뜨고 멸망의 날이 멀지 않은 오스트리아 – 헝가리의 옛 수도의 젊은 대학인들을 만날 수 있었다. 1938년은 독일과 오스트리아가 병합되는 해(Anschluss)다. 유태인이었던 그의 아내는 나치에 체포된다. 그녀는 죽음의 수용소에서 영원히 사라진다. 그러자 마르텡 플렝커는 서점 문을 닫아버리고 어린 아들의 손을 잡고 프랑스로 망명한다. 그러나 불행하게도 그 체류는 오래 계속되지 못한다. 이 시절 정치적 망명자들에 대한 우리나라의 비열함이 어떠했던가는 잠시 덮어두는 것이 좋겠다. 마르텡은 수용소에 갇혔다. 자유로운 몸인 아들 칼은 수많은 직업에 손을 댔다. 그는 심지어 한동안 독일 죄수들의 수용소에서 편지를 읽어주는 자리에 배치되기도 했다. 그리고 궤주의 시간이 왔다. 마르텡과 칼은 모로코의 탕헤르에서 해후하여 국제 부르주아지의 아이들에게 라틴어, 영어, 독일어를 가르치며 그럭저럭 연명했다.

1946년 마침내 그들은 파리의 오르페브르 강변로 68번지에 불어 독일어 서적을 파는 서점을 연다. 그 격정과 숙청의 시대에 독일어 서적을 진열대에 전시하자면 거의 도전적이라 할 수 있는 용기가 필요했다. 마르텡은 1940년과 1945년 사이에 미국에서 배포된 토마스 만의 연설문들을 불어로 번역해 출판함으로써 공격에 대응했다. 그리하여 이 『마의 산』의 작가는 1952년 직접 오르페브르 강변로의 서점에 와서 자기 책 사인회를 가졌다.

40여 년 동안 길길이 쌓인 책더미 속의 이 작은 가게에는 여러 세대의 독일 연구 전문의 학생들과 선생들이 거쳐갔다. 알렉상드르 비알라트는 카프카의 작품들을 번역할 때 끊임 없이 플렝커의 도움을 받았다. 계단을 내려가면 키가 작고 모난 턱을 가진 이 집 주인이 고개를 뒤로 젖히고 사람을 뜯어보는 것이었다. 91세의 그는 모르는 것이 없었고 그에게는 뜯없는 것이 없었다. 그는 독일어 사용권이며 대부분 유태계인 유럽의 척추라고 할 수 있는 베를린, 프라하, 비엔나의 찬란한 문명의 분화구에서 살아남은 생존자였다.

우리의 마지막 관계는 1980년 매우 기이한 계기로 이루어졌다. 나는 프리드리히 2세의 기마상이 운터 덴 린덴(Unter den Linden)가로 되돌아왔다는 것을 기쁜 마음으로 확인하고 베를린에서 막 돌아온 참이었다. 내가 그렇게 기쁨에 젖어 있는데 어떤 베를린 사람이 내게 말을 걸어왔다. "공산주의자들이 기마상을 다시 제자리에 갖다놓기는 했지만 그 방향을 돌려놓았다는 걸 당신은 아세요?"

"돌려놓다니요? 어떻게요?" "그게 말입니다, 전쟁 전에는 기마상이 브란덴부르크 문을 향하여 서쪽을 바라보고 있었지요. 그런데 다만 지금은 브란덴부르크 문이 장벽으로 변했으니 저들이 방향을 돌려놓았다 이겁니다. 이제 기마상은 동쪽을 보고있어요."

이 무렵에 나는 프랑수아 미테랑과 자주 만나곤 했는데 그는 내가 자주 가서 머물곤 하는 그 동독에 대해 질문하기를 좋아했다. 그 기회에 아마도 내가 그 일화를 그에게 이야기했던 모양이다. 과연 그 얼마 뒤 나는 마르보 가에 있는 동독 대사관에 가서 그때 막 프랑스 대통령에게 신임장을 증정한 신임 대사 알프레드 마르터를 만났다. 그는 자기가 프랑수아 미테랑 대통령을 만났다면서 그가 동독에 대해 가진 관심에 대해 이야기했다. “대통령이 날 보고 뭐라고 하셨는지 알아요? 정말 믿어지지 않는 일이에요! 그분은 우리가 프리드리히 2세의 기마상이 동독을 향하도록 돌려놓았다고 생각하는 모양이에요! 그건 전혀 사실이 아니랍니다! 그분이 대체 어디서 그런 말을 들었을까요?”

실제로 그는 그 말을 어디서 들은 것일까? 나도 확실히는 알 수 없었다. 나는 오르페브르 강변로에 잠시 들러서 마르텡 플렝커에게 내 문제를 설명했다. “별 걱정을 다 하시는군요!” 하고 그는 놀라워했다. 그렇지만 그는 조사해 착수해 얼마 뒤 내게 다음과 같은 편지를 보내왔다. “파리, 1980년 5월 10일. 미셸 보시오. 답장이 좀 늦었습니다만 용서해주실 줄로 믿습니다. 그렇지만 나는 정확하고 틀림이 없는 답을 드리고 싶었답니다. 유감스럽게도 나는 프리드리히 2세의 기마상이 어느 쪽을 향하고 있는지를 확인할 수 있는 판화나 사진을 갖고 있지 못합니다만 베를린에서 온 여러 고객들에게 문의해볼 기회가 있었습니다. 그리고 특히 나는 전쟁 전에 베를린을 방문했을 때의 기억을 또렷이 가지고 있어서 못

박아 말할 수 있습니다. 말을 탄 프리드리히 대왕은 항상, 처음부터 동쪽을 향하고 있었습니다. 다시 말해서 항상 브란덴부르크 토르에 등을 돌리고 있었다는 말입니다. 이 기회를 빌려 당신의 소설『황금 물방울』의 성공을 축하드립니다. 당신의 친구 M. F."

칼은 나의 가장 친한 친구가 되었다. 그는 바크 가에, 그리고 나중에는 투르농 가에 두 곳의 화랑을 열어서 국제적인 명성을 누렸다.

우리는 여러 가지에 있어서 서로 다르다. 예를 들어서 나는 특히 베르나르 뷔페(Bernard Buffet)나 에두아르 마카보아(Edouard Mac Avoy)처럼 내가 좋아하는 몇몇 예술가들을 그가 별로 인정하지 않는 것에 대해 항의하곤 했다. 그러나 그는 내게 여러 사람의 탁월한 우리 시대 예술가들을 발견하게 해주었다. 나는 바로 그에게 자극 받아서 미술에 관한 에세이『타보르와 시나이(Le Tabor et le Sinai)』를 썼다.

반면에 그는 자신이 열렬히 사랑한 나머지 스키로스 섬에 소유지까지 있는 터인 그리스의 매력을 내가 나누어 가지도록 하는 데는 성공하지 못했다. 나에게 있어서 지중해 연안이라면 단연 기이함과 비길 데 없는 힘을 지닌 문명과 땅을 발굴할 수 있는 아프리카 쪽의 지역이니까 말이다.

그렇지만 칼은 천재적인 여행객이어서 나는 여러 번 그와 함께 잊을 수 없는 탐험길에 나선 적이 있다.

그러나 우리 두 사람을 진정으로 가깝게 해준 것은 독일어였다. 우리는 그 언어에서 무궁무진한 묵계 같은 것을 발견하는 것이었다. 그는 열여섯 살에 프랑스어를 쓰기 시작했는데 그런 종류의 전환을 위해서는 가장 부적절한 나이였다. 그보다 좀더 어린 나이였다면 프랑스 말이 그의 진정한 모국어가 되었을 것이다. 그보다 조금만 더 나이가 들었더라면 독일어가 여전히 그의 근원적 언어로 남아 있었을 것이다. 열여섯 살에 한쪽 언어에서 다른 언어로 옮겨가게 되면 두 가지 언어가 서로를 방해하고 부분적으로는 서로를 파괴할 위험이 있다. 그는 여러 번, 자기는 글을 쓸 수가 없다고 내게 털어놓았다. 어느 말로 써야 할지 알 수가 없기 때문이라는 것이었다. 그런데 사실상 그는 그 두 가지 외국어를 완벽하게 구사하고 있었다.

이 글을 끝내기 전에 기막힌 '유태인 이야기'를 한 가지 소개하고 싶다. 이건 바로 그가 체험한 이야기니까 말이다. 그는 종종 자신이 태어난 오스트리아로 돌아가보곤 하는데 그때 마다 착잡한 감정이 되었다. 오스트리아 사람들은 흔히 독일인들과 경쟁이나 하듯이 나치에 열광했다. 어느 날 여행에서 돌아온 그는 지갑 속에 남은 오스트리아 쉴링 지폐 몇 장을 발견한다. 그 중 한 장의 지폐에는 프로이트의 초상이 찍혀져 있다. 그런데 어떤 사람이 그 초상 밑에다가 볼펜으로 'Saujud! (더러운 유태인)'이라고 써놓은 것이었다. 칼은 큰 충격을 받았다. 그는 자신의 심정을 솔직히 털어놓은 장문의 편지를 쓴다. 그리고 그 편지를 지폐의 사진과 함께 쿠르트 발트하임 대통령에게 보낸다. 여러 주일이 경과한다. 마침내 답장이 온다. 그 편지는 오스트리아 국립중앙은행에서 온 것이다. 이런 내용이었다. '당신의 편지는 잘 받았다. 매일 9시에서 정오 사이, 14시에서 18시 사이의 시간에 언제든지 동 은행의 13번 창구에 오면 그 훼손된 지폐를 교환해 줄 수 있다.'


## 『신을 찾는 사람』


칼과 그의 아버지 마르텡과의 관계는 그들의 일생을 두고 깊으면서도 파란만장이었다. 어머니는 아주 일찍 마르텡을 떠났으므로 칼은 어머니의 얼굴을 간신히 기억할 정도였다. 오랫동안 칼은 오르페브르 강변로에 있는 서점에서 그의 아버지와 함께 일을 했었다. 마르텡은 아들이 첫번째 화랑을 개업했을 때 그의 독립을 받아들이기가 너무나 어려웠다.

나는 마르텡이 『신을 찾는 사람(Der Gott-Sucher)』이라는 제목으로 짧은 소설을 써서 1949년 암스테르담에서 출판한 적이 있다는 말은 늘 들어왔지만 실제로 그 책을 받아보지는 못했다. 분명히 그것은 그 어떤 '집안의 비밀'에 속하는 눈치였다. 칼이 마침내 그 책을 한 부 내게 건네주기로 결심한 것은 1991년 8월 문득 그에게 죽음이 찾아들기 며칠 전이었다.

그것은 아름답기 이를 데 없는 한 편의 우화로 겉보기에는 있을 법하지 않지만 깊은 진실을 담고 있는 콩트다. 주인공의 이름은 앙드레 뒤프레(André Duprés)인 동시에 클로드 베르제(Claude Berger)라고 하는데 바로 이 점이 이야기의 핵심이다. 1919년 9월 20일 마르세이유에 있는 가장 큰 영화관에 불이 나 파괴되면서 수많은 희생자가 생겼다. 그날 프랑수아 뒤프레(François Duprés)는 아내가 집을 나간 이후 단 둘이 살고 있는 열두 살 먹은 아들 앙드레와 함께 영화관의 관객들 속에 섞여 있었다. 운이 좋았는지 그는 불이 나기 전에 우연히 조그만 비상구가 있는 자리를 똑똑히 보아둘 수가 있었다. 화재가 발생하자 어둠과 빽빽하게 들어찬 연기 때문에 영화관 안은 살인적인 혼잡 상태였다. 뒤프레는 아들 아이의 팔을 움켜잡고 악착같이 출구 쪽으로 다가갔다. 마침내 성공하여 불붙은 건물 옆 작은 골목으로 빠져나올 수 있었다. 그제서야 그는 자신이 악착같이 끌고 나온 아이가 자기의 아들이 아니라는 끔찍한 사실을 확인하게 되었다. 영화관 안으로 다시 들어가는 것은 생각도 할 수 없는 일이었다. 그는 아들 앙드레와 지금 손잡고 있는 소년의 부모가 파묻혀 있는 불덩어리를 뒤로 하고 떠나는 수밖에 다른 도리가 없었다.

바야흐로 그는 아들을 잃고 그 자신 고아가 된 데릴아이와 더불어 동그마니 혼자 남게 된 것이었다. 혼란스럽기 짝이 없는 마음으로 며칠을 지낸 다음 그들은 운명이 시킨 대로 같이 살기로 정했다. 어린 클로드 베르제를 그의 부모와 함께 사망한 희생자들 속에 포함시켜두고 그 대신 앙드레 뒤프레의 자리와 신분을 차지하기로 한 것이다. 이 새로운 부자는 마르세이유를 떠나 파리로 와서 자리를 잡았다.

클로드 겸 앙드레에게 뒤프레는 죽는 날까지 이상적인 아버지였다. 그러나 그가 죽자 청년 — 그는 이제 서른 살 남짓한 나이가 되었다 — 은 자신의 진짜 가족 쪽으로 끌리는 마음을 어쩔 수가 없었다. 그는 자신의 것이 아닌 이름을 더 이상지니고 있을 수가 없는 것이다. 그는 이제 더 이상 앙드레 뒤프레로 불리고 싶지 않다. 그가 주장하는 이론에 의하면 부자간의 혈연은 순전히 이름에 바탕을 둔 것으로 가장 강한인간적인 관계를 이룬다는 것이다. 모성애는 살아 있는 모든생명체들에 공통된 것이다. 반대로 부성애는 오직 인간만의특권이다. 아니 그뿐이 아니다. 부성의 성스러움이야말로 기독교의 가장 보람 있고 가장 신성한 공헌이다. 그 어떤 히브리 사람도 야훼를 '아버지'라고 부른 일이 없다. 오직 그리스도만이 그 신성한 혈연관계를 끊임없이 요구한다. 그래서 십자가를 짊어진 그가 토해낸 마지막 말은 '아버지시여 왜 나를 버리셨나이까?'인 것이다.

클로드 베르제의 이 아버지—신 찾기는 헛된 것이 되고 만다. 그는 1940년 전쟁 때 전선에서 영웅적으로 전사하고 만다. 그러나 그는 자신의 진짜 이름으로 무덤에 묻히게 된다.

## 프랑수아와 노엘 샤틀레

　전쟁 때였다. 그러나 우리들의 물질적인 가난의 저 위에는
위대한 철학자들의 정신이 높이 떠 있었다. 배고프고 추운
시절이었다. 우리는 헌 누더기를 걸치고 있었다. 그러나 우
리 청소년들의 두뇌는 불타고 있었다. 질 들뢰즈, 미셸 뷔토
르, 미셸 푸코 그리고 그 밖의 수많은 사람들은 저 회색빛 군
중 속에 파묻혀 있었다. 그러나 프랑수아 샤틀레(François,
Noëlle Chatelet)는 아니었다. 그가 지닌 광휘는 그가 가까
이하는 모든 것을 뜨겁게 덥혔고 색채로 물들였다. 초장부터
음식물의 비유로 표현해보자면 그는 우리들 가운데서 마치
감자더미 속에 놓인 왕귤처럼 빛을 발했다. 시간이 지나면서
그의 아름다움은 당당하고 압도적이 되었다. 그에게는 조각
상 같은, 스핑크스 같은 그 무엇이 있었다. 그러나 그는 나이
가 들수록 더욱 원숙해져서 마치 열매를 많이 매달고 있는
과일나무나 열정적인 비밀이 깃들인 포도주 같았다. 장엄한
부드러움, 그를 생각하면 이런 표현이 떠오른다. 그는 다시
젊어지려고 애쓰지 않았다. 그는 철학사 전체를 한 몸에 담
고 있는 것으로 성이 차지 않았다. 그는 자신이 열중하고 있
는 마르크스와 닮지 않으면 안 되었다. 미셸 푸코는 금욕적
인 스타일을 함양하면서 머리를 싹 밀어버린 두개골과 사보
나롤라같이 매서운 눈길로 우리의 간담을 서늘하게 했지만
프랑수아는 일찍부터 소크라테스같이 흥을 돋우는 솔직함

을 지니고 있었다. 그는 인생을 열정적으로 사랑했고 인생도 그에게 흡족할 만큼 갚아주었다.

특히 인생은 그에게 노엘을 선사했다. 이보다 더 완벽한 대조를 이루는 쌍은 상상하기 어려울 것이다. 그녀는 프랑수아보다 훨씬 더 젊고 용연향처럼 가늘고 일각수 같은 목을 가진 길고 연약한 여자이고 보니… 그것은 그야말로 사자와 영양의 결혼이나 마찬가지여서 그녀가 과연 그렇게도 기이한 짝을 이루는 부부의 균형을 맞출 만큼 충분한 저력을 가졌을지 의문이 생길 지경이었다. 엄청난 덩치에 웅변적인 프랑수아와 금방이라도 휠 것 같고 말이 없는 그녀가 나란히 지나가는 모습을 보면 어떤 사람들은 이렇게 말하곤 했다. "저 친구 한 입에도 안 차겠는걸." 알베르 코엔은 마르그리트 유르스나르에 대해서 말하다가 "여자가 있어야 할 자리는 부엌이야!" 하고 마이크에 대고 소리쳤다. 어쩌면 노엘의 귀에 그 말이 들렸는지도 모르겠다. 아니면 그 '한 입'이라는 말이 그녀의 귀에 들어갔는지 모른다. 그러나 그녀는 그 식인귀 같은 철학자를 잘도 길들였다.

그녀는 살과 감각에 가장 가까운 곳에 자리잡은 문학적 철학적 작품을 기획했다. 프랑수아에 대한 암시는 전혀 없지만 페이지마다 그의 육체적인 존재가 느껴졌다. 그녀가 『요리의 백병전 (Le Corps à Corps culinaire)』이라는 책에서 분석한 것은 우선 요리의 신비였다. 그 책을 읽으면서 우리는 음식과 관련된 심리학과 정신분석학이 놀라울 정도로 배제

되어 있다는 사실에 놀라게 된다. 성(性)이 책을 온통 다 차지하고 있는 것이다. 그렇지만 사람들은 하루에 세 끼의 식사를 하면서도 그들 중 대다수가 너무 젊었다고 해서, 너무 늙었다고 해서, 혹은 해볼 만한 가치가 없다고 해서 섹스는 마치 무슨 재수없는 것처럼 생각하기 쉽다. 우유와 그 이차제품들 버터, 크림, 치즈의 혐오와 같은 흔히 볼 수 있는 현상들은 그 깊은 확실한 심리적 요소들에도 불구하고 완전히 논외로 밀려나 있는 것이다.

노엘 샤틀레는 이 미개척 분야에서 대담하게 전진한다. 그녀는 빵, 고기, 피와 그 금지, 집 안에서 부엌의 위치, 배변에 대한 혐오와 그 결과, 변비 등을 해부한다. 그녀는 지극히 중요한 분야에서 명쾌한 해석을 내리고 혁신적인 안목을 보여준다.

나중에 그녀는 성형수술로 몸의 원형을 뜯어고치는 것과 여자들이 특수병원을 찾도록 만드는 환상(팡타슴)을 공격한다. 이같은 조사와 연구에는 물론 우리의 육체라는 그 무엇으로도 환원할 수 없는 현실에 축을 둔 소설작품이 접목된다. 『입의 역사(Histoire de bouche)』에서 볼 수 있는 향연과 회식의 문제, 특히 어머니요 할머니가 된 여주인공이 일생 처음으로 여든 살이나 먹은 남자에게서 사랑을 발견하는 『코클리코 여인(La Femme Coquelicot)』에서 보여주는 늙음의 문제가 그것이다.

추상적인 성찰과 구체적인 것 속으로의 모험이라는 이중

의 양상을 갖추고 있는 저작들은 프랑수아와 노엘이 만들고 있는 그 기이하고도 멋진 쌍의 면모를 그대로 나타내주고 있다.


## 질 들뢰즈

1977년 나는 나의 저서 『성령의 바람(Le Vent Paraclet)』에서 질 들뢰즈(Gilles Deleuze)에 대한 이야기를 잠깐 한 적이 있다. 그에 대하여, 다시 말해서 그의 인물과 삶에 대해서 말하거나 쓸 수 있는 모든 것이 그렇듯이, 그 몇 줄의 글이 틀림없이 그에게 언짢게 느껴지리라는 생각 때문에 몹시 마음에 걸렸다. 그가 세상을 떠나고 나자 그 난처함의 성격이 달라졌다. 그러나 그렇다고 해서 난처한 마음이 아주 없어진 것은 아니다. 자신이 사랑하는 사람들에 대하여 말한다는 것은 얼마나 어려운 일인가!

1941년에 나는 모리스 강디약(Maurice Gandillac)의 부드럽고도 빛나는 지도를 받는 파스퇴르 고등학교 철학반(졸업반) 학생이었다. 질 들뢰즈－당시 그는 부모님과 함께 도비니 가에 살고 있었다－는 카르노 고등학교의 2학년 학생이었다. 우리들의 실제 나이는 한 달 차이밖에 되지 않았지만 시기적으로 미묘한 차이가 있어서－나는 12월 생이고 그는 1월생이다－내가 그보다 한 학년 위였다. 우리 두 사람의

공통된 친구인 장 마리니에 – 그는 나중에 의사가 되었다 –
가 우리를 서로에게 소개시켜주었다. 상당한 자부심을 느끼
며 하는 말이지만 질 들뢰즈가 생전 처음으로 철학에 대한
이야기를 듣게 된 것은 바로 나를 통해서였다. 그러나 그 짧
은 동안의 선배 자격은 오래 가지 않아서 빼앗기고 말았다.
일단 철학에 손을 대는 즉시 그는 우리 모두들보다 훨씬 빨
리 성장했다. 내가 『성령의 바람』에 썼던 말을 인용해보겠
다. '솜이나 고무로 된 공처럼 우리가 주고받던 이야기를 그
는 무쇠나 강철 포탄처럼 단단하고 무거운 것으로 만들어 되
돌려보내는 것이었다. 단 한마디 말로 우리들의 생각의 진부
함, 어리석음, 타협주의를 현장에서 즉각 잡아내어 꼬집는
그의 재능을 우리는 두려워하게 되었다. 그가 지닌 번역과
이입의 능력은 비범한 것이었다. 학습용에 지나지 않는 진부
한 철학이 그의 머릿속을 거치게 되면 알아보지 못할 만큼
신선한 모습으로 충분히 소화되고 맵싸할 정도로 새로워지
고 연약하고 나태한 우리들에게는 온통 어리둥절하고 혐오
감을 자아낼 정도로 딴 것이 되어 나타나는 것이었다.'

　그후 15년 동안 우리는 서로 떨어질 줄 모르는 친구가 되
었다. 내가 튀빙겐 대학교에서 철학 강의를 듣기 위해 독일
로 가서 정착했을 때 – 클로드 랑즈만과 로베르 장통도 뒤따
라 그곳으로 와서 나와 합류했다 – 나는 잠깐 동안 그 친구
를 불러올 수 있었다. 그것이 그의 유일한 해외여행이 아니
었나 싶다. 1950년, 내가 프랑스로 돌아오자 그는 내가 살고

있는 생 루이 섬의 앙주 강변로 29번지 오텔 드 라 페 건물에 방 하나를 얻어들었다. 나는 그에게 칼 플렝켜를 소개해 주었고 그를 통해서 그는 장차 그의 아내가 될 여자를 알게 되었다.

우리는 자주 오트페이유 가에 있는 라 투렐 식당에서 식사를 하곤 했다. 그집 여주인인 갈라 부인은 부엌에서 정신없이 불을 때면서 밑에 두고 부리는 순진하고 통통하게 생긴 처녀 시몬을 사납게 꾸짖곤 했다. 클로드와 자크 랑즈만의 여동생인 에블린 레도 자주 우리들 속에 끼곤 했다. 그녀는 배우였다. 어느 해 여름 그녀는 해변에 가서 머물면서 어떤 사진 소설의 여주인공으로 출연했었다. 그 이듬해 겨울 시몬은『우리 두사람』,『사생활』같은 감상적인 잡지를 보면서 꿈에 젖곤 했는데 그 주간지에 실린 그녀를 알아보았다. 그 때부터 그녀는 에블린을 볼 때마다 사진 소설이 그녀가 현재 겪고 있는 실제 모험적 사랑 이야기나 되는 듯이 자기가 이제 막 읽은 대목의 이야기를 꺼내는 것이었다. "아이고, 아가씨, 아가씨를 줄줄 따라 다니는 그 청년 말예요, 내가 보기에는 아무래도 신용이 안 가는 작자 같아요. 조심하는 게 좋겠어요!" 혹은 "아! 아가씨가 자동차에 오르는 것 보면서 난 속으로 빌었다구요. 제발 아무 일 없어야 할 텐데! 하고 말예요." 그녀는 늘 이런 식으로 말하는 것이었다.

우리는 그 섬에 있는 어떤 선술집에 모이곤 했다. 그 집 유리문에 'Monade à emporter(모나드 배달 가능)'[9] 이라고 써붙인 말이 재미있어서 택한 집이었다. 클로드 랑즈만은 바로 라이프니츠에 대한 석사논문을 쓴 바 있는데 이리하여 우리들의 끝없는 토론은 그 거룩한 철학자의 후광 아래서 전개되었다.

우리가 거처하는 방은 서로 이웃이었다. 그래서 질은 독일어 책의 어느 어느 페이지를 번역해달라, 자기의 원고를 타자로 쳐달라 하면서 끊임없이 나를 못살게 굴었다. 그럴 때마다 내 쪽에서는 예외 없이 항변과 비판적인 주석을 달았다. 그리하여 내가 그의 첫번째 저서『경험론과 주관성(Empirisme et Subjectivité』의 타자를 끝냈을 때 그는 수고의 부피가 타자본으로 옮겨지는 과정에서 상당히 줄어든 것에 몹시 놀랐다. 그래서 나는 다음과 같은 헌사가 첨부된 그의 책을 받는 처지가 되었다. 그 책이 지금 눈앞에 펼쳐져 있기에 그 헌사를 인용하겠다.

미셸에게, 그가 타자로 치고 또한 모질게 조롱하고 심지어, 확신하거니와 이보다 훨씬 두꺼웠던 책의 분량을 상당히 줄이기까지 한, 그러나 철학에 있어서, 특히 흄에 관하여, 내가 많은 신세를 진 터이므로 어느만큼은 그의 것이기도 한

---

9)그 집에 써붙인 ‘Monade à emporter(모나드 배달가능)’은 아마도 ‘Lim-onade à emporter(청량음료 레몬수 배달가능)’이란 광고문구에서 처음의 ‘Li’부분이 지워져서 생긴 표현으로 추측된다. Monade(단자)는 라이프니츠 철학에 나오는 만물의 소인(素因)을 가리킨다.

**424**

이 책을 바친다.

어느 여름, 나는 그를 빌레르쉬르메르에 데리고 갔다. 그는 시내에서 걸치고 다니던 목도리와 구두를 좀처럼 벗는 법이 없다. 그런데도 그는 딱 한 번 수영을 했다. "나는 머리를 물 밖으로 꼿꼿이 쳐들고 수영을 하지. 물이 나의 원소가 아니라는 것을 분명히 하려는 거야." 하고 그는 말했다. 거기에는 잉가라오라는 이름을 가진 운동선수가 해수욕장을 운영하고 있었는데 그는 큼지막한 아령을 가지고 운동을 하곤 했다. 그 중 가장 커다란 아령을 유심히 바라보고 있는 질의 모습이 지금도 눈에 선하다. "어디 한번 해보시지 않겠소?" 하고 잉가라오가 물었다. "아뇨, 내가 좋아하는 스포츠는 탁구 쪽인 걸요." 하고 질이 대답했다. "탁구를 하자면 반사적 감각이 필요하지" 하고 잉가라오가 친절하게 대꾸했다. "그렇죠. 하지만 저걸 들어올리자면 반사적 감각 가지곤 충분치 않겠는데요." 하고 질이 말했다.

그가 처음으로 발표한 글은 1947년 피에르 세게르스가 내는 잡지 『시 47(Poésie 47)』에 실린 긴 논문(사르트르의 『존재와 무』에 깊이 영향받은) 「말과 프로필」이었다. 그 무렵 그는 레몽 크노 스타일의 야유적이고 수수께끼 같은 짧은 시를 쓰는 것도 마다하지 않았다.

우리 청소년 시절의 에피소드를 한 가지 소개하라면 나는 전시인 1943년 어느 일요일 오후 시테 극장(일명 사라 베르나르 극장)에서 있었던 사르트르의 극 『파리떼』 공연 때의 일을 이야기하고 싶다.

주피터역은 유명한 배우 샤를르 뒬렝이 맡았다. 그가 오레스트를 향하여 소리친다. "젊은이, 신들을 비난하지 마시오!" 바로 그 순간 파리 시내의 사이렌들이 일제히 요란한 소리를 내며 울리기 시작했다. 막이 내리고 실내등이 다시 켜졌다. 규칙에 따라 극장 안을 비우고, 경보가 해제된 뒤에 관객들이 극장으로 다시 들어올 수 있도록 표딱지를 나누어 준다. 모든 사람이 지하에 마련된 방공시설로 들어가지만 우리는 물론 들어가지 않는다. 열여덟 살인 우리는 그런 경고 따위쯤 아랑곳할 바 아니다. 밖에는 해가 찬란하게 빛난다. 우리는 강변길을 따라 인적이라곤 찾아볼 수 없는 파리 시내를 이리저리 돌아다닌다. 그런데 갑자기 폭탄이 비 오듯 쏟아지기 시작한다. 영국 공군기들이 겨냥한 것은 비양쿠르에 있는 르노 자동차 공장이다. 시테 섬이 폭격당할 위험은 거의 없다. 반면에 독일 대공포가 미친 듯이 사격을 시작하여 포탄 조각들이 우리들 머리 위로 위험하게 쏟아진다. 순간순간 세느 강 수면에 버섯 모양이 만들어지면서 튀어오르는 것이 우리 눈에 보인다. 그렇지만 우리는 그것도 못 본 체 무시한다. 이런 별것 아닌 일들 따위에 대해서는 입도 뻥끗하지 않을 생각이다. 우리가 알고 있는 것은 '파리떼'들에게 시달리는 오레스트와 주피터의 다툼뿐이다. 한 반 시간 뒤에 경보 해제 사이렌이 울리고 우리는 다시 극장으로 돌아온다.

다시 막이 올라간다. 주피터역을 맡은 뒬렝이 거기 서 있다. 그가 다시 한 번 더 소리친다. "젊은이, 신들을 비난하지 마시오!"

이 사람이 떠나고 또 저 사람이 떠나고, 그리고 또 다른 사람이 사라지면서 우리들의 젊은 시절의 영상은 와르르 와르르 무너진다. 에블린, 미셸 푸코, 프랑수아 샤틀레, 칼 프렝커, 질 들뢰즈, 나 하나만 빼놓고 강 저 건너편에 모여서 이야기를 나누고 있는 그대들의 모습이 보인다. 그대들이 거기서 나를 기다리고 있다는 것을 나는 잘 알고 있다. 친구들이여, 잠깐만 기다려라, 곧 간다, 곧 간다니까!

# 2000년 정초에 만난 미셸 투르니에

김화영

지난번 투르니에의 『Petites Proses』를 『짧은 글, 긴 침묵』이란 제목으로 번역 출판한 지 만 2년 만에 새로운 산문집 『예찬(Célébrations)』을 번역 소개한다. 우연한 일이지만 지난번처럼 번역이 끝나갈 무렵 파리 근교의 슈와젤에 찾아가서 미셸 투르니에 씨와 한나절을 같이 지낼 기회가 있었다.

새로운 세기의 시작을 기념하기 위해 『현대문학』 2000년 1월호에 세계의 저명 작가들에게 설문지를 보내고 그 답을 얻을 필요가 있었을 때, 나는 일부러 투르니에 씨에게 편지를 내고 바쁜 중이겠지만 잊지 말고 답을 보내달라고 부탁했었다. 그는 그 어느 작가보다 먼저, 아주 흥미로운 답을 보내왔다. 답안 작성이 쉽지 않았다는 엄살도 덧붙였고 그와 더불어 연말에 파리에 오면 연락해달라고 했던 것이다.

미셸 투르니에 씨와 만나기로 약속한 날은 2000년 1월 8일이었다. 『조선일보』의 인터뷰 의뢰가 있었으므로 파리 특파원으로 부임한 지 얼마 되지 않는 박해현 기자와 생 미셸 거리의 작은 카페에서 만나 같이 가기로 했다. 우리가 교외선을 타고 역에 내렸을 때는 정확하게 12시 30분. 12시 15분 아니면 30분쯤 역에 도착할 것이라고 했던 그분의 말로 미루어보건대 40년 그곳 생활에 열차 시간을 손바닥 들여다보듯 알고 있음이 분명하다. 전화를 받은 그는 2년 전과 다름없이 곧 역 광장의 카페 앞으로 왔다. 문득 우리들 등뒤에 나타난 투르니에 씨는 키가 껑충하고 전보다 더 허리가 구부정해 보였다. 1924년생이니 76세의 노인이다.

'교외의 끝이며 시골의 시작'인 슈와젤 마을로 그의 조그만 자동차가 달리는 동안 길가의 풍경은 을씨년스럽기 짝이 없다. 겨울이기 때문만이 아니다. 수십 년 이래 처음으로 프랑스를 휩쓴 광풍의 파괴력 때문이다. 마리 앙트와네트 왕비가 손수 심은 나무를 포함하여 베르사이유궁의 그 드넓은 숲의 200년 묵은 거목들이 수없이 쓰러지고 꺾였다는 보도를 비행기 안에서 읽은 지 불과 며칠 되지 않았다. 지나는 길가의 당피에르(Dampierre) 성 담장이 군데군데 무너지고 나무가 꺾여 쓰러진 모습이 참혹하다. 안개가 약간 낀 보스(Beauce) 지방의 겨울 낮. 투르니에 씨는 그 무서운 광풍으로 인해 사흘 동안이나 전기도 난방도 끊어진 집에서 춥고 불안하게 지냈다고 했다.

자동차가 마침내 낯익은 그의 사제관 안으로 들어선다. '날씨가 좋아지면 우리는 뤽상부르 정거장에서 소오선(오늘 날에는 고속전철 RER의 B선이 되었다) 지하철을 타고 생 레미 레 슈브뢰즈 종점까지 가곤 했다. 거기서 우리는 도보로 6킬로미터를 더 걸어가서 조그만 슈와젤 마을에 이르렀다. 그곳에서 우리는 캠핑구역에 자리를 잡았다. 어떤 사람들은 그곳에 꽤 호화로운 텐트를 쳐놓고 여름 내내 그대로 두었다. 성당 맞은편에는 주막집 '페펭'이 있어서 우리는 그리로 커피를 마시러 가곤 했다. 바로 거기서 나는 라디오 방송국에서 가끔 같이 일하곤 했던 클로드 뒤프렌느를 만났다. 그는 그때 막 마을의 사제관을 사서 수리 중이라고 나에게 말했다. 한창 수리 중인 그 집으로 들어설 때만 해도 나는 내 생애의 가장 빛나는 시절을 그곳에서 살게 될 줄은 꿈에도 생각하지 못했었다. 그는 오늘날까지 발표한 모든 작품들을 다 이 사제관 집에서 썼다.

길가 쪽 마당에 서 있던 커다란 한 그루의 자작나무가 바람에 뿌리뽑혀 길게 쓰러져 있다. 투르니에 씨가 손수 심었던 나무다. '나는 특히 전나무와 자작나무를 한데 어울리도록 하는 북방식 혼합을 좋아한다. 전나무의 씩씩하고 검고 대칭적인 힘과 자작나무의 가볍고 희고 약간 나긋나긋한 우아함이 매우 행복하게 어울릴 것 같은 것이다.' 그 아름다운 나무와 오랜 세월의 기억이 길게 누워 있다. 힘들여 다시 세우면 살 수 있을 것 같건만 투르니에 씨는 정원사를 불러 없애겠다고 단호하게 말한다.

그가 책에서 '아시아 분위기가 돋보인다'고 했던 길가의 소나무는 잘 보이지 않았다. 그리고 은하수길로 순례 여행 떠나는 사람들이 와서 텐트를 치곤 했다는 반대편 정원 쪽의 밭도 이제는 담장에 가려 보이지 않았다. 2년 전에 조혜영 군과 같이 와서 사진을 찍었던 앞뜰. 바람에 불려간 물뿌리개가 저만큼에 가서 넘어져 있다. 우리는 오후의 해가 기울기 전에 먼저 뜰 쪽으로 나가 조그마한 마을 교회의 첨탑을 배경으로 사진을 찍는다.

그리고 다시 길가 쪽 뜰로 나와서 커다란 마로니에 나무를 바라본다. 그 큰 나무에는 벌써 잎을 준비하는 봉오리가 탐스럽게 맺혀 있다. 그러나 이건 벌써 늦가을부터 맺혀 있는 것으로 이 나무는 이렇게 오랫동안 봄을 준비하며 기다린다고 투르니에 씨는 말한다. 그 마로니에 나무 밑에 회양목이 좀 구차하고 낮게 서 있다. 성지주일(聖枝主日) 때 쓰는 나뭇가지를 제공하는, 사제관에서는 없어서 안 될 식물이다. '이 나무는 예외적이라 할 만큼 오래 산다. 이 나무가 공교롭게도 우리집 정원의 그런 부적절한 장소에 자라고 있는 까닭도 거기에 있을 것 같다. 원래는 그곳에 오직 회양목뿐이었고 마로니에는 나중에 우연히 그곳에 심어졌을 것이다. 그런데 지금은 그 거대한 이웃 때문에 제대로 빛을 받지 못하여 변변치않은 소관목의 몰골이 되어 있지만 그 불편한 상황에 잘 적응하며 꿋꿋하게 자라고 있는 인상이다.' 쓰러진 자작나무는 역시 사제관 특유의 이 회양목에 비하면 적응력이 부족한 모양이다.

거실 안이 선선하다. 수백만 부의 저서가 팔리지만 늘 수도사처럼 고요하게 사는 그의 집은 언제나 선선하다. 벽에 「황야의 수탉」 그림이 커다랗게 걸린 거실. 그는 이 그림 앞에서 사진찍기를 좋아한다. 빈손으로 온 것이 마음에 걸린다. 새해라고 투르니에 씨가 샴페인을 따서 세 개의 잔에 채웠다. 그리고 '문학을 위하여(Pour la littérature)!'라고 소리치며 잔을 높이 들고 건배를 청했다. 소란스러운 경제와 정치, 그리고 사이버 문화에 밀려 까맣게 잊고 있었던 것만 같았던 '문학'이 이 방안에서 소리를 높이는 새해가 좋다. 우리가 문학 속에 있음을 믿는다.

"술을 안 하시는 줄 알았는데 어떻게…?"하고 내가 물었다. 그렇지 않단다. 다만 지난번 내가 그를 만났을 때는 금주 '실험' 중이었단다. 무슨 실험을? 프랑스인답게 논리적으로 대답한다. 세 가지를 실험해보았다. 1. 나는 술을 끊을 수 있는가? 2. 술을 끊는 것은 힘든가? 3. 술을 끊으면 무슨 이득이 있는가? 그렇다면 그 실험의 결과가 어떠했을까? 1번과 2번은 둘 다 '그렇다'였다. 그러나 3번은 '아니다'였다. 그래서 이제는 다시 술을 마신다고 한다. 하기야 생각해보면 그는 술로 유명한 지방에서 어린 시절을 보냈다.

"코트 도르 지방에 있는 내 고향 마을에서는 사람들이 일생 동안 맹물은 단 한 방울도 안 마시고 백 살까지 살다가 죽는다. 물은 마시라는 액체가 아니라 오로지 몸을 씻고 꽃나무를 축여주라고 생긴 것이다. 물을 마신다는 것은 전혀 유익할 것이 없는 야만적인 행동이다. 부르고뉴 지방에서 물을 마시는 사람은 원한을 잘 품고 편협해지기 쉬운 체질의 인물로 의심받는다. 어린 시절 동안 줄곧 나는 '위장을 물에 빠뜨리는' 위험을 경계하라는 말을 들으며 자랐다." 좀 극단적으로 들리겠지만 투르니에 특유의 해학이다.

같은 '실험'을 술 대신 '고기'에 대해서 할 수도 있단다. 그러나 그 역시 아무런 이득이 없다고 했다. 그래도 고기를 안 먹고 채식을 하면 몸에 좋은 것 아니냐고 내가 반문했다. 이야기가 좀 엉뚱한 방향으로 흘렀다. 어쩌면 동물들에겐 그럴지 모르겠다. 그는 소설을 쓰기 위한 조사차 하루종일 도살장을 찾아가 견학한 일이 있다. 그 처참한 도살 광경을 보고 난 뒤라야 우리는 고기를 먹을 권리가 있다. 고기를 먹어도 그만큼의 부담을 의식 속에 걸머진 채 먹어야 한다. 이것이 리얼리스트 미셸 투르니에의 윤리다.

그사이에 남불의 망통(Menton)에 가서 강연을 하고 돌아왔다고 했다. 그는 강연 여행을 가면 성인들을 위한 강연과는 별도로 꼭 어린이들과 만나 이야기를 하는 기회를 가진다. 최근에 자신의 저서 판매실적에 대한 보고서를 받았는데 지난 일 년간 판매된 총 25만 부 중 8만여 부가 오로지 청소년판 『방드르디』란다. 이 책은 지금까지 무려 400만 부가 팔렸다. 따라서 자신의 가장 훌륭한 독자는 젊은이들, 청소년들인 만큼 그들을 가장 귀중하게 생각한다고 말했다.

그러면서 브르타뉴 지방의 켕페르(Quimper)에서 보내온, '내 생애에서 가장 귀중한 선물'이라는 것을 자랑스럽게 보여준다. 커다란 앨범같이 생긴 책이다. 그곳의 초등학교의 학생들이 이 작가의 글(『짧은 글, 긴 침묵』에 실린 짧은 텍스트「언젠가 내가 한 여자를 얻게 되면」을 주제로 하여 변주시켜 지은 짧은 글 모음이었다. 아이들은 각자 이 문장 속의 '여자'를 자기 마음에 드는 다른 대상으로 바꾸어 글을 지어 가지고 한 권의 책을 만들어 작가에게 선물한 것이었다. 투르니에 씨는 아이들이 보내준 그 글선물을 더없이 자랑스럽게 생각하는 것 같다.

곧 점심식사. 전화로 점심식사에 초대받은 것이긴 하지만 앉아서 노대가의 서브를 받는 것이 민망했다. 일어서 거들려고 하니 당신들은 내 손님이라며 한사코 말린다. 싱싱한 토마토와 새우 삶은 것이 전식. 전혀 기름기가 없는 소박하고 건강한 메뉴다. 우리는 그것을 샴페인과 같이 먹는다. 샴페인 맛이 일품이다. 나중에 안 것이지만 그 술은 새해라고 아카데미 공쿠르 회원들이 정기적으로 모임(매월 첫째 화요일)을 갖는 드루앙 식당에서 선물한 그 이름 높은 '블랑 데 블랑(Blanc des Blancs)' 이었다.

"우리는 드루앙 식당에서 먹고 마시고 이야기를 나눈다. 인구에 회자하는 플라톤의 저 유명한「향연(Banquet)」이래 너무나도 잘 어울리는 세 가지 활동이 바로 그것인 것이다. 우리는 나의 드루앙 식당 경험 22년에 있어서 단연 최고인 요리사 루이 그룽다르의 요리를 먹는다. 그는 하늘을 찌를 듯한 명성을 누리고 있는데 과연 그럴 자격이 있는 인물이다. 테이블 주위에 둘러앉는 우리 회원들의 수는 모두 열 명이다. 나는 오랫동안 그 테이블이 둥글다고 생각해왔는데 실제로는 약간 타원형을 이루고 있다. 우리들의 좌석은 고정되어 있다. 그래서 나는 늘 이 지정석을 언젠가 한 번 뒤섞어버렸으면 하고 상상해본다. 그냥, 어찌 되나 보려고 말이다. 그러나 나는 절대로 그런 혁명적인 제안은 감히 하지 못할 것이다. 사실 식기들에는 우리들에 앞서서 그것들을 차지했던 선배들의 이름들에 뒤이어 우리들 자신의 이름이 새겨져 있다."

아카데미 공쿠르의 회원은 보수를 받지 않는다. 전에는 한때 받은 적도 있었다. 꼭 공쿠르상 수상자여야 아카데미 회원이 되는 것은 결코 아니다. 지금 10명의 회원 중에 수상자는 둘뿐이다. 반면에 아카데미 프랑세즈(프랑스 한림원)에는 공쿠르 수상자가 많다. 회원은 호선한다. 가장 젊은 40대의 공쿠르 수상자로는 디디에 드쿠엥이 있다. 회원 중에 사망이나 탈퇴로 인해 결원이 생기면 서로 상의한 다음 2명의 후보를 추천하여 본인들의 의사를 타진한다. 거절하는 경우는 두 가지. 1. 그런 명예에 전혀 취미가 없는 사람. 2. 더 많은 명예를 원해서, 즉 아카데미 프랑세즈에 들어가기를 원해서. 아카데미의 회장이 되는 방법. 다같이 둘러앉아서 회장이 되고 싶지 않은 사람은 손을 들기로 한다. 지난번에는 모두 다 손을 들었는데 프랑스와 누리시에(François Nourissier)만이 손을 들지 않았다. 그래서 그가 회장이 되었다. 투르니에 자신은 아카데미 프랑세즈보다 아카데미 공쿠르가 더 좋단다. 친한 작가들끼리 일주일에 한 번씩 만나 문학이야기를 나누고 식사를 하는 즐거움. 한림원의 그 뻑적지근한 허례보다 이쪽이 낫다. 한림원은 40명이지만 우리는 10명이다. 1당 4가 아닌가! 아카데미시엥들은 전기, 단편소설, 아동문학, 처녀작 부문, 그리고 '공쿠르' 본상 심사로 바쁘다. 일 년에 최소한 50권은 읽어야 한다. 그는 무엇보다 단 한 번 자신이 열심히 주장하여 마르그리트 뒤라스의 『연인』에 공쿠르 상을 준 것을 자랑스럽게 생각한다. 과연 이번 『예찬』에는 뒤라스에 대한 감동적이고 독보적인 텍스트가 포함되어 있다. '우리가 마르그리트 뒤라스에 대하여 알고 있는 몇 가지 안 되는 것들 가운데서 가장 먼저 머리에 떠오르는 것은 다름아닌 그의 얼굴이다. 그녀 자신, 소설 『연인』의 첫머리에서부터 벌써 그 얼굴에 대한 이야기를 꺼내고 있다.' 이 책에 쓴 그의 서문이 생각난다. '찬미할 줄 모르는 사람은 비참한 사람이다. 그와는 결코 친구가 될 수 없다. 우정은 함께 찬미하는 가운데서만 생겨나는 것이기 때문이다.' 문학과 예술은 무엇보다 찬미의 한 방식이다.

전식에 이어 송아지 고기와 양송이 익힌 것이 나왔다. 아주 훌륭한 붉은 포도주를 땄지만 주고받는 이야기에 정신을 집중할 필요가 있어서 마음놓고 마시지 못한다. 문학상에 관한 이야기가 계속된다. 노벨상 수상자 발표가 있던 지난 10월 달에 수상 가능성 1순위라는 미셸 투르니에에 대한 정보를 확보하고자 기자들이 나를 찾는 바람에 약간 시달렸다는 이야기를 했다. "왜 해마다 노벨상 후보에만 오르고 정작 상은 못 받지요?" 즉시 대답이 나왔다. 너무 오랫동안 노벨 후보자 (nobelisable)'로 떠오른 사람들은 결국 상을 받지 못하더라. 영국의 그래엄 그린이 그런 경우다. 어느 날 기자들이 보르헤스에게 같은 질문을 했더니 그는 이렇게 대답했다. 너무 오랫동안 후보에 오르내리다 보니 스웨덴 한림원 사람들이 이미 상을 준 것으로 착각한 모양이지. 노벨상을 받는 것은 큰 영광임에 분명하다. 그러나 일단 그 상을 받고 나면 발목에 무거운 쇳덩어리를 단 것이나 마찬가지여서 자유로울 수가 없다. 그때부터는 미셸 투르니에는 벽장 속으로 들어가 갇히고 노벨상이 글을 쓰고 말을 하기 시작한다. 따라서 받지 않는 것이 더 좋을 수도 있다. 이게 그의 명쾌한 답이다.

그러나 당신은 이번에 귄터 그라스가 상을 받자 몹시 기뻐하지 않았는가? 투르니에 씨는 그 독일 친구 작가를 너무나도 높이 평가하기 때문에 오래 전부터 해마다 스웨덴 아카데미에서 보내오는 추천서에 그의 이름을 천거해 보냈다. 그래서 귄터 그라스가 상을 받자 마치 자신이 받은 기분이다. 그러나 노벨상은 많이 변했다. 전에는 그래도 한 나라에서 가장 지명도가 높은 작가가 받았는데 나중에는 별로 알려지지 못한 사람들이 받는 경우가 많아졌다. 가령 생 존 페르스가 그런 경우다. 그러나 그 시인은 로빈슨 크루소에 관한 글을 써서 미셸 투르니에에게는 각별한 관심의 대상이었다.

그는 자신이 한 페이지 가득 기고한 『리베라시옹(Libération)』 신문 12월 25일자를 보여주었다. 일기 형식으로 된 그 글을 그는 생일 이야기로 시작한다. 12월 19일. 에디트 피아프, 장 주네와 생일이 같다. 『방드르디』의 저자는 '사수좌'라고 덧붙인다. "한 남자가 태양을 향하여 화살을 쏜다. 예술가상이다. 그러나 그의 뒷모습은 땅에 발을 세차게 버틴 말 엉덩이다. 리얼리스트의 상이다." 그리고 나이로 따지면 말론 브란도, 폴 뉴먼, 찰튼 헤스턴, 샤를르 아즈나부르, 레몽 바르 수상 등과 동갑이니 괜찮은 동반자들이다. 전전, 전중, 전후를 골고루 다 겪은 세대. "그 엄청난 시련을 겪어보지 못한 사람들을 한심한 멍청이로 본다"고 그는 유머러스하게 꼬집는다.

우리는 한국 통일의 전망에 관한 이야기를 주고받는다. 세 번이나 사제관에 찾아와 '그는 지금 당신이 식사하는 바로 그 자리에 앉아서' 식사를 같이 했다는 프랑수아 미테랑 대통령은 투르니에가 잘 아는 동독에 관심이 많았다. 독일의 통일은 큰 문제가 없었다. 동독은 소련이 날조한 국가다. 소련은 그 국가를 두 손에 들고 있다가 그냥 놓아버렸다. 따라서 그 동독은 서독과 통일되지 않으면 안 되었다. 반면에 북한은 동독보다 더 지독한 실체이고 남한은 서독만큼 경제적으로 강하지 못하다. 그래서 통일은 쉽지 않을 것 같다고 그는 말한다.

식사가 끝난 다음 천천히 붉은 포도주를 마시며 하늘이 나지막하게 내려와 있는 앞마당을 내다본다. 뒤프렌느는 왜 이 사제관을 샀다가 왜 그만 당신에게 팔아버렸죠? 사람들은 들어가서 사는 것보다 수리하고 꾸미는 데 더 취미가 있다. 뒤프렌느의 어머니가 보니 아들이 집만 사놓고 가서 살 것 같지가 않았던 것이다. 그래서 투르니에 씨가 문득 파리 시내의 작은 집을 처분하고 이 집을 샀다. 그리고 소설가가 되었고 다시는 이 집을 떠나지 않았다.

나는 그를 만난 기회에 지금 번역 중인 『예찬』 중에서 의문나는 점 몇 가지에 대해 문의하는 것을 잊지 않는다. 그는 한 가지 한 가지 자세하게 대답해준다. 그리고 전에 편지에서 했던 말을 한 번 더 한다. 한국의 독자들에게 너무 생소한 글들을 모두 다 번역할 것은 없다. 불필요한 대목은 빼고 소개해도 좋다. 그 허락을 믿고 나는 『예찬』의 텍스트 중에서 꼭 세 개의 짧은 텍스트만을 생략했다.

그래도 한 가지 궁금한 것이 있었다. 「신의 궁수 세바스티아누스」라는 글에서 그는 '성인전 작가들인 자크 드 보라진느와 앙젤뤼스 슈와즐뤼스는 그들의 글을 통하여 이 성인의 이야기를 그린 채색삽화의 출현에 크게 기여했다'라고 쓰고 있는데 전자와는 달리 '앙젤뤼스 슈와즐뤼스(Angelus Choiselus)'라는 성인전 작가는 그 어느 인명사전에도 등장하지 않는다. 그는 어떤 인물인가? 짓궂은 투르니에 씨가 빙긋이 웃는다. "당연하지요. 앙젤뤼스 슈와즐뤼스는 바로 "슈와젤 마을에 사는 천사", 즉 미셸 투르니에를 가리키는 것이니까요." 자기가 한 말이라도 너무나 숭고한 말일 때는 감히 그것이 평범한 인간인 자신의 말 같지가 않고 성자가 한 말씀 같아서 그런 이름을 만들어냈다는 것이다. 작가 미셸 투르니에 특유의 유머에 속하지만 이 비밀을 알아낸 사람은 나뿐이라는 생각이 들어서 공모자가 된 기분이 된다.

그리고 내친김에 그는 'héliophanie'라는 새로운 단어도 자신이 만들어냈다고 자랑한다. 그는 대사전 『Grand Robert』 한 권을 찾아들고 나와서 펼쳐보인다. hélio는 '태양'을 뜻하고 'phanie'는 빛남을 뜻하니 '해 뜰 때의 빛나는 광경'을 의미하는 말이 되겠다. 그 말은 신(神)의 공현(公現)을 뜻하는 'Epipfanie'를 상기시킨다. 나는 그 말을 유난히 좋아한다. 투르니에 씨는 설명한다. 인도의 바라나시 하면 곧 그 유장한 갠지스 강과 해 뜨기 직전의 그 숭고한 침묵과 고요가 생각난다. 그리고 문득 해가 떠오를 때 기도와 찬송과 노래의 교향. 그는 그곳에서 해 뜰 때의 장관에 유별난 감동을 받았다. 그 감동을 마음속에 떠올리며 그 단어를 만들어 처음이자 마지막으로 『방드르디』에서 사용했는데 『로베르 대사전』이 그 신조어를 인용했단다. 작가 투르니에는 그

유명한 사전 속에서 영원해진 자신의 이름을 큰 영광으로 생
각한다. 작가란 언어의 장인이다. 그는 자신의 이름이 붙은
단어를 갖고 싶다. 과연 그는 신조어를 많이 만들어냈다. 나
무이름, 풀이름, 짐승이름을 끝없이 늘어놓고 묘사하는 것으
로도 부족해서 사전에도 없는 신조어까지 만들어낸다. 그래
서 번역자에게는 가도가도 끝이 없는 험준한 산맥이 투르니
에다.

"이 글의 제목에서 나는 나무의 지혜를 뜻하는 나무학
(Xylosophie)이라는 단어를 새로 만들어냈다. 그때 나는 실
로폰(xylopone = 木琴)이 내는 숲의 음악을 생각했다. 그러
나 지금 내 붓끝에서는 그보다 더 강력한 단어들이 서로 떠
밀며 줄을 서 있다. 나무 파먹기(xylophage), 나무 점(占
xylomancie), 나무숭배(xyloâtrie) 따위가 그것이다. 숲 속으
로 한번 발을 들여놓으면 이처럼 다시 나올 수가 없는 것이
다." 투르니에는 언어의 숲 속에서 홀린 아이처럼 산다.

그 자신 관심이 많았던 번역문제에 대한 의견을 묻자 자신
이 Plon 출판사의 번역판 편집책임자로 있을 때의 일화를
소개한다. 유명한 '007시리즈'를 그리 대단찮은 역자에게 맡
겼더니 그 책은 엄청난 부수가 판매되었고 반면에 특출한 문
학적 창의성이 요구되는 카잔차키스의 시 번역은 매우 역량
있는 역자에 의해 여러 해가 걸려 번역되었지만 별로 많이
팔리지 않았다. 그러나 그는 편집책임자의 직권으로 전자에
게는 최소한의 번역료를, 후자에게는 노력에 값하는 후한 번

역료를 지불했다고 말한다. 그러나 그는 곧 탄식하듯 말한다. "그런 편집자가 잘 있어야 말이지!"

식사와 이야기에 넋을 놓고 있다 보니 70대의 노작가를 너무 오래 붙잡고 있었다는 생각이 들었다. 그는 새로 번역한 『예찬』의 손때 묻은 원본에 서명을 해준다. 지난번과는 달리 이층 삼층의 침실과 작업실 구경을 할 기회는 없다. 그러나 벌써 네 시간 가까이 함께 이야기를 하며 보낸 것이다. 이야기 도중에 찾아온 사람도 있었다. 마당에 쓰러진 자작나무를 자르기 위해 찾아온 정원사를 내다보아야 할 시간이기도 하다.

밖으로 나서니 전기톱 소리가 요란하다. 어른과 아이가 작업에 골몰해 있다. 나이 든 쪽의 젊은이는 투르니에 씨가 어릴 때부터 거두어 키운 '양자 (pseudo fils)' 로랑(Laurent)의 동생이고 자그마한 아이는 아비뇽에 살고 있는 로랑의 아들이란다. 옛날 로랑이 열한 살 때 처음 그 집에 왔을 때 모습을 '빼다박은 듯'하다는 그 소년이 태풍에 쓰러진 나무를 전기톱으로 토막내고 있다. 우리는 앞마당에서 사진 몇 장을 찍는다. 로랑이 아비뇽에 살고 투르니에도 종종 그곳에 내려가서 보낸다. 그러나 어릴 때부터 데려다 키운 사람이지만 투르니에의 소설은 한 권도 읽은 것이 없다. "읽지는 않았지만 쓰기는 했지. 초등학교 다닐 때 내 책으로 받아쓰기하는 숙제를 내가 불러준 적이 있으니까." 아이들은 대개 그런 것이다. 그러나 지구의 반대편 한국에도 애독자들이 많은데 무슨 걱정인가!

역으로 나오는 길에 나는 그의 글에도 나오는 잉그리드 버그만의 저택 쪽으로 한 바퀴 돌아가기를 청한다. "내가 처음 이 마을로 이사 온 50년대만 해도 이런 모든 것들이 매우 순조롭게 이루어지고 있었다. 우리는 라 그랑주 오 무완의 집에 들러 인사를 하곤 했다. 그 집에는 이 지역의 귀부인인 잉그리드 버그만이 살고 있었다. 그러나 그 뒤 이른바 '진보'라는 것이 그 위력을 발휘한 것이다. 비록 주민들의 수는 줄어들지 않았지만 잡화점은 사라졌고 학교의 종소리도 더 이상 들리지 않게 되었고 여인숙은 전업했으며 사람들이 친근하게 잉그리드 부인이라고 불렀던 귀부인은 이제 면사무소에 반신상이 되어 남아 있을 뿐이다." 매우 넓어 보이는 그 저택은 울타리 저 너머 저녁 안개 속에 묻혀 있다. 그 집에는 지금도 버그만의 남편이 살고 있다. 투르니에 씨는 나중에 날씨 좋은 날 다시 오면 이 시골길을 같이 산보하자고 말한다.

슈브뢰즈 골짜기는 고전주의 시대의 '포르 르와얄'이 있었던 곳이다. 그가 설명한다. "루이 14세는 뱀굴(le nid de vipère de Louis XIV)이라고 했지요. 이젠 모조리 싹 밀어버리고 아무것도 남은 게 없어요." 브르퇴이유 성. 그리고 나무들이 열병하듯이 저 멀리 서 있는 안개 긴 들판. 지금은 없어진 기찻길. 그리고 역이 바라보이는 신호등 앞에서 헤어진다.

그의 뒷모습을 바라보며 나는 왜 문득 적막해지는 것일까? 저녁안개 때문일까? "아마 나이 탓인가 보다. 나는 점점 더 멋진 최후를 맞는 문제에 신경을 쓰게 된다. 나는 다른 사람들이 죽는 모습을 유심히 본다. 나는 평가하거나 개탄한다. 어떤 사람들은 멋지게 퇴장하고 어떤 사람들은 천덕스럽게 혹은 우스꽝스럽게 무너진다. 나는 은근히 유머러스한 의외의 죽음, 자연의 원소들과 결부된 죽음을 꿈꾼다. 간단한 일이 아니다."

지난번의 산문집 『짧은 글, 긴 침묵』의 끝에 그는 자신의 생애를 요약하는 '고인이 된 한 작가의 약력'을 붙여놓았다. 거기에 그는 자신의 생몰연대를 '1924~2000'이라고 썼다. 그리고 다음과 같은 주석을 붙여놓았다.

'어떤 신문이 최근에 다음과 같은 주제에 대하여 설문조사를 했다. 2000년에 일어날 가장 중대한 사건은 무엇이라고 생각하십니까? 나는 주저하지 않고 이렇게 대답했다. 나의 죽음. 그리고 베토벤의 제7교향곡의 알레그레토 음악에 맞추어 팡테옹으로 나의 유해를 운구하는 방대하고 화려한 행렬에 대하여 언급했다. 혹자는 왜 2000년에 죽는 거죠? 하고 물으리라. 왜냐하면 그때 나는 76세가 될 테니까. 나의 아버지는 그 나이에 돌아가셨다. 그의 아버지가 그랬듯이. 죽기에 아주 좋은 나이다. 행운과 이성을 잃지 않은 채 그리하여 늘그막의 고통과 욕됨을 피할 수 있는 것이다. 그리고 젠장, 그만하면 충분히 산 거 아닌가?'

투르니에의 블랙 유머 속에는 가끔 눈에 보이지 않는 광풍
이 술렁인다.

# 예찬

초판 1쇄 펴낸날 2000년 10월 20일
초판 12쇄 펴낸날 2026년 3월 1일

지은이 미셸 투르니에
옮긴이 김화영
펴낸이 김영정

펴낸곳 (주)현대문학
등록번호 제1-452호
주소 06532 서울시 서초구 신반포로 321(잠원동, 미래엔)
전화 02-2017-0280
팩스 02-516-5433
홈페이지 www.hdmh.co.kr



ISBN 978-89-7275-503-6 03860

* 책값은 뒤표지에 있습니다.